“十一五”国家重点图书出版规划项目

A HISTORY OF 20TH CENTURY LITERATURE TRANSLATED INTO CHINESE

杨义 / 主编

二十世纪中国翻译文学史

十七年及“文革”卷

周发祥、程玉梅、李艳霞、孙红、张卫晴 / 著

百花文艺出版社
BAIHUA LITERATURE AND ART PUBLISHING HOUSE

图书在版编目（CIP）数据

二十世纪中国翻译文学史．十七年及“文革”卷 / 周发祥等著．—天津：百花文艺出版社，2009.1
ISBN 978-7-5306-5182-7

Ⅰ．二…　Ⅱ．周…　Ⅲ．①翻译－文学史－中国－20 世纪 ②翻译－文学史－中国－当代　Ⅳ．I209.6

中国版本图书馆 CIP 数据核字（2009）第 001505 号

百花文艺出版社出版发行
地址：天津市和平区西康路 35 号
邮编：300051
e－mail：bhpubl@ public.tpt.tj.cn
http：//www.bhpubl.com.cn
发行部电话：（022）23332651　邮购部电话：（022）27695043
全国新华书店经销
河北省三河市宏达印刷有限公司印刷

*

开本 787×1092 毫米　1/16　印张 17.5　插页 2　字数 243 千字
2009 年 11 月第 1 版　2009 年 11 月第 1 次印刷
定价：31.00 元

目 录

第一章　绪论

真正意义上的文学翻译，是自清末民初开始在我国逐步繁荣昌盛起来的。而新中国诞生以后直到1966年“文化大革命”前夕的十七年间，这一事业又获得了空前的发展，文学译笔触及到了五大洲各个角落，世界文苑的奇葩异卉陆续介绍到了我国，极大地丰富着广大读者的精神世界。因此，这个时期堪称是我国翻译文学史上的黄金时代。

撰写翻译文学史，不可避免地要解决几个关键问题。

最主要的应该是分期问题，它与章节的划分密切相关。翻译文学就其本质而言与原创性的文学艺术有所不同，它属于次生性的再创作，但一种作品一旦译成另一种语言，也就开始了新的生命历程，获得了相对独立的品格。翻译文学应运而生，随机消长，在博得异国读者欣赏、陶冶其情操与情趣的同时，也接受着这些读者的选择与取舍。它在新时空中成长时所留下的轨迹，便是一段内涵丰富的发展史。我们根据它的内在因素与外在因素，可以采用历时视角加以审视。

众所周知，历史背景、社会环境乃至文化风尚是决定翻译文学如何发展的关键因素。这一点在十七年间表现得十分明显。从世界政治格局来看，第二次世界大战后形成了社会主义和资本主义两个阵营，冷战思维占据着主导地位。两个阵营壁垒分明，势若冰炭，而各自拥有的文学艺术，在人们心目中，也就大致有了革命与逆动、先进与落后、进取与颓靡、高雅与低俗之不同。这种相互对峙的政治形势，从根本上影响着我国译业的走向。继之，苏联出现了修正主义，其领导人粗暴干涉我国内政，推行大国沙文主义，两国关系由党内分歧迅速转化为公开论战。中苏交恶又给我国译业带来了严重的影响。这时，适逢亚非拉人民反对殖民主义和帝国主义的斗争风起云涌，如火如荼，亚非拉文学自然成了我国译业的重心。

与国际上风云变幻相适应，我国的文化策略、译介方针也经历了曲折的发展历程。建国后很长一段时间，一切向苏联学习，那些反映苏联人民革命斗争和生产建设的作品，被大量译介过来。1954 年 8 月全国性的文学翻译会议在京召开，茅盾做了主题报告，郭沫若也发表了论翻译的讲话。茅盾肯定"文学翻译工作，对于我国现代文学艺术的发展，具有极重要的意义"，同时也强调"提高翻译质量"，"是以艺术的创造性的翻译为目标"(《为发展文学翻译事业和提高翻译质量而奋斗》)。郭沫若则指出，"世界上各个国家，各个民族，都有优秀的作家，留下了优秀的作品"，"通过翻译，我们可以承受全世界的文学遗产"(《谈文学翻译工作》)。不久，他又撰文指出，除了"向苏联学习，向人民民主国家学习"之外，"我们也希望和世界各国学术界有更多的接触……资本主义国家一些古典的和近代的学术著作，我们要学习。即使是唯心主义的学说，我们也都不拒绝。在吸收世界各国文化的基础上，进行自由讨论，这将是我们'百家争鸣'的另一特点"(《"百家争鸣"万岁！》)。在 1956 年召开的第三届文代会上，会议文件更明确规定："协同国家出版机关组织翻译力量，在一九六七年以前，将世界古典作家和当代优秀作家的代表作品全部译成汉文出版。有特殊重要性的作家，应翻译出版他的全集。同时，还应大量的出版研究这些作品的由国内外研究家撰写的专门著作。"(1956—1967 年《工作纲要》)强调翻译的艺术性，强调广泛吸收国外的文学遗产，应该说是五十年代上半叶文学翻译方针比较明显的特征。自五十年代下半叶开始，我国文艺界持续开展整风运动，对待外国文学也更强调二分法，"越是经典越要批判"(周扬语)即是这种态度的写照。因此，进入六十年代后，尽管俄苏、欧美等国的文学依然有所译介，但亚非拉文学中译的比率明显有所提升。

译业自身也有着潜在的发展规律，那就是由偏而全，由表及里，由浅入深。接触一国文学往往从一个作家或一部作品开始，而后才较多、大量乃至全面译介。为了更好地理解译入的作家、作品，又往往去接触原作的文化背景、特殊蕴涵和历代所做的评论。文学史、作家论、作品评论和文学理论之类的著作，也伴随作品的译介而译介过来。这样一来也就深化了对作品或文学现象的认识。而且这种发展一般也是历时性的。

基于上面的分析，本书将建国以来前十七年的文学翻译的发展划分为三个阶段，从而形成了如下三部分：

《二十世纪外国文学翻译的新高峰》（第三、四章）涵盖建国初到1958年的外国文学翻译状况。1949年中华人民共和国宣告成立，从贫弱、卑贱、灾荒、兵燹走过来的劳苦大众，开始计划并营建自己的新生活。文化建设是其中一项重要内容。肩负特殊使命的翻译工作，作为它的有机组成部分，被摆在了十分重要的位置上。翻译工作者对此有着深刻的认识，正如沈志远（时任出版总署编译局局长）指出的那样：在人民获得解放、革命战争基本结束之后，大规模的和平建设即将展开，"因而人民对于文化教育的要求，比过去任何时候都迫切了。我们正面临着一个伟大的文化新高潮。在这一文化新高潮中，翻译工作无疑地是一个非常重要的构成部分"（《翻译通报》发刊词）。时代的召唤，人民的要求，使得翻译工作者意气风发，踌躇满志。他们组织队伍，制订计划，积极准备大干一场。与此同时，他们也深切感到译事之艰巨，任重而道远。他们深知翻译文学的新发展，是整个翻译传统强大律动的继续与延伸，自己正处于历史转折的关键时刻，应该在总结过去的基础上编织未来的锦绣前景。这一时期的成绩不容低估，刚刚过了两年，便与解放前形成了鲜明的对比。有人做了如下统计：

中华人民共和国成立以后，虽只短短二年，我们的翻译出版物无论在量的方面或是质的方面，比过去都有显著的进步。先就量的方面来看，在解放前三十年间（即一九一九到一九四九年），依据不

> 甚完全的统计，全国出版的翻译图书，约近七千种。而一九五〇年一年内所出版的翻译图书，已多达二千余种，其中除去解放前译的再版书以外，新译书实计一千一百多种，约为过去三十年内出版数量的七分之一强。再就性质方面来看，在同一期间，译自英美资本主义国家的，占全部翻译书的百分之六十七，而译自苏联的仅仅占百分之九点五。到解放以后，前者退到了百分之二〇点五，而后者却升到了百分之七七点五。过去三十年间所出版的全部俄文译本总共不到七百种，而一九五〇年一年内出版（包括再版）的俄文译本已多达一千六百余种。
>
> ——沈志远《为翻译工作的计划化和提高质量而奋斗》

就内容而言，译品的涵盖面十分广泛：和平、民主、自由、进步、重建家园构成了时代的最强音，一组革命者的英雄形象（如保尔·柯察金、卓娅、卡佳、马特洛索夫）在读者心中矗立起了不朽的丰碑，益智广识、饶有趣味的儿童文学为儿童营造着丰富多彩的生活……新中国的译者们一开始就显示出欲揽世界文学珍奇的不凡气度。

接下来四年内的文学翻译，是十七年译业的鼎盛时期。1954年8月19日，全国文学翻译工作会议在北京召开，来自各地的翻译家多达二百余人。茅盾的报告分四个部分：一、介绍世界各国文学是光荣而艰巨的任务；二、文学翻译工作必须有组织、有计划地进行；三、必须把文学翻译工作提高到艺术创造的水平；四、加强文学翻译工作中的批评与自我批评和集体互助精神，培养新的翻译力量。与会代表还讨论了"世界文学名著介绍选题计划"。这次会议对后来的工作产生了重大的影响。1958年文学研究所组建编委会，众多名家参与，准备翻译出版"外国文学名著丛书"。正是由于诸如此类的计划性，翻译工作在这时出现了崭新的局面。这表现在：一、初次中译的外国作家作品数量日渐增加；二、已被译介的外国作家又有未译的作品译为中文；三、一些文坛巨擘的大部头中译选集或全集陆续问世，如《莎士比亚戏剧集》（朱生豪译本，凡十二卷）、《莫里哀喜剧选》（赵少侯译本，凡三卷，含十九部剧本）、《易卜生戏剧集》（潘家洵译本，凡四卷）、《契诃夫小说选集》（汝龙译本，凡二十七种)。这为全面了解、研究某个作家提供了方便。与此同时,外国文学理论的译介工作有所加强,翻译界出版了《文艺理论译丛》、《戏剧理论译文集》、《保卫社会主义现实主义》、《美学与文艺问题论文集》等著作。总之,从现代到古典,从作品到理论,从苏联和民主主义国家到欧美诸国,再到亚非拉世界,译介的领域大大扩展了。历史所赋予广大译者的伟业,现在又获得了新的进展。在回顾十年来的工作时,他们曾欣欣然宣称:"开国以来,我们的外国文学翻译和研究工作,在党的领导之下,在新社会的优越条件之下,发扬了'五四'以来外国文学介绍工作的优良传统,开辟了解放以前外国文学介绍工作不曾达到的新领域。短短的十年内,外国文学翻译工作得到了蓬勃的发展,外国文学研究工作有了健康的发展。"(卞之琳等《十年来的外国文学翻译和研究工作》)

《"文革"前的亚非拉文学翻译》(第五章)包括六十年代前六年的翻译状况。这是世界大动荡、大分化、大改组的一个时期。中苏政治上的分歧,渗透进了翻译界。我国译者对苏联文学一改过去那种肯定、赞赏、奉为楷模的态度,开始了冷静的思考。尽管过去译介俄苏的计划仍在执行,并有重要的译著出版,但在反对修正主义的旗帜下,译者们也试图寻找反面教材,译过来作为批判的对象。这时翻译欧美文学取得了一定的成绩,英国的高尔斯华绥、乔叟、萧伯纳,法国的莫里哀,德国的托马斯·曼,美国的欧·亨利等译介较多。而真正值得注意的是亚非拉文学的译介。以前很多国家的作品没有中译本(期刊译文除外),这时却从无到有,初次接触我国读者,如亚洲的尼泊尔、斯里兰卡、巴勒斯坦,非洲的苏丹、突尼斯、摩洛哥、几内亚、加纳、安哥拉,拉丁美洲的厄瓜多尔、秘鲁、巴拉圭,等等。有些国家的作家作品是做过译介的,这时则有了新的译本,如印度尼西亚、埃及、古巴、智利,等等。亚非拉国家处于反帝反殖的前沿阵地,我国译介的绝大多数是它们战斗性极强的小说和诗歌。

山雨欲来风满楼。及至1966年"文化大革命"前夕,有历史使命感的广大译者依然希望再接再厉积极推动外国文学的译介工作。冯至撰写了题为《外国文学工作者在毛泽东思想旗帜下前进》的文章,刊登在当年的《世界文学》杂志上。他说:

> 建国以来，外国文学工作在党的领导下有了很大的进步和发展。开始有计划地翻译外国的古典名著、革命的社会主义文学和民主主义文学；随着亚洲、非洲、拉丁美洲反对帝国主义和新老殖民主义斗争的迅速发展，翻译介绍的范围也日益扩大。西方资产阶级颓废的、反动的文学在新中国完全丧失了市场。译文的质量有了显著的提高。国家设立了研究外国文学的机构，文艺团体也密切关心外国文学的情况和动向，努力用马克思主义的立场、观点、方法来研究外国文学，取得了一定的成就。在国际文化交流中，外国文学工作者也做了不少的工作。外国文学工作在建国以来十几年的成绩远远超过了过去的几十年。

这是将来做好外国文学工作的物质基础，但文题所示的那种昂扬的热情，接着便被动乱时代无情地窒息了。

由以上所述不难看出，本书关于十七年文学翻译工作的分期，是根据它的总体走向而划分的。有一个明确的分水岭固然很好，但有时两个时期也会互相交叠而边缘不清。1954年8月召开的全国性文学翻译会议属于前一种情况，就翻译的指导思想及其实践来看，前后两个时期判然有别。而第二个分界线只能说是个大致的划分。一是因为中苏交恶在政治上是个渐进的过程，而在翻译工作上体现出来，不仅滞后而且缓慢。1959年茅盾出席苏联第三次作家代表大会时依然热情称赞“光荣的苏联文学”，认为“在这段时间里，它给苏联人民建设共产主义社会的创造性劳动和英勇斗争以深刻的反映（……它在反对殖民主义、反对冷战、保卫世界和平、加强各国人民之间的友谊等等方面），作出了巨大的贡献。可以毫不夸大地说，具有伟大的思想感情和丰富经验的苏联文学，正在向世界艺术创作的新的高峰前进”（《大会祝词》）。苏联作家在会上也指出，“我们苏联文学和伟大中国的现代文学不单单是善邻，而且是近亲”（柯切托夫发言《主要方向》）。二是因为我国译介亚非拉文学也是个渐进的过程。且不说社会主义国家朝鲜在建国之初即有大量译介，其他亚非拉国家的作家作品也时见较早的译例，如土耳其的萨巴哈钦·阿里、希克梅特，南非的阿伯拉罕姆斯，巴西的乔治·亚马多，智利的聂鲁达。1958年《译文》月刊连续开设“亚非国家文学专号”和“现代拉丁美洲诗集”，无疑是亚非拉文学译介高潮到来的风信标。然而，及至六十年代上半叶，这种译介才形成规模。因此，在这种情况下，划分时期只有相对的合理性，如果换一种视角便会有不同分期方案。

按照撰写计划，本书还应该涉及“文化大革命”期间翻译情况，《“文革”时期的外国文学翻译》(第六章)将讨论1966年5月到1976年底十年间的文学翻译情况。在这段萧索的年代里，极“左”思潮甚嚣尘上，文学翻译遭到了严重摧残。那时，《世界文学》被迫停刊，只有内部发行的《摘译》于数年间(1953—1976)发表了一定数量的外国文学中译。关于这个刊物的编辑方针，编辑组回答读者说：“《摘译》是一本只供有关部门和专业单位参考的内部刊物。(顺便提一下：不是为了批判和研究，只是单纯的阅读，甚至是‘欣赏’，而在人们中间流传，那是不对的。)它的主要任务是通过文艺揭示苏、美、日等国的社会、思想、政治和经济状况，为反帝反修和批判资本主义提供资料……”(1976年第1期)单行译本的情况大体类此，许多书出版是为批判而内部发行。其中，苏联的反华作品比重较大，如电影剧本《德尔苏·乌扎拉》、长篇小说《阿穆尔河的里程》、《苏修短篇小说集》(《摘译》增刊)等。真正作为正面读物的则数量不多，它们大多反映亚非拉人民的斗争生活，如《越南南方短篇小说集》、《巴勒斯坦战斗诗集》、《柬埔寨通讯集》、《莫桑比克战斗诗集》。有些则反映阶级矛盾或阶级斗争，如小林多喜二的《沼尾村》、《蟹工船》，伦沙万的《生活的道路》，阿尔西德斯·阿格达斯的《青铜的种族》等。这些译著和译文的发表，形成了十年动乱期间的涓涓细流，它们在读者大众的文艺生活中增添着某种色彩，在揭示事实真相、沟通中外信息方面起着一定的积极作用。

其次是共时因素的处理问题。所谓共时因素，与历时因素不同，它是指翻译文学中的平行因素，其间构成了特殊的因果关系。译者与译作便是一对共时因素。按理说，虽然翻译文学是一种再创作，但译者毕竟是再创作的主体，其作用是支配性的。那么，翻译文学史就应该凸显译者的劳作和成就。不过，这种主体并不像原作者那样具有唯一性，而且不同译者的艺术手法也有高下之分，所以本书仍以外国文学作品为主，只是在相应的段落介绍成就巨大的译者,而一般译者则以注文说明。此外,文学自身还有文类之别,小说、戏剧、诗歌、散文、通讯报道、寓言、民间故事,等等。而我国翻译文学史涉及五大洲众多国家,读者有理由要求给出明确的地理概念,以确定原作之所由来,比较各国文学中译之多寡。有时读者甚至可能希望看到各国的文学中译之久新——而这又涉及历时因素了。本书在引文中或以附录形式提供这种信息,门类纵横交织,丰富翻译史的内容。

再次是"时代精神"问题。众所周知,各个时代的文艺创作无不反映特定的思想内涵而呈现出鲜明的时代特色,翻译文学取自外国,是否也有这样的时代精神呢?答案是肯定的。尽管原作来自不同的国家,而它们在原在国又有着不同的时代背景,但经过选择,那些来源不一、个性突出的作品也就有了相对集中的共同性。这种选择一方面要符合选译者的事先预设的标准,另一方面,在译出之后经过读者接受态度(喜恶、迎拒,等等)的考验而有所改变。建国后十七年来外国文学的阅读,大体上可以说是一种"时代性阅读",其特征是:广大读者对某些重要著作的认识几乎高度一致;集中关注作品的思想性(而非艺术性),尤其是关于英模人物的描写;关于外国文学作品,较少看到各抒己见的讨论,在外国文学评论界实际上并未形成百家争鸣的局面。显然,这种阅读方式与当时的社会现实息息相关。特殊的需求唤来了特殊的产品,读者如何接受决定着翻译作品的命运,因而翻译文学在回应时代呼唤之时,也就酿成了特定的时代精神。我们可以从如下几个方面来认识十七年翻译文学的这种精神:

一、密切联系时局的当下性。为了让广大读者了解当前世界各地激烈而残酷的反帝、反殖、反修斗争,译者们往往很快就把原文译成中文。抗美援朝时的报告文学(如《中朝人民英雄的故事》、《同志们,看见海了!》)即是显例,像短篇小说集《燃烧的月尾岛》、诗集《朝鲜在战斗》等,也同样具有报告文学的性质。越南民族英雄阮文追,1964 年 10 月被美帝国主义杀害,次年便有了描写她与敌人斗争的报道《像她那样生活》的中译本。苏联作品迅速译成中文的例子数量更多,不胜枚举。这类译作就像事情发生在身边一样,给人以身临其境之感,加强了读者与世界各国人民在心灵上的沟通。

二、提供异国信息的认知性。外国文学产生于国外，其中人物、情节、场景、描述等均不同于我国读者耳熟能详的本国作品，译作便成了了解他者的窗口。从大处来说，瑰丽神奇的神话世界，凶险四伏的阶级社会，揭竿而起的贫苦大众，无辜者遭受凌辱、蹂躏的残酷现实，等等，均可从译作中找到相关的描写，从而提高对于阶级社会发展规律的认识。这些作品也介绍某地风土人情、自然风光、历史变迁等知识，也是人们增益见识的信息来源。至于那些充满幻想、引人入胜的科幻作品（如儒勒·凡尔纳的多种著作），则引导儿童认识并起而探索大自然的奥秘。

三、树立楷模形象的教育性。这一点尤为重要。任何翻译活动都有它的功利性，教育人们弃恶从善是最基本的目标，而鼓励人们向英模人物学习才是当时译作主要的期待。其中优秀的作品也确实在我国产生了巨大的反响，像塑造保尔·柯察金的《钢铁是怎样炼成的》、塑造马特洛索夫的《普通一兵》、塑造英雄群体的《青年近卫军》，在我国几乎是家传户诵，百读不厌。描写斯达汉诺夫式劳动者的作品，也与新中国的社会主义建设产生了共鸣，投身于生产建设的读者群纷纷以之为榜样，学习他们的工作方法以及献身精神。榜样的力量是无穷的，这些作品在我国思想建设中起到了举足轻重的作用。

纵观这一时期，我国出现了译业兴盛、译人众多、译著繁富、译笔精湛的繁荣景象，这是前所未有、世所罕见的一种景象。尽管频繁的政治运动影响着翻译工作的正常化，而旷日持久的“文化大革命”又基本上中断了翻译工作，但是建国后的前十七年，仍然称得上是我国翻译史上的光辉一页。

第二章 翻译事业的组织与建设

新中国成立之初的五年间,翻译界提出了从分散到组织、从无序到有序的口号,译坛面貌很快就焕然一新。广大译者受到新形势的鼓舞,满怀豪情壮志,准备在中外文化与文学交流中大显身手。他们一面重刊旧著,一面奉献新作,精心装点着译林的春天。

第一节 译者的汇聚

在1949年百花争艳的盛夏季节,正值大江南北解放战争摧枯拉朽之际,中华人民共和国即将成立的前夕,来自全国各地的文艺工作者欢聚北平,于6月30日至7月28日召开了首届"中华全国文学艺术工作者代表大会"。在与会代表中,有不少是专职的文学翻译家,或者兼执译笔的文学家,如李青崖、萧三、潘家洵、曹靖华、董秋斯、王力、金人、罗念生、闻家驷、焦菊隐、李霁野、李健吾、卞之琳、姜椿芳、冯亦代、戈宝权、袁水拍等,总数不下六十人。

这次大会是我国文学艺术界前所未有的一次盛会。为了推动新中国文艺事业的迅速发展,大会总结了"'五四'以来的新文艺运动"的性质和特点，号召为建设新中国的人民文艺而奋斗。在会上，文学、戏剧、美术、音乐和舞蹈各界代表先后做了专题发言，虽然没有专门论述翻译工作的报告，但沟通中外的翻译工作的必要性和重要性，还是得到了某种程度的强调。郭沫若在总报告中为以后的文艺工作提出了三项具体任务，其中有一项便与翻译有关。他说："我们要批判地接受一切文学艺术遗产，发展一切优良进步的传统，并充分地吸收社会主义国家苏联的宝贵经验，务使爱国主义和国际主义发生有机的联系。"[①]《中华全国文学艺术界联合会章程》也强调"加强中国与世界各国人民的文化艺术的交流，发扬革命的爱国主义与国际主义的精神，参加以苏联为首的世界人民争取持久和平与人民民主的运动"[②]。显而易见，上述"有机的联系"的建立，中外文化艺术交流的进行，主要是依靠翻译这条便捷而有效的途径来实现的。

广大翻译工作者为了积极投身于建设新文艺的洪流，也做了一些组织和建设工作。在第一次"文代会"召开之前，甚至在上海尚未解放之前，这里的翻译工作者就在交换意见，筹划成立译协。同年 11 月 13 日，上海翻译工作者协会正式宣告成立，推选董秋斯为大会主席，选出执委十九人，并且讨论通过了协会简章。会员共计一百五十三人，从事文学翻译者人数最多，几乎占全体会员的一半。译协成立的宗旨在于：团结翻译工作者，促进国际文化交流，培植翻译人才，提高翻译水准，参加新民主主义文化建设。其具体任务则是编辑翻译书刊，推进翻译工作，检讨翻译成绩和辅助翻译教育四项。[③]上海译协利用《翻译》月刊，积极译介国外优秀作家及其作品。北京的组织工作稍迟些，但因具有广泛的代表性，影响也大些。建国初，中央人民政府设立出版总署之时，也下设了一个翻译局（不久改称编译局），旨在介绍苏联及人民民主国家的建设经验，同时翻译资本主义国家的进步作品。翻译局很重视译品的质量，

① 郭沫若《为建设新中国的人民文艺而奋斗》，中华全国文学艺术工作者代表大会宣传处编《中华全国文学艺术工作者代表大会纪念文集》，新华书店，1950 年，第 41 页。

② 同上，第 573 页。引文系《总纲》第四条第六款。

③ 参见《翻译》月刊第一卷第四期，世界知识社，1949 年 12 月，第 64—65 页。

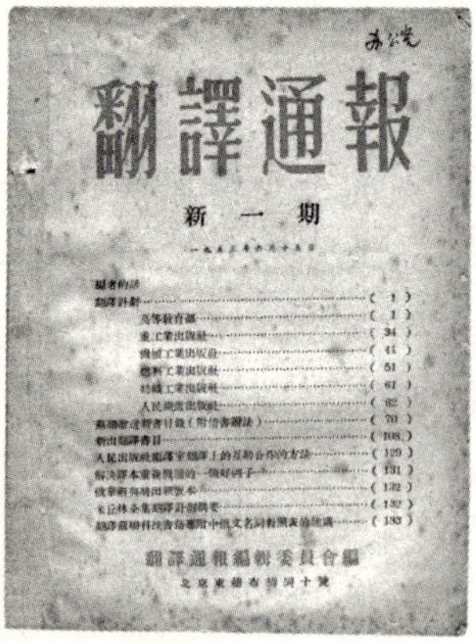

^《翻译通报》新一期，1953年6月15日出版

采取了分组负责、专人校对、集体释疑等措施。一部译著必须经过选书、翻译、自校、互校、校对室校阅、该管处负责人审阅、局长审阅诸多步骤，最后才得以付梓印行。翻译局与在京的各大学、各主要机关以及华北、华东、西北的翻译工作者建立了联系，邀请他们参加座谈会，讨论亟待解决的翻译问题，并请他们代为组织或翻译稿件。①

出版总署及其下属的翻译局成立以后，还采取了其他一些具体举措，来推动我国翻译事业的发展，如促成《翻译通报》月刊的诞生，举行"五四"翻译座谈会、第一届全国翻译工作会议，等等。这在全国产生了较大的影响。

1950年1月16日，翻译局召开讨论会，与会者一致倡议创办一个刊物，作为全国翻译工作者进行交流的开端。经过数月酝酿，很快便有了具体方案；同年5月25日，筹委会开会，决定所办刊物以联系、交流、开展批评与自我批评、提高翻译水准为宗旨，刊名定为《翻译通报》。编委来自驻京的十五个单位，除出版总署外，还有中宣部、文化部、军委会、科学院、新华社、人民大学、三联书店、世界知识社、时代出版社、《人民日报》社等。常务编委有朱葆光、胡仲持、陈冰夷、曹汀和董秋斯五人，召集人是新近调到北京的董秋斯。这个刊物不同于上海的《翻译》月刊，一般不刊载译文，而是译介翻译理论与经验，评介译著和外文书刊，解答翻译问题，披露翻译计划，并报道翻译界动态。②它的第一卷（共六期）是非卖品，从第二卷第一期（1951年1月15日）开始公开发行。在刊行期间，它一直是翻译界的核心刊物。

"五四"翻译座谈会于1951年4月19日在出版总署文化宫召开，与会者一百余人，名家如林，各擅胜场。会议由叶圣陶主持；讨论的重点

---

① 参见张君悌《出版总署翻译局》，《翻译通报》第一卷第三期，1950年9月1日。

② 参见《本刊筹备经过》，《翻译通报》创刊号，1950年7月1日。

在于总结"五四"以来我国译业的经验与教训,保持优点,革除弊端,加强计划性、组织性,提高翻译水准。叶圣陶强调,随着中央人民政府的成立,文化建设开辟了一个新的时代,其中翻译工作也应该有更高的要求。会上赵少侯、杨晦、曹靖华、冯至、潘家洵、朱光潜、李长之、季羡林、罗念生等人发了言。与此同时,《翻译通报》编辑部拟题征文,收到吕叔湘、杨人楩、李健吾、施蛰存等"'五四'翻译笔谈"十则。这些发言和短文大半涉及当前亟待解决的具体问题,如翻译工作的组织性和计划性、翻译语言、翻译方法、工具书的编纂。围绕"五四"以来翻译实践的讨论,产生了总结过去以利未来的效果。

1951年11月6日,全国翻译工作者在出版总署的召集下第一次正式聚会,邀请代表一百三十七人,会期一周。胡愈之代表出版总署致开幕词[①],肯定了"五四"以来翻译工作对于人民民主革命事业所做的巨大

^ 叶圣陶先生

^ 施蛰存先生

^ 草婴先生

^ 傅雷先生

^ 杨宪益、戴乃迭先生

① 胡愈之时任出版总署署长。

贡献,同时也分析了当前翻译工作所面临的紧迫形势。他援引毛泽东的话说:"中国应该大量吸收外国的进步文化,作为自己文化食粮的原料,这种工作过去还做得很不够。"(《新民主主义论》)并且认为,这句话直到今天还符合现实情况。为了迎接即将到来的政治、经济和文化建设,翻译工作者还有很多事情要做。鉴于翻译局近来发现译著质量低、重复浪费、译事缺乏计划性等严重问题,他号召代表们与大家共同努力,务使以后的"翻译出版物逐步消灭错误,提高质量,走上计划化的道路"①。会上,胡乔木、沈志远分别做了主旨报告,柯柏年、张锡俦、曹汀等则就一些实际问题分别做了专题报告,代表们畅所欲言,各抒己见,提出了许多具体的建议。叶圣陶致闭幕词,总结了大家的意见,并且就其可行性做了说明。他着重分析了如何开展集体校订、如何处理原著的阶级性、如何有计划地培养翻译人才等问题。②这次以解决实际问题为宗旨的全国性会议,标志着新中国翻译事业有序化的发端。

这个时期,全国各地有些研究机关、文化部门、高等院校和出版社,也陆续组织翻译团体以沟通声气,交流经验,商定计划,选译佳作。翻译人才通过种种形式被组织了起来,这为有效地发挥翻译力量以投身于即将到来的译业新高潮,创造了有利的条件。

第二节 译业的净化

组织与动员工作的实施自然与澄清并提高思想认识是密切相关的。在解放初的两三年内,翻译家围绕着组织性、选择性等问题,针对旧社会遗留下来的妨碍译业健康发展的弊端发表见解,并对翻译中的缺点和错误进行批评和自我批评。

翻译作品有着独特的陶冶情操、增广知识和丰富美感的功能,这种社会性极强的智力劳动有时会与个体操作方式发生矛盾。过去那种轻率而译、粗制滥作以抢印多销的现象,延续到了五十年代初。沈志远一

① 胡愈之《第一届全国翻译工作会议开幕词》,《翻译通报》第三卷第五期,1951年12月15日。

② 参见叶圣陶《第一届全国翻译工作会议闭幕词》,同上。

针见血地指出，这不啻是一种唯利是图的商业操作："旧中国的翻译工作，正如旧中国的其他一切事业部门一样，完全是无组织、无政府的。每一翻译工作者，都把译书当作自己的私事来进行；每一出版家，也都把翻译书刊当作普通商品来买卖。译作者是为了生活，出版者是为了利润，私人的利益推动着一切。该翻译什么样的书，该怎样进行翻译工作，该采取怎样的方针来译书出书，哪类书该多译多出等等，这一切都是翻译者或出版者个人的私事，谁也不能去过问，市场的情况决定着一切。"[①]虽然这一判断不无绝对化色彩，忽视了"五四"时期到四十年代的一些有组织、有计划的翻译，但从整体上看来，那时译作者和出版家的确往往被市场的行情束缚住手脚。谷鹰也批评道："过去的翻译工作，如像单纯商品生产一样，是独立的、零碎的、散漫的，各个工作者之间没有联系，也不知道读者和社会所需要的东西，大家只是拣自己要译的来译，不问这本书是否需要，是否有人在译，译出了就算数。"而且事到如今，"翻译工作也未见改善，照旧是分工不明确，无统一的领导，各机构之间不协调，联系不够……私营书店的书出得更混乱，大家抢先出版，只管快出、速成，不管内容、水准等等。于是一种原文有好几种译本的就不甚为奇"。[②]这种现象不只是造成了人力和物力的浪费，更严重的是干扰了时代所赋予翻译事业的历史使命。消除这一矛盾的唯一方略就是加强组织性和计划性。罗书肆指出，计划与组织两者间有着相互依存的关系："没有计划，组织便只是个有名无实的空架子；没有组织，计划便徒托空言而无法实行；翻译工作的计划与组织能很好地配合，一切其他的问题才比较容易解决，翻译工作才能有健全的发展。"[③]尽管实现有组织、有领导、有计划的目标任重而道远，但由于翻译界早已有见于此，因此第一届全国翻译工作会议正式号召组织起来进行有序工作之后，译者无不心慕意追，身体力行。事实很快就证明，组织性和计划性的加强对翻译工作产生了良好的效应。

作为有序工作的第一步，如何具体选择原著自然是翻译界广泛议

① 沈志远《发刊词》，《翻译通报》创刊号，1950年7月1日。
② 谷鹰《翻译与商品》，同上。
③ 罗书肆《翻译工作的计划与组织》，《翻译通报》第三卷第二期，1951年8月15日。

论的话题。在当时的历史条件和社会背景之下，译者必然会关注作家的政治态度及其作品的思想内容。金人告诫同行选择“必须十二分的慎重”时，便是基于这两点加以说明的：

> 第一，要考虑我国政治与文化环境的需要，翻译哪一种书是最迫切需要的，哪一种是较次需要的，哪一种是现在不需要而将来需要的。其次就要考虑一本书的作者；他是哪国人，他是进步的，反动的，还是中间的。最后再把书的内容仔细看一遍，是否合于我们的需要，然后决定是否译出。①

当时，被誉为“世界上最前进、最丰富、最有政治教育内容”②的苏联文学，在我国的译介已有二三十年的历史，而且一直作为“良师益友”而影响着一代代向往乃至投身于革命斗争的中国读者。此时，翻译界依然强调苏联文学的特殊性与重要性，除了大力译介作品之外，还邀来苏联作家现身说法，以增强中国读者的理解。例如，适夷的译文集《苏联文学与戏剧》(1950年，上海光明书局重刊)辑译了莱奥诺夫、伊凡诺夫、法捷耶夫、费定等人论述苏联文学某种特质的文章，展示它已“站在新人类的水准上”；而蒋路译自苏联《大百科全书》，题名为《论苏联文学》的文章说得尤为明确：“苏联文学的社会主义内容、它的党性、它的多民族性、真正的人民本质以及它的社会主义的现实主义，——凡此一切都是第一次出现在世界历史上的崭新现象。”③苏联文学至为重要，这时已成为人们的共识，其译介自然要放在整个翻译工作的首位。④

与此同时，也有不少译者瞩目于更大范围的外国文学作品。周珏良建议，翻译局和文化部应当组织全国的翻译力量，有系统地翻译一些欧

① 金人《论翻译工作的思想性》，《翻译通报》第二卷第一期，1951年1月15日。

② 曹靖华语，引自他为苏联《真理报》写的文章《苏联文学在中国》，《人民周报》1952年第8期。

③ 该文为斯科塞莱夫等人所作，蒋路译文载《翻译》月刊第一卷第一期，1949年9月1日。

④ 仅在1950年，据出版总署编译局计划处初步统计，总共译书2147种，其中译自苏联的书籍居第一位，计1662种，占77.5%。参见沈志远《为翻译工作的计划化和提高质量而奋斗》，《翻译通报》第三卷第五期，1951年12月15日。

美古典与现代的文学名著。[1]穆木天还认为，为教育下一代，翻译世界名著是目前的迫切需要，尤其是西欧名著，“因为必须使我们的青年对于西欧文学有正确的认识，才可以扫清帝国主义文艺学的流毒”[2]。不过，这些呼吁在五十年代之初并没有带来多少实际效果。有人指出，与俄文翻译相比，其他语种的翻译事实上似有停滞之势，“许多精通英、法、德、意、日、希腊、拉丁文的专才，都觉得无书可译，英雄无用武之地”[3]。由于选择性大为加强的缘故，这时介绍资本主义国家作家和作品的译例并不多，而一些革命的、进步的作家则得到了翻译和介绍，如美国的德莱塞、法斯特、马尔兹、海尔曼，英国的伏尼契，德国的雷马克、西格斯，法国的阿拉贡、A. 斯蒂等。除此而外，也时见一些优秀的欧美古典文学的译本问世。

在实际操作中，如何把握选择的尺度并非没有分歧。1951 年，文化生活出版社刊印了丰华瞻中译的《格林姆童话集》(即格林童话集)两册。次年，施以撰文批评，认为“这种童话不宜在今天我们的新民主主义的国家拿来出版，因为那些故事里面充满了有害于我们的下一代的毒素”。他的证据是：以国王、王子和公主为主角，轻视劳动人民，诬蔑妇女和犹太人。文章发表后不久，译者丰华瞻和文化生活出版社致函《翻译通报》编辑部，表示认可“有毒素”的说法，愿意停止出版。又过了三四个月，《人民日报》发表文化生活简评，认为施以的批评是错误的，并且指出，“像‘格林姆童话集’这样的古典作品的翻译和出版固然应该受到欢迎，即使对于一种内容有个别错误但大体上有益的出版物，也只应当进行批评，帮助其得到修正，决不应当因为有个别错误而抹杀其全部价值”。[4]这时胡汉也在给《翻译通报》的信中，对施以的观点逐一做了批驳和说明，认为“对于一切文化遗产我们都需要采取批判地吸收的态

---

① 参见周珏良在翻译工作者笔谈会上的发言，《翻译通报》第一卷第六期，1950 年 12 月 15 日。

② 穆木天《关于外国文学名著翻译》，《翻译通报》第三卷第一期，1951 年 7 月 15 日。

③ 王宗炎《对于全国翻译工作会议的建议》，《翻译通报》第三卷第二期，1951 年 8月 15 日。

④ 该简评刊于 1952 年 7 月 3 日的《人民日报》。

度”[①]。这一文案远远超过了本身的蕴涵，因为翻译界对于选择性的重视延伸到了选择标准的明确。

翻译界也重视开展批评与自我批评。董秋斯撰文肯定“批评与自我批评是我们这个时代基本精神之一”，接着提出了今后批评应做到的几点事项。它们是：一要分别对象，名家与初学不可一概而论；二要找重点，影响大者（如普及性文艺书籍）须加批评；三要掌握原则，避免吹毛求疵；四要推荐成功经验，应以旧社会“乐道人过而不乐成人之美”的作风为戒；五要侧重作风问题，尤应针对“潦草塞责”现象进行批评；六要建立正确理论，杜绝“彼亦一是非、此亦一是非”的混战，等等。[②]他在另一篇文章里还表达了翻译界应有专业化翻译批评家的愿望。[③]焦菊隐《论翻译批评》一文也从实际情况出发，提出了一些开展批评的具体措施，如必须估计人力、语言、影响等客观条件，必须分辨译文的种类，确定哪些译品要公开批评以及采取哪一种批评态度。[④]1951年底，全国上下开展反贪污、反浪费、反官僚主义的“三反运动”。及至1952年3月，翁濂撰文呼吁翻译界也积极投入这一运动[⑤]，于是《翻译通报》在接下来的三期中，连续开辟了“三反运动中翻译界的批评与自我批评特辑”。自我检讨和相互批评都十分严肃，甚至是宁严勿宽，宁深勿浅。但无论如何，这些广涉译业、译事、译人、译品的检讨和批评，有利于荡涤翻译界的不良现象，净化翻译界的学术气氛。

第三节　译论的探索

翻译理论是翻译实践的灵魂。在清除滥译风气的努力中，译者普遍

① 胡汉的信件刊于《翻译通报》1952年7月号。顺便指出：一、胡汉认为施以的“诬蔑犹太人”之说是中肯的，并说俄译本已将“犹太人”改为“狡猾的商人”；二、《人民日报》简评和胡汉来信均批评《翻译通报》编辑部发表施以书评的做法不够慎重，该刊编辑人员对此也做了检讨，并以《正确认识“格林姆童话集”的价值》为题，将“简评”、“来信”和“检讨”辑录一处，刊于7月号卷首。

② 参见董秋斯《怎样建立翻译界的批评与自我批评》，《翻译通报》第一卷第二期，1950年8月1日。

③ 参见董秋斯《翻译批评的标准和重点》，《翻译通报》第一卷第四期，1950年10月15日。

④ 焦文刊于《翻译通报》第一卷第六期，1950年12月15日。

⑤ 翁濂的文章题为《展开翻译界的三反运动》，刊于《翻译通报》1952年3月号。

意识到了强化翻译理论的必要。这个时期，探讨译论的文章屡有所见，大家或就前人的经验教训，或就个人的心得体会，讨论翻译的性质、移译的方式、译语的运用等诸多问题。

在理论建设问题上，董秋斯指出，当前开展翻译批评的困难在于缺乏完备的理论体系和公认的客观标准。他说，世界著名翻译家，如英国的泰特勒、苏联的朱柯夫斯基，都认为翻译既是科学又是艺术，并有专书加以论证，对理论贡献殊多；而我国自古至今译者如林，但几乎无人从事翻译理论研究，因此翻译批评也难以开展。①他在另一处又具体分析说，解放以后，国家负起了文化建设的责任，而且译者境况大为改善，译坛面貌焕然一新，这一切正是加强理论研究的良好条件。这一工作可分为两个步骤：首先就一些比较重要的问题（如直译和意译、审校制度、译文标准，等等）制成方案，提交全国翻译工作会议讨论通过，作为临时的"共同纲领"，使译者据以工作；然后组织专家，总结古今经验，搜罗中外译论，最终写成《中国翻译史》和《中国翻译学》两部巨著。②关于翻译史，《翻译通报》第二卷第五期辟"中国翻译史特辑"，载文一束，远追史实，其重点在于介绍佛经的中译；同期还设有"'五四'谈翻译"专栏，其重点则在于总结晚近的发展史。张孟闻就如何写好翻译史发表意见，讨论史料收集、译史断代和叙述范围三个问题，暗示翻译史应包括多种学科（文学仅为其中一种）。③关于翻译学，间或有人论及翻译本质、译文风格、译语运用、专名译法等问题，而讨论最多的还是直译和意译。

直译和意译孰是孰非，孰优孰劣，翻译界争论已久，这时仍然议论纷纷，而且仍然从鲁迅的见解说起。胡仲持认为，鲁迅针对"硬译"说、"与其信而不顺，不如顺而不信"说等荒唐而庸俗的意见，提出"宁信而不顺"的口号，不过，尽管他把"顺"或是"流畅"放在了次要位置，但其译作当时还是被公认为最流畅的，譬如他自称"逐字"、"逐句"译出的厨川白村的《苦闷的象征》，就被人看做"极其条畅，真非大手笔不办"（许寿

① 参见董秋斯《翻译批评的标准和重点》，《翻译通报》第一卷第四期，1950年10月15日。

② 参见董秋斯《论翻译理论的建设》，《翻译通报》第二卷第四期，1951年4月15日。

③ 参见张孟闻《关于中国翻译史的几个问题》，《翻译通报》第二卷第五期，1951年5月15日。

裳语)。[1]罗书肆暗示,所谓"不顺",指的是"读者没有看惯"、"可是想一想也能懂得的新表现法",而"欧化语就是新的表现法之一,它虽然有些'不顺',可是比较容易做到'信',所以鲁迅先生也是极力提倡欧化语的"。接着,他援引鲁迅《关于翻译的通讯》以证实这一点:"凡是翻译,必须兼顾着两面,一则当然力求其易解,一则保存着原作者的丰姿,但这保存又常常和易解相矛盾:看不惯了。"因为原是"洋鬼子",当然看不惯,为顺眼起见,可换换衣裳,却不该削低鼻子,剜掉眼睛;"我是不主张削鼻剜眼的,所以有些地方,仍然宁可译得不顺口"。[2]李季则对所谓的"不顺"现象做了仔细分辨。他指出,鲁迅先生本人曾经说过,"不顺"是暂时现象,并非永远如此:"其中的一部分,将从'不顺'而成为'顺',有一部分,则因为到底'不顺'而被淘汰,被踢开。这最要紧的是我们自己的批判。"(《关于翻译的通讯》)他又举例说,"罢工"二字输入之初,的确让人感到"不顺",但不久便"顺"了;而新语"奥伏赫崩",佶屈聱牙,终于"被淘汰,被踢开",而代以"扬弃"了。[3]"信"与"顺"之争实际上是和"直译"与"意译"之争相互关联的,这是一个问题的两个方面。季羡林指出,鲁迅先生力主"直译",但"直译"是有限度的,并非严格依照原文逐字译之,甚至连次序也不颠倒,那不是"直译",而是"死译";"真正的'直译'是在照顾中文基本文法构造的原则下,逐渐输入一点欧化语法进来,目的只在把我们不太精密的文法慢慢地有步骤地改造得精密起来"。[4]巴金则强调翻译的重要条件——"忠实",也"应该是保存原作的风格,而不是保存外国文句的构造"。因此,他认为两种译法并没有矛盾。他说:"我觉得翻译的方法其实只有一种,并没有'直译'和'意译'的分别。好的翻译应该都是'直译',也都是'意译'。那些改变了原文风格,改变了原文语气,改变了原文意义的翻译并不是'意译',那是编译,或'改编'。流畅或漂亮的原文应该被译成流畅或漂亮的中文。一部文学作品译出

① 参见胡仲持《论鲁迅的翻译》,《翻译通报》第一卷第四期,1950年10月15日。"编者按"称此文原载1948年香港出版《保卫文化》一书,现转载于此,以飨读者。
② 参见罗书肆《论译文中的欧化语》,《翻译通报》第二卷第五期,1951年5月15日。
③ 参见李季《鲁迅对于翻译工作的贡献》,《翻译通报》1952年1月号。
④ 参见季羡林《从斯大林论语言学谈到"直译"和"意译"》,《翻译通报》第二卷第二期,1951年2月15日。

来也应该是一部文学作品。”“外国人谈话也跟我们中国人一样,他们说的是活的语言，绝不是像我们在一些翻译小说中念到的对话那样的东西。”[1]金人觉得就事论事无济于问题的彻底解决,他另辟蹊径,提出了“翻译工作的思想性”问题。在他看来,翻译工作历来是一项政治工作,“不过有时是有意识地使之为政治服务，有时是无意识地为政治服了务”而已。一些貌似技术性的问题,如选择原著、量力而译、正确表达,等等,也都是思想性问题,“因为只有这样来看,才能达到使翻译为政治、为人民服务的目的。也只有这样才可以解决过去所争论的‘信、达、雅’与‘直译意译’问题”。[2]他摆脱了纯粹的译艺与译法之争,而劝说译者提高思想认识来对待自己的本职工作,这在当时是很符合时代要求的,因此赢得了一些译者的赞同。

关于翻译理论的探索,还涉及了宏观或微观范畴的诸多问题,如翻译的性质(是科学还是艺术)、翻译的流程[3]、翻译的专业化、译者的中文修养、名著复译,等等。相对而言,这些讨论并未展开,不如直译与意译问题的讨论那样既深且细。

总之,译论探索是我国翻译事业开始走上计划化、有序化发展阶段的必然产物。译者借此澄清并深化了思想认识,为提高翻译质量提供了保障。但这时我国的翻译理论建设,欲达到著书立说,阐幽发微,使理论条理化、系统化、深刻化,从而在世界译苑占有一席之地的目标,显然还有很多事情要做。

---

① 参见巴金《一点感想》,《翻译通报》第二卷第五期,1951年5月15日。顺便指出,关于“忠实”,赵少侯也持类似观点。他说,“译文艺书籍,则除了忠实精确地转述了原文的意义外,原文的语气,笔调,风格,甚至于神韵,都应尽可能地保持在译文里。”参见他的《我对翻译批评的意见》一文,《翻译通报》第二卷第二期,1951年2月15日。

② 参见金人《论翻译工作的思想性》。

③ 譬如很多译者谈到了“校对”环节的重要性,尤其是工具书的校对。有一次郑易里说,某辞书中Washinton(华盛顿)一词,四校时也未发现漏掉的字母。接着,他讲了中学时代的老师罗稷南讲过的故事。罗氏在大理师范读书时,一个冬烘先生,曾用十足的土腔把Washington念成“挖心割胆”,并解释说“挖心割胆就是美国首任大总统”,因此听者永远忘不了这个“割”字。参见郑易里《编纂“英华大辞典”的经验》,《翻译通报》第二卷第二期,1951年2月15日。

第四节 重版与新刊

新生事物诞生于旧有的温床，新旧两个阶段必然存在着一些有机的关联。正如理论界总结过去以利未来的争辩，出版界在新中国诞生前后也积极投入了旧译重版的工作。“五四”以来，我国的译业已经形成了译介进步而优秀的文学作品的传统，世界名著的译介颇为可观，从中挑选一批予以重版，是满足时代需要的便捷途径。

有的出版社试图有计划地重版旧译本。仅在1949年一年间，大东书局就编辑了“苏联文艺选丛”，包括“苏联名作家专集”六辑、“苏联名作家合集”二辑、“苏联名著概说”二辑、“苏联少年文艺选”三辑、“苏联报告文学选”二辑。所选作品多为短篇，也有少量节选自长篇小说。关于这项工作的意义，编者在卷首语中指出，通过二十多年的译介，苏联文艺对中国读者产生了巨大影响，而且是中国新文艺航路的一座灯塔，“而对于二十年中介绍过来的许多苏联文艺，还没有一个结集，没有一部经过整理的汇辑的书。而苏联方面却已预告《中国现代新闻文选》的刊行了。本局有鉴于此，特约多人运用他们历年搜集的资料，汇编为‘苏联文艺选丛’。分类刊行为：文艺理论、报告文学、少年文学、音乐、小说等。以期于新民主主义的旗帜之下，略尽宣扬新现实主义的苏联文艺的责任，同时期望对于中苏文化的交流上，也能增加一点热力”。开明书店所编“少年文学丛刊”凡二十余种译本（选书已不限于苏联），其中有三分之一也是旧译重刊。

更为重要的是，这时出现了大量已译世界古典名著的新刊本或重译本，如俄国普希金的《上尉的女儿》，果戈理的《死魂灵》，屠格涅夫的《处女地》和《罗亭》，陀思妥耶夫斯基的《白痴》和《罪与罚》，莱蒙托夫的《当代英雄》，托尔斯泰的《安娜·卡列尼娜》、《复活》和《战争与和平》；英国莎士比亚的《罗密欧与朱丽叶》等名剧，狄更斯的《匹克威克外传》和《雾都孤儿》，夏绿蒂·勃朗特的《简·爱》；法国巴尔扎克的《欧也妮·葛朗台》和《高老头》，雨果的《巴黎圣母院》，福楼拜的《包法利夫人》，罗曼·罗兰的《约翰·克里斯朵夫》；德国歌德的《少年维特之烦恼》和《浮士德》；意大利但丁的《神曲》，科洛迪的《木偶奇遇记》；美国马克·吐温的

《汤姆·莎耶》(今译《汤姆·索耶历险记》),杰克·伦敦的《深渊》;印度迦梨陀娑的《沙恭达罗》,等等。这些作品的旧印本已不多见,它们的重刊与重译受到了新读者群体的欢迎。

在现代作家的作品中,也有中译较早而重印者,如苏联高尔基的自传体三部曲——《我的童年》、《在人间》和《我的大学》,革拉特科夫的《士敏土》(今译《水泥》),班台莱耶夫的《表》,法捷耶夫的《毁灭》,肖洛霍夫的《静静的顿河》和《被开垦的处女地》,以及美国德莱塞的《珍妮小传》等。而在 1949 年 10 月之前不久初次刊行而这时又重印者,也很可观,其原著来源虽然普遍,但仍以苏联为多,而且其中有几部产生了重大影响的著作。由于历史条件的限制,这些作品的广泛流传应该说是新中国成立以后的事。它们包括印度泰戈尔的《新月集》,美国奥达茨的《自由万岁》、德莱塞的《美国悲剧》,英国高尔斯华绥的《有产者》,捷克

^ 周扬、谢素台译《安娜·卡列尼娜》,人民文学社,1956 年版

<< 刘辽逸译《童年》,人民文学社,1959 年版

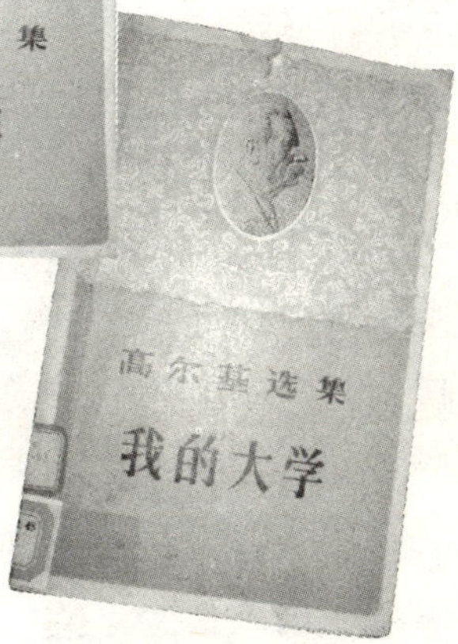

^ 陆风译《我的大学》,人民文学社,1956 年版

<< 金人译《静静的顿河》三卷本,光明书局,1953 年版

伏契克的《绞刑架下的报告》，德国雷马克的《流亡曲》，苏联爱伦堡的《巴黎的陷落》、费定的《城与年》、尼·奥斯特洛夫斯基的《钢铁是怎样炼成的》、郭尔巴托夫的《宁死不屈》、卡达耶夫的《团的儿子》、法捷耶夫的《青年近卫军》、西蒙诺夫的《日日夜夜》、盖达尔的《帖木儿》，等等。

旧译重刊也有一个选优择良的问题，出版社决定是否重刊时是十分谨慎的。美国 W. 狄斯尼的《米老鼠开报馆》是本少儿读物，凌山于 1940 年译竣，而初刊于 1947 年。1950 年三联书店重刊时，董秋斯应译者之邀写了"再版题记"。董氏指出，现在美国派兵侵略我国的台湾和邻邦朝鲜，杀害无辜人民，已成为我们的头号敌人，在这种情况下，是否还要看美国的书呢？答案是肯定的。他说，因为这本书是从进步人民的立场出发的，借此可了解美国战争贩子所标榜的"生活方式"，一种贪官地痞为非作歹、鱼肉人民的生活方式。于是这个小册子便成为认识资本主义社会的反面教材了。

如上所述，经过思想和工作作风的整顿，翻译界出现了前所未有的局面，计划性终于成为新译工作的明显标志之一。为了避免重复性劳动，报刊上经常刊载译书消息。这时文化部艺术局、人民文学出版社、时代出版社等单位制定了比较宏伟的选题计划，例如 1950 年 7 月艺术局已经聘定译者着手翻译二十余种苏联作品和著作，包括十一部小说、一卷诗选、十种剧本（其中有三种电影剧本）和三本文集，还另选译一部捷克短篇小说；同年，（据不完全统计）上海译协已经完成、即将完成或计划翻译的文学作品多达四十余种；1952 年初，人民文学出版社计划选译外国作品三十六种，地域已超出苏联和东欧；时代出版社则计划翻译俄苏作品、论著和辞典，共计三十三种。其他如平明出版社、潮锋出版社、大东书局、北新书局、开明书店、知识书店、新华书店等，也都有多寡不一的译书计划[①]，有的还编成成套丛书陆续出版，如"苏联文学译丛"、"小主人翻译文库"之类。

新译工作的另一明显标志是其选择性，这与 1949 年 10 月之前的情形适成鲜明对照。苏联是中国新民主主义革命和建设的样板，译介苏

① 参见《翻译通报》1950 至 1952 年所载"翻译计划"以及《翻译》月刊 1950 年第 6 期所载上海译协会议及其"工作摘要"。

联文学自然也得到了高度重视。那些反映社会矛盾、革命斗争、卫国战争和社会主义建设的作品被大量译介过来。它们组成了一幅从帝俄统治到苏联卫国战争胜利这一历史时期的波澜壮阔的社会画面：有的描写十月革命前的政治腐败，矛盾尖锐，底层大众的痛苦与希望(如高尔基的《没落》、《底层》、《布利乔夫》、《流浪人契尔卡士》)；有的揭示革命胜利后不久复杂的阶级斗争（如维什涅夫斯基的《难忘的一九一九年》)；有的歌颂工业建设中斯达汉诺夫式的劳动者(如克雷莫夫的《油船“德宾特”号》)和建造集体农庄富裕生活的耕耘者(如巴巴耶夫斯基的《金星英雄》)；有的讴歌卫国战争中苏联红军的浴血奋战(如西蒙诺夫的《日日夜夜》)和殉国英雄的大无畏精神(如柯斯莫捷米扬斯卡娅的《卓娅和舒拉的故事》)。

基于广大读者的知识水平和阅读条件，这时译著的通俗本——即将长篇巨制改编成文字浅易、部头较小的读本——也应运而生，例如《百炼成钢》(据奥斯特洛夫斯基《钢铁是怎样炼成的》改编)、《夏伯阳》(据瓦西里耶夫同名小说改编)、《垦荒》(据肖洛霍夫《被开垦的处女地》改编)、《运油船》(据克雷莫夫《油船“德宾特”号》改编)、《士兵从前线回来了》(据卡达耶夫《我是劳动人民的儿子》改编)，等等。为了让我国读者更易于接受，有些改编本还写成了章回体小说，有些被当做“速成识字班补充读物”。改编是根据译本的再次创作，如何做到删繁就简而不离原貌，如何使之民族化而不伤原著风格，是改写工作必须重视的课题。针对已出版的通俗本，有人批评随意删节重要情节、使人物形象走样、用词造语不加推敲等不良现象。[1]改编工作是使长篇译著接近普通读者或少儿读者的重要一环，它在普及外国文学知识方面具有无可取代的作用。俄苏文学还有另一种通俗本形式，即出版“中华俄汉对照丛书”(截止 1953 年底已出十五种)。这种译著同时方便读者学习俄文和了解文学作品，具有双重功能。

多种多样的译本形式，为不同的读者大众——从童稚到成人——提供了各种口味的读物。

---

① 参见陆希治《做好苏联小说通俗本的改写工作》,《文艺报》1952 年第 1 期。

第三章 二十世纪外国文学翻译的新高峰(上)

第一节 五六十年代翻译文学概况与特点

一、盛会的感召

新中国建国后,中央人民政府政务院下设出版总署。1951年11月,出版总署在北京举行第一届全国翻译工作会议。会议的总的指导方针是借鉴苏联。胡乔木同志讲话要求制订译书计划,提高翻译质量。沈志远做会议的主题报告《为翻译工作的计划化和提高质量而奋斗》,初步探讨了翻译工作的管理和计划以及提高质量问题。1950年又出版了专门探讨翻译问题的刊物《翻译通报》,定下奋斗的目标:协同国家出版机关组织翻译力量,1967年以前,将世界古典作家和当代优秀作家的代表作品全部译成汉文出版。有特殊重要性的作家,应翻译出版他的全集。同时,还应大量出版研究这些作品的由国内外研究家撰写的专门著作。

1954年8月,中国作家协会与人民文学出版社联合召开了第一届全国文学翻译工作会议。在会议上茅盾做了题为《为发展文学翻译事业和提高翻译质量而奋斗》的总报告,成为新中国成立后翻译工作的纲领性文件。他指出:“在进一步缓和国际紧张局势以及实现亚洲及世界各国的集体安全、和平共处的伟大事业中,国与国间的文化交流是一个重要的因素,而文学翻译工作,是文化交流中重要的一环。”[①]他站在新的历史高度指明新时期外国文学翻译的重要性,并提出翻译工作要有组织、有计划地进行,翻译工作做得如何会对我国文学事业的发展产生重要而深远的影响。此次会议对于交流翻译经验、提高翻译质量、加强翻译工作的计划性都起到了积极的作用。

1956年作协会议召开,在这次会议上,翻译界也有代表参加,大会还举行了“翻译工作座谈会”。中国文学艺术工作者第三次代表大会制定了从1956到1967年十二年间的工作纲要,其中第五部分是“关于国际文学交流的工作”,包括文学翻译。中国作家协会于1956年内开始组织文学研究者对当前世界各国文学进行有系统的研究,在1958年以前编印出苏联,各人民民主国家,欧美各主要国家,亚洲的印度、日本、印度尼西亚、缅甸、泰国、菲律宾,非洲的埃及等国的文学概况资料。1959年起,每年出版“世界文学年鉴”一部。

二、本时期翻译文学特点

在这些盛会的感召下,建国后的文学翻译工作呈现出欣欣向荣的繁荣景象。大量优秀外国译作如雨后春笋般涌现。这一时期在文学翻译史上呈现出的特点是:

第一,翻译面扩大,数量、质量大幅提升。

建国之前,我国的外国文学翻译面是狭窄的,为适应抗日战争、解放战争和创立共和国的需要,对外国文学的翻译是取我所需,政治形势需要哪国文学就翻译过来,不需要的无暇顾及,也没有这方面的外语人才,因此呈现的翻译局面是不均衡的,是以潮流和高潮为特点的,故先后出现了俄苏文学翻译高潮、日本文学翻译高潮、欧美文学翻译高潮。建国后,在上述会议组织协调下,外国文学翻译界呈现出崭新的局面。

---

① 茅盾《为发展文学翻译事业和提高翻译质量而奋斗》,《译文》1954年10月号。

首先，翻译面扩大，超过了此前任何一个历史时期，几乎涵盖了世界各国文学作品，除俄苏、日本、欧美国家的作品外，更加有意识地关注了亚非拉国家的优秀文学作品。“文学翻译的范围之广也属前所未有。几乎各个国家、各个地区的不同流派的作家都有了其代表作的中译本。”“最初几年里，我们也大量翻译出版了日本、蒙古、朝鲜、印度尼西亚、印度、土耳其、智利等亚非拉国家的文学作品。”[①]实际上，五六十年代对亚非拉国家文学的翻译远不止这些，还有柬埔寨、马来西亚、泰国、缅甸、巴基斯坦、伊拉克、阿富汗、约旦、以色列、喀麦隆、埃塞俄比亚、南非、墨西哥、哥伦比亚、委内瑞拉、巴西、阿根廷等国家的优秀作品。

其次，译作的数量和质量大幅提升。与建国前相比，外国文学翻译的数量大大增加。“从建国后到‘文革’前……翻译出版的外国文学的总印数不低于一亿册，大约平均每种书出版二万册。而解放前，每种译本一般只有一、二千册，多的也超不过四、五千册。”[②]从地域上说，欧洲文学的翻译数量是空前的，尤其是俄苏文学，译作数量之多是众所周知的。其他国家，像英国、法国、德国等的翻译，虽有所增加，但远逊色于俄苏，由于政治取向的原因，反倒是东欧地区一些国家的译作更多一些。其他地区，如亚洲、非洲、拉丁美洲的译作有明显的增多，许多翻译都是填补空白之作。译作的质量也有明显提高。解放前，外语人才有限，一些翻译者并不是专门从事外语翻译与研究的，更多的是作家和学者，许多译本也都是从英译本或日译本转译过来的，这样就难免存在漏译、错译、译文艰涩粗糙等弊端。建国后，这一局面大有改观。随着各大学外语学院、外语系的建立与成长，新中国培养了一大批优秀的外语人才，尤其是俄语、英语、日语等方面，涌现了一大批优秀的翻译家。他们的译作摒弃了以往译作的弊病，又在译文的准确性、保持原文风格等方面进一步完善，从而大大提高了译文质量。

第二，各国文学翻译的不均衡。

新中国建国后，与苏联结成联盟关系，将“苏联老大哥”视做学习的

---

① 陈玉刚主编《中国翻译文学史稿》，中国对外翻译出版公司，1989 年，第 346—347 页。
② 同上，第 346 页。

榜样、模仿的对象，政治意识形态与艺术各个方面均照搬苏联，文学也不例外。正如茅盾在《电贺第二次全苏作家代表大会开幕》中所言："苏联文学成为人类最先进、最富有生命力的文学，成为向全世界广大人民进行共产主义思想教育的有力工具，成为保卫世界和平，争取人民民主的重大力量，特别是对于中国人民来说，苏联文学所产生的深厚的影响是无可比拟的！它不仅是中国作家们最珍贵的学习榜样，而且也是中国人民的良师益友，是鼓舞中国人民在建设社会主义社会过程中的伟大力量。"[①]

由于政治导向的原因，这一时期的翻译重点就是苏联文学，形成了继"五四"时期之后又一译介俄苏文学的高峰。五六十年代对俄苏文学的译介是空前的，译介的作家和作品的数量超过其他外国文学总和的一半以上。一些不重要的二三流作家的作品都有中译本，而且不止一种。苏联所有的当代作家的作品无一例外地被译介过来，这在中国文学翻译史，甚至世界文学翻译史上都是罕见的。对重要的作家作品译介得更是系统而全面。究其原因，还是与政治有关，"苏联当代文学的核心主题，在于维护社会主义国家的政治利益，为社会主义上层建筑服务，这与新中国文学基本主题一致，因而成为新中国文学学习的榜样"[②]。

与俄苏译介高潮形成鲜明对比的，是对欧美国家文学翻译的不足。

先说欧洲，解放前我国的欧洲文学翻译还是有一定数量的，但仅仅局限于英、法、德等主要国家。建国后，这一情况有所改善，但侧重点不同是显而易见的。就数量而言，法国文学作品翻译得最多，且大多集中在古典作品上。例如对"批判现实主义作家"巴尔扎克的译介就很全面，从 1949 年 10 月到 1963 年 1 月，翻译的巴尔扎克作品就达四十四部，翻译家也有傅雷、高名凯、穆木天等七人。相形之下，法国当代作家作品的译介则不多。

对英国文学的翻译也较二三十年代有大幅增加，但仍然是侧重于古典文学，对世界著名作家，如莎士比亚、狄更斯、拜伦、雪莱等都有较

① 该文刊于《文艺报》1954 年第 23 至 24 期。
② 方长安《建国后 17 年译介外国文学的现代性特征》，《学术研究》2003 年第 1 期。

全面的译介。莎士比亚的作品翻译最多,除了重版解放前的旧译外,又有一些新译本,并对其戏剧作品做了全面译介。像著名的四大悲剧之一《哈姆莱特》就有曹未风、卞之琳两个不同译本,另一部《奥赛罗》也有两个译本。1954年作家出版社出版了朱生豪翻译的十二卷本《莎士比亚戏剧集》,后又以《莎士比亚全集》为名重版。与法国文学翻译的情形相同,英国现当代作家的作品译介不足,尤其是一些世界知名的现代派作家,像艾略特、乔伊斯、伍尔芙等,几乎没有译介。

对德国文学作品的译介不如英法两国多,且也是更多译介德国古典作家的作品。歌德和席勒合作的十年将德国古典文学推向了高峰,但五六十年代对他们的译介并不是很全面,只有歌德的小说《少年维特的烦恼》、诗剧《浮士德》、诗集《野蔷薇》、叙事诗《赫尔曼与窦绿苔》,其中有三部是解放前旧译的再版;席勒有六部戏剧被翻译过来,且都是新译。德国作家译介最多的是海涅,仅仅五十年代中期,就将海涅的八部诗集和两部散文集都译出。

由于五六十年代以政治意识形态为译介标准,故东欧一些民主主义国家的文学受到更多关注。像波兰、南斯拉夫、保加利亚、罗马尼亚、阿尔巴尼亚等国的大部分作家的作品都被译介过来,甚至包括一些不知名的文学成就并不高的作品。这和欧美世界知名现当代作家未被译介,形成了鲜明的对照。

对美国文学的翻译在数量上比解放前大大增加,但在选择上仍然是不客观的,未能反映当时美国文学的真正面貌。译介最多的是马克·吐温、德莱塞、欧·亨利等作家,这几位作家的重要作品几乎都被译介过来,有的更有不同译本。但一些现代派著名作家的作品没有被翻译。从第三世界发展中国家的立场出发,五六十年代的翻译界更多关注亚非拉一些弱小国家,这也弥补了解放前对这些国家几乎没有译介的空白。

第三,一支优秀翻译家队伍的成长与壮大。

建国前,我国翻译界就出现了一大批优秀的外国文学翻译家,如金人、戈宝权、刘辽逸、满涛、汝龙、草婴、陈伯吹、翟松年、楼适夷、方平、朱生豪、卞之琳、冯至、赵萝蕤、傅东华、罗念生、季羡林等。他们的翻译工作为建国后五六十年代的外国文学翻译奠定了良好的基础。

建国后，随着各地大学外语系的成长与发展，我国的外语人才如雨后春笋般涌现出来，其中有大部分人走上了翻译的道路。由于五十年代无论在政治上还是在文化上我国都以苏联为楷模，因而俄语成为第一大热门外语，俄语翻译除原来的老翻译家之外，又有一大批年轻的翻译家成长起来。翻译俄苏文学的著名文学翻译家有金人、戈宝权、刘辽逸、满涛、汝龙、草婴等。金人于1956至1959年就将肖洛霍夫的《静静的顿河》四卷译介过来。戈宝权俄语造诣深厚，五六十年代翻译了多部俄语诗集，包括《乌克兰作家弗兰克诗文选》、《唐克诗选》，还翻译了东欧阿尔巴尼亚、保加利亚诗人的诗选，其译文明白晓畅、清新雅致。汝龙是著名的契诃夫翻译专家，从1950年初到1955年末，他集中翻译了契诃夫的小说集共计二十七册，二百多篇小说，由人民文学出版社出版，还翻译了契诃夫的文学理论著作。加上丽尼等翻译的戏剧集，五六十年代我国对契诃夫的译介可谓系统而全面。草婴也是建国后成长起来的一位优秀翻译家，他青年时代自学俄语，后专门从事翻译工作。五六十年代他翻译了肖洛霍夫的《新垦地》、《一个人的遭遇》、《顿河故事》，托尔斯泰的一些作品和其他作家的作品。他在七十年代后将托翁的所有小说集中翻译过来，成为译介托尔斯泰作品的第一人。

翻译法国文学的著名翻译家有傅雷、高名凯、穆木天、罗大冈、李健吾、罗玉君等，其中傅雷对法国文学的译介可谓贡献最大，傅译也成为经典。他翻译最多的是巴尔扎克的小说，有《欧也妮·葛朗台》、《高老头》、《邦斯舅舅》、《贝姨》、《夏倍上校》等，通过他的译文，中国读者认识了法国十九世纪杰出的批判现实主义大师巴尔扎克。傅雷在三四十年代就翻译了法国著名作家罗曼·罗兰的作品《约翰·克里斯朵夫》(四册)，五十年代又重新翻译，由平明出版社出版，其译文精准地传达了原作者的思想与情感，同时又融入了自己的浪漫与激情。优美的傅译法国文学作品影响了一代又一代中国读者。除傅雷外，高名凯、穆木天也翻译了巴尔扎克的其他作品，前者译介的有《幻灭》三部曲、《独身者》三部曲、《驴皮记》等，后者翻译了《欧也妮·葛朗台》、《高老头》。罗大冈翻译了法国启蒙思想家孟德斯鸠的《波斯人信札》，李健吾译介了福楼拜的《包法利夫人》和《莫里哀喜剧六种》，罗玉君翻译了司汤达的《红与黑》和乔治·桑的《魔沼》等。就德国文学翻译而言，冯至功不可没，他翻译了海涅的诗歌、《布莱希特选集》。钱春绮译介了席勒的戏剧《威廉·退尔》，丰华瞻、魏以新译介了《格林童话》。通过上述翻译家的努力，中国读者对法、德文学有了一个较建国前更为全面的了解。

翻译英美文学的著名翻译家有方重、卞之琳、曹未风、朱维之、王佐良、查良铮、董秋斯、周熙良、王仲年、张友松等。方重是著名的乔叟翻译专家，早年赴美留学时就师从乔叟专家塔特洛克，后翻译了《坎特伯雷故事集》、《乔叟文集》(上下两卷)，其译文很好地保留了原文的风格。对于英国文学巨擘莎士比亚，我们投入的力量也是最强大的。1954 年，经方重等校订的朱生豪《莎士比亚戏剧集》出版。卞之琳不仅是著名诗人，且是一位出色的翻译家，他翻译的《哈姆雷特》成为建国后莎剧最经典的译本，后来又翻译了莎士比亚的四大悲剧之《奥赛罗》、《李尔王》、《麦克白》，历时数十载。曹未风除翻译了《哈姆雷特》(原译《汉姆莱特》)等悲剧外，主要译介了莎翁的喜剧，如《仲夏夜之梦》、《第十二夜》等。美国文学方面，王仲年翻译了《欧·亨利短篇小说选》，张友松重点译介了马克·吐温的作品，如《汤姆·索亚历险记》、《镀金时代》、《马克·吐温中短篇小说选》。

日本和印度文学方面，也涌现了一批优秀翻译家。日本文学翻译最多的是现代无产阶级作家作品，野间宏、德永直、小林多喜二、宫本百合子等作家的作品都有所译介，著名翻译家有楼适夷、萧萧。印度文学的翻译也有了长足的进步，季羡林、金克木翻译了印度古典作品《沙恭达罗》、《云使》，对泰戈尔进行了全面系统的译介。正是由于这些翻译家的精彩翻译，才使中国文学界和广大读者对外国文学有了深入全面的了解，对中国当代文学发展产生了重要而深远的影响。

第二节　俄苏文学译介高峰

一、本时期俄苏文学翻译特征

第一，占压倒性优势的翻译数量。

如上所述，建国后由于政治形势的需要，我国全面学习模仿苏联模式，因此在外国文学翻译上，俄苏文学的翻译占绝对优势。截止到五十年代末，我国翻译界掀起了俄苏文学译介高峰，在翻译的数量和质量上均超越了历史上的任何一个时期。“仅从1949年10月到1958年12月止，我国翻译出版的苏联（包括俄国）文学艺术作品共三千五百二十六种，占这个时期翻译出版的外国文学艺术作品总种数的65.8%强；总印数八千二百万零五千册，占整个外国文学译本总数74.4%强。”[①]翻译的总数占所有其他外国文学总数的一半还多。几乎所有苏联作家的作品都被译介过来，重要作品一般都有两种以上译本，是其他国家文学翻译无法比拟的。

俄苏文学在这一时期对国人及作家的影响也是深刻的，对于五六十年代的中国读者的精神塑造发生了巨大的影响。那时的翻译期刊《译文》，译介的主要是苏联和人民民主国家的作品，很少涉及欧美文学，特别是欧美现当代文学。

第二，择译标准深受政治意识形态影响。

五十年代俄苏文学的译介完全是以政治为择译标准的，文学为政治服务。因而对俄苏文学的译介更多地集中在古典文学作品上，著名的古典文学家的作品几乎都被译介过来，像普希金、契诃夫、果戈理、托尔斯泰、屠格涅夫等的主要作品都有中译本，有的还有重译本。对于苏联当代文学，我国翻译界更是亦步亦趋。苏联文学界追捧的作品我们也很重视，很快译介过来，且不止一个翻译家翻译。他们批判排斥的作品我们也以“内部发行”的方式作为批判对象引进来，如苏联诗人、小说家帕斯捷尔纳克的《日瓦戈医生》，1958年曾获得诺贝尔文学奖，虽然作者迫于国内的压力拒绝领奖，但其文学成就是有目共睹的，可悲的是，当时的苏联作家协会做出了一个极其错误的决定：开除帕斯捷尔纳克的会籍并迫害他。《日瓦戈医生》便是翻译过来以供批判的。对苏联当代作家的选择也是以政治为标准，一些社会主义现实主义的作品大受欢迎，翻译家争相译介，而一些非主流但成就更突出的作家，如叶赛宁、勃洛克、左琴科、普拉东诺夫等，则无人问津。

① 卞之琳等《十年来的外国文学翻译和研究工作》，《文学评论》1959年第5期。

第三，大型文集的翻译出版。

这一时期俄苏大型文集尤其是小说集被大量译介过来。按照篇幅来说，译介最多的是中短篇小说集。如《1905.1—1953.12中短篇小说集》，包括梭尔齐瓦的中篇小说《最高勋章》及克洛勒的《伟大的命运》、索洛维耶夫的《第九十六个女人》、加里宁的《萨莉莎》三篇短篇小说。中短篇小说集《在顽强的土地上》包括伏罗微可夫的《在顽强的土地上》、冈察尔的《到山中的路》、鲍斯托夫斯基的《财宝》三个短篇和安东诺夫的中篇《坡陡布基的歌谣》。《苏联青年作家小说集》由作家出版社出版，包括《到月球去的半路上》、《爸爸，拼一拼！》、《静静的早晨》等二十篇中短篇小说。还有曹靖华译的短篇小说集《梦》、《苏联作家七人集》，茅盾译的《苏联爱国战争短篇小说译丛》，徐蔚南译的《苏联短篇小说选集》及《续集》。沈凤威编、吉洪等译《俄罗斯短篇杰作选》选译了普希金、屠格涅夫、莱蒙托夫、托尔斯泰等著名作家作品共十七篇。周煦良等译有《苏联卫国战争短篇小说选》。

按照题材来说，一些反特小说集被译介过来。如黄炎等译《红色的保险箱》，陈彦生译《射击场的秘密》，浩成等译《无形的战斗》，奈温、立夫译《金刚石》，高萍秋等译《奇怪的旅伴》，刘玉鸣等译《琥珀项链》，罗斯丁编译《一把金钥匙》等。

科学幻想小说也是这一时期译介的重点。由广东人民出版社出版，念珍编译的《月球探险记》，系几里森等人合著，假想在十六年后（即1974年），人类驾驶一艘星际飞艇"月球一号"顺利到达月球的故事。还有上海市中苏友好协会译的《人造小太阳》，原名《我们孙子的孙子》，沙符朗诺娃、沙符朗诺夫合著，描写二十二世纪科学家开发南极洲的丰功伟绩。《1960年的苏联》、《旅行在1960年的苏联》、《1960年苏联旅行记》这三本科学幻想小说集是格奥斯特罗乌莫夫根据苏联第六个"五年计划"蓝图编写的。还有彭利铁译的《奇异的"透明胶"》，林晓译的《在两个太阳照耀下》等。

二、俄国古典文学的译介

这一时期我国翻译的俄国古典作家有四十三人，译作三百四十九部。译介最多的有普希金、莱蒙托夫、冈察洛夫、列夫·托尔斯泰、屠格涅夫、果戈理、契诃夫、陀思妥耶夫斯基等。

亚历山大·谢尔盖耶维奇·普希金(1799—1837)是俄罗斯古典文学的杰出代表,最伟大的诗人,被誉为“俄国文学之父”、“俄国诗歌的太阳”。高尔基称他为“一切开端的开端”。他的许多作品都是俄国浪漫主义的杰作,同时他又是现实主义文学的开启者。建国后我国对普希金的译介非常全面,小说、诗歌、戏剧和童话都有中译本,共二十九部。其中,小说译介最多。《上尉的女儿》由孙用从世界语译本转译,1956 年由毕慎夫按照俄文校对后出版，至 1963 年印行七次，共计八万四千册。这部小说是以 1773 至 1775 年普加乔夫起义为背景,描绘了当时社会各阶层对这次起义的态度。中篇小说《杜勃洛夫斯基》1949 到 1957 年间有三位翻译家翻译[①],他们是孟十还、立波、刘辽逸,书中虽然描写了许多传奇爱情，但是揭示地主和农民之间的矛盾仍然是其主题,控诉了农奴制的罪恶。孟十还翻译了《普式庚短篇小说集》[②](普式庚为普希金旧译),包括《射击》、《风雪》、《棺材匠》、《站长》等八篇短篇小说。从 1954 到 1955 年,巴金的夫人萧珊译介了《别尔金小说集》,这是 1830 年普希金以别尔金为笔名发表的短篇小说集,包括《驿站长》等五篇。

长篇诗体小说《叶甫盖尼·奥涅金》是普希金最重要的作品,也是俄国现实主义文学的基石。1823 至 1831 年,普希金用八年的时间将其完

① 即:孟十还译《杜勃洛夫斯基》,文化生活出版社,1949 年;该中译本 1937 年初版,收入《普式庚短篇小说集》,1944 年再版,抽出该篇单独出版,并校改了译文。立波译《复仇艳遇》(又名《杜布罗夫斯基》),三联书店,1950 年。刘辽逸译《杜布罗夫斯基》人民文学出版社,1957 年。

② 普希金《普式庚短篇小说集》,孟十还译,文化生活出版社,1950 年;该中译本 1937 年初版。

^ 孙用译《上尉的女儿》人民文学社，1956 年版

^ 查良铮译《普希金抒情诗集》，平明社，1955 年版

^ 查良铮译《青铜骑士》，平明社，1954 年版

^ 瞿秋白译《茨冈》，人民文学社，1953 年版

^ 孟十还译《杜勃洛夫斯基》，文化生活社，1953 年版

^ 萧珊译《别尔金小说集》，上海文艺社，1961 年版

成，体裁别具一格，语言优美，兼具诗和小说的特点，客观的描写和主观的抒情有机交融。作者在奥涅金身上准确地概括了当时一部分受到进步思想影响，最终又未能跳出其狭小圈子的贵族青年的思想面貌和悲剧命运，从而成功地塑造出了俄国文学第一个“多余人”形象。作品人物形象鲜明，反映了十九世纪二十年代俄国的社会生活，真实地表现了那一时代俄国青年的苦闷、探求和觉醒，提出了许多重要的社会问题，因此别林斯基把它称为“俄罗斯生活的百科全书和最富人民性的作品”。我国的译者也是把这部作品当作普希金的代表作来翻译的，出现了多个译本，其中查良铮和吕荧的翻译最为出色。查良铮根据苏联科学院俄国文学研究所 1950 年版《普希金全集》，同时参考英、德译本译出《欧

根·奥涅金》[①]，书后还附有评论文章。吕萤的《欧根·奥涅金》译本为旧译，1950 年海燕书店出版，1954 年再版，书名改为《叶甫盖尼·奥涅金》，由人民文学出版社出版，时译者据 1949 年俄文单行本和苏联科学院俄国文学研究所 1950 年版《普希金全集》进行了校改。

普希金的文学作品对当时的中国文学、作家及读者产生了不可磨灭的影响。至今人们还可以将其中的某些篇章背诵下来：

假如生活欺骗了你
不要悲伤　不要心急
忧郁的日子里须要镇静
相信吧　快乐的日子会来临
心儿永远向往着未来
现在却常是忧郁
一切都是瞬息
一切都将会过去
而那过去了的
就会成为亲切的回忆

建国后对普希金诗歌的译介是很全面的。林耘、查良铮分别翻译了单行本《青铜骑士》；余振译介了《诗选》。瞿秋白早在 1939 年就翻译了普希金的叙事诗《茨冈》，但没有译完，剩下的部分由李何补译，由人民文学出版社再版发行。叙事诗《茨冈》描写贵族青年阿列戈离家出走，与茨冈姑娘杰菲拉结合并加入茨冈人流浪的行列。后来杰菲拉爱上了别人，阿列戈一怒之下杀死了杰菲拉和她的情人，茨冈人抛弃了阿列戈。对普希金诗歌译介贡献最大的是诗人、翻译家查良铮，他于 1954 至 1957 年间译介了叙事诗《波尔塔瓦》、《高加索的俘虏》、《加甫利颂》。叙事诗《波尔塔瓦》描写了波尔塔瓦战役，歌颂彼得大帝和俄国军队战胜瑞典的事迹。查良铮翻译的这些诗歌忠于原著，感情充沛，语言优美，而

① 普希金《欧根·奥涅金》，查良铮译，平明出版社，1955 年。

且每篇叙事诗的后面都附有二三篇评论文章的译文，使读者在本文外，对当时俄国文坛对普希金作品的评价也有了更直接的了解与感悟，这是非常难能可贵的。后来，查良铮侧重于普希金抒情诗的翻译，结为《普希金抒情诗一集》和《普希金抒情诗二集》，前者分别由平明出版社、新文艺出版社于1955、1957年出版，后者由新文艺出版社于1957年出版。

^ 查良铮译《欧根·奥涅金》，平明社，1955年版

1956年陈绵和林陵两位翻译家翻译了普希金的历史剧《鲍利斯·戈杜诺夫》，这是一部历史悲剧，描写沙皇鲍利斯欲造福人民，约束贵族世家，但因虚荣心、权力欲作祟，自视超人，无视民众，犯下了罪行，受到人民的审判。

普希金除了是一位杰出的小说家和诗人外，还是个优秀的儿童文学作家，他为孩子们写了很多脍炙人口的童话。这些作品都是翻译家陈伯吹译介过来的。1950到1958年八年间，他先后翻译了《小金鸡》、《沙皇撒尔丹》、《牧师和工人巴尔达》、《渔夫和金鱼》。此外，梦海翻译了《普希金童话诗》，戈宝权翻译了《渔夫和金鱼的故事》。

米哈依尔·尤利耶维奇·莱蒙托夫(1814—1841)是俄罗斯伟大的天才诗人。他在创作初期写了大量诗歌。1837年2月，普希金因决斗重伤去世，他闻讯后，愤然作《诗人之死》一诗，直言杀害普希金的罪魁祸首是俄国上流社会。他因此被流放到高加索。1839至1841年他完成长篇小说《当代英雄》，作品由五个相对独立的中短篇组成，通过原来精力充沛、才智过人的贵族青年毕巧林无法施展才能，只好在一些无聊小事上消耗自己生命这一“多余人”的故事，表达对黑暗现实的强烈否定。小说的大部分篇幅采用主人公日记的形式，注重自我心理剖析，兼有现实主义的客观具体描写和浪漫主义直抒主观情思的特色。

建国后，我国对莱蒙托夫的重点作品做了译介。1950至1954年翻译家翟松年翻译了《当代英雄》，作家出版社和人民文学出版社分别于1956和1962年出版。1978年，翻译家草婴重新翻译该作品，由上海译文出版社出版。从1949到1951年，余振先生集中译介莱蒙托夫的诗歌作品，先后有《莱蒙托夫抒情诗选》、《莱蒙托夫诗选》中译本出版，对他的抒情诗代表作和长诗进行了重点翻译与介绍。

尼古拉·瓦西里耶维奇·果戈理(1809—1852)是十九世纪俄国批判现实主义文学的杰出代表和奠基人，他同普希金共同奠定了十九世纪俄国批判现实主义文学的基础。果戈理对俄国小说艺术发展的贡献尤其显著，被誉为"俄国散文之父"，他的创作对屠格涅夫、冈察洛夫、谢德林、陀思妥耶夫斯基等都产生过深远的影响。陀思妥耶夫斯基坦言："我们所有的人都是从果戈理的《外套》中孕育出来的。"

^ 鲁迅译《死魂灵》，人民文学社，1958年版

^ 刘辽逸译《外套》，人民文学社，1952年版

自二十世纪初叶起，果戈理的作品相继被翻译介绍到中国。鲁迅称赞果戈理的作品"以不可见之泪痕悲色，振其邦人"(《摩罗诗力说》)。1935年他翻译了《死魂灵》。鲁迅不懂俄语，他比较了日、英、德各语种译本后，最终选定柏林普罗皮勒出版社1920年出版，奥托·布克(Otto Buek)编译的《果戈理全集》德译本作为底本，再参照日、英译本，择善而从。[①]主人公乞乞科夫是十九世纪三四十年代俄国社会小贵族地主向新兴资产者过渡的典型形象。他投机钻营、招摇撞骗，收买死去的农奴做抵押品向国家银行借款，以第二个"多余人"形象成为俄国批判现实主义文学不朽的艺术典型。果戈理以辛辣的讽刺手法，深刻描

① 参见陈子善《鲁迅〈死魂灵〉题签本"出七"》，《文汇报》2006年10月15日。

绘了俄国农奴制度的落后，揭露当时俄国形形色色地主贵族的愚昧懒惰、贪得无厌，外省官吏的昏庸腐朽及新兴资产阶级的唯利是图。建国后，人民文学出版社从1952到1977年，重新再版了鲁迅的译本，印行近七万册，鲁迅翻译的果戈理短篇小说《鼻子》也一并再版。

译介果戈理作品贡献最大的当属翻译家满涛。从1955到1979年，他将果戈理代表性的小说与戏剧都翻译介绍过来。小说集《狄康卡近乡夜话》是果戈理的成名作，这部清新优美的作品奠定了果戈理在文坛的地位。满涛据苏联文学出版社俄文版《果戈理文集》进行翻译[①]，随后又翻译了小说集《彼得堡的故事》、《果戈里小说选》、《果戈里小说戏剧选》，其中包括代表作《涅瓦大街》、《外套》、《狂人日记》以及讽刺喜剧《钦差大臣》。其《钦差大臣》逼真地反映了俄国专制社会的种种弊端和黑暗，深刻地揭露了官僚阶级的丑恶和腐朽，乃举世闻名的杰作。早在二十世纪二三十年代，左翼剧团曾屡次演出该剧(当时译为《巡按》)，引起了广泛深刻的反响。建国后，除了满涛的译介外，还有两位翻译家翻译介绍了《钦差大臣》，分别是芳信译题《钦差大臣》，1910)和耿济之(译题《巡按使及其他》，1953)。《外套》也有刘辽逸和陈思冬的两个译本。[②]

安东·巴甫洛维奇·契诃夫(1860—1904)为十九世纪末俄国伟大的批判现实主义作家，情趣隽永、文笔犀利的幽默讽刺大师，短篇小说家、著名剧作家，与法国的莫泊桑、美国的欧·亨利并称为世界三大短篇小说巨匠。契诃夫创造了风格独特、言简意赅、艺术精湛的抒情心理小说。他截取平凡的日常生活片段，凭借精巧的艺术细节，对生活和人物进行真实描绘和刻画，并展示重要的社会内容。契诃夫逝世后不久，他的《黑衣教士》和《第六病室》等小说就被译介到中国；他的剧本《海鸥》、《万尼亚舅舅》、《三姊妹》和《樱桃园》也早在1921和1925年先后由郑振铎和曹靖华等译成中文。此后，鲁迅艺术学院曾在延安排演《蠢货》、《求婚》和《纪念日》。其短篇代表作《变色龙》、《套中人》堪称俄国文学史上精湛而完美的艺术珍品，变色龙成为见风使舵、善于变相、投

① 参见陈子善《鲁迅〈死魂灵〉题签本“出土”》，《文汇报》2006年10月15日。
② 果戈理《死魂灵》，鲁迅译，人民文学出版社，1952年。

机钻营者的代名词，套中人则成为因循守旧、畏首畏尾、害怕变革者的象征。瞿秋白、鲁迅、茅盾、郭沫若、巴金等著名翻译家和作家都对契诃夫钦慕有加。五六十年代，我国文学翻译界对契诃夫的译介可以说最为系统和成功，他的小说和戏剧全部都有比较完备的中译本。

契诃夫及其作品的完美介译，翻译家汝龙功不可没。汝龙(1916—1991)是江苏苏州人，曾任中学英语教师。建国后，历任中国文学院、苏南文化教育学院、东吴大学副教授，平明出版社编辑部主任，中国作协

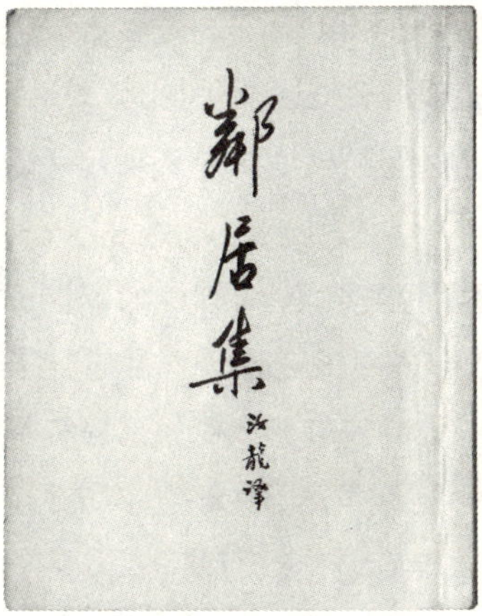

^ 汝龙译《邻居集》，
平明社，1953 年版

^ 焦菊隐译《契诃夫戏剧集》，
平明社，1954 年版

^ 汝龙译《契诃夫小说选》，
人民文学社，1956 年版

第四届理事，中国翻译工作者协会第一、二届理事。译有《契诃夫小说选集》(一至二十七册)等。汝龙用他优美的译笔使中国读者认识并爱上了这位俄罗斯作家，深深着迷于他那充满爱与人性、带有感伤色彩、文字优美的小说与戏剧。巴金曾经这样评价汝龙："可以说他把全身心都放在契诃夫身上，他使更多的读者爱上了契诃夫。"

如今，上世纪五十年代由平明出版社出版，汝龙翻译的二十七册《契诃夫小说选集》已经成为经典。这套竖排繁体的《契诃夫小说选集》，是他根据英国翻译家康丝坦司·嘉奈德夫人的英译本转译过来的，后来又根据俄文本进行了校订和改译，。此后虽出版了契诃夫小说的新译本，不过读者们认可的却仍然是这套平明版的《契诃夫小说选集》。1996年安徽文艺出版社出版十五卷《汝龙译文集》，就选用了平明版的《契诃夫小说选集》。

二十七册译著可谓卷帙浩繁，工程巨大，对契诃夫的译介堪称最全面、最系统。译者将契诃夫的全部小说作品进行了分类，大约同一类的编成一集，并用其中一篇的题目命名。如第一集是写乡村和农民的，称为《巫婆集》；第二集是写城市的，称为《出诊集》；还有《爱情集》、《医生集》、《宴会集》、《仇敌集》、《农民集》、《父亲集》、《儿童集》，等等。1958年新文艺出版社又将这二十七册合订出版，制成三函硬纸套装。1956年，人民文学出版社出版了《契诃夫小说选》，将上述代表作品分为上下册，

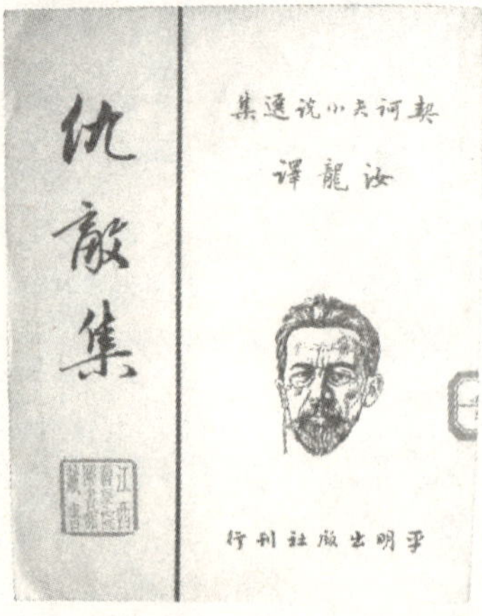

^ 汝龙译《仇敌集》，平明社，1955年版

分别收录了契诃夫早期和后期的代表作，共计三十篇。

契诃夫一生写了大量优秀的戏剧，剧本《海鸥》、《万尼亚舅舅》、《三姊妹》和《樱桃园》分别展示了他对女性、对知识分子以及对新生活的朦胧憧憬。这些剧本早在上世纪二三十年代就被译介过来，五六十年代一些翻译家又重新译介，同一个剧本有两个以上的不同版本，如《海鸥》就有芳信和丽尼的两个版本，《樱桃园》也有芳信和满涛两个译本。曹靖华还翻译了《三姊妹》和《契诃夫独幕剧集》。我们的翻译家还把他与高尔基的通信、手札和论文学的理论作品翻译过来，因此说，五六十年代对契诃夫的译介可谓是全面系统而又充满了情感的。

列夫·托尔斯泰(1828—1910)是十九世纪俄国最杰出的现实主义作家，代表俄国批判现实主义的高峰。他出身于贵族家庭，大学未读完就回到自己的庄园进行改革，一生都未停止对精神及社会出路的探索。他给我们留下的长篇杰作《战争与和平》、《安娜·卡列尼娜》和《复活》都堪称经典，他精深的思想与博大的胸怀赢得无数读者的推崇和敬仰。

列夫·托尔斯泰的作品早在1907年就被译介到中国，1913、1917年先后有《复活》和《安娜·卡列尼娜》的不完全文言译本问世。“五四”前后，托尔斯泰的作品被大量译成中文。抗战期间分别出版了郭沫若和周扬翻译的《战争与和平》、《安娜·卡列尼娜》以及其他作品。建国后，托尔斯泰的重要作品大多已翻译出版，而且不少名著都有多种译本。其中，三大长篇杰作《战争与和平》、《安娜·卡列尼娜》和《复活》，都有两种以上的译本。

史诗巨著《战争与和平》(一至四册)由董秋斯和高植译介过来，最早于1950和1951年出版，后来分别于1958和1957年再版。[①]这部作品背景广阔，线索错综，人物众多，这些特点与风格在中译本中都得到很好的表达，让读者深刻感受到它恢弘的气势、丰富的内涵。小说展示了1805年到十二月党人起义前夜俄国社会的生活动态，揭露了沙皇的腐朽无能和拿破仑的狂妄自大。贵族则分为两类，一类谈吐优雅，醉

① 董秋斯译《战争与和平》，人民文学出版社，1958年；高植译《战争与和平》，新文艺出版社，1957年。

^ 列夫·托尔斯泰肖像

^ 高植译《战争与和平》，新文艺社，1957年版

生梦死，崇拜法国文化，漠视祖国命运；另一类忠厚慷慨，感情强烈，富于爱国主义精神，其代表是罗斯托夫与包尔康斯基两家，属于这类贵族的还有彼埃尔·别祖霍夫，他和安德烈·包尔康斯基是中心人物，两人都不断进行思想探索，饱尝生活中的甘苦，在卫国战争中了解到人生的真谛，并在精神上得到新生。最后安德烈负伤死去，彼埃尔将成为十二月党人。小说所热情歌颂的真正爱国英雄是人民。作者描写的人物形象既复杂又丰满，其中，库图佐夫便是人民智慧的体现者。而且，常用对比手法来表述，如平民出身的士兵和军官朴实英勇、藐视死亡，与贵族军官的哗众取宠适成对照。作家对生活的大面积涵盖和整体把握，对个别现象与事物整体、个人命运与周围世界的内在联系的充分揭示，使这部小说具有极高的思想和艺术容量。

《安娜·卡列尼娜》(上下册)在1937年就有了中译本。二十世纪五十年代出现了三种不同译本，译者分别为周笕和罗稷南、高植、周扬和谢素台。[①]《安娜·卡列尼娜》以安娜与渥伦斯基的爱情和列文的农奴制改革为两条主线，生动反映了农奴制改革后俄国资本主义发展所导致的灾难性后果：贵族地主在资产阶级进逼

---

① 周笕、罗稷南译《安娜·卡列尼娜》，三联书店，1950年；高植译《安娜·卡列尼娜》，新文艺出版社，1956年；周扬、谢素台译《安娜·卡列尼娜》，人民文学出版社，1956年。

下趋于没落，贵族家庭关系瓦解、道德败坏，农村阶级矛盾激化。小说塑造了安娜、列文、吉提等一系列光彩照人的形象。主人公安娜·卡列尼娜高尚而孤独。她追求完美，充满蓬勃生气，却不被理解和接受。她无法忍受丈夫的虚伪和冷漠，追求理想中的爱情和幸福。但她既无力对抗上流社会冷酷的道德压力，又不能完全脱离贵族意识，战胜传统观念，最后只能卧轨自杀。另一主人公列文，是作家塑造的自传性人物。他痛心地看到地主经济的没落，希望借助地主和农民合作来缓和阶级矛盾，并试图把这种“不流血的革命”推广至全世界，结果幻想破灭。这部作品充满矛盾、紧张和惶恐的情绪，显示了作者更为深入的精神探索，已不再停留于《战争与和平》的明朗色彩和历史乐观主义。

《复活》也有两个译本，较早的是高植的译本，然后有汝龙的译本。[①]《复活》是列夫·托尔斯泰晚年的代表作，情节的基础是真实的案件。贵族青年聂赫留道夫诱骗了姑母的养女、农家姑娘卡秋莎·玛丝洛娃，导致她沦为娼妓，后来又被诬为谋财害命的杀人犯，流放到西伯利亚服苦役。自私的聂赫留道夫以陪审员的身份在法庭上与玛丝洛娃相遇，忽然良心发现，为营救她而四处奔走。在努力失败后，决定和她一起去流放，在忏悔中求得精神的复活。小说一方面表现作者晚年的代表性主题精神觉醒和离家出走——这时作家世界观已经发生改变，抛弃了上层地主贵族阶层的传统观念，追求自我精神的新生，另一方面通过男女主人公的遭遇，淋漓尽致地描绘出一幅幅沙俄社会的真实图景，并重新审视各种社会现象，对政府、法庭、监狱、教会、土地私有制和资本主义制度做了深刻的批判。

除以上巨著之外，托翁的其他作品，如《哥萨克》(吴岩译，开明书店出版，1951年)、《爱自由的人》(彭慧译，北京师范大学出版部出版，1952年)、《幼年·少年·青年》(高植译，文化生活出版社出版，1953年)、《家庭幸福》(侍桁译，泥土出版社出版，1955年)、《一个地主的早晨》(海戈译，新文艺出版社出版，1957年)等多部小说，也都被译介过来。著名翻译家

① 高植译《复活》，文化生活出版社，1949年；新文艺出版社，1958年。汝龙译《复活》，平明出版社，1952年；人民文学出版社，1957年。

李健吾和文颖则翻译了托翁的戏剧作品，辑为五集:《头一个造酒的》(《托尔斯泰戏剧集1》)、《黑暗的势力》(《托尔斯泰戏剧集2》)、《文明的果实》(《托尔斯泰戏剧集3》)、《活尸》(《托尔斯泰戏剧集4》)、《光在黑暗里头发亮》(《托尔斯泰戏剧集5》)。这些剧本芳信也都翻译过,出版题名略有不同。楼适夷译介了托翁的儿童文学作品,分别为《狼》(《托尔斯泰儿童故事集1》)、《恶魔的诱惑》(《托尔斯泰儿童故事集2》)、《高加索的俘虏》(《托尔斯泰儿童故事集3》)。吴懋之先生也翻译了托翁的儿童故事集，同时又根据苏联儿童出版社1949到1956年出版的九种托尔斯泰故事集选译了寓言、童话故事九十七篇。同时,托尔斯泰的科学杂文集、日记以及著名的文艺理论著作《艺术论》①等也都译介过来,使中国读者对这位世界文豪有了更为全面立体的了解。

还有一点要强调,俄罗斯作家中没有人比列夫·托尔斯泰更熟悉中国的古典哲学,热爱中国的传统文化。他阅读过《论语》、《墨子》,曾经和作家波波夫合作翻译了《老子》,在他生命最后一年,他还曾经表达过对中国及中国文化的向往。

三、苏联文学的译介

建国后十七年，我国的外国现代文学译介在选择作家及作品方面很不平衡,苏联作家占据着压倒性优势。这种现象在构建共产主义精神家园伊始的前五年尤为突出。那时到处回荡着这样的口号:"苏联的今天就是我们的明天。"因此,选译迎合当时我国文化事业发展需要的作品,也就成了翻译界的当务之急。所以,二十世纪五十年代至六十年代初,苏联文学的译介形成了"浩荡的洪流",其规模和成就远远超过前两次高潮。②据不完全资料统计,这一时期我国翻译苏联文学的译者超过三千人,翻译出版的文学作品仅中长篇小说就在七百种以上,苏联文学

---

① 列夫·托尔斯泰《艺术论》,丰陈宝译,人民文学出版社,1958年。

② 第一次热潮在1921至1927年,规模和影响都比较小,重点是翻译俄罗斯进步文学;第二次热潮是1937至1949年,抗日战争爆发后,以介绍苏联革命文学来鼓舞国人斗志。

的代表作家尼·奥斯特洛夫斯基、伊利亚·爱伦堡、高尔基、肖洛霍夫、阿·托尔斯泰等人，几乎全部作品都得到译介。

尼古拉·奥斯特洛夫斯基（1904—1936）出生在乌克兰的一个工人之家，儿时家境十分贫苦，只读过几年书，十二岁就不得不去当童工谋求生计。他做过种种体力工作，饱尝了人间的不公与艰辛。后来参加了红军，投身于革命斗争。在基辅铁路工厂突击修建支线时，不幸染上重病，只好去做政治和宣传工作。他的身体一直没有好转，最后瘫痪在床，双目失明。那时，他“体力几乎全部丧失了，所剩的仅仅是青春的不熄灭的活力，以及一种想要多少对自己党和工人阶级尽些力量的热望”[1]。当他发现昔日艰苦卓绝的战争生活能够引起朋友们的浓厚兴趣时，他又燃起了投入新的战斗的热望——这就是进行文学创作。他在致友人书中表达了自己的心愿：“生活用铁环箍着我，但我想冲破铁环跑出来。我打算由大后方走上本阶级的劳动与斗争的最前线。”[2]在1930年的秋末，他开始写作《钢铁是怎样炼成的》。他每天都忍受着病体的剧烈疼痛，拖着几近僵直的手臂，用为盲人特制的框格来艰难地书写。他一天坚持工作十个或十二个小时，去描述“那些曾经在党的旗帜下为苏维埃政权而奋斗的人”[3]。经过四年时间，他终于根据自己的亲身经历，以顽强精神完成了这部著名长篇小说《钢铁是怎样炼成的》。小说描绘了乌克兰第一代共青团员在布尔什维克党的领导下，为保卫苏维埃政权、建设社会主义而英勇奋斗的历程。作者以自身经历为基础，在广阔的历史背景中展示了主人公保尔·柯察金从一个普通工人子弟成长为无产阶级钢铁战士的历程。

正如书名《钢铁是怎样炼成的》所示，作者着意刻画主人公保尔·柯察金的刚毅性格是如何形成的。特殊的环境造就着特殊的性格。故事在

① 《奥斯特洛夫斯基演讲·论文·书信集》载《自传》，孙广英译，中国青年出版社，1951年，第8页。

② 温格洛夫、爱弗洛斯《奥斯特洛夫斯基传》下卷第一章《伟大的事业》，孙广英译，中国青年出版社，1953年。

③ 《奥斯特洛夫斯基演讲·论文·书信集》载《我的创作经过》，孙广英译，中国青年出版社，1951年，第21页。

乌克兰的谢别托夫卡(在今伏林尼州境内)展开,这是一座饱经德国侵略者劫掠、彼得留拉党徒蹂躏、波兰白匪袭扰的小镇。保尔母子三人在贫穷和屈辱中艰苦度日。保尔一出场就惹上了麻烦,他倔强的性格初次显露了出来。他怀疑过《圣经》,曾受到过神父的训斥,这一回又在神父做糕点的面团上撒了烟末。他失去了读书的机会,只好去餐馆、发电厂做杂活,于是对社会有了更多的了解。他看到了社会底层的霉烂生活,憎恨压迫、欺凌穷苦百姓的富人们,他也体验到了抗争的乐趣、友情的温暖以及初恋的甜蜜。而他与布尔什维克朱赫来相识以后,尤其是在两人共同生活的日子里,他明白了许多道理,初步懂得了什么是生活的真理,什么是革命斗争。这对保尔的一生产生了决定性的影响。他第一次与敌人较量是营救朱赫来。一个匪兵押解着他,正巧被保尔撞上。等匪兵走近,保尔就猛然扑了上去。朱赫来得救了,他却落入敌人手中。他忍受着拷打,宁死不屈,后来侥幸地被放了出来。他离开家乡,参加了红军,成了一名勇敢的轻骑兵。战争生活依然在考验着他。腿部负过伤,患过伤寒,在追击波兰白匪时,一块弹片穿透了他的颅骨。最后这次伤势十分严重,头颅右部麻痹,右眼肿胀、溢血,昏迷数日不醒。但病情刚刚有所好转,他便来到省里的“契卡”(肃反委员会)任职。这里繁忙而紧张的工作严重影响了他的健康,只好转到生产部门,任铁路总工厂的共青团书记。

在铁路工厂,他迎来了平生最严峻的考验。寒冬即将来临,年轻的苏维埃政府为了让人民群众过上一个温暖的冬天,决定修一条铁路支线,尽快把伐木场的木柴拉出来。保尔参加了筑路工程。湿冷的淫雨,泥泞的工区,粗劣的饭食,缺门少窗的陋屋,再加上白匪不时的袭扰,给筑路工作带来了难以想象的困难。保尔和战友们以惊人的毅力坚持着,晚上拧干湿衣服,在铺了少许麦秸的水泥地上过夜。他们紧紧依偎着取暖,衣服却从未焐干过。保尔甚至穿着脚趾外露的烂靴子,不顾冻坏的双脚、生了痈疮的脖子,依然拼命干活。可怕的病魔终于攫住了他。有一次下工后,他如同喝醉了酒,步履蹒跚地走回车站,只觉得头一晕,就栽倒在地上。他同时得了肺炎和伤寒,高烧不退,不省人事。他被匆忙抬上开往城里的火车,途中却误传出他的死讯。然而,青春终于战胜了病魔,保尔第四次死里逃生。病情随着故乡的春讯而日渐好转。一天，他信步来到了烈士墓旁，看着枞树枝编成的花圈和陡坡上高耸的青松，缅怀起那些为争取美好生活而惨遭杀害的战友们。他在极度悲愤之时，感悟到了生命的真谛：

> 人最宝贵的东西是生命。生命属于人只有一次。人的一生是应当这样度过的：当回忆往事的时候，他不会因为虚度年华而悔恨，也不会因为碌碌无为而羞愧；这样，在临死的时候，他就能够说："我的整个生命和全部精力，都已经献给了世界上最壮丽的事业——为人类的解放而斗争。"

保尔将个人的生命自觉地与无产阶级的革命事业结合了起来，他的思想再度得到升华，而升华的思想又进一步强化了他革命的意志和信念。他把多病的身体置之度外，依然活跃在各种斗争的前沿：组织青年学习，围剿流寇，打击走私，抵制错误思想和不良现象。身上的宿疾和隐患再次使他面临着死神的威胁。然而，他胸中依然燃烧着不熄的热情，瘫痪、剧痛、失明阻挡不住他战斗的脚步，他拿起了笔，创作反映革命战争的小说。他的作品得到了肯定，他觉得自己有了新的武器，重新回到了革命的队伍，开始了新的生活。

在刻画保尔的英雄形象时，作者也试图从爱情观上反映他性格的坚强。保尔的第一个女友是林务官的女儿冬妮亚。她不仅长得漂亮，而且正直、善良、富有同情心，她喜欢保尔的热情与顽强，关心他，爱护他。保尔对有钱人十分仇恨，起初谨慎地同冬妮亚交往。他渐渐看出冬妮亚与镇上的阔小姐毕竟有所区别，跟她亲密起来。两个家庭背景相差甚远的年轻人把友情发展成了恋情。保尔在医治头部重伤期间，梦中呼喊着冬妮亚的名字，冬妮亚也前来医院探望。但这以后，这个爱打扮的女孩引起了他的不满，两人的感情出现了裂痕。他觉得冬妮亚的个人主义令人难以容忍，明确告诉她："我首先是属于党的，其次才是属于你和别的亲人们的。"他劝她加入革命行列，但没有得到冬妮亚任何回应，两人不得不分了手。保尔的另一次爱情体验在铁路工厂。他与丽达同做政治工作，因革命需要走到了一起。在保尔心目中，丽达神圣不可侵犯，是他的同志兼老师。但初次见面，保尔便对她产生了一种特殊的感情。丽达兄弟的到访，使他陡然转变了态度，他认为爱情给人带来不安和痛苦，眼下不是谈情说爱的时候，决定以后不再去找丽达。他甚至编造借口，向她说明自己的决定，然后步履艰难地离开了她。三年后重逢，丽达已经有了一个温暖的家庭。保尔向她坦然承认，他当时以牛虻的方式中止交往是他一生中所犯种种错误中的一个。显而易见，当他认为革命和爱情发生冲突时，他就毫不犹豫地选择前者。第三次爱情获得了成功。保尔走访母亲的老朋友，认识了她的女儿达雅。在这个家庭里，褊狭而暴虐的父亲专断独行，愤怒、吵闹伴随着达雅姐妹及其母亲痛苦度日。保尔想到家庭革命，愿意帮助达雅成为同路人。就在他本人走出绝望阴影的那个夜晚，他向达雅吐露了爱情，两个年轻人真诚地结合了。在他的帮助下，达雅当上了工人，入了党，成了厂里的积极分子，终于找到了生活中应该属于她的位置。

这部小说出版后引起了社会各阶层的强烈反响。全书这种贴近生活的写实风格，被认为具有"真挚而热情"的基调和水彩画般朴素而精美的色泽；主人公保尔·柯察金这个不屈不挠、英勇斗争的钢铁战士，被认为是苏联文学中独一无二的活生生的形象。①1935年苏联政府授予作者尼·奥斯特洛夫斯基"列宁勋章"，以表彰他所做出的特殊贡献。保尔这一光辉形象影响着几代青年，包括卫国战争中的青年英雄奥列格、卓娅、马特洛索夫，等等。②在黑色大理石做成的卓娅纪念碑上，镌刻着保尔感悟人生的名言，那炽热的话语永远勉励着追求理想的人们。这部小说曾经一版再版，还多次被搬上银幕或舞台。它在国内译成四十余种民族文字，在国外也译成了二十余种文字，其影响之大，世所罕见。

---

① 1936年6月28日法捷耶夫致尼·奥斯特洛夫斯基的信，周庆积译，刊于《文艺学习》1957年第9期。

② 譬如，奥列格的母亲耶林娜·柯舍瓦亚曾经写信给作者的母亲，她说："奥列格把奥斯特洛夫斯基的书当作解决一切难题的一种参考书。只要同志中间谁害怕了，或忧愁了，他就从书架上把《钢铁是怎样炼成的》取下来，总是能从里边找到合适的章句给他念……"参见《奥斯特洛夫斯基传》下卷第十八章《保尔·柯察金不平凡的生活》。

《钢铁是怎样炼成的》在我国的出版也是翻译文学史上的一件盛事。最早的版本是段洛夫和陈非璜的合译本，刊于1937年；1943年又有弥沙的译本问世。而印数最多、流传最广的是梅益①的译本。抗日战争期间，他在上海市八路军办事处工作，翻译《钢铁是怎样炼成的》是上级指示，而且是在极其艰难的情况下译了出来："1938年春，八路军上海办事处负责人刘少文同志给了我这部小说的英译本（纽约国际出版社1937年出版，英译者是阿历斯·布朗）。他要我作为党交办的一项任务，把它译出来。当时工作很忙，白天工作，晚上还要编报，时译时辍，直到1941年冬才译完，有几章曾请姜椿芳同志校阅。"②这个译本于1942年由上海新知书店初次刊行，不久又在东北、晋察冀等敌后根据地翻印。新中国成立后，人民文学出版社决定重刊，译者对译文做了一些修改，刘辽逸、孙广英则根据俄文原本做了校阅，并补译了英译本所删节的部分，使之成为一个较为完善的译本。在二十世纪七十年代之前，它已印刷二十六次，印数达一百三十余万册。此外，这个译本还曾由三联书店、少年儿童出版社分别印行。七十年代初，人民文学出版社几次准备重印，但"四人帮"横加阻挠，未得重刊。③这部小说不止有全译本，还有多种多样的节译本、缩写本、改编本、俄汉对照本、连环画册以及蒙文、朝文等译本行世，以满足我国不同读者群体的需要。1950年，中国青年艺术剧院又把话剧《保尔·柯察金》④搬上了舞台，书中人物遂以更生动、更逼真的形象呈现在观众面前。一部翻译作品竟然在我国如此广

^ 梅益译《钢铁是怎样炼成的》，人民文学社，1953年版

① 梅益（1913—2003）原名陈少卿，广东潮州人。
② 《钢铁是怎样炼成的》载译者"后记"，人民文学出版社，1980年。
③ 同上。
④ 苏联班达连柯改编三幕话剧《保尔·柯察金》，同年由乌兰汗译为中文。此剧系我国首次搬演苏联话剧的剧目。青艺排演时，由孙维世执导，金山饰保尔，张瑞芳饰冬妮亚，吴雪饰朱赫来。演出轰动京城，前往观看者络绎不绝。

泛地传播，堪称是世界文化交流史上的奇特现象。这种现象之所以会产生，归根结底是因为小说主人公保尔·柯察金非凡的人格力量征服了读者，尤其是青年读者。在战争年代，解放军战士曾经怀揣这本小说冲锋陷阵，奋勇杀敌。[①]解放后，举国上下意气风发，重建家园，他那种为崇高理想而奉献一切的英雄主义又与我国新的时代精神发生了强烈共鸣。由于保尔既是革命事业的保卫者，又是建设者，而且他立场坚定，爱憎分明，坚韧不拔，公而忘私，其品格有着丰富的内涵，因此《钢铁是怎样炼成的》这部书为众多青年和中小学生所深深喜爱。他们崇拜这位钢铁战士，以他的模范行动为榜样，把他感悟人生的格言当作激励自己不断上进的座右铭。《钢铁是怎样炼成的》整整影响了中国几代人，甚至一度成为苏联小说在中国的代名词。从四十年代至六十年代，它一直充当着人们的精神食粮，并成为一代人的集体记忆。

奥斯特洛夫斯基的第二部长篇小说《暴风雨所诞生的》，描述苏联十月革命胜利后乌克兰工人和农民反抗波兰白党的斗争。作者旨在向没有亲眼见过旧社会的青年人讲述过去的事。全书原计划写三卷，以波兰白党被击溃并被赶出乌克兰、骑兵第一军胜利进军为结尾。但作者只写完第一卷，留下第二卷少许残稿，便英年早逝了。对于这部作品，我国翻译界也是重点译介的，先后有四种译本，译者分别是禾金(1949)、王语今(1950)、方羽(1953)、孙广英(1953，与王语今合译修订)，共发行二十七万册。1951 年，孙广英还翻译了《奥斯特洛夫斯基演讲·论文·书信集》(中国青年出版社)。1956 年中国青年出版社出版了《奥斯特洛夫斯基两卷集》(第一卷译者为梅益，第二卷译者为孙广英和王语今)，几乎囊括了奥斯特洛夫斯基的所有作品。

① 在莫斯科奥斯特洛夫斯基纪念馆里，陈列着冯文彬(时任我国新民主主义青年团总书记)所赠的《钢铁是怎样炼成的》中译本，书的封面写有"中国人民解放军的战士们曾经带了这本书进行解放战争"语。

《钢铁是怎样炼成的》中译版本目录(截止1976年)

书　　名	形　　态	译或改写者	出版时间	出版地及出版单位
钢铁是怎样炼成的(1)	全译本	段洛夫、陈非璜	1937-1946	上海;潮锋社
钢铁是怎样炼成的		弥沙	1943	重庆;国讯书店
钢铁是怎样炼成的(2)	全译本	梅益	1946	大连; 大连中苏友好协会
钢铁是怎样炼成的(3)	全译本	梅益	1946	上海;新知书店
钢铁是怎样炼成的	全译本	梅益	1947	菏泽;冀鲁豫书店
钢铁是怎样炼成的	全译本	梅益	1947	山西, 太行群众书店
钢铁是怎样炼成的	全译本	梅益	1948	朝城,冀鲁豫书店
钢铁是怎样炼成的	全译本	梅益	1949-1951	沁源, 太岳新华书店
钢铁是怎样炼成的	全译本	梅益	1949-1951	郑州, 中原新华书店
钢铁是怎样炼成的(4)	全译本	梅益	1949	上海, 生活·读书·新知联合发行所
钢铁是怎样炼成的	全译本	梅益	1949	山东新华书店
钢铁是怎样炼成的	全译本	梅益	1949	中原新华书店
钢铁是怎样炼成的(5)	全译本	梅益	1952-1965	北京;人民文学社
钢铁是怎样炼成的(6)	全译本	梅益	1961	上海,少年儿童
钢铁是怎样炼成的(7)	全译本	陆立之	1951	上海;北新书局
保尔·柯察金	全译本	乌兰汗	1948	哈尔滨,兆麟书店
保尔·柯察金	全译本	乌兰汗	1950	北京;人民社
保尔·柯察金	全译本	乌兰汗	1950	上海、重庆;人民社
保尔·柯察金(8)	全译本	乌兰汗	1950	北京、汉口;新华书店
筑路(9)	节选本	梅益	1953-1954	北京;人民文学社

注释:

(1)据日译本转译;两次订正;多次印刷

(2)据英文本转译

(3)据日文本及原文补充

(4)印刷九次

(5)据英译本重译;平装本印刷二十六次,精装本印刷十次

(6)印刷三次

(7)三幕剧;原改编者译为彭达林科

(8)以上四部《保尔·柯察金》均为三幕剧;原改编者为班达连柯

(9)印刷三次

钢铁是怎样炼成的(1)	缩写本	白刃	1948	哈尔滨;兆麟书店
钢铁是怎样炼成的	缩写本	白刃	1949	天津;知识书店
钢铁是怎样炼成的	改写本	中耀	1949	沈阳;东北书店
钢铁是怎样炼成的	改写本	中耀	1950	北京;新华书店
钢铁是怎样炼成的	改写本	中耀	1953	上海;新文化书社
钢铁是怎样炼成的	改写本	吴昭江、李晴	1952	北京;开明书店
钢铁是怎样炼成的	改写本	菡子	1952	上海;劳动社
钢铁是怎样炼成的	改写本	菡子	1953	北京;中国青年社
钢铁是怎样炼成的(2)	俄语本	潘安荣	1960	北京;商务印书馆
钢铁是怎样炼成的(3)	俄语本	北京外国语学院俄语系	1964	北京;商务印书馆
钢铁是怎样炼成的	全译本	黑龙江大学俄语系翻译组及该系七二级工农兵学员	1976	北京;人民文学社
朱赫来遇救(4)	俄语本	《俄汉对照读物》编辑组	1974	上海;上海人民社
当保尔十二岁的时候(5)	俄语本	《俄汉对照读物》编辑组	1974	上海;上海人民社

注释:

(1)据梅益译本缩写

(2)俄汉对照,附有注释

(3)附有注释

(4)俄汉对照

(5)俄汉对照

伊利亚·格里戈利耶维奇·爱伦堡(1891—1967)系苏联著名作家。作为一名新闻记者,他忠实记录下自己的所见所闻所感;作为一个犹太作家,他坚决反对德国的法西斯战争,捍卫和平,一生都在为争取和平而斗争。这些经历构成他作品的基本内容。五十年代,爱伦堡作品的中译本有二三十种之多,几部小说之外多是散文集、通讯集、政论集、文学评论集和游记。除了歌颂斯大林时期建设成就的中篇小说《第二天》(邹用九、裘因译,新文艺出版社,1957年)和《一气干到底》(李世茂译,新文艺出版社,1958年)之外,他的大多数作品都是国际题材,最著名的是三部长篇小说《巴黎的陷落》、《暴风雨》、《巨浪》,描绘了从1935至1951年二次大战前后欧洲和苏联的广阔历史

^ 徐迟、袁水拍译
《巴黎的陷落》，文光书店，
1951 年版

^ 杨晓准译《欧洲的毁灭》，
泥土社，1953 年版

^ 爱伦堡像

画面。《巴黎的陷落》分为三部分，第一、二部叙述了慕尼黑会议的叛卖性活动，法国绥靖主义加速二战的爆发；第三部写到巴黎的陷落，贝当反动政府卖国投降。[①]《暴风雨》有三种译本，各具风格，但都是从英译本转译过来的。[②]作品描写了二战全面爆发后，法国、苏联和德国人民的反法西斯斗争。作为《暴风雨》的续篇，《巨浪》主要以美国和法国为背景，描写了战后西方势力针对苏联掀起冷战，尤其是美国外洋通讯社阴谋制造战争，同时刻画了世界各国人民为争取世界和平而进行的斗争。[③]

爱伦堡最重要的作品是中篇小说《解冻》和长篇回忆录《人、岁月、生活》(六部)，在六十年代后翻译出版。无论在苏联文学史上，还是在中国

① 爱伦堡《巴黎的陷落》，徐迟、袁水拍译，文光书店，1951 年。
② 高清岳、淡文译《暴风雨》，文光书店，1950 年；王佐良等译《暴风雨》，文化工作社，1951 年；罗稷南译《暴风雨》，时代出版社，1953 年。
③ 侍桁、千羽译《巨浪》(又名《九级浪》)，国际文化服务社，1952 年；施蛰存等译《第九个浪头》，文化工作社，1953 年。

的苏联文学阅读史上，这两部作品都是划时代的。《解冻》开创了一个文学时代，成为苏联"解冻文学"最著名的代表作和"欧洲的文艺史诗"。《人、岁月、生活》被誉为精神贵族的《圣经》，在六十年代初至七八十年代，每一部都有中译本，由王金陵、冯南江、秦顺新三位翻译家合译，由于中苏关系恶化，未公开发行，而是作为国内高层阅读的内参资料，后流入民间私下传阅，影响了一代知识分子的成长。

1951年秋天，爱伦堡和智利诗人聂鲁达一起访问中国，受到中国人民的热烈欢迎。他们此行进一步巩固了中苏两国人民兄弟般的友情。可见，爱伦堡不仅是作家，同时也是卓越的斗士和和平的使者。

玛克西姆·高尔基(1868—1936)原名阿列克赛·马克西莫维奇·彼什科夫，是社会主义现实主义文学的奠基人。高尔基在他的散文诗《海燕之歌》中，把革命者比作与暴风雨搏击的海燕。其实，高尔基本人就是勇敢的"海燕"。他不仅积极投身于无产阶级的革命斗争，而且创作了大量的作品来配合革命，如《母亲》、《童年》、《在人间》等。他还创作了《意大利童话》、《俄罗斯童话》等儿童作品。五十年代以苏联老大哥为榜样的中国文学界视高尔基为文坛圣人，翻译家们不遗余力、高水准地将他的所有作品，包括小说、诗歌、戏剧、童话故事、散文、政论文章等全部译介过来。翻译和重新再版的译作达到一百三十八部之多，翻译家有以夏衍、巴金、曹葆华、汝龙为代表的七十多人。

从1949年10月到1978年间，高尔基的自传三部曲《童年》、《在人间》、《我的大学》陆续被译介过来，每一部都有两个不同的译本:《童年》有蓬子、刘辽逸的译本;《在人间》有楼适夷、汝龙的译本;《我的大学》有胡明、陆风的译本。通过这些不同风格的中译本，我国读者认识了高尔基，了解了他心酸悲惨的童年以及艰难的成长历程。1956年，人民文学出版社出版了三部曲的第一部《童年》和最后一部《我的大学》。前者是刘辽逸根据苏联文学出版社1951年版的《高尔基三十卷集》第十三卷译出，叙述了作者童年时代居住在外祖父家的生活状况;后者是陆风根据1951年莫斯科俄文版《高尔基全集》第十三卷译出，叙述了少年高尔基的艰苦生活和思想成长的复杂历程，也反映了十月革命前俄国的阶级压迫和社会状况。

高尔基的代表作长篇小说《母亲》描绘了无产阶级波澜壮阔的革命斗争，塑造了工人党员巴维尔和革命母亲尼洛芙娜的感人形象。这部小说极大地鼓舞了工人群众，使沙俄统治者十分惊恐。《母亲》被公认为世界文学史上崭新的社会主义现实主义奠基作品。《母亲》这部杰作，夏衍先生早在 1930 年就根据日译本转译过来，由开明书店出版，题目译为《母》。这个译本虽是转译，但却很好地保留了高尔基作品的特色，使得母亲这个形象与在原著中一样生动感人。建国后，1950 到 1978 年间，开明书店、中国青年出版社、人民文学出版社、新文艺出版社等七家出版社以《母亲》为题重新再版八次，共发行三十四万八千多册。高尔基的最后一部作品是长篇小说《克里姆·萨姆金的一生》。1950 年罗稷南先生由英译本转译，1962 年翻译家金人[1]又重新译介。这部作品是高尔基历时十年创作但最终未能完成的长篇巨著，描写十月革命前俄国知识分子思想发展变化的历程。另外，高尔基的许多小说、剧本和论著不仅有中译单行本，且被编选成单卷选集或多卷文集出版。他的文学创作和文学理论，对中国新文学的发展有重要影响。

^ 陆风译《我的大学》，
人民文学社，1958 年版

^ 费明君译《监狱》，
上海杂文社，1950 版

① 金人（1910—1971）原名张君悌，河北南宫人，曾任出版总署翻译局副局长。译著甚丰，译有茹尔巴《普通一兵》、高尔基《克里姆·萨姆金的一生》、潘菲洛夫《磨刀石农庄》、柯契（切）托夫《茹尔宾一家人》、《契诃夫小说集》等。

米哈依尔·肖洛霍夫(1905—1984)是苏联当代文学的杰出代表，也是我国读者十分熟悉并热爱的作家。1925到1940年，他创作了四卷本的长篇巨制《静静的顿河》，后来又创作了《被开垦的处女地》、《一个人的遭遇》等杰出作品。新中国成立后，肖洛霍夫的作品被大量翻译、出版、再版重印。早在三十年代，肖洛霍夫的作品就受到鲁迅先生的关注，五六十年代，他的重要作品都被译介过来，中国评论界发表了四十余篇评介肖洛霍夫的文章。他的文学创作对中国当代文学产生了重要影响，尤其是他的长篇小说《被开垦的处女地》。这部作品以一个哥萨克村落为背景，描写苏联人民在苏联共产党的领导下，为建立集体农庄所走过的曲折道路，反映了集体化的复杂情况。我国一批土改和集体化题材的作品中都可看到它的影子，如《暴风骤雨》、《太阳照在桑干河上》、《山乡巨变》、《创业史》、《艳阳天》以及《金光大道》等。1950年周立波翻译了这部作品；六十年代，著名翻译家草婴翻译了《被开垦的处女地》第一部和第二部。另外，草婴在1957到1959年间，又译介了肖洛霍夫的《一个人的遭遇》、《顿河故事》。[①]《一个人的遭遇》浓缩了斯大林时代的悲剧，写得催人泪下，感人至深，发表后引起强烈反响，被视为苏联短篇小说的巅峰之作。《顿河故事》收录十七篇短篇小说，选自肖洛霍夫早期的两部小说集《顿河故事》和《浅蓝的原野》，大多以内战时期的顿河地区为背景，显露了作者贯彻一生创作的悲剧意识。在顿河系列的二十个短篇中，有十篇主人公死去，五篇受折磨或负伤，四篇不得不去杀死亲人。

《静静的顿河》是苏联文学皇冠上的明珠，肖洛霍夫的其他作品都有《静静的顿河》风格，即"高亢悲壮与诙谐幽默，史诗般的庄严瑰丽与充满激情的抒情笔触，深刻的哲理概括，典型化与令人信服的日常生活描写，深入细腻的心理刻画与绘声绘色的写景技巧"[②]。1965年，肖洛霍夫因《静静的顿河》，因他"在描写俄国人民生活各历史阶段的顿河史诗

① 草婴译《一个人的遭遇》，新文艺出版社，1957年；草婴译《顿河故事》，上海文艺出版社，1959年。
② B. 科瓦廖夫(В. А. Ковалев)主编《苏联文学史》，张耳等译，天津人民出版社，1982年。

^ 金人译《静静的顿河》，人民文学社，1956 年版

^《静静的顿河》插图

中所表现出来的艺术力量和正直品格”而获得诺贝尔文学奖。1956 到 1957 年我国出版了翻译家金人重译的《静静的顿河》四卷本。①这部小说通过顿河地区哥萨克的社会变化及主人公葛利高里一生的遭遇，真实反映了 1912 至 1922 年苏联的社会历史状况。金人写了好几篇评《静静的顿河》的文章，指出作品的思想教育意义在于：阐明了社会主义革命是一场激烈的阶级斗争，社会主义一定要胜利，党的领导是革命胜利的保证。显然，这种对作品的诠释，带有浓厚的时代特征。金人认为作品的艺术性表现在：悲剧的氛围，反面衬托的叙述方法，深刻的心理描写和塑造人物的高度技巧。

第三节 日本文学的译介

在我国外国文学翻译史上，对日本文学的翻译曾经出现过两个高潮：第一次高潮是在“五四”运动时期，由于中国民主革命的需要，大量译介了日本文学作品，一些知名的日本作家被介绍过来，也涌现了一大

① 肖洛霍夫《静静的顿河》（四部），金人译，人民文学出版社，1956—1957 年。金人的第一个全译本最早由光明书局于 1941 年出版，两个译本差别较大。

批翻译家,对中国现代文学产生重要影响。第二次翻译高潮是在改革开放后的八十年代,一切走上正轨的文学界又迎来了春天,对日本文学的翻译达到了又一个高峰——译介的日本文学作品如雨后春笋般出现,对川端康成、夏目漱石等知名作家的作品的翻译进一步扩大,同时又翻译了其他现当代作家的作品,翻译数量之大、范围之广、题材之全面是空前的。在这两次高潮之间,由于历史的原因,对日本文学的翻译出现了停滞,直到五六十年代才有明显回升。这一时期翻译的日本作家有近八十人,夏目漱石、菊池宽、野间宏、三岛由纪夫、井上靖、宫本百合子、德永直、小林多喜二、高仓辉等现代各流派著名作家的作品都被译介过来。

一、日本现代作家译介

夏目漱石(1867—1916)原名金之助,1867年1月5日生于江户。出生不久,就被人领养,幼年缺少家庭温暖。少年时期,他对中国古典文学产生浓厚兴趣,读了不少先秦典籍和唐宋诗文。明治维新以后,接受西学。他先后于"成立学舍"和东京帝国大学学习英语,接受西方民主思想洗礼。1900年,赴英国留学,在留学期间对本民族的文化与精神有了重新认识。1905年发表处女作《我是猫》,对"大和魂"、天皇、资产阶级暴发户、警察、战争等尽情嘲讽,以独特的讽刺,幽默的风格,对日本近代社会给予有力抨击。

1907年发表的《虞美人草》是其第一篇长篇小说。后又写成《三四郎》(1908)、《门》(1910)、《春风之后》(1912)、《心》(1914)和《明暗》(1916)等作品,以现代人的伦理道德问题为主题,利用细致的心理剖析,揭示出个性解放与社会习俗的冲突。他的作品对以后的"白桦派"与"新思潮派"均有很深的影响。他认为"只有合乎伦理,才能成为艺术;真正的艺术必须合乎伦理"。因此,他在中、后期作品中彻底揭露潜藏在自我之中的丑恶,并为克服这种丑恶而寻求理想境界。

从1958到1959年间,夏目漱石的作品被陆续译介过来。先是《夏目漱石选集》第一、二卷出版,由胡雪、由其翻译的第一卷收录了他的第一部小说《我是猫》;开西、丰子恺翻译了第二卷,书中包括两部中篇小说《哥儿》、《旅宿》。《哥儿》批判了教育界的陋习。主人公哥儿称学校当权者是“时髦的坏蛋、骗子手、冒牌货、伪君子”。作者运用机智、幽默的语言和夸张的手法,塑造了一个耿直、憨厚、豪爽的哥儿形象。他那堂吉诃德式的言行,独自与黑暗势力搏斗的果敢精神,一直为人们津津乐道。

菊池宽(1888—1948)是“新感觉派”的代表作家。1888 年 12 月 26 日生于香川县,1916 年毕业于京都大学英文系。读书期间潜心研究英国近代戏剧,与芥川龙之介等主办第三、四次《新思潮》杂志,深受夏目漱石和森鸥外的影响。1914 年起发表《玉村吉弥之死》、《懦弱的丈夫》、《屋顶上的狂人》等戏剧。1917 年独幕剧《父归》问世,引起强烈反响。1920 年发表长篇小说《珍珠夫人》后,转向通俗小说创作。菊池宽后期致力于迎合读者趣味的通俗小说,代表作品有《珍珠夫人》(1920)、《新珠》(1923)、《再和我接个吻》(1925)等,大多以中上层家庭为背景,写男子的背信弃义和妇女的遭遇与反抗,题材较狭窄。他的文笔清新流畅,善于刻画人物,渲染气氛。菊池宽的剧作情节设计新颖,结构严谨,在当时的戏剧界很有影响。早在 1924 年,田汉就将他的《父归》等四部剧本译成中文,以《日本现代剧作第一集》为名出版。

他认真地审视人生,把握现实,在反映现实的同时,赋予自己笔下的一切以新的意义,理智地加以诠释。在技巧上,他一般采用传统的现实主义创作方法,只是更着重于人物心理的刻画。菊池宽站在理智主义的立场上,对现实的各种矛盾,按资产阶级的道德规范给予解答,或企图加以调和。这是一种反映上层小资产阶级对现实的怀疑与不满的文学。其寻求与现实调和的倾向,导致了后来通俗文学的流行。

五十至七十年代,我国对菊池宽的作品译介得并不多,只有 1979 年冯度译的长篇小说《新珠》,这部小说描写日本著名画家筱崎死后,他的三个年轻美丽的女儿先后为浪荡贵族青年、西洋画家堀田义辅追求,大女儿和二女儿都深受其害,三妹烂子却对此进行了无情的嘲弄和报复,因此作者把她称为日本新女性的一颗“新珠”。

二、日本无产阶级文学的译介

日本无产阶级文学在日本文学中占有很重要的地位，产生了一大批杰出的作家，如小林多喜二、德永直、宫本百合子、高仓辉等。我国建国后对日本文学的译介也大多集中在这一流派，介绍的作家最多，翻译的作品最多。这是由我国建国后对无产阶级文学作品的需求决定的，同时也反映了广大读者对这方面文学的喜爱。

德永直，无产阶级小说家。1899年3月11日生于熊本市，1958年2月15日因肝硬化谢世。他读书不多，很早就外出务工，以为生计，因而对社会底层的生活状况有着直接而深刻的体验。他爱好小说创作，曾在故乡的工厂里编过在同伴间传阅的刊物。二十四岁进入东京后，写过几篇短篇小说，但仅存的两篇后来才发表。①他一生勤奋创作，以自己的所见所闻为题材，创作了《没有太阳的街》(1929)及其续篇《失业的城市东京》(1930)、《妻啊，安息吧》(1946)、《静静的群山》(1949—1954)等四部长篇小说以及一定数量的短篇小说。他是中国人民的朋友，热切关注中国和中国革命文学。1955年2月19日，他与文艺批评家岩上顺一应邀来华访问。逝世前，还曾请人代笔致书周扬和萧三，表达开展中日文化交流的愿望，并且介绍了一些工人出身的日本作家。②我国翻译界也高度重视他的创作，大多作品已有中译本。

《没有太阳的街》是他的处女作。1926年，他在东京博文印刷所当排字工人时，发动了小石川共同印刷公司的一场“大争议”(大罢工)，由于反动政府残酷镇压，“争议”以失败告终。这部小说描述的即是这一影响深远的历史事件。事情的起因是资本家大量裁减印刷工人，工人们随即团结起来举行罢工，以示抗议。作者选择一条太阳照射不到的阴暗潮湿的街道做背景，并重点刻画了荻村、高枝、高木、石塚、山本、中井、加代等产业工人，以及大川等资本家。这些人物塑造得鲜活而又真实。关于“没有太阳的街”，作者虽着墨不多，但画龙点睛式的描写仍给人以深

---

① 参见李芒译《没有太阳的街》附文德永直《关于〈没有太阳的街〉的一些说明》。

② 参见上引译本附“译后记”以及萧三所写悼念文章，后者刊于《文艺报》1958年第4期。

^ 萧萧译《静静的群山》，作家社，1956 年版

^ 李芒译《没有太阳的街》，人民文学社，1958 年版

刻印象。它是一个贫民窟，在东京排号第一，坐落在一条山谷里面，终年不见阳光。谷底的千川沟，填满了各种垃圾。每逢梅雨期和淫雨期，沟水都要泛滥，四万居民不得不在天棚上挂吊床。在举行罢工的冬天，这条街便“被严寒和饥饿封冻起来”了。而在远处山上，太阳光照射得到的地方，矗立着资本家阔气的宅院。两者形成了极其鲜明的对照。正是在这种背景下，作者揭示了劳资之间错综复杂的矛盾。这一方面反映了资产阶级转嫁经济危机的罪恶行径，另一方面，也暗示了日本反动政府更为险恶的用心：他们不惜采用高压手段，平息大罢工，以便对外进行军事扩张，包括出兵侵略我国东北。

德永直以高度的热情来创作这部小说。当时条件极其艰苦，罢工失败后，德永直被工厂开除，过度的包工劳动搞坏了身体，又不幸患上了大肠炎。顽疾折磨，不能正常劳动，有时与妻子执手而泣。但这一切并未稍减他的创作热情。他总共用了三个月的时间，最终完成了这部著作。而在最后一个月，他向工厂请了病假（这时又有了正式工作），每天都要到友人租住的宿舍里伏案笔耕。写到动情处，便激动万分，泪珠打湿了稿纸。完稿后，偶遇故友林房雄（日本著名作家），便把手稿拿给他看，结果无产阶级名刊《战旗》从 1929 年 6 月起开始刊登这部小说，一连刊载了五个月。出版单行本时，收入了未曾连载的结尾部分。这部小说的创作，是日本文学史新的开端。正如藏原惟人所说："……德永直的《没有太阳的街》第一次以宏大的规模生动地表现产业工人的生活和斗争，而且采用易为广大群众接受的形式，这些都具有重大意义。"作者自己也认为："在漫长的一千年间，在日本的文学史上未曾有过被压迫阶级的文学，当然也更没有具有阶级觉悟的被压迫阶级的文学史了。我们是在日本无产阶级革命运动中觉醒，在日本的先觉的革命艺术家们的斗争历史教导之下，第一次走进日本文学史的。"[①]这部小说在国际上也产生了一定的影响，已有不少国家翻译出版。1958 年 9 月，我国出版了李芒[②]的汉译本。

长篇小说《静静的群山》在广阔的历史背景上真实地记录了日本战后初期风起云涌的社会历史变动，热情地讴歌了工农大众的革命斗争精神。1945 年 8 月是日本现代史上的一个转折点。日本战败投降后，社会开始发生了翻天覆地的变化：穷凶极恶的法西斯政权垮了台，暴风骤雨般的民主主义革命走向高潮。最先觉醒的是池部新一、谷川二郎、山中初江等人。他们从接触到的日本共产党员身上看到了希望，并开始在厂里组织工会，要求增加工资、改善劳动待遇。以厂长相良为首的反动势力，处心积虑要将刚刚兴起的工人运动扼杀在摇篮之中。他们采取各种手段，企图分裂工人队伍。在严峻的斗争中，先进的工人代表迫切感到需要党来领导，谷川二郎、池部新一郑重地提出了入党申请。日本共产党领导下的民主主义革命也波及农村。离工厂不远的川添村住着角仓一族，他们不仅是农民的世代统治者，而且也是工厂的股东。在村里，只有乌泽文也父子俩是共产党员。在乌泽文也父子的不懈努力以及工人的大力支援下，耕地改革运动开展起来了。农民们冲破封建陋习的束缚，勇敢地与地主展开斗争。作家德永直结合自己创作长篇小说《静静的群山》的体验，坦承"如果第二部比第一部有点进步的话，这都是我受

① 参见李芒译《没有太阳的街》附文德永直《关于〈没有太阳的街〉的一些说明》。

② 李芒(1920—2000)系辽宁抚顺人。中国社会科学院外国文学研究所研究员，曾任《世界文学》常务编委、日本文学研究会副会长、中国和歌俳句研究会会长等。主要译著除《没有太阳的街》外，尚有小林多喜二《在外地主》、《黑岛传治短篇小说选》、《樱花烂漫：松木澄江俳句集》、《万叶集选》、《怒吼吧，富士！》(合译)等，并著有评论文集《投石集》。

了日本人民英勇斗争的鼓励和《在延安文艺座谈会上的讲话》的启发，努力使自己接近工人和农民的结果”[①]。

德永直的短篇小说集《街》是李克异、王振仁根据日本目黑书店1951年版翻译的，包括《高个子的姑娘》、《槌子头》、《街》、《乡下的文工队》、《安静的人》、《在军事基地旁边》六篇，描写了日本人民在美国军队占领下的生活和斗争。[②]

小林多喜二(1903—1933)，是日本无产阶级文学运动的领导人之一。生于日本北部秋田县一个贫穷村落的佃农家里。因为生活熬不下去，在他四岁时，一家人迁到北海道的港口小樽。从小就参加劳动，过着半工半读的生活。1924年毕业后，他被小樽一家银行录用为职员。他还在求学期间，就热衷于写作，从1923年起开始在文艺刊物上发表作品。《一九二八年三月十五日》(1928)、《蟹工船》(1929)等作品，以表现工人群众走上有觉悟、有组织的革命斗争道路，并对资本主义必然衰亡的展望，赢得了广泛的声誉。他的作品成为日本无产阶级革命斗争的思想武器。1933年发表的《为党生活的人》，塑造了忠于革命事业的日本共产党人的形象。

1932年以后，党的组织和革命文艺团体连续遭到敌人的严重破坏，小林多喜二为此不得不转入地下，继续领导革命文艺工作。1933年2月20日，在一次秘密联系中，他不幸被捕，在敌人的毒刑拷打下，仍坚持斗争，宁死不屈，最后牺牲。

在上世纪五六十年代我国译介最多的日本作家就是小林多喜二，可见那一时期我国读者对这位无产阶级伟大作家是多么敬仰与喜爱。1955年李克异翻译了他的中篇小说《为党生活的人》，题名为《党生活者》。1979年卞立强又重新翻译了该小说。小说以三十年代初期日本人民的革命斗争为主题，描写了日本共产党组织广大工人群众为反对日本帝国主义发动侵略战争而进行的英勇斗争。1956和1973年，震先和李芒先生分别翻译了他反映日本阶级斗争的中篇小说《在外地主》。1958至

---

① 德永直《静静的群山》第二部，萧萧译，作家出版社，1957年，第808页。

② 德永直《街》，李克异、王振仁译，新文艺出版社，1957年。

^ 李克异、王振仁译《街》，
新文艺社，1957年版

^ 楼适夷译《蟹工船》，
作家社，1955年版

1959年间，楼适夷翻译了中篇小说《一九二八年三月十五日》和《安子》。从1958年开始到1965年，国内陆续翻译出版了《小林多喜二小说选》、《小林多喜二小说选集》（第一、二、三卷）。在那个年代对一位日本作家介绍得如此详尽，作品译介得如此全面完整，这还是第一次。

《蟹工船》是小林多喜二的代表作，为他赢得了世界声誉。1930年我国就将其译成中文，作者还特意为中译本作了一篇热情洋溢的序文，称赞我国的工农革命斗争、中日两国人民的革命友谊：“中国工人阶级的英勇斗争，给了骨肉相连的日本无产阶级以极大的鼓舞。”1955年楼适夷，1973年叶渭渠又翻译出两个不同的版本。《蟹工船》的故事集中在渔船“博光号”的渔工与监工浅川的斗争上，真实地描写了渔工们由分散到团结，由落后到觉悟，由不满、反抗到进行有组织的罢工斗争的过程，通过这一过程的描写，充分揭示了日本帝国主义对内进行剥削的残酷性、野蛮性，也揭示了日本人民在深重的阶级压迫下，在革命思想的影响下，必然觉醒、奋起斗争，取得胜利的现实趋势。这是一曲工人群众觉醒和斗争的赞歌。

宫本百合子（1899—1951）生于东京。中学时代喜爱俄罗斯文学，特别是托尔斯泰的作品。1916年入日本女子大学英文系。同年发表以穷苦人民的生活为题材的处女作《贫穷的人们》，引起社会的重视。1918年去美国，曾在哥伦比亚大学旁听。1920年回国。二十年代发表作品《宫田神官》（1917）、《午市》（1922）、《伸子》（1924—1926）和《一朵花》（1927）等。长篇小说《伸子》描写追求个性解放的妇女和家庭的冲突，在她的创作中占有重要地位。1927 年她出访苏联，并访问波兰、德、法、英等国。1930 年回国，加入全日本无产者艺术联盟(纳普)。1931 年当选为艺术联盟所属作家同盟的中央委员。同年参加日本无产阶级文化联盟(考普)，并担任作家同盟的领导工作。1931 年加入日本共产党。1932 年和宫本显治结婚，同年被捕入狱。这期间她除著文介绍苏联外，还写了《一九三二年的春天》和《时时刻刻》(1932)、《小祝的一家》(1934)等小说和论文，以及《播州平野》(1946—1947)、《知风草》(1946)、《两个院子》(1947)、《路标》(1947—1950)等长篇小说。1932 至 1941 年间她先后五次被捕，并两度被禁止发表作品，但她仍坚持写作，发表了《乳房》(1935)、《杉垣》(1939)、《面貌》(1940)、《广场》(1940)、《三月的第四个星期日》(1940)等小说和九十多篇评论文章。战后宫本百合子参加创立新日本文学会的工作。1951 年 1 月 21 日去世。

她的小说《知风草》和《播州平野》描写日本战后的生活，抨击专制政治和侵略战争。长篇小说《两个院子》和《路标》描写知识妇女逐步提高觉悟，倾向社会主义的过程。她的作品大多情节曲折，结构谨严，善于在错综复杂的矛盾中塑造人物形象，刻画人物性格，心理描写生动、细腻。

早在 1951 年，沈起予先生就翻译了宫本百合子的自传体长篇小说《播州平野》。小说通过对宏子的娘家和婆家两个系统的纵横交错的描写，反映了战后日本法律的威压与不公正，监狱的黑暗与腐败，以及波茨坦会议后日本人民反对美国的武装斗争。1958 至 1959 年两年中，中国翻译家萧萧、冯淑兰、石坚白、叔昌、张梦麟、储元熹陆续翻译了《宫本百合子选集》共四卷。

高仓辉(1891—今)为日本小说家、剧作家、评论家。1891 年生于高知县。青年时期受俄国革命和河上肇的影响，接近马克思主义。1916 年毕业于京都大学英文系。曾留校工作几年，同时从事戏剧创作和翻译。早期代表作有戏剧《烧死女人》(1922)、小说《坡》(1925)等，表现了浪漫主义的思想。《高濑河》(1927)、《农民之歌》(1930)、《狼》(1932)取材于现实生活，反映种种社会矛盾。1922 年起移居农村，从事耕作与著述，并参加农民运动。1933 年被捕。第二年保释。1935 年开始研究日本语言和文字，主张建立国民的语言、思想、文化和艺术，以便生动地表现劳动群众的思想感情。著有《日语》(1943)、《日本国民文学的建立》(1936)等。剧本《大原幽学》(1939)和长篇小说《箱根风云录》(1951)等是他实践国民文学主张的代表作。第二次世界大战期间，高仓辉再次被捕。战后出狱，参加日本共产党，并任中央委员。1946年当选为众议院议员，1950年当选为参议院议员。

高仓辉的作品在五十年代就被译介过来，并多次再版。萧萧在1953年由日文原文译出他的代表作《箱根风云录》。这部长篇历史小说是作者根据箱根水路的调查材料撰写的，叙述了江户时代一个商人组织农民完成开凿山洞的引水工程，揭露幕府的腐败堕落，歌颂了努力学习西欧的知识和技术为群众谋利益的人。1955年，萧萧又翻译介绍了他的短篇小说《猪的歌》，小说描写日本贫农姑娘丝娃和她丈夫虎夫的悲惨遭遇。在地主淫威下，丝娃被奸污，丈夫被迫害，虽然活着，但都抬不起头来，无法重新生活。觉悟之后他们毅然走上了斗争的道路。高仓辉以现代题材创作了长篇小说三部曲。第一部是《高濑川》，描写日本贵族阶级的没落，但那时还没有中译本。1956年金福根据1953年日文原版翻译了三部曲的第二部《农民之歌》(新文艺出版社)，描写一个贫苦的农民姑娘，在生活的重压下，母亲自尽，姐姐被卖作妓女，她不得不远离父亲到工厂去做女工，结果不仅受到资本家的残酷剥削，而且被工头凌辱奸污，终于在恐惧和绝望中自杀。同年10月到第二年8月，金福又译介了三部曲中的最后一部《狼》。书中描写丝业工人与资本家的斗争，反映了广大工人从斗争中找到出路，即英勇地投身革命事业。

^ 萧萧译《箱根风云录》，文化生活社，1955年版

三、日本战后派的代表作家译介

二战后日本文坛出现了一批中青年作家，在思想倾向和艺术手法上都模仿英美的意识流小说。他们大量采用西方现代派的艺术手法表现日本的社会生活。人们将这一文学流派称为“战后派”。他们多数在思想上主张个性解放，反对专制统治和侵略战争；在方法上则突破传统的现实主义，大量吸收现代主义。日本战后派的代表作家是野间宏。

野间宏(1915—1991)生于神户。十岁丧父。1938年毕业于京都大学法文系。1941年被征入伍，被派往中国华北、菲律宾。翌年因病被遣送回国。1943年因违反治安维持法被捕受审，判处四年徒刑，缓期执行。这段痛苦的经历和体验，成为他日后创作的准备。战后，他发表了处女作中篇小说《阴暗的图画》，立刻受到广泛关注，被认为是战后派文学的先声。继而，他又接连发表了《两个肉体》、《脸上的红月亮》、《第36号》、《地狱篇第28歌》和《崩溃感觉》等一系列中短篇小说，从各个角度挖掘人们的青春、爱情、个性和幸福是怎样被这场罪恶的侵略战争扼杀和破坏的，意在说明只要坚信理论和信仰的正确性，克服自己在肉体和思想上的黑暗面，日本的前途就有希望。野间宏以民主思想进行创作；同时，他还把军队生活同世相相联结，拓宽了文学审视生活的艺术视野，使读者通过特定历史时期的真实范围，得以对时代、社会和人生，进行认真的反思和严肃的思考。1952年，他的第一部长篇小说《真空地带》问世。这部作品暴露了法西斯军队的腐朽黑暗，引起很大的反响，被认为是战后派文学最优秀的作品之一。此外，从1947年开始，野间宏花费二十三年时间，创作了五卷本《青年之歌》(1970)，刻画了部落民解放运动在白色恐怖下长期艰苦卓绝的斗争。野间宏对中日文学交流也贡献颇多。1960年5月，他作为日本文学代表团团长率团来中国访问，在中国的半个多月，受到毛泽东、周恩来、陈毅、郭沫若和茅盾等人的接见。

《真空地带》曾获“每日出版文化奖”。该作品是作者以自己的生活经历为基础写成的。他在陆军监狱服刑时就怀有一种愿望：出狱后一定找仇人算账并写成小说。但到他写成小说时，个人复仇的色彩完全为深刻的社会内容所取代了：平民出身的上等兵木谷作为思想犯被判刑两年，刑满释放，回到大阪驻守部队内务班。他熟悉的士兵都调到前线去了。木谷深恐别人知道他曾服过刑，尽可能只身独处，为自己筑起了栅栏，独对大学生出身的上等兵曾田打开心扉。他想弄清楚，他是怎样被诬陷，又是怎样被投入陆军监狱的。曾田作为文书，从下达的文件中得知，木谷是因为偷了林中尉的钱包和有反军思想而被判刑的。原来，木谷入伍不久就被分配到军需室，在金子伍长属下工作。那时军需室里的林中尉和中崛中尉是尖锐对立的两派，木谷并不属于两派的任何一方。一次，木谷在去厕所的路上拾到一个钱包，打开一看是林中尉的。他打算交还给林，可是其中的五十四元现款对他很有吸引力，他决定把钱包藏起，因为有了这笔钱就可以去找相好的花枝。林中尉发现钱包丢失后，又查又骂，引起众怒。第二天终于从木谷的背包里查出。军营不想将中队内部的事张扬出去，想尽量在小范围内解决，金子伍长也出面为木谷活动。林认为这是中崛中尉一伙人在对付他，决心将木谷送往军事法庭，并一口咬定是木谷偷了他的钱包。木谷坚决否认有偷窃行为，不仅遭酷刑，还被单独监禁折磨得精神恍惚。检察官拿出他记满咒骂长官、咒骂军队的话语的小笔记本时，木谷终于垮了下来，写了供词，被判两年徒刑。他回内务班后，一心想找诬陷他的林中尉算账，曾向调到司厨班的金子伍长询问林的去向，而金子总是多方推脱，回避这一话题。同时，内务班的士兵也逐渐知道了他是坐过牢的罪犯，都投以冷酷的目光，只有曾田对他是同情的。当曾田发现林中尉又回到部队来时，就迅速告知了木谷。就在这时，驻守部队决定派一批士兵到南太平洋战线，计划只派新兵出征。在出征前夕，曾田偶然从隔壁房间听到一向被认为是木谷好友的金子在和负责派兵的准尉通融，试图将木谷派到前线去。木谷从曾田处得到这一消息时，万分惊骇愤激，因为派往前线的

∧萧萧译、李芒校《真空地带》，作家社，1956年

老兵仅他一人，而且冤情仍未昭雪。冤家路窄，木谷出门时正巧碰到两年来他要找的林中尉，于是揪住病弱不堪的林不放。中尉向他忏悔说，当时以为他是中崛中尉一伙的人，便想以他为突破口，攻倒中崛那一伙人，而中崛一伙面临一系列罪行被揭发的危险，就抛出他当牺牲品。中崛的背后有师团部的人，他们和法庭的检察官相勾结，不让案情扩大。木谷到处寻找中崛的同伙金子算账，却怎么也找不到。在出征前夜，木谷从军营逃跑了，深夜大雨，没跑多远就被捉了回来，照旧装上去往南方的轮船，还说从宽处理，潜逃并未治罪。作者以现实主义手法，描写一个普通士兵木谷一生的悲惨遭遇，揭露日本军国主义在军队内实行野蛮的军龄制度，使士兵变成互相殴斗、自暴自弃的狂人。日本的这部侵略战争机器被赤裸裸地暴露出来，包括军营、医院、监狱的生活，军队内上下级、军政、军民关系，军法会议以及战争情况等，几乎涉及这整部战争机器的各个方面。

野间宏在谋篇布局上借鉴英美意识流的技巧，在表现生和死、存在和丧失等主题上，尝试以主观心理描写作为主体叙述方式，对作品中人物从不同的视角进行交叉描写。当然，他对意识流的借鉴并不是纯然地蹈袭他人，而是显示出自己一定的创作自由度。这具体表现在他的“全体小说”理论主张上，他强调“人是肉体、精神、社会的统一体，应把三者结合起来进行全面的描写”，并试图把传统现实主义与现代主义结合起来。野间宏的许多作品具有强烈的艺术感染力，同这种创作主张是分不开的。

翻译家萧萧在 1956 至 1958 年翻译了《真空地带》，由作家出版社和人民文学出版社出了两版，共印行了一万六千册。

第四节 寓言与民间故事的译介

劝善戒恶是文学创作的主要目的之一。有些作品，这方面的性质特别突出，寓言、格言和某些民间故事就属于这一类。它们拥有广大的读者群体，既可为儿童教育提供教材，也可作为成年人的益智读物。在我国文学史上，寓言、格言和民间故事这类作品，不仅出现年代较早，且历代不乏优秀之作，而外国作品的译介，又为读者的欣赏和玩味增添了新的内容。

一、寓言

（一）伊索寓言

顾名思义，“寓言”即是寓意于言的文学作品。它通过长短不一的故事，讲述某种人生哲理或道德说教，带有劝谕、警诫性质。寓言有几种表现形式，因而形成了不同的类型。其中，以动物（间有人、植物等）为主角的故事是深受广大读者喜爱的一种。动物拟人化凸显了其性格特征，从而使人性中的善恶、真伪、智愚鲜明而深刻地折射了出来。这种作品或诗或文，短小精悍，西方以专名 fable 称之。[①]《伊索寓言》出现最早，晚出的《拉封丹寓言诗》、《克雷洛夫寓言》等均受它的影响。

据希罗多德的《历史》载，伊索是希腊弗里几亚人，生活在公元前六世纪。他原为萨摩斯岛上的奴隶，相貌十分丑陋，但由于机智幽默、能言善辩而得到主人的赏识，并获得了自由。他后来还被委以重任，出使邻国，经常取喻设譬，启迪愚氓。自公元前五世纪起，他的名字便家喻户晓了，以至于后人编辑民间流传的寓言，一概置于伊索名下。《伊索寓言》有多种辑本，十四世纪普拉努得斯[②]中所编以及晚近的补充，构成了比较完整的版本。

我国译介这部书，可谓历时很久。明清之际，西方基督教传教士来华，《伊索寓言》随之传入我国，明天启五年（1625）还出现了汉译选本——《况义》[③]。时隔二百年，又有一种西人口述、华人笔录的版本问世，名为《意拾蒙引》[④]。我国译者参与其事，始于晚清，后来更是代不乏

① 我国译称“寓言”的外国作品，除 fable 外，还有 parable（如《新约》福音书中的劝谕文字）和篇幅相对较长的 allegory（如薄伽丘的《十日谈》、班扬的《天路历程》）。

② 普拉努得斯（Maximus Planudes，1260—约 1310）乃拜占廷僧侣。他访问威尼斯时，校订出版了《希腊诗文集》，同时也收集了一部《伊索寓言》，共计一百五十篇。在他之前，尚有费德鲁斯（Phaedrus，约公元前 15—约 50）的五卷拉丁文辑本和巴布里乌斯（Babrius，约生活于二世纪）的希腊文辑本，两者均以诗体写成。

③ 《况义》刻于西安，卷首注明“西方金尼阁口授，南国张赓笔传”，卷末附谢懋明跋文。谢跋指出，“况”是“比”的意思，立“义”者要言不烦，须借比况“多方诱劝”，才能使人悟出其中的道理。

④ “意拾”即伊索。这本书由英人汤姆口述，蒙昧先生笔录，清道光十七年（1837）刊刻。

人。翻译家林纾创用“伊索寓言”一名，一直沿用至今。由此看来，该书在西方文学东渐史上占据着特殊的历史地位。

建国以后，《伊索寓言》的汉译揭开了新的一页。1955年，人民文学出版社出版了周启明的新译本。他所据本是法国商伯利(Emile Chambry)编订的《伊索寓言》(1927)，总计三百五十八篇，按书中的希腊原文全部译出，连文句也不做增删。书后附有译者所写的《关于伊索寓言》一文，介绍伊索的身世及其寓言的搜集和成书情况。这个译本成为当时最完备的译本(第二版删掉了译者附文，添加刘若端的序言及英人插图)。此外，同年还有两种普及本《伊索寓言选》问世，一种是周启明选

^ 张沛霖、杨彦劬编译《伊索寓言选》封面及插图，
儿童读物社，1955年版

^ 周启明译《伊索寓言》，人民文学社，1955 年版

^ 何如译《拉·封登寓言选》，新文艺社，1957 年版

译，辑于人民文学出版社的丛书"文学初步读物"；另一种是张沛霖和杨彦劬合译，由少年儿童出版社和上海儿童读物出版社出版。

在我国，《伊索寓言》中有很多名篇已经脍炙人口，人所共赏，有的还被选入了中小学课本。

（二）拉封丹寓言

拉封丹（旧译拉封登）（Jean de la Fontaine，1621—1695）为法国寓言诗人。他生于香槟省蒂耶里堡的一个中产阶级家庭，三十岁后继承父业，管理森林水泽。后来，他放弃了这一低微官职，来到巴黎，投靠贵族，结交名士。他一直喜欢作诗，追随当时关注社会的诗人。1668 年开始创作《寓言诗》，当年出版第一至六卷，1678 年及次年出版第七至十一卷，最后一卷于 1694 年出版，辑诗二百四十四首。这部诗集构思巧妙，语言洗练，显示了作者的艺术天赋，使他蜚声诗坛。此外，他还创作了《故事诗》、《利穆桑纪行》、《普叙赫和库比德的爱情》等。晚年当选为法兰西学院院士。

五十年代，我国有三种《寓言诗》译本。何如[1]的《拉·封登寓言选》（新文艺出版社，1957 年）选诗最多，凡二百零二首。所据本是巴黎阿谢

① 何如（1909—1989）系广东梅县人。青年时代留学法国，就读于巴黎大学。曾在南京大学任教，并兼任全国法语教学研究会会长。除法译中外，也有多种中译法译作。

特出版社(Librairie Hachette)的1921年刊本,全部以散文体译出。另外两种由倪海曙[①]选译,一种名为《知了借粮》(儿童读物出版社,1954年),选诗十五首;一种名为《拉·封丹寓言诗》(少年儿童出版社,1958年),选诗五十四首。

拉封丹《寓言诗》中有些引用伊索、费德鲁斯、古印度等同类作品,有些自出机杼,折射当时的种种生活侧面。从主题上看,维护正义、抨击威权的作品依然占有很大的比重。《狼和羔羊》、《小母牛,山羊和绵羊跟狮子合伙》等揭示强权即真理的荒谬;《患瘟疫的野兽》、《兔子的耳朵》等反映国王及其臣僚的蛮横;《猫,鼠狼和小兔》等写弱者相争,强者得利。在这些篇章里,更多的是针砭时弊,尤其把法官和朝臣作为讽刺对象。《牡蛎和诉讼者》、《大黄蜂和蜜蜂》等控诉法官的敲诈和勒索;《女巫》讥讽假冒的法官;《狮子的朝廷》则嘲笑朝臣的谄媚和油滑;《老鼠会议》暗示朝廷里盛行空谈之风;《狮子,狼和狐狸》反映国王近臣互相倾轧的惨烈。有时,作者揶揄的锋芒直指社会显要,丝毫不加掩饰,譬如《颈上挂着主人的膳食的狗》一篇结尾写道:

> 在这篇故事里,我好像看见一个城市的写照,那里公款是任人挪用的;议员,市长,大家都在贪污;本事最大的做别人的表率;看看他们怎样吞没一大堆金币,是很有趣的事。遇有不敢苟且的人,根据一些无关重要的理由,想去保护公款,说上一言半语,旁人便向他指出,他是个笨伯。他不难接受:不久他就带头舞弊了。

有时,作者也针砭其他社会弊端,如《强盗和驴子》批评寻衅滋事的某国国王,《老鼠和象》影射法国人特有的虚荣心,《掉在井里的星相家》和《女巫》揭露占卜者的骗术和迷信者的愚昧无知,《蛇和锉刀》讽刺文坛恶习,《森林和樵夫》谴责忘恩负义的行为,等等。

同情弱小者、劳动者的作品也时有所见。处于社会底层的人常常蒙

---

① 倪海曙(1918—1988)系上海人。文字改革活动家、语言学家。

受无妄之灾，其根源即出于上层人物的胡作非为,《两条雄牛和一只青蛙》恰好反映了这一事实:“小民因显贵人物的蠢举而受损害。”劳动者的工作环境有时很恶劣,干扰不断,得不到充分的休息,如《老妇和两个女工》所述。在劳动者遇到麻烦或困难时,寓言作者就告诫说,先要自助,然后再求助于人,如在《陷入泥中的车夫》中所说。

在艺术上,拉封丹达到了新的高度。古代寓言只是个简单的骨架,他借用大自然和人类社会的种种细节,填充其间,从而使自己的作品呈现出了勃勃生机。正如有人指出的那样:“它们是生活的文学片段或戏剧片段(cameos)……其间,每每在动物的伪装之中,并且借助生动的对话和突转,社会诸阶层的各色人等得到了描绘,他们的弱点也得到了温和的嘲弄。”[①]因此,我们不时会读到借寓言而褒贬世人的段落:“自以为是了不起的人物在法国是常见的事:那里人们扮成要人的角色,而自己往往只是普通市民。这是道地的法国病:愚蠢的虚荣心是我们法国人特有的。”接下来,便以骄傲的老鼠设喻,进行辛辣的讽刺(《老鼠和象》)。此外,拉封丹在借用《伊索寓言》时,并非简单地搬用,而是做了加工和改造,因此即使主题相同的篇章,也可以看出他的独创。有时他增添情节,强化故事的趣味性(如《猫和一个年老的老鼠》),有时则简化情节,使之主题鲜明(如《公鸡和狐狸》),有时还为无结论的《伊索寓言》点明题旨,以利于读者的理解(如《狮子和小蚊虫》)。

(三)克雷洛夫寓言

伊凡·安得烈耶维奇·克雷洛夫(1768—1844)生于莫斯科,儿时生活在伏尔加河岸边的特维尔。[②]十岁时父亲亡故,给他留下了一只铁把木箱,装满了各式各样的图书,包括俄译本《伊索寓言》。由于家境贫寒,他不得不外出充当小职员养家糊口。他喜欢读书,尤爱讽刺文学。这时他初显文学才能,据法文俄译拉封丹的名篇《乌鸦和狐狸》,开始创作喜

① 乔伊斯·M. H. 里德(Joyce M. H. Reid)编《牛津简明法国文学辞典》,牛津大学出版社,1989年,第221页“寓言”条。

② 一说克雷洛夫生于1769年,而他的诞生地无从详考。

歌剧《用咖啡渣占卜的女人》。1782年，迫于饥寒，一家人前往彼得堡寻找出路。在此，克雷洛夫又谋得一个薪俸极低的职务。但此时他真正步入了久已向往的文学生涯。一家出版商很欣赏他早年写的那部喜歌剧，并答应给他一笔丰厚的稿酬，他却要了几部名家剧作和一部诗艺论代替润笔费。他开始创作戏剧，尝试戏剧艺术的各种形式，如喜剧、悲剧、滑稽剧。有些作品虽然已见刊登，但没有一部正式上演。后来他又创办了《精灵邮报》和《观察家》两种刊物，独自撰写讽刺文章（后一种有友人参与撰写），揭露丑恶，抨击时弊。这使他和友人惹上了麻烦，他离开了彼得堡。

1805年，他返回首都，并翻译了拉封丹的三则寓言。他的译笔优美，颇得好评，友人认为寓言是最适合他的文体。从此他正式开始了寓言创作。他借鉴伊索、拉封丹、莱辛、《印度文集》等古籍，自己的作品发表时则指出主题取自何处。不过，读者根本看不出翻译的痕迹，因为其中的形象来自俄罗斯的现实生活，语言是俄罗斯人人皆懂的语言。1809年，他的第一部诗集《伊凡·克雷洛夫寓言集》问世了，辑入寓言二十三篇，大多曾刊于《戏剧通报》。书中有多篇名作，如《乌鸦和狐狸》、《音乐家》、《小箱子》、《狼和小羊》、《兽类的瘟疫》，等等。这部诗集广受读者好评，也使他获得了新的艺术生命：他又变成了才华横溢的寓言作家。此后，随着创作上的积累，他不断刊行新的增订本，及至1844年逝世时，他辑成了两百零一篇的九卷本寓言集。[①]

克雷洛夫创作寓言的才华，在主题和语言两个方面，来自他坚实的生活基础和丰富的人生阅历。他幼年就步入了社会，而且具有极其敏感的观察力，在此他看到了官府的黑暗与险恶：官吏们贪赃枉法，腐化堕落；法官们徇私舞弊，陷害无辜。而在彼得堡，他更洞察到高官显贵们的傲慢、虚伪与愚钝，以及沙皇及其代表的专制制度和农奴制度的暴虐与腐朽。他寓言创作中的讽刺锋芒所向，正是这样的人物，这样的时弊。

① 克雷洛夫一共创作了两百零五篇寓言，但最初模仿他人的四篇作品（《羞怯的赌徒》、《赌徒的命运》、《孔雀和夜莺》和《厌烦客人的主人》），他始终不愿收入九卷本寓言集。

另一方面，克雷洛夫对劳动人民的伟大以及勤劳、善良和智慧，也有深切的体验。

克雷洛夫所写关于1812年卫国战争的几篇寓言，今均已成为名篇。《分红》写于1812年战争开始之时，作者谴责某些德籍军官，他们一味计较个人得失而不顾国家安危。在这场战争中，他对天才将领库图佐夫始终给予坚决的支持。《乌鸦和母鸡》的背景是库氏为做战略转移而放弃了莫斯科，他既以隐笔反驳亚历山大一世对库氏的误解，又以乌鸦形象嘲笑贵族们的目光短浅。《一列货车》将"驯良的马"和"小驹"两相对比，前者拉车稳稳下山，后者直冲而下，结果车子摔在了山谷里；这里的讽刺意味颇为深长：有人整天责备别人，一旦自己"一显身手"，所玩的把戏就要演砸了。随着事态的发展，侵略者陷入了困境，不得不提出停战乞和。这正如落入狗舍的狼，在意识到危险迫在眉睫时，便油嘴滑舌地称兄道弟，大谈签和约、订同盟、讲信用；然而，猎狗的主人早已看透狼的本性，对付狡猾的狼有着成熟的办法：他放出一群猎狗，向狼扑去（《狼落狗舍》）。据说，克雷洛夫将这篇寓言寄到了前线，库氏在阵前当众阅读，并摘下军帽，以证实寓言中"我可是白发苍苍了"一句是影射自己。

^ 梦海译《克雷洛夫寓言》，时代文艺社，1953年版

正因为克雷洛夫寓言深深植根于现实生活，又以犀利的笔锋揭示其本质，作者的创作才得到了高度的评价："就作者揭发统治阶级罪恶的有力而论，就作者用现实主义方法暴露现实的深刻而论，克雷洛夫的寓言都超过了像拉·封丹这样卓越的西欧寓言作家。"①

在语言方面，克雷洛夫也以现实生

① 布罗茨基主编，波斯彼洛夫、沙布略夫斯基著《俄国文学史》上卷，蒋路、孙玮译，作家出版社，1954年，第249页。

活为汲取营养的源泉。有人说，他“作品里的熊是俄罗斯的熊，母鸡是俄罗斯母鸡，狐狸是俄罗斯狐狸”[①]。这证明，他所塑造的寓言形象的言谈举止，其表演舞台，无不鲜明地打着俄罗斯文化的印记。

克雷洛夫学习人民语言始自孩提时代。他“特别喜爱到那些群众聚集的场所、市集、游艺场和拳击场去，他挤在混杂的人群中，倾听一般平民的谈话”[②]。他也“常常一连数小时地坐在伏尔加河岸上，看那些洗衣的妇女蹲在桥上捣洗衣衫，侧耳听她们的谈话、斗嘴和说故事。他对夹着许多谚语和俗语的人民语言，有着特殊的爱好，记得又快又牢”[③]。不难设想，在他的笔下，我们会时时读到来自民间的生活气息十分浓烈的语句。例如，说一位海军将领参加陆战，犹如“鞋匠做糕饼，厨子修鞋子，那就别指望有什么好结果”(《梭子鱼和猫儿》)；说“早年沾染的恶习”，“三岁至老，六十不改”(《一只桶》)；池沼讥笑河流，河流却回答说“水只有流动才能保持新鲜”(《池沼和河流》)；把驴子的喧哗鼓噪说成是“二万个(滚动的)车轮，个个都短少润滑油”(《巴尔那塞斯山》)；一个败家子在严冬时偶见燕子飞过，便当掉了皮外套，作者评论说“至少在他打喷嚏之前，他是完全忘记了‘一燕不能成春’”(《浪子和燕子》)。“克雷洛夫创造了俄罗斯的寓言”(别林斯基语)，这样的例子是不胜枚举的。

解放以后，有两位译者致力于克雷洛夫的中译。梦海[④]译介较早，有译本两种:1951 年在上海时代出版社出版《克雷洛夫寓言》选本，凡八十四篇；1953 年，该社出版同名选本，凡二十篇。它们所据原本均为俄文，但有所不同。此外，1950 年梦海还译出了杜雷林著《克雷洛夫评传》。另

① 布罗茨基主编，波斯彼洛夫、沙布略夫斯基著《俄国文学史》上卷，蒋路、孙玮译，作家出版社，1954 年，第 247 页。

② 杜雷林《克雷洛夫评传》，梦海译，时代出版社，1950 年，第 8 页。

③ 肖尔《俄罗斯作家的故事》之《克雷洛夫》，贾明、滕砥平译，中国青年出版社，1959 年。

④ 即陈君实(1916—1980)，梦海为其笔名。江苏武进人。自青年时代始，在多家进步出版社供职。1950 年，在新文艺出版社任编辑，两三年后因病退职，以翻译为业。曾任外国文学会理事，亦为中国作协会员。除了克雷洛夫外，他译介盖达尔比较多，如《林中烟》、《革命军事委员会》、《鼓手的遭遇》等。其他尚译有《普希金童话诗》、《摩拉维亚国》、《华西里·焦尔金》、《雾海孤帆》、《爱情诗》等，并曾辑译《苏联民族童话》。

一位译者是吴岩[①]。他的同名译本是九卷集,译出二百零一篇,只有早期四篇试作未译,所据底本是英文。书末附"后记",简介克氏生平与创作,其作品的思想性、艺术性以及历史意义、现实意义。关于文体,译者说"原文是诗体,英译本也是诗体",而英译"较为自由"并"带点解释性",因此他译成散文体时,也参考了那种译法。

(四)其他寓言

还有几种外国寓言,如莱辛、谢德林、米哈尔科夫等人的作品,以及印度古代寓言集《五卷书》并其阿拉伯文本《卡里来和笛木乃》,亦颇具特色,且均有中译本或中译文。不过,它们的作者有的并非以寓言家名世,有的实为活跃于民间的劳动人民,因此本部分把这些作品放在一起,一并介绍。

尼·谢德林是俄罗斯讽刺作家米·叶·萨尔蒂科夫(1826—1889)的笔名。他生于特维尔省(今卡列宁省)一个偏僻村庄的地主之家。他童年的所见所闻,一无乐趣:环境是农奴制统治下的阴暗角落,家庭是守旧而冷漠的家庭;他目睹了农民忍受欺压的悲惨图景,以及寄生的父亲、贪婪的母亲和自私的兄弟姊妹之所为。十岁,进入普希金曾就读的名校皇村学校,生活才有了彻底的改变。他接受了革命思想,也开始对文学感兴趣。毕业后,因发表中篇小说《莫名其妙的事》,被沙皇流放到维亚特卡。1855年返回彼得堡,是年克里木战争[②]结束,农奴制之腐朽和俄国之无能暴露无遗,他于是撰写《外省笔记》(三十余篇特写),具体而形象地揭露现实生活中的矛盾和不合理现象。出版后得到好评,获"现实主

① 即孙家晋(1918—),吴岩为其笔名。江苏昆山周庄人。抗日战争期间,积极宣传抗日,并开始文学创作,业余则翻译外国文学作品。解放后,一直在上海任职,对于推动当地翻译事业的发展贡献殊多。曾任新文艺出版社和上海文艺出版社编辑室主任、人民文学出版社上海分社副总编辑、译文出版社社长、上海翻译家协会副会长、中国外国文学学会理事。主要译著除《克雷洛夫寓言》外,尚有列夫·托尔斯泰《哥萨克》、《塞瓦斯托波尔的故事》,泰戈尔《园丁集》,莱蒙特《农民》(两卷)等。

② 1853至1855年(一说至1856年)俄国与英、法等国争夺殖民地的战争。开战之初,与土耳其交战,俄军获胜,后遭英、法、土联军围攻。塞瓦斯托波尔一役,俄军败绩,输局遂定。

义讽刺作家"之美誉。他与车尔尼雪夫斯基、杜勃罗留波夫、涅克拉索夫等名家交游，抨击时弊，捍卫革命。曾编辑进步刊物《现代人》和《祖国纪事》。[1]谢德林对俄罗斯社会生活的"即景记录"式工作，一直坚持到他生命最后的日子。正如高尔基所说："没有谢德林的帮助，要了解俄国十九世纪下半期的历史是不可能的。"

谢德林晚年创作了三十多篇隽永精练且富含哲理的寓言。他的寓言政治斗争性很强，具有讽刺意义。国内出版过他的《谢德林童话集》，收入三十二篇童话。1954 年蒋天佐翻译了《萨尔蒂夫寓言》，由新文艺出版社出版。1957 年作家出版社出版了斯庸翻译的作家作品评论，即戈利雅奇金娜的《谢德林》。1958 年出版了项星耀[2]翻译的《谢德林寓言选集》。

《野地主》写农奴主抱怨农奴又脏又懒，就向上帝祈祷，要农奴从领地上消失，上帝听了他的话，一阵风把农奴刮走了，地主轻松了。但不久地主渴了，喊农奴上茶，无人答应。饿了，喊农奴上饭，无人答应。衣服脏了无人洗，头发长了无人理，指甲长了无人剪，他变成了野人，见到兔子，抓住就吃，吃得鲜血淋淋。作者借助譬喻，用讽刺的手法抨击沙皇农奴专制制度的残暴。

《一个庄稼汉养活两个将军的故事》(1869) 写两个将军漂到荒岛，不肯劳动，几乎饿死，后来发现一个农民，便命令他去找食物，又怕他逃走，叫他自己把自己捆在树上。作者揭露了官僚贵族掠夺和寄生的本质，同时也批评那个任凭将军奴役的农民。谢德林在作品中时常描写这一类的农民形象，为此曾遭到一些"人民保护者"的攻击。他曾反驳道，对于不觉悟的农民"谈不上同情；而假如他们愿意摆脱不觉悟的状态，那么同情他们就完全正确了"。应该说，革命民主主义者在写到农民的

① 参见项星耀译《谢德林寓言选集》附《谢德林及其寓言》，新文艺出版社，1958 年。
② 项星耀(1924—1997)系江苏苏州人。建国后，在苏州文联任职，后调入高等院校，讲授外国文学，业余时间从事翻译。译有革拉特珂夫《母亲》和《扎波里叶村的玛莎》、戈尔布诺夫《破冰期》、戈尔巴托夫《平凡的北极带》、萨尔蒂科夫《谢德林寓言选集》、亨利·詹姆斯《一位女士的画像》、萨克雷《潘登尼斯》(二卷)、狄更斯《德鲁德疑案》、乔治·爱略特《米德尔马契》等。

“愚昧”时，既有低估人民群众的反抗性的一面，又有“感叹大俄罗斯人民群众缺乏革命性，而想以此鞭策人民觉醒起来”的一面。《信奉理想主义的鲫鱼》(1884)写一条鲫鱼宣传博爱，向残暴的梭鱼乞求和平，结果还是被梭鱼吃掉。这则童话戳穿了自由主义派向反动统治者谋求妥协的丑态。《聪明绝顶的鮈鱼》则讽刺贪生怕死的胆小鬼。

谢德林的童话主要创作于黑暗的十九世纪八十年代，富于政治色彩和战斗精神。涅克拉索夫的一句诗很好地概括出谢德林创作的特色和本质：“你以仇恨的否定的语言，宣扬着爱。”他的寓言融进了童话的幻想，讽刺小说的怪诞与夸张，充满隐喻和暗示。一般说来，童话是给孩子们读的，但谢德林的童话却不是一般意义上的童话，它既是为孩子写的，也是为成年人写的。谢德林是善于创造的讽刺大师，童话这一文学形式到了他的手中，就成为出色和绝妙的艺术创造。

谢尔盖·弗拉基米罗维奇·米哈尔科夫(1913—　)是莫斯科人，诗人、剧作家，以写儿童诗闻名于世。1928 年他就开始在报刊上发表作品，有多部作品获“斯大林奖”。寓言集有《虾和鳄鱼》(1960)、《快乐的兔子》(1963)。如今，年过九旬的谢·米哈尔科夫依然精神矍铄。最近，俄罗斯著名作家邦达连科苦等三年之后收到谢·米哈尔科夫的邀请，终于实现了与自己崇敬的老作家面对面交流的梦想。通过两个作家的对话，我们不仅能够捕捉到俄罗斯文坛过去一些鲜为人知的信息，也能对作家当下的心态有一个很直接的了解。国内出版过由任溶溶译介的《谢·米哈尔科夫寓言诗》(人民文学出版社，1959 年)、《神气活现的小兔子》。

童话剧《神气活现的小兔子》发表于 1952 年，我国著名翻译家任溶溶于 1954 年把它译介到国内。该剧通过兔子小神气前后不同的行为和遭遇，讽刺了自私自利的行为，歌颂了集体主义的精神。全剧规模不大，角色不多，人物形象和对话却很生动，富于儿童情趣，深受儿童的喜爱。

《五卷书》是印度著名的寓言故事集，用梵文写成，因有五卷而得名。《五卷书》有各种版本，最早的可能产生于公元前一世纪。流行较广的版本为十二世纪耆那教僧侣所编订。这个版本包括如下五卷：《朋友的决裂》、《朋友的获得》、《乌鸦和猫头鹰从事于和平与战争等等》、《已经得到的东西的丧失》和《不思而行》。全书诗文并用，有一基干故事，首尾相应。每卷也各有一基干故事。故事中又插入许多寓言、童话和小故事，形成连串插入式的特殊结构。

按照季羡林先生的说法，印度皇帝让人搜集民间的寓言和童话，编成《五卷书》，借此把驭民之术传授给皇子们。《五卷书》在结构、内容、思想、手法等方面对阿拉伯民间故事集《一千零一夜》产生了影响。该书由季羡林先生直接自梵文译出。《卡里来和迪木乃》(1959) 是从阿拉伯文译出的中译本，实际上是《五卷书》自阿语的再转译。

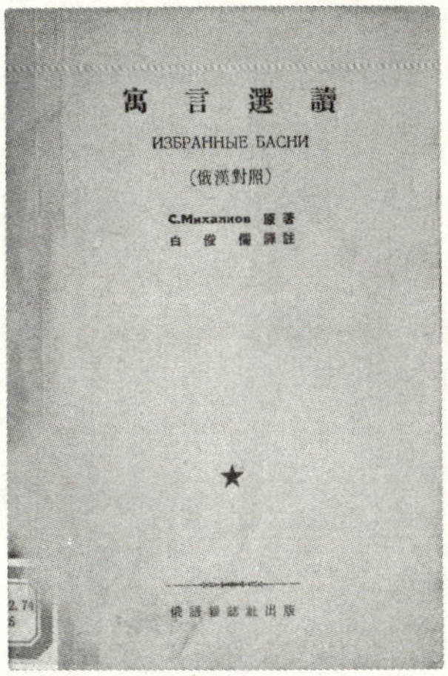

^ 白传儒译《寓言选读》，哈尔滨《俄语杂志社》，1954 年版

^ 季羡林译《五卷书》，人民文学社，1959 年版

此书目的是向王子传授治国安邦之策，故宗教说教与道德教条都不多，主要宣扬耍弄手段、施展诡计以谋取物质利益，弱者团结互助战胜强者。约 570 年，它被译成巴列维文和叙利亚文，但均散佚已久。不过，从巴列维文译出的阿拉伯文本及直接、间接译出的许多文本流行欧亚各国，成为许多作家和作品的题材来源以及比较文学学者的研究对象。《百喻经》(《五卷书》旧译)早在南齐时已译为中文。1964 年，季羡林译《五卷书》全译本出版。

这一时期国内还出现了一些零散的汉译外国寓言故事：《莱辛的寓言》，金尼译，共八则，载《世界文学》1962 年 3 月号；《说谎的山羊》，项星耀译，新文艺出版社，1950 年；《百喻经故事》，倪海曙译，文化出版社，1957 年；《新寓言》，伍歧峰、傅芷山译，天津人民出版社，1957 年。

二、民间故事

(一)俄苏民间故事

民间故事的翻译是外国文学翻译很重要的一部分。二十世纪五六十年代对外国民间故事的翻译也呈现繁荣景象，各民族的民间故事译本不断出现。

俄罗斯民族民间故事译本最多，除此之外，如阿尔明尼亚、乌克兰、达格斯坦、爱沙尼亚、塔吉克、乌兹别克等民族的民间故事，也都有翻译。

对俄罗斯民间故事的翻译贡献最大的要数任溶溶。他是翻译家和儿童文学作家。1923年生于上海。他翻译过许多外国儿童文学作品，如普希金童话诗、叶尔肖夫童话诗《小驼马》，意大利童话《木偶奇遇记》、《假话国历险记》，英国童话《彼得·潘》、《柳树间的风》、《随风而来的波平斯阿姨》，瑞典童话《长袜子皮皮》、《小飞人》等。他的译文晓畅明白，既忠于原作，又优美、传神。1952年8月至1955年3月，任溶溶翻译了苏联作家阿·托尔斯泰编著的《俄罗斯民间故事》，由时代出版社出版，共印刊七次，到1953年已是第四次印刷。该书系线装，繁体竖排，版式疏阔，还配有精美插图；分上下两卷，上卷五十一个故事，下卷六个故事，合计五十七个故事，其中具代表性的故事有《狐狸和兔子》、《野兽过冬的房子》、《狮子、梭鱼和人》、《哈符罗雪奇卡》、《小拇指》等。

任溶溶译《俄罗斯民间故事》，时代社，1953年版

阿·托尔斯泰不仅是伟大的小说家，也是卓越的儿童文学作家，他为孩子们编写了很多民间故事与童话。这一时期许多翻译家单独翻译了他的作品，包括：达可译《狐狸和狼》，穆木天译《弓手安德烈》、《王子伊万》、《冰雪老人》，陆立之译《三只脚的熊》、《说谎的山羊》，刘连漪译《梭鱼的命令》。

阿尔明尼亚人即亚美尼亚人，居住在

南俄克里米亚半岛一带，地处外高加索南部，与土耳其东部接壤，在历史上曾被奥斯曼土耳其帝国统治。任溶溶于1951至1955年两次翻译并出版《阿尔明尼亚民间故事》。该书原名《亚美尼亚民间故事》，内中包括十六个故事：《瘸子、光下巴和独眼龙》、《聪明的亚罗》、《会说话的鱼》、《主人和工人》、《魔戒指》等。系据美国1946年英文版译出。

胡堪由苏联儿童出版社俄文版译出莱利斯基著《乌克兰民间故事》，包括《魔蛋》、《牧童》、《义父》、《狐狸婆婆》等。1953年9月至1954年5月，陆丰、曹名五也合译了《乌克兰民间故事》。女作家卡皮耶娃的《达格斯坦民间故事》由王易金据俄文版翻译过来，中国青年出版社和少年儿童出版社出版两次，共印刷六次，发行近六万册，可见该故事集在当时是多么受欢迎。王金陵翻译了勃·列托夫的《爱沙尼亚民间故事》；丘陵翻译了聂托夫所著苏联波罗的海沿岸民间故事集《怪石磨》；吴靖据1952年俄文版转译了乌路格-扎杰所著原文为塔吉克文的《塔吉克民间故事》，包括《卷毛腿母山羊》、《打猎的狐狸》、《人和兽王》、《才郎和骆驼》等十五篇；鲍倏萍翻译了阿·乌斯马诺夫所著巴什基里亚民间故事《淘气的猫》、《乖老人和笨皇帝》、《巴什基里亚民间故事》；此外，谢维尔金的《乌兹别克民间故事》也被翻译过来。

（二）欧美其他国家民间故事

郭启卜先生翻译了《捷克民间故事》，包括《冈察和主人》、《农民和商人》、《牧人和骑士》、《金发公主》等十五篇。这些故事尖锐地讽刺了剥削阶级的愚蠢、贪婪、恶毒，写出了劳动人民的勤劳、勇敢和机智。龚有光和李珏先后翻译了《斯洛伐克民间故事》。1953至1954年，苏霖据1952年俄文版转译了《匈牙利民间故事》，包括《小兔子》、《两只贪婪的小熊》等十八篇。1958年鲍浦城据俄文版转译了《南斯拉夫民间故事》，包括塞尔维亚民间故事《山洞里的仙女》、《天鹅姑娘》，克罗地亚民间故事《青蛙姑娘》、《懒人怜惜不得》、《士兵是怎样给鬼剃毛的》，斯洛文尼亚民间故事《牧童》、《临死的国王》、《水怪》、《小伙子想知道什么是恐惧》，马其顿民间故事《狮子大王怎样召集军队》、《帽子上的黄蜂》、《失踪的王后》等。此外，沙里据1953年俄文版转译了《保加利亚民间故事》;王易金于1962年据俄文版转译了《阿尔巴尼亚民间故事》。

《斯堪的纳维亚民间故事》(梅绍武译,上海文艺出版社,1959年)据格温·琼斯(Gwynn Jones)所编牛津大学出版社1959年版本译出,收有丹麦、冰岛、挪威、瑞典等共二十三篇民间传说和民间故事,其起源多可追溯到七八百年甚至一千年之前。书中故事分为四组:“王子和山妖”、“炉边故事”、“冰火之国的故事”、“国王和英雄”。大都是些富于幻想、生动有趣的故事,可以使读者对于北欧丰富多彩的民间故事获致一个大致的轮廓。

(三)亚非民间故事

亚非民间故事是亚非各国人民的智慧的结晶,富有积极的意义,有的讽刺帝王昏庸、抨击贪婪,有的同情穷苦、赞扬反抗,有的歌颂劳动、赞美勇敢。

1959年,周彤、曾宪浦据1955年俄文版译出《阿富汗民间故事》,书中包括民间故事三十八篇,童话六十五篇。尤·谢妙诺夫在《序》中谈道:阿富汗是“东方和西方的衔接点,它启开了东方的大门”,从十五世纪起,它就有了用普士图语(1936年起成为阿富汗的国语)写作的文学作品。早期的创作,大都模拟阿拉伯,特别是波斯作家。作品的内容,不外战争、远征、英雄事迹,尽管从形式上沿袭了旧的传统形式,内容却很具民族特色。后来,反映人民的希冀和期望的文学开了端倪,这种文学的来源便是人民的口头创作。自古以来,阿富汗人民就喜欢其富于魔幻色彩的惊险故事,“不论是在日丽天青的坎大哈,在绿荫掩映的哲拉拉巴德,在热闹的赫拉特,或经过了一段艰难旅程而停在戈壁上休息的游牧民之间,故事到处都成了阿富汗人的良侣和倍受欢迎的贵宾”。具代表性的故事有亚当汗和杜尔汗妮历尽辛酸的爱情,法捷赫汗力战众敌的事迹等。

陈章根1957年翻译了冈果利著《印度民间故事》,包括《三只会跳舞的山羊》、《高巴上天堂》、《美人鱼的儿子勃托》等八个故事,系据1953年英译本译出。江绍原、乌国栋于1958年根据苏联俄译本分别译出《印度民间故事》、《印度鹦鹉故事》。这两本书在苏联是合在一起出版的,称为《印度故事集》。书中所述故事生动活泼，且寓意深刻。冰心先生在1955年根据1946年英文版也译出一部《印度民间故事》。鲁迅《集外集·〈痴华鬘〉题记》亦云："尝闻天竺寓言之富，如大林深泉，他国艺文，往往蒙其影响，即翻为华言之佛经中，亦随在可见。"

许地山于1950至1958年据1912年英文版重新翻译了《孟加拉民间故事》。1957年倪罗据英译本译出《埃及古代故事》。1958年作家出版社出版《亚非民间故事集》，全书辑有二十九篇故事，分为"亚洲民间故事"和"非洲民间故事"两个部分。

六十年代我国翻译家译介了一些日本民间故事。其中有陈北鸥译木下顺二著《夕鹤》，原作是以民间故事"仙鹤报恩"为题材创作的剧本，描写仙鹤为报恩变成美丽勤劳的女子，嫁给心地善良的农民阿通，希望过上幸福的生活，但他们的理想总是遭到破坏，最终忍痛分离。1963年，钱稻孙先生又译介了木下顺二的《民间故事剧》，内中包括《夕鹤》等五个剧本。1979年陈志泉由日文版译出《日本民间故事》，辑录了三十一个故事。

周彤于1953至1956年据俄文译本转译《朝鲜民间故事》，1953年出版时包括七个故事，1956年增至十四个，计有《猎虎记》、《鸟语》、《兔子》等。李烈据朝鲜1955年版翻译了李园友著的《斧头将军》，这个民间故事讲述了釜山地名的由来：三百多年前

^ 谢冰心译《印度童话集》，中国青年社，1955年版

^ 许地山译《孟加拉民间故事》，商务印书馆，1956年版

^ 钱稻孙译《民间故事剧》，作家社，1963年版

日本侵略军从釜山登陆，到达平壤附近，一个长工拿着斧头，率领农民，击退敌军，后来人们为了纪念他，在山坡上给他树了一尊大石像，釜山就是由这个英雄得名。

1956至1958年间，几位翻译家陆续翻译了越南民间故事，包括刘统文译的《越南民间故事》，维真译的《螺蛳和老虎》，春苔译的《越南民间故事》。1957年金满城、郑永慧据法文版选译《柬埔寨民间故事》。1955至1956年间，章甦翻译了《缅甸民间故事》，书中包括《兔子伤风》、《兔子判官》等二十八篇，有的是以动物为主角的传说，有的是由神话演变来的传说。1957至1958年，施咸荣根据英文版译出另外一个版本的《缅甸民间故事》，书中辑录七十四个民间故事，包括动物故事二十九篇，浪漫故事二十篇，神怪故事三篇，幽默故事十八篇。1956至1957年间，赖选贤译介了达·嘉查编著的《印度尼西亚民间故事》。

流传最广的是阿拉伯民间故事集《一千零一夜》三卷本，纳训译，1957年，由人民文学出版社出版。

此书旧译名为《天方夜谭》。故事来源有三部分，一是波斯故事[1]，这部分可能源自印度，因此最初为梵文，译为波斯文，再转译为阿拉伯文，约八世纪开始在阿拉伯民间流传，这部分是全书的核心；二是黑衣大食的故事，约十至十一世纪在伊拉克地区编写而成；三是埃及故事，写于十三至十四世纪的埃及。到十六世纪，全书基本定型，共收了二百六十多个精彩的民间故事，融合了亚非人民的聪明智慧，至今令人津津乐道。

纳训译《一千零一夜》所据原本是艾博·安突涅校勘编辑的五卷本(1927年在贝鲁特由卡托里克书店出版)，译出的篇什译者认为是“全书中最重要最精彩的故事”。特别抄录目录如下：

第一卷——《国王山鲁亚尔及其兄弟的故事》、《商人和魔鬼的故事》、《渔翁的故事》、《脚夫和巴格达三个女人的故事》、《三个苹果的故事》、《驼背的故事》、《努伦丁·阿里和艾尼西·张丽丝的故事》、《窝尼睦

① 来自波斯故事集《赫左尔·艾夫萨乃》。

^ 纳训译《一千零一夜》封面及插图，人民文学社，1957 年版

和姑图·谷鲁彼的故事》、《鸟兽和木匠的故事》、《睡着的人和醒着的人的故事》；

第二卷——《戛梅禄太子和白都伦公主的故事》、《尔辽温丁·艾彼·沙蒙特的故事》、《哈里发何鲁纳·拉施德和假哈里发的故事》、《哈里发何鲁纳·拉施德和懒汉的故事》、《偷金盘者的故事》、《做了一梦又变成富人的破产者的故事》、《乌木马的故事》、《艾奈斯和王丽都的故事》、《商人阿里·密斯里的故事》、《死神的故事》、《隐士的故事》、《辛伯达航海旅行的故事》、《铜城的故事或胆瓶的故事》；

第三卷——《国王太子和将相妃嫔的故事》、《朱德尔和他两个哥哥的故事》、《白第鲁·巴西睦太子和赵赫兰公主的故事》、《巴索拉银匠哈桑的故事》、《渔夫和哈里发的故事》、《洗染匠和理发师的故事》、《陔麦伦·宰曼的故事》、《补鞋匠马尔鲁夫的故事》。

大约在十字军东征时期，《一千零一夜》的故事传到欧洲。薄伽丘、乔叟、塞万提斯、莎士比亚、歌德等人的创作，都直接或间接地受到它的影响。《格林童话》中的《蓝灯》，安徒生笔下的《打火匣》等，其故事的原型可以追溯到《阿拉丁和神灯的故事》。

《一千零一夜》充满奇妙丰富的想象，曲折生动的情节，具有浓郁的东方情调和浪漫色彩，被高尔基誉为世界民间文学史上"最壮丽的一座纪念碑"。

这部经典的成功之处在于将人情世态的真实性同奇思异想的荒诞性巧妙融合，既勾画了中古阿拉伯的面貌，上至宫廷，下至奴隶各个阶层的不同生活，婚丧嫁娶、宗教礼仪、生活习俗、风土人情，又描绘了"神灯"、"飞毯"等神奇物件，更有一个个隐秘的藏宝之地。

全书结构特点是"故事套故事"，环环相扣、引人入胜。整篇作品是一个总纲性故事，里面还有大故事套中故事，中故事套小故事，小故事有时又包含着故事，由一个故事引出另一个故事，相对独立，又紧密相联。如《驼背的故事》引出四个小故事，再由第四个小故事引出六个更小的故事。这种空前绝后的巧妙设置规避了民间故事的散在性，形成灵活多变又和谐统一的框架式结构。

全书的思想主题与其他民间故事一样单纯，或者揭露统治阶级贪婪丑恶的本性，赞扬劳动人民的智慧和才能；或者从男女主人公对幸福爱情的执著追求中，反映他们对美好生活的憧憬与向往；或者通过商人生活和海外冒险的故事，述说普通人民的现实苦难与不幸命运。

三卷译本前附《译者前言》，介绍该书的特点、成书过程以及在世界各国流传的简况。此前我国也曾出版过该书中译本，但大都系从英文或日文转译，"一鳞半爪，看不出原作的全貌和规模"，因此译者有意根据原文翻译。抗日战争时期，译了六个分册，商务印书馆出版了五册。"全国解放后，1954 年我应邀参加了中国作家协会在北京召开的全国文学翻译工作会议，看到新中国文化事业的蓬勃发展，看到国家对文学翻译工作的重视，使我万分兴奋，鼓起勇气，决心再度从事翻译《一千零一夜》的工作。我把旧译找来一看，觉得译笔实在太差，于是又决定重新译过。”翻译家的欣喜溢于言表，这真实地说明了在盛会感召下外国文学翻译出现的令人振奋的大好景况。

第四章　二十世纪外国文学翻译的新高峰（下）

第一节　概述

1957年“反右”斗争的扩大化，1958年的全民“大跃进”，1959年的“反右倾”对我国的文学翻译产生了不可低估的影响。一批翻译工作者在斗争中受到牵连，被划为“右派”或“右倾”。虽然不少人仍坚持继续自己热爱的工作，从翻译和出版状况中，我们还是可以清楚看到“反右”等一系列社会运动和斗争的负面作用。与前一时期相比，1958年到“文革”开始的这段时间，英美文学翻译出版数量大大减少。1958、1959这两年是过渡时期，到1960年，这种负面效应开始明显体现出来。[①]这个时期，我国翻译出版的英国作品有七十九种，其中1958、1959两年里出版了五十二种，1960到1965的五年里总共才出版二十七种；翻译出版的美国作品共有五十九种，1958、1959两年占了三十二种，1960到1965年

① 本章以“文革”前的六十年代为主要内容，但事实上，我们很难把五十年代与六十年代作截然区分，1957年的反右斗争对翻译的影响是不能忽视的。因此，本章虽重点考察1960到1965年的翻译，但也把1958、1959两年的翻译状况纳入参考。

只有二十七种。从数量的对比中，“反右”斗争对我国英美文学翻译的影响可见一斑。1958、1959两年中出版的译作应有不少是之前的劳动成果。而到了1960年，社会斗争和翻译指导方针的转变带来的影响，使英美文学作品翻译出版数量急剧减少。

尽管数量锐减，这一时期我国英美文学的翻译还是颇有可圈可点之处。一方面，我国对英美经典作家的介绍继续深入，且陆续新译了一批经典作家作品，如莎士比亚的《凡隆纳的二绅士》、《安东尼与克柳芭》、《错中错》等，斯威夫特的《格利佛游记》，雪莱的《伊斯兰的起义》、《钦契》，彭斯的《彭斯诗钞》、《彭斯诗选》，华盛顿·欧文的短篇小说与散文合集《阿尔罕伯拉》，马克·吐温的《在亚瑟王朝廷里的康涅狄克州美国人》、《败坏了赫德莱堡的人》、《密士失比河上》，欧·亨利的中短篇小说集《欧·亨利小说选》。同时，莎士比亚、乔叟等大家作品的结集出版也初见成效。“文革”前莎剧的结集工作基本完成[①]，乔叟文集则在1962年面世。另一方面，翻译工作者也敏锐把握到英美现当代文学的脉搏，把五六十年代活跃在英美文坛的一些重要文学流派、重要作家作品不失时机地介绍进来，如贝克特的《等待戈多》、塞林格的《麦田守望者》、克鲁亚克的《在路上》等，虽然这些译作多是内部发行，流布不广，仍不失为该时期翻译的一大亮点。因此可以说，从五十年代末至1965年的翻译是今古并重，虽数量减少，仍不乏璀璨夺目的精品。

这一时期的翻译，仍以译介经典作家和现实主义作品为主，这与当时我国的主体指导思想密切相关。因此，这一时期，我国还翻译出版了一些反映资本主义社会黑暗、批判资产阶级虚伪凶残本性的并非出自名家的作品。其中，尤为值得注意的是理查德·希尔德烈斯(Richard Hildreth,1807—1865)的《白奴》、马尔加丽塔·哈克纳斯(M. E. Harkness)的《城市姑娘》以及对黑人作家作品的译介。

《城市姑娘》为秦水据俄译本转译，1961年10月由人民文学出版社出版。小说讲述一个贫民姑娘被富人玩弄后抛弃的故事。生活于贫民区的漂亮女孩耐丽迷惑于资产者格兰特的风度，失身于他，诞下一子。耐

---

① 受“文革”影响，《莎士比亚全集》直到“文革”结束后方才出版。

丽先被情人玩弄,又被狠心的母亲和哥哥赶出家门,几至流浪街头。危难时刻,她昔日的恋人乔治不计前嫌,主动负担起耐丽的生活开销。乔治把耐丽安顿在“救世军”成员家里,在“救世军”的帮助下,耐丽也找到工作。最后,乔治和耐丽这两个年轻人在苦难中结合。

小说在故事和艺术上并无太多过人之处。然而,由于作家着重表现了无产阶级的优秀品质,并结合讲述了“救世军”这样的社会运动,批判了资产者的虚伪,故这部小说曾引起恩格斯的注意。

恩格斯在阅读完小说后给哈克纳斯女士写了一封信,就是在这封信中,恩格斯提出了著名的现实主义的概念,即“现实主义的意思是,除细节的真实外,还要真实地再现典型环境中的典型人物”[①]。恩格斯在信中还着重分析了巴尔扎克的创作,指出“他是比过去、现在和未来的一切佐拉都要伟大得多的现实主义大师,他在《人间喜剧》里给我们提供了一部法国‘社会’特别是巴黎‘上流社会’的卓越的现实主义历史,他用编年史的方式几乎逐年地把上升的资产阶级在一八一六年至一八四八年这一时期对贵族社会日甚一日的冲击描写出来,这一贵族社会在一八一五年以后又重整旗鼓,尽力重新恢复旧日法国生活方式的标准……”[②]

恩格斯关于现实主义小说要再现“典型环境中的典型人物”的精辟论述,以及他对巴尔扎克的评断,对我国的现实主义文学批评,对我国的现实主义小说创作产生了深刻影响。《城市姑娘》的翻译者秦水一并翻译了恩格斯这封重要的书信。通过阅读作品和恩格斯的信件,相信我国读者会对批判现实主义文学产生更为深刻的理解。

《白奴》是我国翻译家李俍民据莫斯科–列宁格勒文学出版社1951年俄译本转译,1961年7月由作家出版社出版,1964年8月上海译文出版社再版。这部长篇小说讲述一对青年混血奴隶夫妇如何遭受主人迫害,终于忍无可忍,起来反抗。小说描述了黑人奴隶猪狗不如的生活,

① 玛·哈克奈斯《城市姑娘》附恩格斯《致玛·哈克奈斯》,秦水译,人民文学出版社,1981年8月,第1页。

② 同上,第3页。

批判了蓄奴制度的残忍和非人道。

正是该作品对奴隶制度的批判，引起了李俍民的注意。作为专业翻译者，李俍民的风格自成一家。他并不注重翻译名家名作，而是提倡以“英烈传”为选题原则。起初，李俍民以翻译儿童文学进入译坛。后来，受鲁迅先生和曹靖华的影响，他开始认识到，应当翻译对我国读者最有益的作品，而在当时，那些具有革命内容、揭露社会黑暗、反映新的价值观的作品就是最有益的作品。他把爱尔兰女作家伏尼契的《牛虻》译成中文，这部小说迅速征服了当时中国年轻人的心。“文革”前，《牛虻》印刷十一次，发行一百多万册，创造了解放后我国出版业的一个奇迹。李俍民还翻译了苏联作家毕尔文采夫的《柯楚别依》、意大利作家乔万尼奥里的长篇小说《斯巴达克斯》、白俄罗斯作家斯柯拉斯的中篇小说《游击老英雄》等作品。《白奴》和其他译文一样，体现了李俍民忠实贴切、明白晓畅的翻译追求，非常符合我国读者的审美趣味，备受欢迎。

《白奴》虽然是抨击美国奴隶制度的作品，但毕竟出自白人作家之手，与黑人作家感同身受的创作有所不同。因此，六十年代上半期，我国也翻译了一些黑人作家的作品。这可以说是我国较早对美国少数族裔文学创作的介绍。

在我国，五六十年代，美国的种族歧视仍被作为两个阶级之间的冲突和斗争来解释。早在二十世纪三十年代，美国著名黑人诗人兰斯顿·休士(Lanyston Hughes, 1902—1967)访问我国，黑人文学的译介工作就开始了。此后不久，休士的长篇小说《不是没有笑的》、理查德·怀特(Richard Wright, 1908—1960)的《黑孩子》等就译入中国。解放后，作为无产阶级的弟兄，美国黑人引起更多关注。

五十年代，杜波依斯(William E. B. Dubois, 1868—1963)偕夫人访华，并受到毛泽东的接见。杜波依斯是美国黑人知识界之父、非洲解放运动的创始人、社会运动家和著名学者，著有《约翰·布朗》(1909)、《黑人的重建》(1935)、《黑人的过去和现在》(1939)、《世界与非洲》(1947)等。他是获得哈佛哲学博士学位的第一个黑人，终生都在为争取黑人和有色人种权利而斗争。1961年，杜波依斯移居加拿大，并在那里提出了加入共产党的申请。他于1963年8月27日辞世。

1959 年 4 月，杜波依斯访华后不久，人民文学出版社即出版了由维群翻译的他的散文集《黑人的灵魂》。这部作品包括论文、杂感、随笔、小说等，涉及美国黑人从南北战争到十九世纪末以来的经历：这些居于所谓“黑人地带”的人们仍然过着肉体上、精神上备受奴役的生活。

同年 4 月，杜波依斯的夫人雪莉·格雷汉姆(Shirley Grcham, 1907—)描写黑人领袖道格拉斯人生经历的传记体小说《从前有个奴隶》(贝金译)也在人民文学出版社出版。传记讲述了黑人领袖弗里德里克·道格拉斯争取黑人独立和人权的英雄事迹，同时贯穿着描写了南北战争前后美国黑人为废除奴隶制度、争取黑人和妇女人权而进行的艰苦斗争。同时，我国还翻译出版了《黑人诗选》(张奇译，作家出版社出版，1957 年 12 月和 1959 年 9 月两次印刷)。诗选收入了兰斯顿·休士等十七位黑人诗人的二十七首诗歌和八首民谣。

这些翻译，与之前我国对休士诗歌、理查德·怀特的《黑孩子》(1945 年首先由朱绮翻译，1947 年出版，1951 年 6 月作家出版社再版）的翻译，一起成为我国对美国黑人文学的最早介绍。到二十世纪五十年代末、六十年代初，美国黑人文学仍处于萌芽时期，文学创作还不十分成熟。虽然我国译界更多从现实斗争的角度介绍美国黑人的创作，毕竟也就此开启了对种族问题的关注。可惜的是，“文革”中断了更加深入的研究，黑人文学再次进入我国读者视野已是八十年代了，而我国对美国其他少数族裔文学创作的译介则推迟到了八十年代末、九十年代初。

1958—1965 年英国文学翻译作品目录

作家	作品	译者	出版社	出版时间
莱辛	《高原牛的家》	董秋斯	作家	1958.1
哈迪	《暴风雨的年代》	齐仁	工人	1958.1
莎士比亚	《罗密欧与朱丽叶》	曹未风	新文艺	1958.2
司各特	《一个医生的女儿》	陈漪	新文艺	1958.2
马绍尔改写	《威廉·退尔的故事》	陈语更	中国青年	1958.2

哈代	《哈代短篇小说集》(二)	顾仲彝	新文艺	1958.3
柯南道尔	《四签名》	严仁雷	群众	1958.3
亚当姆斯	《第四项节目》	王端等	新文艺	1958.3
莎士比亚	《奥塞罗》	曹未风	新文艺	1958.4
济慈	《济慈诗选》	查良铮	人民文学	1958.4
威尔斯	《爱情和路维宪先生》	梁奚	新文艺	1958.4
奥斯丁	《诺桑觉寺》	麻乔治	新文艺	1958.6
柯南道尔	《血字的研究》	丁钟华等	群众	1958.6
高尔斯华绥	《有产业的人》	周煦良	新文艺	1958.6
高尔斯华绥	《白猿》(《现代喜剧》第一部)	汪倜然	新文艺	1958.6
安诺德	《安诺德文学评论选集》	殷宝书	人民文学	1958.6
弥尔顿	《科马斯》	杨熙令	新文艺	1958.7
阿尔德里奇	《猎人》	朱曼华	新文艺	1958.7
邱尔契	《希腊悲剧故事集》	施咸荣	中国青年	1958.7
林赛	《论社会主义现实主义》	钟日新	作家	1958.7
费尔顿	《平凡的妇女》		《中国妇女》	1958.7
史蒂文生	《黑箭》	陈伯吹等	中国青年	1958.8
弥尔顿	《弥尔顿诗选》	殷宝书	人民文学	1958.9
萨克雷	《亨利·艾斯芒德的历史》	陈逵等	人民文学	1958.9
雪莱	《云雀》	查良铮	人民文学	1958.9
哈代	《无名的裘德》	张谷若	人民文学	1958.9
托马斯	《风中树叶》	曹庸	上海文艺	1958.9
雪莱	《雪莱诗选》	查良铮	人民文学	1958.10
司各特	《皇家猎宫》	高殿森	上海文艺	1958.10
格莱格瑞夫人	《格莱格瑞夫人独幕剧选》	俞大缜	人民文学	1958.10
奥凯西	《我敲门》	钟松藩据德文本转译	人民文学	1958.12
莎士比亚	《凡隆纳的二绅士》	曹未风	上海文艺	1959.1
马因·里德	《无头骑士》	关予素据俄文节译本转译	中国青年	1959.1

威尔斯	《俄罗斯之谜》	从山	三联	1959.1
阿瑟·柯南道尔	《马拉柯深渊》	刘希武	中国青年	1959.2
赖特改写	《裴欧沃夫》	陈国桦	中国青年	1959.2
阿尔德里奇	《荒漠英雄》	于树生	上海文艺	1959.2
彭斯	《彭斯诗钞》	袁可嘉	上海文艺	1959.3
莎士比亚	《奥瑟罗》	朱生豪	人民文学	1959.4
彭斯	《彭斯诗选》	王佐良	人民文学	1959.5
琼斯	斯堪的纳维亚民间故事	梅绍武	上海文艺	1959.6
高尔斯华绥	《开花的原野》	李葆真	上海文艺	1959.8
莎士比亚	《理查三世》	方重	上海文艺	1959.9
托马斯·莫尔	《乌托邦》	戴镏龄	三联	1959.9
克罗宁	《城堡》	主万	上海文艺	1959.11
阿尔德里奇	《光荣的战斗》	刘志谟	上海文艺	1959.11
莎士比亚	《安东尼与克柳巴》	曹未风	上海文艺	1959.12
莎士比亚	《错中错》	曹未风	上海文艺	1959.12
高尔斯华绥	《岛国的法利塞人》	余穆、诸葛霖	上海文艺	1959.12
埃德温(改写)	《英雄国》	胡文静	中国青年	1959.12
马罗礼	《亚瑟王之死》 《英国宪章派诗选》	黄素封 袁可嘉	人民文学 上海文艺	1960.4 1960.9
高尔斯华绥	《银匙》	汪倜然	上海文艺	1961.7
赫伯特·史密斯	《我们这一群人》	朱曼华	上海文艺	1961.9
高尔斯华绥	《骑虎》(《福尔赛世家》第二部)	周煦良	上海文艺	1961.10
马格丽特·哈克纳斯	《城市姑娘》	秦水据俄译本转译	人民文学	1961.10
斯末莱特	《蓝登传》	杨周翰	上海文艺	1961.11
卓别林	《一个国王在纽约》	刘芃如	中国电影	1961.11
T. S. 艾略特	《托·史·艾略特文选》	周煦良	上海文艺	1962.1

奥斯本	《愤怒的回顾》	黄雨石	中国戏剧（内部发行）	1962.1
约翰·斯威夫特	《格利佛游记》全译本	张健	人民文学	1962.2
斯蒂尔曼	《苦果》	程桥等	人民文学（内部发行）	1962.2
乔叟	《乔叟文集》(上、下)	方重	上海文艺	1962.3
莎士比亚	《无事生非》	曹未风	上海文艺	1962.4
约翰·勃莱恩	《往上爬》	贝山	作家（内部发行）	1962.11
雪莱	《伊斯兰起义》	王科一	上海文艺	1962.12
雪莱	《钦契》	汤永宽	上海文艺	1962.12
陶莉	《法布尔》	徐亚倩	少年儿童	1963.2
狄更斯	《游美札记》	张谷若	上海文艺	1963.8
萧伯纳	《萧伯纳戏剧三种》	潘家洵等	人民文学	1963.9
卓别林	《淘金记》	李正伦据日文转译	中国电影	1963.11
卓别林	《大独裁者》	李正伦据日文转译	中国电影	1963.11
杨格	《试论独创性作品》	袁可嘉	人民文学	1963.11
高尔斯华绥	《出租》(《福尔赛世家》第三部)	周煦良	上海文艺	1963.12
阿契尔	《剧作法》	吴均燮	中国戏剧	1964.1
锡德尼	《为诗辩护》	钱学熙	人民文学	1964.1
贝克特	《等待戈多》	施咸荣	中国戏剧（内部发行）	1965.7

1958—1965 年美国文学翻译作品目录

作家	作品	译者	出版社	出版时间
杜吉	《银冰鞋》	李葆真	新文艺	1958.1
赫尔曼	《彻骨寒风》	金易	新文艺	1958.1
史特林	《自由列车》	蒋思钿	新文艺	1958.2

刘易斯	《小狗熊邦果》	赵强康	少年儿童	1958.2
马克·吐温	《在亚瑟王朝廷里的康涅狄州美国人》	叶维之	人民文学	1958.3
毕波尔曼	《〈社会中坚〉导演回忆录》	黄鸣野等	中国电影	1958.3
菲尔德	《公鸡的葬礼》	王嘉龄	上海文艺	1958.4
德莱塞	《巨人》	韦丛芜	新文艺	1958.5
欧文	《阿尔罕伯拉》	万紫、雨宁	新文艺	1958.7
马克·吐温	《冉·达克》	朱复	新文艺	1958.7
欧·亨利	《欧·亨利小说选》	王仲年	人民文学	1958.7
米列编	《罗森堡夫妇纪念诗选》	朱维基	新文艺	1958.7
加兰	《中部边地农家子》	杨万等	新文艺	1958.8
马克·吐温	《密士失比河上》	张友松	人民文学	1958.9
欧·亨利	《麦琪的礼物》	王仲年	人民文学	1958.9
德莱塞	《斯多噶》(欲望三部曲之三)	余牧、诸葛霖	上海文艺	1958.11
马克·吐温	《败坏了赫德莱堡的人》	张友松	人民文学	1958.12
哈特	《布勒特·哈特短篇小说选》	主万	上海文艺	1959.1
斯通	《马背上的水手》	董秋斯	中国青年	1959.1
库柏	《最后一个莫希干人》	金福	中国青年	1959.3
加兰	《加兰短篇小说选》	李文俊等	人民文学	1959.3
马克·吐温	《傻瓜威尔逊》	张友松	人民文学	1959.4
德莱塞	《珍妮姑娘》	傅东华	上海文艺	1959.4
杜波依斯	《黑人的灵魂》	维群	人民文学	1959.4
雪莉·格雷汉姆	《从前有个奴隶》	贝金	人民文学	1959.4
路温菲尔斯	《路温菲尔斯诗选》	方应旸	上海文艺	1959.4
华盛顿·欧文	《欧文短篇小说选》	万紫、雨宁	人民文学	1959.5
马尔兹	《世道》	李永	人民文学	1959.6
稻德	《疾风劲草》	夏照滨	上海文艺	1959.6
丹尼斯	《狱中的信》	张百禄	江苏文艺	1959.8
德莱塞	《金融家》(欲望三部曲之一)	裘柱常	上海文艺	1959.9
朗费罗	《朗费罗诗选》	杨德豫	人民文学	1959.10

斯诺	《西行漫记》	王厂青	三联 （内部发行）	1960.2
斯诺夫人	《续西行漫记》	胡仲持等	三联 （内部发行）	1960.2
莱德勒等	《不体面的美国人》	黄邦杰等	世界知识	1960.2
杰克·伦敦	《热爱生命》	万紫、雨宁	人民文学	1960.3
马克·吐温	《马克·吐温短篇小说选》	张友松	人民文学	1960.4
马克·吐温	《赤道环游记》	张友松	人民文学	1960.4
理查德·希尔德烈斯	《白奴》	李俍民	上海文艺	1961.7
欧·亨利	《欧·亨利小说选》(下册)	王仲年	人民文学	1961.12
劳森	《戏剧与电影的创作理论与技巧》	邵牧君	中国电影	1961.12
德莱塞	《嘉莉妹妹》	裘柱常等	上海文艺	1962.3
刘易斯	《格定·普兰尼希》	叶封	上海文艺	1962.6
劳伦斯	《晨午夜》	徐汝椿等	上海文艺	1962.9
法拉戈	《斗智》	何新	群众 内部发行	1962.11
格尔柏	《接头人》	石馥	中国戏剧	1962.11
欧·亨利	《欧·亨利短篇小说选》	王仲年	人民文学	1962.12
克鲁亚克	《在路上》	黄雨石等	作家 内部发行	1962.12
特罗蒂	《黄牛惨案》	张建	中国电影	1963.4
艾卜斯等	《卡萨布兰卡》	陈维姜等	中国电影	1963.4
赫拉特	《左拉传》	朱曾汝	中国电影	1963.5
勃区曼等	《约旦先生来了》	叶丹	中国电影	1963.5
塞林格	《麦田里的守望者》	施咸荣	作家 内部发行	1963.9
爱德华·贝拉米	《回顾：从2000年看1887年》	林天年、张自谋	商务	1963.10
斯特朗	《我为什么在七十岁的时候来到中国》	黄邦杰等	世界知识	1964.2
奥德茨	《寂寞的心》	陈冠商	中国电影	1964.6

基勃森	《两个打秋千的人》	馥芝据俄文本转译	中国戏剧（内部发行）	1964.6
勃区曼	《史密斯先生到华盛顿》	陈国荣	中国电影	1964.6
哈美特	《守望莱茵河》	孙道临	中国电影	1964.6

第二节　半遮颜容的文集

一、《乔叟文集》

这段时间，我国对英国文学作品的翻译基本集中在文学经典上。结集出版是这一时期的一个重要现象——分别翻译出版了高尔斯华绥选集、萧伯纳戏剧选集、乔叟文集，并基本完成了莎士比亚作品的结集工作。

乔治·萧伯纳(Ccorgc Bernard Shaw，1856—1950)是爱尔兰伟大剧作家、思想家和社会活动家。他在我国很受欢迎，也历来受我国翻译界的重视。1956年，人民文学出版社就组织翻译出版了萧伯纳戏剧集三卷，收入了《鳏夫的房产》、《华伦夫人的职业》、《康蒂妲》、《凯萨和克里奥佩屈拉》、《英国佬的另一个岛》、《巴巴拉少校》、《皮克梅梁》、《伤心之家》、《奥古斯杜斯尽了本分》、《苹果车》、《真相毕露》等十一个剧本。萧伯纳一生共创作了五十一部戏剧，此次收入的剧本基本囊括了萧伯纳不同时期的代表作品，为我国读者更好地了解剧作家提供了良好的途径。在此基础上，1959和1963年，人民文学出版社又推出两种潘家洵等人翻译的萧伯纳戏剧精选本：《肖伯纳戏剧集》(包括《华伦夫人的职业》、《巴巴拉少校》、《苹果车》三个剧本，1959年9月)和《萧伯纳戏剧三种》(包括《华伦夫人的职业》、《英国佬的另一个岛》、《巴巴拉少校》三个剧本，1963年9月)。这两个单卷本各收入三个剧本，其中有两部相同，因此，这两部萧伯纳戏剧选集更多起到的是普及萧伯纳戏剧作品的作用。

高尔斯华绥的翻译则在这段时间形成一定规模，有高尔斯华绥选集四种出版，还新译了三部小说。分别是：

选集——《白猿》

^ 杨宪益等译《萧伯纳戏剧集》，人民文学社，1956年版

^ 萧伯纳像

(《现代喜剧》第一部)，汪倜然译，新文艺出版社 1958年6月出版；

《开花的原野》，李葆真译，上海文艺出版社，1959年8月出版；

《岛国的法利塞人》，余穆、诸葛霖译，上海文艺出版社 1959年12月出版；

《银匙》(《现代喜剧》第二部)，汪倜然译，上海文艺出版社 1961年7月出版。

散译——

《有产业的人》，周煦良译，新文艺出版社 1958年6月出版；

《骑虎》(《福尔赛世家》第二部)，周煦良译，上海文艺出版社 1961年10月出版；

《出租》(《福尔赛世家》第三部)，周煦良译，上海文艺出版社 1963年12月出版。

新文艺出版社创办于1952年6月，是上海文艺出版社的前身。1958年9月，新文艺出版社与上海文化出版社、上海音乐出版社合并成为上海文艺出版社。这个由上海文艺出版社主持出版的高尔斯华绥选集所收内容比较有限，仅包括其"现代喜剧"三部曲里的两部小说、"尾声"三部曲里的一部小说和高尔斯华绥的成名作《岛国的法利塞人》。1958到1963年间，上海文艺出版社还出版了周煦良翻译的"福尔赛世家”三部曲,但不知何故,并未列入选集。不管怎样,上海文艺出版社六十年代至“文革”前这段时期对高尔斯华绥的翻译还是达到了一定的规模,对介绍这位英国二十世纪批判现实主义的代表作家做出了贡献。

《乔叟文集》的出版是一件大事。

杰弗雷·乔叟(Geoffrey Chaucer,约 1340—1400),是英国中世纪诗人。他是伦敦酒商的儿子,由于家庭的关系,十几岁就开始进入宫廷当差。1359 年,随爱德华三世的军队远征法国,遭法军俘虏,后被赎回。他与宫廷往来密切,当过廷臣、关税督察、肯特郡的治安法官、郡下议院议员,还因外交事务有机会出使比利时、法国、意大利等许多国家和地区。与宫廷的密切往来,使乔叟得以耳闻目睹宫廷中的政治和权力倾轧。独特而丰富的经历也使乔叟有机会得到不同文化和思想的滋养,从而形成深刻、多元、宽容的思想。在意大利期间,他应该对薄伽丘与彼特拉克有所耳闻,甚至有可能见到二人。他们对他的文学创作也确实产生了影响。这些都为乔叟打下坚实的创作基础。乔叟于 1400 年去世,被安葬在伦敦威斯敏斯特教堂的“诗人之角”。乔叟被后世誉为“英国诗歌之父”。

乔叟的诗歌创作大致可分为三个时期:

一、法国影响时期(1359—1372):主要翻译并仿效法国诗人进行创作,写有《悼公爵夫人》等诗,还用伦敦方言翻译了法国中世纪长篇叙事诗《玫瑰传奇》。

二、意大利影响时期(1372—1386):由于接触了资产阶级人文主义,这一时期,创作了《百鸟会议》、《特洛勒斯与克丽西德》、《好女人的故事》等反映生活现实、表达诗人人文主义观点的诗歌。

三、成熟时期(1386—1400):人生最后十五年,基本都在从事《坎特伯雷故事集》的创作。这时,诗人在思想和诗歌艺术上都达到创作顶峰。他首创的英雄双韵体为以后的英国诗人广泛采用。

《特洛勒斯与克丽西德》(1385?)是乔叟最长的单篇作品。诗歌讲述特洛伊国王的小儿子特洛勒斯起初嘲弄爱情,却对投奔希腊人的叛徒的女儿克丽西德一见钟情。他费尽周折,终于获得爱情,却又遭情人抛弃,战死疆场。死后,特洛勒斯的灵魂俯视人间,觉悟到情欲的渺小虚空。这时乔叟的创作日渐炉火纯青,他娴熟地运用典雅爱情文学的程式和技巧，如女主人的美貌与高贵、骑士的一见钟情、追求爱情的艰难、情欲的满足等主题，但在运用之际又打破这些模式，从而塑造了一个不同的女主角克丽西德，讲述了一个不一样的爱情故事。

《坎特伯雷故事集》是乔叟的代表作。诗歌讲述一群香客去坎特伯雷朝圣，决定在路上以讲故事打发无聊时光，而大家公认的最佳的讲故事者可以在朝圣回来时白吃一顿丰盛的晚餐。按照计划，香客们一共要讲一百二十个故事，但乔叟实际只写了二十四个，其中还包括两篇半成品。二十四个故事中有二十二个为诗体，另两个为散文体。每个故事前均有开场语，全书有一个总序。其结构与《十日谈》十分相似，由此也可看到薄伽丘和意大利人文主义文学对乔叟的影响。

《坎特伯雷故事集》的成功表现在许多方面。首先是它向人们展开了一个关于中世纪英国的广阔的社会画卷。这里的三十个香客来自社会各个阶层，有骑士、僧侣、学者、律师、商人、手工业者、自耕农、磨坊主，等等，他们有着不同的经历、行为习惯和要求，这些人聚在一起，交往和碰撞构成有趣的戏剧场面。而他们所讲的反映各自不同趣味的故事也保证了作品本身的多样性和丰富性。

其次，这些故事使作家得以综合采用中世纪的各种文学体裁，如骑士传奇、圣徒传、布道文、寓言故事以及混合体裁等。这一方面赋予故事各自适当的载体，另一方面也有助于作家表现和塑造故事讲述者的形象。如骑士用规范的爱情传奇讲述派勒蒙和阿西达的爱情悲剧，乡村牧师则用布道文讲故事。此外，每篇故事的语言也带有讲述人自身的特征，体现出讲述人的身份、趣味、爱好、职业和生活经验。

《坎特伯雷故事集》的总序和开场白也为此书增色不少。总序惟妙惟肖地刻画了众香客的形象，他们既是中世纪文学中的一些固定形象，又有着各自鲜明的个性和真实感。诗人的语言充满了智慧和幽默，读来饶有趣味。

乔叟的创作对英语的发展也是一个巨大贡献。从公元七世纪到文艺复兴前夕，英语已经存在七百年了，但直到乔叟开始创作之时，它依然还是一种民间俗语，很不规范。乔叟对英语娴熟精炼的运用促进了英语和英语文学的发展。

乔叟作品在我国的传播得力于翻译家方重的辛勤耕耘。1943 年，重庆的古今出版社曾出版方重翻译的《屈罗勒斯与克丽西德》(《特洛勒斯与克丽西德》)；1946 年，上海的云海出版社又出版方重翻译的《康特波雷故事》，选译了原著中的六篇诗体故事，译为散文体，包括：《巴斯妇的自述》、《林边老妪》、《童子的歌声》、《意大利故事》、《三个恶汉寻找死亡》、《腔得克立》。卷首有译者代序《乔叟和他的〈康特波雷故事〉》。这是乔叟在我国较早的译介。1955 年，新文艺出版社出版了《特洛勒斯与克丽西德 》和《坎特伯雷故事集》，都为方重所译。到 1962 年，经过多年的积累，上海文艺出版社推出了方重译的《乔叟文集》。《乔叟文集》共两卷，上卷包括《公爵夫人之书》、《声誉之堂》、《恩纳丽达与阿塞脱》、《众鸟之会》、《特洛勒斯与克丽西德》、《善良女子殉情记》等诗篇；下卷包括《坎特伯雷故事集》的全部二十四个故事和二十首短诗，几乎囊括了作家的全部作品。虽然《乔叟文集》没有“序言”或“译后记”对作家作品和翻译过程进行介绍，但译者在书中做了详尽的注释。注释包括作品创作情况、文化背景知识、文学渊源以及个别词条解析等，融研究性、鉴赏性和说明性为一体。《乔叟文集》是我国第一次如此全面地翻译介绍乔叟的创作，不仅对普及英国中世纪文学和乔叟作品起到重要作用，也为研究者提供了更为便利的条件。

方重是我国著名的外国文学研究专家和文学翻译家，他毕生将很大一部分精力都投入乔叟诗歌的翻译。由于他艰苦卓绝的工作，我国普通读者才能够一睹乔叟诗歌的风采。

方重(1902—　)字芦浪，出生于安徽芜湖一个贫困家庭，自幼寄养在外祖父家。外祖父家是书香门第，他的舅舅都曾出洋留学，深厚又现代的家学传统对他影响很大。1916 年，方重考进清华学校(清华大学前身)学习，1923 年赴美深造，先后在美国斯坦福大学、加州大学学习英语语言文学，获硕士学位。1927 年回国后，在南京第四中山大学(旧中央大学)任教。1931 年到武汉大学任外文系教授兼系主任，先后达十五年之久。其间曾于 1944 年应英国文化协会之邀赴英，在剑桥、伦敦、爱丁堡及布鲁塞尔等大学讲学，并任剑桥大学三一学院客座教授。1947 年底回国后至 1956 年，先后在浙江师范学院、安徽大学外文系、华东师范大学、复旦大学外文系任教。编有《大学近代英文散文选》(二册)等读本，著有《英国诗文研究集》等专著，翻译了《乔叟文集》、《理查三世》、《陶渊明诗文选译》(中译英)等，并参加了《莎士比亚全集》的剧本增补和校订工作。

早在1927年，方重就致力于英国文学的研究工作。1934年出版了《现代英国散文集》，1939年又出版了《英国诗歌与散文研究》。他也是我国最早开始乔叟研究并向中国读者介绍乔叟的学者。他翻译乔叟的作品，从二十世纪三十年代就开始了。我国解放前出版的两部乔叟作品都出自他的译笔。建国后，他又利用新的资料，对原来的译文仔细修订扩充，翻译了《坎特伯雷故事集》和《特洛勒斯和克丽西德》，并于1962年翻译了《乔叟文集》。

翻译乔叟具有相当的难度。乔叟生活在十四世纪，使用中古英语创作。这种语言与现代英语有很大差别，即使以英语为母语的读者理解起来也有一定困难。虽然存在困难和障碍，方重仍坚持以作品原文为准，仅把现代英语译本作为参考。这种严谨的做法有利于更好地保存原作风貌。

《坎特伯雷故事集》的翻译是《乔叟文集》的重头戏。虽然原作大多采用诗体，经过慎重考虑，方重还是决定采用散文体，认为这样可以更好地做到内容上忠实于原文，同时也能传递原文风格。方重的译文简朴里透着华丽，流畅婉转，很好地传达了乔叟诗歌简洁而富有乐感的特点。与此同时，通过方重的译文，读者还可领略到乔叟特有的幽默。比如"总引"部分，方重这样翻译有关赦罪僧的部分：

> 但说起他的职业来，从柏立克到威尔找不出第二个同样的赦罪僧。他的口袋里有一个枕套，他说是圣母的面巾，还有一小块船帆，他说是圣彼得在海面行走，被耶稣基督擒住并救助的时候所用……他带着这些宝贝，往往在乡间碰到穷牧师，就施展起他的伎俩，一日之间，他所搜集的钱币，可以超过那穷牧师两个月的所得……不过，说句公平的话，他总算是教会里一个可贵的教士；他读起教文或史传时，相当出色，尤其在献金之际，他唱得最好。因为他知道唱完之后，他还要传教，他必须把舌头磨光，才好尽量搜罗银

两。……

方重的这段译文简洁流畅，毫无雕琢，却惟妙惟肖地刻画了一个借宗教骗取钱财的恶棍的丑恶嘴脸。从内容和语言上，方重无疑是做到了对原文的忠实。不过也有些许遗憾，毕竟文体的改变，使我们无法领略原作音韵的风致。

二、莎翁作品的散译与结集

威廉· 莎士比亚(W. William Shakespeare，1564—1616)1564 年 4 月 23 日出生于英格兰中部瓦维克郡埃文河畔一个名叫斯特拉特福的小镇。如今，由于莎士比亚的关系，那里已成为举世闻名的旅游景点。威廉·莎士比亚的父亲约翰·莎士比亚是一个经营羊毛、皮革制造及谷物生意的杂货商，曾任镇民政官、镇长。幼年的莎士比亚在当地文法学校读书，后因家道中落，辍学经商。莎士比亚二十二岁时决定到伦敦闯荡，他在剧院找到工作，以跑龙套演员的身份，开始了辉煌戏剧生涯微不足道的起步。

虽然从未有机会接受高等教育，非凡的语言天才和戏剧才华却使他写出一部部流芳千古的精彩戏剧。莎士比亚大约在 1590 年开始从事戏剧创作，二十余年的戏剧生涯里，他一共写了三十七部戏剧(不包括他与弗莱彻合写的《两位贵亲》)，以及两首长诗和一百五十四首十四行诗。

莎士比亚的戏剧多取材于历史轶事、小说、传说和旧戏等已有材料，以罕见的包罗万象的社会画面、生动逼真的生活场景、栩栩如生的人物形象，征服了一代又一代观众、读者。他的戏剧反映了英国由封建社会向资本主义社会过渡的历史现实，宣扬了新兴资产阶级的人文主义思想。

莎士比亚的戏剧创作可分为三个时期：

第一时期(1590—1600)的创作以历史剧、喜剧为主，共完成历史剧九部、喜剧十部和悲剧两部。

历史剧九部包括:《约翰王》、《 亨利六世 》(上、中、下)、《查理三世》、《查理二世》、《亨利四世》(上、下)、《亨利五世》。除《约翰王》反映十三世纪初英国历史外,其他八部基本上内容相互衔接。这些历史剧把英国百余年间的历史浓缩于舞台,通过一系列性格各异的君主形象,表达了作家反对封建割据,谴责暴君暴政,期望开明君主进行改革的政治理想。

十部喜剧分别是:《错误的喜剧》、《驯悍记》、《维洛那二绅士》、《爱的徒劳》、《仲夏夜之梦》、《威尼斯商人》、《温莎的风流娘们儿》、《无事生非》、《皆大欢喜》和《第十二夜》。这些喜剧大都以爱情、友谊、婚姻为主题,主人公是一些充满人文主义色彩的青年男女。通过他们争取自由、幸福的斗争,戏剧夸张地嘲讽了所谓的禁欲主义、宗教伪善和高利贷者的贪婪;这些年轻主人公争取幸福的过程虽然曲折,却也洋溢着乐观的喜剧情调。这种明朗、自信的色调甚至在该时期莎士比亚的悲剧《罗密欧与朱丽叶》中也可看到。

第二时期(1600—1607)的创作以悲剧为主,包括八部悲剧和三部"阴暗的喜剧"或"问题剧",因此这一时期也被称为莎士比亚的悲剧时期。

八部悲剧分别是《雅典的泰门》、《尤利乌斯·凯撒》、《安东尼和克莉奥佩特拉》、《科里奥拉努斯》和有"四大悲剧"之称的《哈姆雷特》、《奥赛罗》、《李尔王》、《麦克白》。悲剧标志着莎士比亚戏剧成就的巅峰,它们表达了作者对时代、人生的深入思考,对社会的批判具有了空前的深度和广度。他的悲剧主人公从中世纪的禁锢和蒙昧中醒来,在人文主义的薄明中发展完善自己,却大都在与环境和内心的剧烈冲突中,遭到不可避免的失败,以死亡告终。

第三时期(1608—1613)莎士比亚的创作进入一个乐观而理想化的境界,作品以悲喜剧或传奇剧为主,分别是《泰尔亲王里克里斯》、《辛白林》、《冬天的故事》、《暴风雨》。这些作品把戏剧场景搬到虚无缥缈的孤岛上,将之描述为一个神秘的乌托邦世界。它寄托了莎士比亚对现实的失望和对未来的美好想象。这些戏剧往往都有一个失散、团聚、诬陷、昭雪的情节,渗透着宽恕与和解的思想。

莎士比亚是欧洲文学史上里程碑式的杰出作家,他的戏剧往往能赋予旧题材以新颖、丰富、深刻的内容,在戏剧艺术上继承了古代希腊

^ 朱生豪译《莎士比亚戏剧集》，作家社，1954年版

^ 曹未风译《仲夏夜之梦》，上海出版公司，1954年版

^ 曹未风译《仲夏夜之梦》插图

罗马、中世纪英国和文艺复兴时期欧洲戏剧的三大传统并加以发展，从内容到形式进行了创造性的革新，从而使戏剧突破了悲喜剧的界限、时空的限制，而人物形象生动、复杂，整个作品具有博大、深刻的思想内涵。莎士比亚还是一位杰出的语言大师，他吸收了民间语言和文学语言的精华，以时而诙谐机智的插科打诨，时而深邃诗意的哲理沉思，时而悲愤雄壮，时而优美婉转的随剧情流走的百变语言艺术，征服了一代又一代观众和读者。

莎士比亚是属于世界的。直到今天，他的戏剧仍在世界各国的舞台上演。1902年，上海圣约翰书院学生最早用英语演出了他的《威尼斯商人》。我国从二十世纪初就已经开始介绍和翻译莎剧了。最初译入的是莎剧故事，以1903年引入的英国散文作家查尔斯·兰姆姊弟改写的《莎士比亚故事集》的节译本《海外奇谭》为最早。接着，林纾用文言将全文译出，取名《吟边燕语》。1916年，林纾又用文言译出了六个戏剧故事，称为《莎氏乐府本事》。1921年，田汉首先从日文将《哈孟雷特》转译成中文白话，这是中国第一个白话形式的莎氏代表剧作译本。1924年，田汉又翻译了《罗密欧与朱丽叶》。其后，翻译莎剧的人日渐增多，较为有名的有张采真（《如愿》，1927）、朱维基（《乌赛罗》）、戴望舒（《麦克倍斯》，1930）、顾仲彝（《威尼斯商人》，1930）、徐志摩（《罗米欧与朱丽叶》，1934）等。

全译莎剧的计划也逐渐提上译界日程。1920年，胡适首先提出将莎士比亚作品全部翻译成中文。次年，这一计划开始由梁实秋践行，1967年，梁实秋译的全集三十七册终于在台湾出齐。他是中国第一和唯一一位凭个人之力完成全部莎士比亚作品翻译的翻译家，也是中国翻译莎士比亚作品最多的一人。1936至1939年，商务印书馆出版了梁实秋译的八种莎剧。曹未风译的十一部莎剧也曾以《莎士比亚全集》为名在1942至1944年间出版。朱生豪则穷毕生精力翻译了莎剧二十七种，于1947年由上海世界书局以《莎士比亚戏剧全集》为名，分三辑出版。

四十年代翻译的莎剧还有柳无忌译的《该撒大帝》(1944)、曹禺译的《柔蜜欧与幽丽叶》(1944)等。曹禺译的《柔蜜欧与幽丽叶》采用诗体，被认为是比较接近理想的译作，中国最好的译本之一。

解放后，我国译界对莎士比亚也非常重视，不仅重新修订出版了一些解放前的译本，还陆续出版了不少新的译本。1949到1957年，我国修订或新出的莎士比亚戏剧译本达三十二种之多。特别是1954年，作家出版社整理朱生豪翻译的莎士比亚戏剧，冠名《莎士比亚戏剧集》出版，共十二卷。这个戏剧集受到读者欢迎，于1959至1962年间又由人民文学出版社再次印刷。

莎剧中译合刊本名录(截止1964年)

书名	译者	出版时间、地点	出版社	所辑作品	备注
莎士比亚全集	曹未风	1942至1944 贵阳	文通书局	戏剧10种	
曹译莎士比亚全集	曹未风	1946 上海	新文艺	戏剧11种	
莎士比亚戏剧集	朱生豪	1947 上海	世界书局	戏剧27种	三卷本
莎士比亚戏剧集	朱生豪	1954 北京	作家	戏剧31种	十二卷本 旧译重刊
莎士比亚全集	朱生豪 虞尔昌	1957 台北	世界书局	戏剧37种	五卷本
莎士比亚全集	梁实秋	1967至1968 台北	远东图书公司	全部作品共40册	

最重要的莎剧结集工作当数人民文学出版社于 1964 年启动的《莎士比亚全集》的翻译出版工作。

1964 年正值莎士比亚诞辰四百周年，我国译介莎士比亚的事业也达到一个新的高峰。莎翁中渐，从译其名[①]，述其剧，到最后二三十年编译其全集，仅仅有百余年的历史。而这位“人类最伟大的戏剧天才”(马克思语)在我国已经是家喻户晓了。为了纪念莎翁华诞，人民文学出版社决定在朱生豪旧译的基础上进行校订、补译，出版《莎士比亚全集》。

说起这套《莎士比亚全集》，必须提及著名翻译家施咸荣先生[②]。1960 年底，刚刚下放归来的施咸荣拖着病躯，开始了《莎士比亚全集》的资料搜集工作。第二年，他向人民文学出版社提出借纪念莎翁四百年诞辰的时机出版《莎士比亚全集》的计划。社领导很快批准了这个计划。施咸荣也马上投入到翻译、修订工作中。当时，阶级斗争已经开始，政治氛围紧张，不少翻译工作者被打成“右派”，组织一个可靠的翻译修订阵容并非易事，时间也非常紧迫。

幸运的是，当时一批重要翻译家和英国文学专家，如吴兴华、方重、方平、张谷若、杨周翰等人都参与了进来。《莎士比亚全集》的校订者有吴兴华、方重和方平，补译者有章益、方平、张谷若、方重、杨周翰等人。莎氏剧本编为十卷，又添加一卷诗集，是为第十一卷，合成全璧。经过艰苦卓绝的工作，在“文革”开始前，这套全集已基本完成。但“文革”中断了全集的出版工作，直到 1978 年，这套雪藏已久的鸿篇巨著才得以与中国读者见面。那时，为之呕心沥血的翻译家有些已经辞世，竟无缘见到全集一面。施咸荣为全集写了长达万言的序。这个序和施先生 1981 年出版的小册子《莎士比亚和他的戏剧》，是我国较早向读者全面介绍

---

① 1856 年，我国始以“舌克斯毕”译 William Shakespeare，它出现在英国伦敦会教士慕维廉(William Muirhead，1822—1900)所译《大英国志》一书中。参见戈宝权《莎士比亚的作品在中国》，《世界文学》1964 年 5 月号。

② 关于施咸荣的其他成就和翻译，下文还有详述。

莎士比亚的专门论述。

在莎士比亚的中文译者中，朱生豪无疑是屈指可数的几位大家之一。人民文学出版社的《莎士比亚全集》也建立在朱译莎剧的基础上。朱生豪(1912—1944)系浙江嘉兴人。父母早亡，由姑母抚养成人。童年时读到《莎氏乐府本事》，留下了深刻印象。1933年于杭州之江大学毕业，随即进入上海世界书局做职员。1936年动笔翻译莎剧。不久日寇侵华，祸及上海，他仅带走一本牛津版《莎士比亚全集》，数万字手稿和一二百册资料被战火焚毁。他在沪嘉一带流徙，稍得安定，便全力译莎。1944年，他译出莎剧三十一部半，身染重病，临终前高声背诵莎剧原文，满怀遗憾离开人世。1947年世界书局刊印朱译《莎士比亚戏剧集》，凡二十七种，辑为三卷。1954年，作家出版社以同名文集刊行，收莎剧三十一种，辑为十二卷，这是建国以来第一次刊行莎剧辑本。1958至1962年间，人民文学出版社又印刷两次。这个译本还另有一番曲折经历。1947年，浙江海宁学者虞尔昌赴台湾大学任教时，带去了朱译三卷本莎剧集。他觉得这并非完璧，便决定译出十部历史剧。十年后，补译完成，仍以原名由世界书局出版。①

^ 朱生豪像

朱生豪译本生动、流畅而又典雅，历来受我国读者和译界肯定。译者读大学时主攻中文，兼修英文，两种文学功底都很扎实。贺祥麟说：“朱译本的最大特点是文句典雅，译笔流畅，好象是高山飞瀑，一泻千里，读之琅琅上口，决无佶屈聱牙之弊。”②朱氏译文最能打动读者的应该是其翻译的意趣和神韵。施蛰存认为，朱生豪译莎追求的是“神韵”、“意趣”，以“诗情”译

① 参见方平《虞尔昌与〈莎士比亚全集〉》，《书城杂志》1994年第9期。
② 贺祥麟《赞赏、质疑和希望——评朱译莎剧的若干剧本》，《外国戏剧》1982年第2期。

莎，反对“逐字逐句对照式硬译”，更多采用了“意译”。方平则指出朱生豪以诗人译诗，华美艳丽的语言，浓墨重彩的译笔，表达出浓郁的诗意。这些都点出朱生豪神会莎士比亚，并能妙文转达的特点。不过，朱氏译本也有误译、删节等缺点，尽管所占比例甚小。因为朱生豪翻译莎剧条件极为恶劣，正值战乱，缺乏完备的工具书和参考资料，身边也没有可资讨论、解惑的师友，因此“……遇到原文中语意双关，在汉语中难以恰当表达的语句”，或者“涉及诙谐，类似插科打诨或不甚雅驯的语句”，他就“踌躇再四”，“暂作简略处理”，“现存译文中的缺漏纰谬，原因大致即基于此”。①

朱氏而下，曹未风所译莎剧数列第三。② 曹未风(1911—1963)原名曹崇德，浙江嘉兴人。1931年开始翻译莎士比亚，并借留英机会搜集莎剧资料。十余年后译作渐夥，便以《莎士比亚全集》为名出版，但所辑作品仅十一种。建国以来，他兴趣不减，仍致力于莎剧翻译，至谢世前出版了中译本十二种(包括旧译校订本)。1943至1945年，译《威尼斯商人》等十一种剧本，由文通书局以《莎士比亚全集》的总名出版。1946年，上海文化合作公司又以《曹译莎士比亚全集》为名出版莎士比亚戏剧十种。五十年代初，重校旧译本，并继续翻译新作，于1955至1962年间由上海新文艺出版社先后出版十二种，其中十种在七十年代末由上海译文出版社再版。此外，还翻译出版莎士比亚十四行诗集一部。曹译综合了朱、梁二人的长处，自成一格。

参与1978年版《莎士比亚全集》校订、翻译工作的方重、方平、杨周翰、张谷若、章益、杨德豫等都是我国知名翻译家。方重、方平、杨周翰等是英国文学专家、莎士比亚专家。对方重，我们已在《乔叟文集》的翻译中作了介绍。这里，再简单介绍一下其他几位译家。

方平，原名陆吉平。自幼爱好诗歌和外国文艺，读书期间就开始在

---

① 参见宋清如《关于朱生豪译述〈莎士比亚戏剧全集〉的回顾》，《社会科学》1983年第1期。

② 除梁实秋译出莎翁全部作品外，朱生豪译莎剧三十一种，曹未风译十五种，虞尔昌译十种，方平译八种以上，孙大雨译六种，卞之琳则译了四大悲剧。

《大公报》、《文汇报》、《文萃》、《民主世纪》、《诗创造》等报刊上发表诗歌，并出版有诗集《随风而去》(1948)。1949年后转调到出版社工作，曾担任上海译文出版社编审，中国翻译工作者协会理事、中国作家协会会员、上海作家协会理事、中国莎士比亚研究会副会长、《莎士比亚研究》编委。译有《莎士比亚喜剧五种》(《仲夏夜之梦》、《威尼斯商人》、《捕风捉影》、《温莎的风流娘们儿》、《暴风雨》)、《维纳斯与阿董尼》、《亨利第五》、《奥瑟罗》、《李尔王》、白朗宁夫人《抒情十四行诗集》、薄伽丘《十日谈》等。著有《和莎士比亚交个朋友吧》、《三个从家庭出走的妇女》等论文集和专著。他在全集中担任了历史剧《亨利五世》的翻译及相当部分的校订工作。方平于翻译刻苦勤谨，每译一部作品都要再三修改，精琢细磨。他支持以诗体翻译莎剧，也是一位热心的实践者。他的译文忠实中流露出优雅，比较能够传达原作神韵，受到读者喜爱。

杨周翰是我国著名的比较文学专家，也是莎学专家。在《莎士比亚全集》中他翻译了历史剧《亨利八世》。他英语功底非常扎实，本科在北大和西南联大学习英语，并曾有出国留学、工作的经历。解放后，杨周翰回到祖国，先后在清华、北大任教，从事外国文学研究，曾担任中国外国文学学会常务理事、外国文学研究所学术委员会副主任、全国高校外国文学教学研究会会长、中国比较文学学会会长等职。杨周翰于莎学致力甚多，所编选的《莎士比亚评论汇编》是我国迄今为止最完备、最系统的国外莎评汇编。另有《攻玉集》、《十七世纪英国文学》、《镜子与七巧板：比较文学论丛》、《忧郁的解剖》等专著，并谢立丹《情敌》、赫拉斯《诗艺》、奥维德《变形记》、斯末莱登《兰登传》等译著。

张谷若原名张恩裕，二十世纪三十年代就因翻译哈代小说《德伯家的苔丝》和《还乡》一举成名。张谷若一生翻译了四百万字的英国古典文学名著，所译作品囊括了英语小说、戏剧、诗歌和唐诗英译等多个门类，主要译著有莎士比亚诗歌《维纳斯与阿都尼》、萧伯纳戏剧《伤心之家》、狄更斯小说《大卫·科波菲尔》以及菲尔丁的代表作《弃儿汤姆·琼斯史》等。读者最为熟悉的恐怕还是他所译的哈代系列作品。张谷若是一位极为严谨的翻译家，他对作品理解力求精准，很少出现误译、漏译。在翻译哈代小说时，他还尝试用山东方言表达英国威塞克斯区的语言特色，虽然颇受争议，却也是很有益的实践。他在全集中担任了《维纳斯与阿都尼》的翻译。

参与全集编译工作的翻译家中，最值一书的恐怕就是吴兴华了。吴兴华(1921—1966)系浙江杭州人，诗人、学者、翻译家，生前就教于北京大学英语系，被誉为“燕京才子”。作为诗人，吴兴华少年时代就展露才华，十六岁在戴望舒主编的《新诗》上发表长诗《森林的沉默》，受到文坛瞩目。作为学者，他既淹通文史旧籍，又熟悉英、法、德、意、西班牙、拉丁等多种语言，具有深厚的中外文学涵养。夏志清先生有言，二十世纪中国人文知识分子就学养而论，有三位代表人物，第一代是陈寅恪，第二代是钱锺书，第三代就是吴兴华。作为翻译家，他曾参与莎翁戏剧结集工作，译了《亨利四世》上、下篇，还曾翻译过但丁的《神曲》、希腊文艺理论书籍等。

这样一位才华横溢的学人却在壮年过早地离开人世，不能不说是一大憾事。“文化大革命”初期，吴先生被打成“牛鬼蛇神”，罚到校园里打扫卫生，并被抄家，他的手稿和书籍也被焚毁，其中就有他已经基本完成的《神曲》译稿，业已接近尾声的一部关于柳宗元的小说，以及他翻译的一本希腊文艺理论书籍译稿。劳动改造期间，吴先生身体和精神备受折磨，死时年仅四十五岁。

吴兴华翻译了《亨利四世》，且参与了全集的校订工作，付出了艰辛劳动。然而，1978 年这部全集终得面世时，吴兴华先生已经长眠地下十二载了。莎士比亚以戏剧记载了人世的喜怒哀乐、希望与失望，其作品在中国完整出版的过程，又何尝不凝聚了中国几代学人的悲喜哀愁、遗憾与执著！

第三节 文学经典的光辉

一、英国经典：星光灿烂

除上述四种文集外，我国这一时期翻译出版的英国经典作家作品还有不少，如斯威夫特、司各特、奥斯丁、萨克雷、狄更斯、弥尔顿、雪莱、济慈、彭斯等。其中雪莱译入四种，分别为《云雀》、《雪莱诗选》、《伊斯兰起义》和《钦契》。其次是司各特、哈代、弥尔顿、彭斯各有两种，其余的均为一种。这些翻译囊括了英国从文艺复兴到现实主义以来的重要作家，有些是初步介绍，有些则是在以往翻译的基础上，更为全面地进行译介。

早在二十世纪初，林纾及其合作者就已将司各特的作品译入我国，分别是《萨克逊劫后英雄略》(1905)、《十字军英雄》(1907)、《剑底鸳鸯》(1907)，在当时产生了广泛影响。1909 年到解放前，又先后有司各特两部长篇《露惜传》、《惊婚记》和一个短篇小说集《史各脱杰作本事》翻译过来。解放后，司各特的作品也比较受我国译界的重视。1957 和 1958 年，司各特的《罗布·罗依》(1957 年 2 月)、《一个医生的女儿》(1958 年 2 月)和《皇家猎宫》(1958 年 10 月)分别出版。这是在以往译介的基础上全面介绍司各特。

同样，这一时期，我国译界对奥斯丁、哈代、狄更斯、弥尔顿的翻译也是向全方位拓展。奥斯丁受到我国读者追捧是二十世纪八十年代的事了，不过从 1918 年《桑狄克侦探案》译入我国到 1965 年，这五十余年间，她的一些主要作品，如《傲慢与偏见》、《爱玛》、《诺桑觉寺》等，早都译入了我国。

我国对英国现实主义的代表作家哈代和狄更斯的翻译自然要更为重视。到 1965 年，狄更斯先后有《滑稽外史》、《孝女耐儿传》、《块肉余生前编》、《块肉余生续篇》、《贼史》、《冰雪姻缘》、《亚媚女士别传》、《劳苦世界》、《双城故事》、《双城记》(与《双城故事》为 *Tale of Two Cities* 的不同译本)，以及短篇小说《黄昏的故事》，中篇小说《鬼史》、《大卫·科波菲尔》(又译《块肉余生述》)、《艰难时世》(又译《劳苦世界》)等译为中文，且不少有多个译本。狄更斯可以说是在我国翻译最全面，流传最广泛的一位英国作家。

哈代的短篇小说集《人生小讽刺》也早在二十世纪二十年代就有了中译本，其后，除短篇小说外，他的重要长篇《德伯家的苔丝》(先后有吕天石 1934 年译《苔丝姑娘》和张谷若 1936 年译《德伯家的苔丝》)、《还乡》(张谷若译，1936 年 5 月)、《无名的裘德》(先后有吕天石的《微贱的

张谷若译《德伯家的苔丝》插图，人民文学社，1957 年版

哈代像

伍蠡甫译《哈代短篇小说集》，新文艺社，1956 年版

裘德》和张谷若的《无名的裘德》）、《卡斯特桥市长》（侍桁、淑勤译，1955 年 10 月）等都有了中译本，有的还不止一个。

这一时期，我国介绍得最为集中的还是英国浪漫主义诗人雪莱。珀西·比西·雪莱（Percy Bysshe Shelley，1792 年 8 月 4 日—1822 年 7 月 8 日）出生于英格兰萨塞克斯郡一个古老的贵族家庭。他天生具有叛逆精神，大学时就因散发自己鼓吹无神论的文章《无神论的必然》被牛津大学开除，他也为此被逐出家门。雪莱短暂的三十年的人生，是轰轰烈烈燃烧的一生。他追求自由、民主、真理，支持爱尔兰人民和意大利人民谋求独立的斗争，反对各种形式的剥削和压迫。他的诗歌，洋溢着赤子的真情和纯正的浪漫乐观精神，是他燃烧的一生的光辉写照。因此，恩格斯称赞他为“天才的预言家”。他的主要作品有《爱尔兰人之歌》(1809)、《麦布女王》(1813)、《致玛丽》(1818)、《伊斯兰的反叛》(1818)、《西风颂》(1819)、《致云雀》(1820)、《自由颂》(1820)、《阿多尼》(1821)、《解放的普罗米修斯》(1820)、五幕悲剧《钦契》(1819)等。

雪莱一直为我国人民所喜爱。早在1913年12月,《华侨杂志》第二期就刊载过叶中冷翻译的雪莱诗歌《云之自质》。1914年,《南社》第十一集又发表了杨铨翻译的《情诗四解》。从这些零星的翻译开始,雪莱渐渐进入中国读者的视野。新文学运动中,雪莱的诗成为鼓励人们战斗的旗帜。1922年,他写于十九世纪四十年代宪章运动中的诗歌《给英国人》被西谛翻译过来,成为激励国人向前进的号角。1923年,《创造》季刊第一卷第四期推出“雪莱纪念号”,发表雪莱诗歌翻译九首。1926年3月,上海泰东书局将这九首诗结集出版,题为《雪莱诗选》。这是我国第一部雪莱诗歌选集。1943年,徐迟翻译的雪莱抒情诗选以《明天》为题,由桂林雅典书屋出版。

解放后,我国对雪莱诗歌的翻译陆续增多。1957年3月及8月,雪莱的抒情诗剧《希腊》和诗剧《解放了的普罗米修斯》分别由杨熙龄和邵洵美翻译过来。这是我国翻译介绍雪莱的一个高潮。1958到1962年,我国又先后出版了四种雪莱诗歌和诗剧,它们是:《云雀》,收入包括《爱尔兰人之歌》、《往昔》、《云雀》、《颂诗》等在内的三十七首短诗,查良铮译,人民文学出版社1958年9月出版;《雪莱诗选》,据牛津大学出版社1952年版译出,收入抒情诗七十八首,查良铮译,人民文学出版社1958年10月出版;《伊斯兰的起义》为描写人民反抗暴君的长诗,抨击“神圣同盟”的专制暴政,王科一译,上海文艺出版社1962年12月出版;《钦契》,雪莱著名的诗体悲剧,讲述罗马伯爵钦契一贯为非作歹,甚至摧残亲人,女儿及后母、兄弟忍无可忍,将其谋杀,却遭罗马教皇处死的故事,汤永宽译,上海文艺出版社1962年12月出版。

1957年以来我国翻译的六部雪莱作品,基本都是诗人的代表作,囊括了诗人所擅长的抒情诗、长篇叙事诗和诗剧等体裁,从而比较全面地向我国读者展示了雪莱的诗歌创作。这些诗歌的翻译,也汇聚了我国一流的翻译家。其中王科一是长期从事翻译的专家,译有薄伽丘的《十日

^ 雪莱肖像

^ 查良铮译《雪莱抒情诗选》，人民文学社，1958年版

^ 杨熙龄译《希腊》，新文艺社，1957年版

谈》、奥斯丁的《傲慢与偏见》、狄更斯的《远大前程》等。他翻译的《伊斯兰起义》也是我国诗歌翻译中的精品。正如译者在《伊斯兰起义·前言》中所言，他做到了在不改变“原诗形象”的前提下，尽量“叫人看得懂”，同时又“移植原诗的形式”，保留原诗“斯宾塞体”的风格，译文读起来音韵婉转，雄浑绮丽，颇有原诗风致。查良铮是我国著名诗人，1953年从美国芝加哥大学留学归国后，投身于诗歌翻译，译著颇丰，其中包括普希金的七部诗作、《布莱克诗选》、拜伦的《唐璜》、《拜伦抒情诗选》等。1958年他受到“反右”斗争的牵连，“文革”期间更是饱受折磨，然而所有这些都没有阻止诗人的勤奋工作，他所翻译的雪莱的两部诗集都是在1958年出版，而《唐璜》更是在艰苦的“文革”岁月中完成的译述精品。

与此同时，尽管受到当时时政的影响，我国对英国文学的翻译仍在向更广泛、更全面拓展。斯威夫特、彭斯的翻译都有质的进展。

江奈生·斯威夫特（J. Swift，1667—1745）是英国十八世纪杰出的政论家和讽刺小说家。斯威夫特出生于爱尔兰都柏林的一个贫苦家庭，由叔父抚养长大。贫苦的早年生活塑造了他对社会的精锐体察和对不公的批判精神。斯威夫特的文学才能很早就显露出来。他尤其擅长的是讽刺。诸如《一个小小的建议》等文章，常令当局备感苦恼。1726年，《格列佛游记》创作完成，成为斯威夫特流传最广的作品。小说讲述格列佛船长一次次离奇的航海经历。他曾先后到过小人国、大人国、飞岛、慧骃国。小说借格列佛的奇异经历对英国现实进行了辛辣讽刺。比如小人国的人因鞋跟高低、吃蛋先敲哪端而分裂，演化出两党之争，此一情节暗讽英国无谓的党派斗争；飞岛对其领地的统治压迫，暗喻英格兰对爱尔兰的压榨；慧骃国里的卑劣猥亵的"野胡"则为人类的写照。

^ 朱维基译《唐璜》，上海文艺社，1959年版

斯威夫特的《格列佛游记》早在1906年就译入我国。林纾和曾宗巩合作翻译，以《海外轩渠录》为题，由上海商务印书馆出版。此后韦从芜翻译了《格列佛游记》(卷一)，吴景新翻译了《大人国游记》和《飞岛游记》(1932)，唐锡光翻译了《大人国》和《小人国》，此外还有徐蔚森译的《格列佛游记》和易寒译的《格列佛游记续篇》(1947，为原著三、四部分)，以及范泉的缩写本《格列佛游记》和张建的儿童读本《格列佛游记》(均于1948年出版)。解放后，我国又出了李庶的节译本《小人国和大人国》(1956)。这些译本对斯威夫特著作在我国的流传起到了不可低估的作用。不过，由于大都是节译或有较多删减、更改，读者接受起来，有只见树木，不见森林之嫌。1962年2月，张健全译本《格利佛游记》出版，可谓一个突破。这个译本，以忠实的翻译还斯威夫特原著原貌，也使斯威夫特这部以讽刺时政传世的虚构杰作摆脱了趣味读物和儿童读物的尴尬境地。

苏格兰民族诗人罗伯特·彭斯(1759—1796)也是我国读者比较熟悉的。他出身穷苦，没受过太多教育，却凭借自己对农村生活的真切体会，写出了无数优美的诗歌。他的诗洋溢着淳朴的苏格兰民间气息，表达着对自由和美的追求。解放前，梁实秋、袁水拍就曾将彭斯的诗译为中文，计有三十多首。1959年，为纪念彭斯诞辰二百周年，我国又先后出版了两部彭斯诗集，分别是袁可嘉翻译的《彭斯诗钞》(上海文艺出版

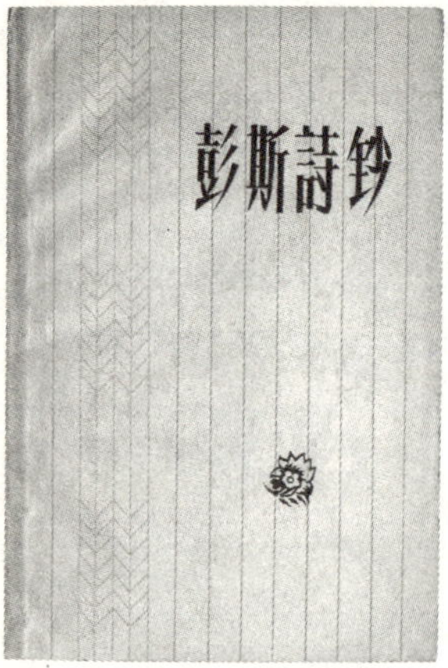

^ 袁可嘉译《彭斯诗钞》
上海文艺社，1959 年版

^ 彭斯肖像

社，1959 年 3 月）和王佐良翻译的《彭斯诗选》(人民文学出版社，1959 年 5 月)。两部诗集不仅在数量上突破了以往对彭斯诗歌的译介，就质量而言，也是我国诗歌翻译的上乘之作，堪称我国译坛的并蒂奇葩。

袁可嘉是我国诗歌翻译家，也是英美文学研究专家。1946 年从西南联大外语系毕业后，即留在北京大学西语系任教，后调至中国科学院哲学社会科学部外国文学研究所(中国社会科学院外国文学研究所前身)工作，长期从事英美文学研究和翻译工作。袁可嘉译有布莱克、彭斯以及"英国宪章派"的诗歌。他认为，翻译国外格律诗，应该取"相应的格律体信诗"来译，主要是"以顿代替音步"，"保持原始的韵式"。就这一点而言，袁可嘉进行了可贵的翻译实践，也取得了不小的成果。

王佐良也是我国著名英国文学专家。他本人亦为诗人，公开发表过诗作，对诗歌翻译更情有独钟。深厚的英国文学研究根底，优秀的文学素养，以及对诗歌的喜爱，为王佐良翻译彭斯诗歌打下坚实的基础。王佐良译诗，力求"以诗译诗"，他并不苛求形式上的完全对等，而是尽量保持原诗韵脚和"大体相同的节奏"。因此，他翻译的彭斯诗歌在力求忠实的基础上，往往能够保持诗的灵动和形象。

比较起来，袁译《彭斯诗钞》有更大的容量，收入了彭斯的八十九首诗歌，而王译《彭斯诗选》相对精练，只收了长短诗三十七首。两部译著都收入了彭斯的著名诗篇，如《苏格兰人》、《自由树》、《我的心在高原》、《一朵红红的玫瑰》、《往日的时光》等。作为研究者，两位翻译家都为诗集作了序。袁可嘉在序中着重介绍了彭斯诗歌创作的思想内容，更强调其作为民主诗人的一面。王佐良则不仅介绍了彭斯诗歌创作的主导内容、蕴含的民主思想，而且对其语言的方言特色进行了详细评说。以译笔论，两部诗集可谓各有千秋，袁译本更严谨，王译本则更有风致。两位翻译家都译了在我国流传甚广的彭斯爱情诗《一朵红红的玫瑰》，我们可比较一下，细细揣摩他们的译笔。

A Red, Red Rose

O my Luve 's like a red, red rose
That's newly sprung in June:
O my Luve's like the melodie
That's sweetly play'd in tune!

As fair art thou, my bonnie lass,
So deep in luve am I:
And I will luve thee still, my dear,
Till a'the seas gang dry:

Till a'the seas gang dry, my dear,
And the rocks melt wi'the sun;
I will luve thee still, my dear,
While the sands o'life shall run.

And fare thee weel, my only Luve,
And fare thee weel a while!
And I will come again, my Luve,
Tho'it were ten thousand mile.

一朵红红的玫瑰

王佐良译	袁可嘉译
呵,我的爱人象一朵红红的玫瑰,	啊,我爱人象一朵红红的玫瑰,
六月里迎风初开;	它在六月里初开;
呵,我的爱人象一曲甜蜜的歌,	啊,我爱人象一支乐曲,
唱得合拍又柔和。	它美妙地演奏起来。
我的好姑娘,多么美丽的人儿!	你是那么漂亮,美丽的姑娘,
我呀,多么深的爱情!	我爱你是那么深切;
亲爱的,我永远爱你,	我会一直爱你,亲爱的,
纵使大海干枯水流尽。	一直到四海枯竭。
纵使大海干枯水流尽,	一直到四海枯竭,亲爱的,
太阳将岩石烧作灰尘,	直到太阳把岩石烧化;
亲爱的,我永远爱你,	我会一直爱你,亲爱的,
只要我生命尤存。	只要生命之流不绝。
珍重吧,我唯一的爱人,	再见吧,我唯一的爱人,
珍重吧,让我们暂时别离。	让我和你小别片刻;
但我定要回来,	我会回来的,亲爱的,
哪怕千里万里!	即使我们万里相隔。

这首诗由四节组成,每节四行。基本上,一、三句都是四音步,二、四句多为三音步;二、四句押韵,每节韵脚不同。袁可嘉和王佐良在翻译时都力求再现原诗的节奏和乐感。但相比之下,王佐良译诗更为灵活,袁可嘉则比较严谨。比如第一节,两人都通过词汇停顿再现了原诗的音步特征,但在韵脚上,袁可嘉严谨地遵循了原诗的二、四句押韵,王佐良则有所变通,把韵脚放在了三、四句。第二节,袁可嘉仍坚持忠实而贴切,

王佐良则在二、四句再次更改，利用标点符号，增加了节奏感。而袁可嘉将“As fair art thou, my bonnie lass”译为“你是那么漂亮，美丽的姑娘”，则稍嫌刻板，令人感觉重复、啰嗦，不如王佐良所译“我的好姑娘，多么美丽的人儿”。整体而言，袁可嘉翻译的这首诗在节奏、韵律上更贴近原诗；而王佐良翻译的版本，则更有诗的韵致，读来更令人心神摇荡。

二、译介美国文学源头

这个时期我国美国文学的翻译最引人注目的特点是对美国文学源头的译介。1958、1959年两年，我国先后翻译出版了华盛顿·欧文和詹姆斯·库柏的作品，这些作品均系两位作家的代表作，使我国读者对美国文学的两位先驱有了更好的了解。

十八世纪末、十九世纪初，美国虽然已从英国分离出来，成为一个独立的国家，但在文化上仍然严重依赖英国和欧洲，文学创作也缺乏自己的特色。

当时的一位评论家西德尼·史密斯曾满怀鄙夷地写道：

> 美国人没有文学——我是说他们没有本土文学。他们的文学都来自外国。他们有一个富兰克林，说不定靠他的声誉就可以过上半个世纪……可是只要航行六星期就可以把我们的文字、智慧、科学和天才成桶地运给他们，美国人为什么要写书呢？[①]

华盛顿·欧文和詹姆斯·库柏的出现，可以说打破了美国文学的这种殖民状态，从此，美国文学开始有了自己的声音和风格。

华盛顿·欧文（Washington Irving，1783—1859）出生在纽约一个富商家庭。他从少年时代起就喜爱文学，经常阅读英国作家司各特、拜伦和彭斯等人的作品。1809年，他的第一部作品《纽约外史》以迪德里希·

① 马库斯·坎利夫《美国的文学》，方杰译，中国对外翻译出版公司，1985年，第35页。

尼克博克为笔名出版。这部风格独特、诙谐的作品使他成为纽约文坛风靡一时的人物。他是美国文坛第一个享有国际声誉的作家,以笔记、小说和传记闻名。他的文笔清新、自然、诙谐、富于乐感。代表作品除《纽约外史》外,还有《见闻杂记》、《睡谷传奇》、《攻克格拉纳达》、《阿尔罕伯拉》和《华盛顿传》等。

欧文的作品很早就已传入我国。早在同治十一年(1872)4月22日,《申报》就发表了一篇题为《一睡七十年》(或译《瑞普·凡·温克尔》)的小说译文。这是欧文作品在我国的最早翻译了。不过,欧文的广泛流传恐怕还要归功于林纾及其合作者的翻译。1915年,上海商务印书馆先后出版了林纾与魏易合作翻译的三部欧文作品,分别是《食故宫余载》(即《阿尔罕伯拉》)、《旅行述异》(即《旅客谈》)和《拊掌录》(即《见闻札记》)。

1936年,蹇先艾和陈家麟又翻译了欧文和马克·吐温等人的短篇小说合集,题为《美国短篇小说集》,收入了华盛顿·欧文的《鬼心郎》、《妻》,霍桑的《步福罗格太太》、《牧师的黑面纱》,爱伦坡的《亚西尔之家的衰亡》、《发人隐私的心》,马克·吐温的《败坏了海德莱堡的人》,哈特的《田纳西的伙伴》、《红谷牧歌》,比尔斯的《人与蛇》、《空中的骑兵》,亨利·詹姆士的《四次会晤》,欧·亨利的《东方博士的礼物》、《一位忙经纪人的情史》等十四个短篇,由上海生活书店出版发行。由于这个译本仅收入欧文的两个短篇,故未构成太大影响。早期的传播当然还赖林纾之力。

一直到解放后的五十年代末,欧文才再次出现在我国读者面前。1958年7月,万紫和雨宁合作翻译的《阿尔罕伯拉》由新文艺出版社出版。次年5月,两人合译的《欧文短篇小说选》由人民文学出版社出版。《阿尔罕伯拉》是作者游历西班牙的阿尔罕伯拉宫后所写的短篇小说和随笔合集,描绘了西班牙摩尔人皇宫阿尔罕伯拉的风物、人情,以及当地流传的故事。在这个充满异域情调的散文小说合集里,欧文充分展示了其灵动优美、引人入胜的文笔。小说不仅描绘了阿尔罕伯拉这个伊斯兰王宫不同于西方世界的繁富之美和神秘优雅,而且通过《王子阿穆德·阿尔·卡莫尔的传说或爱情的巡礼者》、《摩尔人遗产的传说》、《两尊谨慎的乳白石像的传说》、《总督和书记官》等一个又一个或离奇或幽默的故事强化了这种独特的风情。虽然《阿尔罕伯拉》一直很受欢迎，也是欧文比较有代表性的作品之一，但在这里应该指出，欧文的眼光与欧洲人的眼光并无二致，这是一种浪漫的、猎奇的眼光。

更能展现新大陆气息的作品是《瑞普·凡·温克尔》、《睡谷传说》这样脍炙人口的短篇。这也是万紫和雨宁合译的《欧文短篇小说选》所收录的内容。除此之外，该书还收录了《鬼新郎》、《大块头先生》、《闹鬼的屋子(道尔夫·海立格尔)》、《掘金者》、《阿拉伯占星家的传说》等十二篇作品和《纽约外史》之一章。应该说，《欧文短篇小说选》所收的作品是译者心目中欧文的代表作，但这些篇目，与《阿尔罕伯拉》有重复之处。《瑞普·凡·温克尔》以荷兰殖民地时期的美国乡村为背景，讲述了天真汉瑞普·凡·温克尔误入山中，一睡二十年，醒来下山，人间已改朝换代，他从英国女王的臣民变成华盛顿将军领导下合众国的自由公民。瑞普·凡·温克尔可以说是美国文学中最早的“亚当”形象。他天真、不谙世事，因此受到悍妻虐待，却很为孩子们欢迎。作者安排他在天下大乱的时刻沉沉睡去，避开人间扰攘，那云雾氤氲、遍地绿茵的山谷岂不是人间乐园？《睡谷传说》讲述的是发生在哈得逊河畔的一个名叫“睡谷”的地方的故事。这个地方鬼气森森，流传着许多恐怖故事，其中无头骑士的故事最为可怕。传说在美国独立战争时期的一次战役中，一个赫塞骑兵的头被炮弹打飞了，他的阴魂常在夜里骑马飞奔，到战场上去寻找自己的头颅。故事的主人公是一个名叫伊卡伯德·克莱恩的小学教师。他是一个贪婪、迷信、自负、懦弱而又愚蠢的家伙。他看上了当地一户富裕的荷兰人家的女儿卡特琳娜·凡·塔塞尔，对她的美貌，尤其是她家的财产，垂涎不已。他在一个漆黑的夜里，遭遇了那个无头骑士……这是一个离奇而又充满悬念的故事，充分展示了欧文的叙事才能。

^ 万紫、雨宁译《欧文短篇小说选》，人民文学社，1959 年版

万紫、雨宁是一对长期合作的译坛

搭档。合作为他们提供了互相切磋的机会，也使他们能各展所长，互补所短，从而译出众多脍炙人口的名篇。万紫和雨宁合作翻译了许多外国文学作品，除欧文的作品外，还有杰克·伦敦的《热爱生命》、《杰克·伦敦短篇小说选》等。他们翻译欧文的作品，既忠实原文，又力求神似，颇能传递原作文笔的轻灵。在这方面，《瑞普·凡·温克尔》和《睡谷传说》可以说是很具代表性。且看《睡谷传说》里的一段译文：

> 因为这地方十分幽静，而且当地的居民，那些最初殖民到这儿来的荷兰人的后代，又有些古怪脾气，这个山谷，很久以来，一直被大家称作“睡谷”，连那儿的农家儿童，也给附近一带的一致称作“睡谷的孩子”。仿佛有一种昏昏沉沉，令人思睡的力量笼罩着整个山谷，甚至渗透了那儿的空气。①

这段译文，遣词造句并无出奇之处，寥寥数笔，却将“睡谷”那神秘、不可捉摸的气息活灵活现地传递出来。平缓、灵动、婉转、简洁都寓于轻描淡写之中，这样的译笔，才是不事雕琢、不露声色的上乘之作。

詹姆斯·费尼莫尔·库柏(James Fenimore Cooper, 1789—1851)被誉为美国民族文学的先驱者和奠基人，“美国小说的鼻祖”。他出身于缙绅家庭，自幼生活优裕。他的父亲曾任国会议员、地方法官，在纽约地区拥有大片产业。那时，这里周围还居住着一些印第安人，少年库柏也得以了解许多印第安人的习俗和传说。库柏曾做过水手，当过海军军官，丰富的阅历也成为他的一个创作资源。1811年，库柏回到家乡，一边享受安静悠闲的生活，一边进行政治、社会学研究。

成为作家并非库柏的志愿。三十多岁上，他突然厌倦了平日常读的英国流行小说，决定自己写出更好的书。第二年(1820)，他的第一部长篇小说《警戒》完成了。这部小说只是对简·奥斯丁的模仿，没有引起注意。

---

① 华盛顿·欧文《欧文短篇小说选》，万紫、雨宁译，人民文学出版社，1959年5月，第38页。

之后，库柏决定写美国人的“纯粹美国式”小说。1821年，他以美国独立战争为背景的历史小说《间谍》出版，竟借此一举成名。接着，库柏开始了边疆小说《拓荒者》(1823)和海洋小说《水手》(1824)的创作。这几部洋溢着乐观精神、浪漫美国情调的小说，也很快征服了读者。库柏因此成为了美国文学开拓时期最重要的作家之一。

他的美国特色在欧洲也很受欢迎。欧洲的一些名作家，如巴尔扎克、托尔斯泰、别林斯基等，都很推崇他的作品。库柏在三十年的笔耕生涯中，写了近五十部作品，包括三十多部小说。所有作品中，最为重要的当是以森林猎人纳蒂·班波(绰号“皮袜子”)为中心人物的五部曲:《打鹿将》(1841)、《最后的莫希干人》(1826)、《探路者》(1840)、《拓荒者》和《大草原》(1827)。这一组作品以美国十八世纪的西部扩张为背景，通过纳蒂·班波的一生，反映了发生在美国西部边疆的残酷斗争，再现了白人殖民者对印第安人的掠夺和毁灭性摧残。

五部曲中，《最后的莫希干人》是公认的代表作。小说以十八世纪英国和法国争夺北美殖民地的“七年战争”为历史背景，讲述了一个惊心动魄的故事:英国威廉·亨利堡司令孟罗上校的两个女儿科拉和爱丽斯前往堡垒探望父亲，为印第安领路人背叛，途中遭到劫持，于是在北美的原始森林和湖区上演了一幕幕战斗、被掳、脱险、追踪、伏击的惊险场面。最后，英军上校的混血女儿科拉被印第安火伦人杀害，莫希干最后一个酋长继承人也死在火伦人马古亚的刀下。在英国人与法国人之间展开的对殖民地的争夺中，印第安人也分裂为两派，各拥一方。小说以细腻的笔触描写了原始森林的壮丽、神秘，以及白人殖民者和印第安人之间错综复杂的矛盾冲突。

其中，秦加茨固和恩卡斯父子是美国文学史上最早从正面塑造的印第安人形象。这父子二人，尤其是儿子恩卡斯，不仅魁梧英俊，而且纯朴善良、勇敢机智。库柏通过他们失去土地、失去部族，成为最后的莫希干人的经历，揭示了白人殖民者的狡诈和掠夺给予印第安人的致命打击。

但是，库柏毕竟是白人作家，仍然有其不可避免的局限性。从根本上说，他的标准还是白人中心的。他描写恩卡斯的英俊之美，将之喻为

"犹如古希腊雕塑被赋予了生命"。而恩卡斯父子乐于帮助英国殖民者，对之保持忠诚并忘我奉献，是他们作为善良印第安人的首要品质；反之，马古亚和他的族人处处与殖民者为敌，就被描述为阴险狡诈的小人。就连科拉姐妹俩的命运，也反映出作者潜意识深处的取舍：马古亚垂涎姐姐科拉，科拉宁死不从。她自始至终都表现得温柔、坚强、大度，似乎是基督教女性美德的化身。然而，科拉却是其白人父亲与有色人种女性的混血后裔。不然，作者或白人读者能否容忍一个卑下的印第安人对白人女子的玷污？科拉为"纯洁"的妹妹甘愿牺牲自己，也就成为了小说必然的安排。

库柏不仅在题材上为美国小说开辟了一个新的领域，也把美国小说创作提高到一个新的水平。他的语言优美传神，故事结构复杂，情节曲折，引人入胜。他在小说里塑造了众多人物，为我们展现了美国早期社会带有传奇色彩的风土人情。

虽然库柏在美国文学中占据重要地位，我国对他的介绍却不像欧文那么广泛。解放前，只有伍光建先生曾将库柏的《最后的莫希干人》译为中文，题为《末了的摩希干人》，于 1934 年 5 月由商务印书馆出版，此后没有再版。伍光建是我国著名翻译家，一生勤奋笔耕，所译哲学、历史、文学等书籍和作品共一百三十余种，近千万字。文学译著代表作有大仲马的《侠隐记》、《续侠隐记》，狄更斯的《劳苦世界》、《二京记》，歌德的《狐之神通》，雨果的《悲惨世界》，薄伽丘的短篇小说集《十日谈》等。

直到 1959 年 3 月，中国青年出版社推出金福翻译的《最后一个莫希干人》，库柏才回到久违的中国读者面前。这对我国译介美国文学源头作家作品来说，具有十分重要的意义。只有对华盛顿·欧文、詹姆斯·库柏以及爱伦·坡等美国早期重要作家的创作有所了解，我们才能把握到美国文学的独特气息。当然，爱伦·坡除了 1949 年有过焦菊隐先生的两个译本(《爱伦坡故事集》和《海上历险记》)，再次进入我国读者视野，也要等到二十世纪八十年代了。

三、美国现实主义创作受到欢迎

如果说这一时期我国翻译英国文学经典是星光灿烂，那么，我国译界对美国文学经典作家的翻译集中。除了上文已讨论过的欧文和库柏，该时期我国翻译较多的美国作家就要数马克 ·吐温(七种)、德莱塞(五种)和欧·亨利(四种)了。

马克·吐温(Mark Twain，1835—1910)原名塞缪尔·朗赫恩·克莱门斯，马克·吐温是笔名，来自航海术语，表示水浅危险，不能行船。在成为作家之前，马克·吐温曾在密西西比河上做过四年的领港员。这给他的创作积累下丰富的素材和经验。马克·吐温著作甚丰，大致有短篇《拓殖者大吃一惊的花花公子》、《百万英镑》、《竞选州长》、《卡拉维拉斯郡著名的跳蛙》、《康涅狄克焦最近的狂欢节上的罪行纪实》，中篇《败坏了赫德莱堡的人》、《艰难历程》，长篇《傻子国外旅行记》、《镀金时代》、《汤姆·索亚历险记》、《哈克贝利·费恩历险记》、《王子与贫儿》、《密西西比河上的生活》、《傻瓜威尔逊》、《在亚瑟王朝廷里的康涅狄克州美国人》、《冉·达克》、《侦探汤姆·索亚》，游记《国外旅游记》、《赤道游记》，戏剧《阿星》，回忆录《格兰特回忆录》等。

他是我国读者熟知的美国现实主义文学代表作家，被誉为“美国文学中的林肯”、“最具美国本土特色的作家”。马克·吐温的一生，正值美国从“自由”资本主义发展到帝国主义，其思想和创作也逐渐从轻快幽默发展到辛辣讽刺，甚而悲观厌世。

《傻子国外旅行记》(1869)是马克·吐温早期的一部代表作。它描写天真无知的美国人在古老欧洲的旅游见闻。马克·吐温以滑稽、诙谐的笔触，表达了毫无历史重负的美国人，在有着各种历史文化习俗积淀的欧洲社会面前的自豪和超脱。

《哈克贝利·费恩历险记》是马克·吐温流传最广、最受欢迎的代表作。这部以顽皮少年哈克为主人公的小说写作历时七年(1876—1883)，可说是熔铸他最多心血的一部作品。小说讲述白人少年哈克贝利与逃亡黑人汤姆结伴，在密西西比河上漫游的故事。两人一路走来，遇到各色人等，他们的友谊也经受了考验。小说在幽默与逗笑中，在略微的夸张中，再现了一个真实的美国社会，也写出了一个民族的性格与思索。马克·吐温曾说："一个外国人可以复制一个民族的外貌……任何一个外国人都不能理解它的内在内容——它的灵魂、生活、语言、思想……只有一个专门家，他具有足以理解人民的灵魂与生活，并把它原原本本地描述出来的资格——这就是民族小说家。"[①]《哈克贝利·费恩历险记》不仅仅是一部描写孩子、为孩子而写的书，更是关于一个年轻民族的记述。

在1900年的《败坏了赫德莱堡的人》中，马克·吐温收起了人们熟悉的幽默笑脸，满怀辛辣的讽刺，开始解剖所谓的"诚实的、自豪的"正

^ 当时出版的各种马克·吐温的译作

① 《美国作家论文学》，刘保端等译，三联书店，1984年，第97—98页。

人君子的虚伪嘴脸。小说情节安排十分巧妙，凭借一袋莫须有的金币，把人们善良、谦恭背后隐藏的贪婪与奸诈暴露无遗。这里，马克·吐温的讽刺变得冷峻起来，反映出作家对人性本身的失望。

我国对马克·吐温的译介始于二十世纪三十年代。他最早被译入的作品是《夏娃日记》，李兰翻译，上海湖风书局1931年10月出版。《哈克贝利·费恩历险记》的姊妹篇《汤姆·索亚历险记》是解放前在我国流传最广的马克·吐温作品。到1949年，我国已有四个《汤姆·索亚历险记》译本，其中不止一个译本曾再版。最早的译本是由月祺翻译，1932年上海开明书店出版，题为《汤姆莎耶》。解放后的十七年间，《汤姆·索亚历险记》也有多次翻译，仅1955年我国就出了三个本子，分别是上海文艺联合出版社的钱晋华译本，人民文学出版社的张友松译本和上海出版公司的荀枚译本。《哈克贝利·费恩历险记》在我国也有多次翻译，最早的译本是章铎声的《孤儿历险记》。截止到1958年，马克·吐温的《汤姆·索耶历险记》、《哈克贝利·费恩历险记》、《王子与贫儿》、《镀金时代》、《傻瓜威尔逊》、《萍踪奇遇》、《败坏了赫德莱堡的人》、《侦探汤姆·索亚》、《双辽侦探案》、《神秘的陌生人》、《夏娃日记》等中长篇小说都已译为中文。此外，还出版了《马克·吐温短篇小说集》、《一个兜销员的故事》、《神秘的访问者》等三部短篇小说集。如此广泛而深入的译介，可以说，马克·吐温不仅备受我国翻译界的重视，也很受中国读者欢迎。

1958到1960年的三年时间里，我国又陆续出版了七部马克·吐温的作品，它们分别是：《在亚瑟王朝廷里的康涅狄州美国人》，叶维之译，人民文学出版社，1958年3月出版；《冉·达克》，朱复译，新文艺出版社，1958年7月出版；《密士失比河上》，张友松译，人民文学出版社，1958年9月出版；《败坏了赫德莱堡的人》，张友松译，人民文学出版社，1958年12月出版；《傻瓜威尔逊》，张友松译，人民文学出版社，1959年4月出版；《马克·吐温中短篇小说选》，张友松译，人民文学出版社，1960年4月出版；《赤道环游记》，张友松译，人民文学出版社，1960年4月出版。

有关"文革"前我国译界对马克·吐温的翻译介绍情况，我们整理了一个表格，供大家参考：

1931—1965 年翻译马克·吐温作品概览

作品	译者	出版社	出版时间
《夏娃日记》	李兰	湖风书局	1931.10
《汤姆莎耶》	月祺	开明书店	1932
《汤模沙亚传》	吴景新	世界书局	1933
《王子与贫儿》	李保贞	上海商务印书馆	1937
《汤姆沙亚》	周世雄	启明书局	1939
《萍踪奇遇》节译	刘正训	桂林亚东	1943
《孤儿历险记》	章铎声	光明书局	1947
《乞丐皇帝》	俞荻	神州国光社	1948
《孤儿历险记》	章铎声	光明书局	1949.11
《密士失比河上》(上)	毕树棠	晨光出版公司	1950.8
《顽童流浪记》	铎声、国振	光明书局	1950.12
《马克·吐温短篇小说集》	张友松	人民文学	1951.11
《一个败坏了哈德勒堡的人》	柳一株	新文艺	1953.10
《哈克贝利·芬历险记》	张万里	文艺联合	1954.10
《马克·吐温短篇小说集》	张友松	人民文学	1954.11
《汤姆·莎耶历险记》	钱晋华	文艺联合	1955.2
《傻瓜威尔逊》	侯浚吉	文艺联合	1955.5
《密士失比河上》(全译本)	毕树棠	新文艺	1955.6
《汤姆·莎耶出国记》	徐汝椿等	上海出版公司	1955.6
《一个兜销员的故事》	云汀	平明出版社	1955.6
《汤姆·索耶侦探案》	荀枚	上海出版公司	1955.10
《神秘的访问者》	伊元跃等	文艺联合	1955.11
《汤姆·索耶出国记》	徐汝椿、陈良庭	上海出版公司	1955.6
《汤姆·索亚历险记》	张友松	人民文学	1955.8
《汤姆·莎耶探案》	荀枚	上海出版公司	1955
《镀金时代》	颜毓衡等	文艺联合	1956.2
《王子与贫儿》	张友松	人民文学	1956.4
《哈克贝利·费恩历险记》	张友松、张振	中国青年	1956.6

《神秘的陌生人》	蒋一平	新文艺	1956.11
《镀金时代》	张友松、张振	人民文学	1957.5
《在亚瑟王朝廷里的康涅狄州美国人》	叶维之	人民文学	1958.3
《冉·达克》	朱复	新文艺	1958.7
《密士失比河上》	常健(张友松)	人民文学	1958.9
《败坏了赫德莱堡的人》	常健(张友松)	人民文学	1958.12
《傻瓜威尔逊》	常健(张友松)	人民文学	1959.4
《马克·吐温中短篇小说选》	常健(张友松)	人民文学	1960.4
《赤道环游记》	常健(张友松)	人民文学	1960.4

在马克·吐温的翻译者中,张友松是一位大家。五十年代,张友松翻译出版了十种马克·吐温的作品。常健是他经常使用的一个笔名。他1903年出生于湖南醴陵。1922年考入北京大学,课余即开始翻译西方文学作品。早年他曾译过契诃夫的中篇小说《三年》、屠格涅夫的《春潮》和《薄命女》。大学毕业后,做过专职翻译和中学教师。解放后到人民文学出版社后,一直从事翻译工作。出于对翻译工作的热爱,张友松虽然在1957年的"反右"斗争中被打成"右派",却仍然勤奋耕耘,以常健为笔名,陆续出版了《密士失比河上》等五部译著。由于长期钻研、翻译马克·吐温的作品,他的理解也更具独到之处。他往往是在仔细揣摩原文的基础上,以既灵活又贴切的译文表达出来。

西奥多·德莱塞(Theodore Dreiser,1871—1945)是美国现代小说先驱和代表作家,与海明威、福克纳齐名的美国现代小说巨人。德莱塞出生于一个贫困的家庭,中学毕业后便自谋生计。生活在社会底层的经历,为他后来的创作提供了许多素材。1892年,德莱塞谋得记者职位,借此广泛地接触和了解美国。德莱塞一生著作甚丰,主要有《嘉莉妹妹》、《珍妮姑娘》、《天才》、《欲望三部曲》、《美国悲剧》等作品。他的创作基本上是现实主义的,同时存在自然主义倾向。

《嘉莉妹妹》是德莱塞的成名作,曾被指控"有破坏性"而长期禁止发行。小说通过农村姑娘嘉莉到芝加哥谋生而成为名演员的故事,揭露

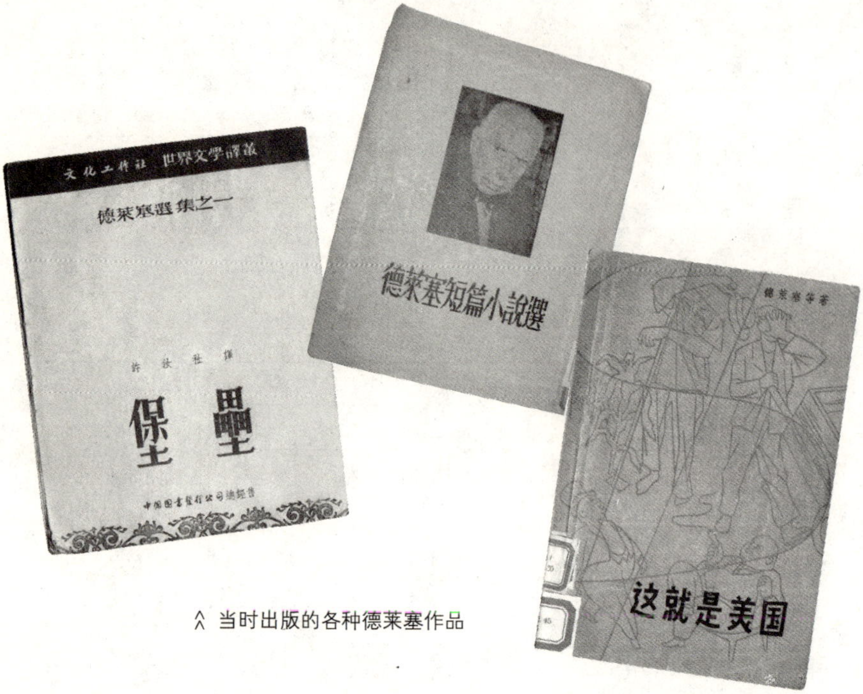

^ 当时出版的各种德莱塞作品

了美国社会繁荣外衣下残酷的生存斗争。小说细致入微地刻画了社会上存在的贫富悬殊，告诉人们：诚实劳动换不来衣食温饱，只有出卖灵魂，才能得到金钱、地位；真正的幸福可望不可即。《嘉莉妹妹》的创作中依稀可辨巴尔扎克的身影，德莱塞用巴尔扎克式的现实主义笔触，为美国文学开创了一个新天地。

《欲望三部曲》是德莱塞最具代表性的辉煌巨著，从构思到最后完成、出版，历经了三十多年时间。三部曲包括 1912 年发表的《金融家》、1914 年发表的《巨人》和 1945 年发表的《斯多噶》。三部曲从南北战争开始，描写柯帕乌从一个普通经纪人发迹成为百万富翁，创立铁路垄断企业，向国外扩张直至死亡的整个人生历程。《三部曲》在时间上从十九世纪中叶写到二十世纪初；在空间上，从美洲大陆写到欧洲大陆，通过广阔的时空经纬，借一个垄断资本家的人生，展现了美国大半个世纪的资本主义发展史，深刻揭示了走向帝国主义阶段的美国历史风貌。

1925 年发表的长篇小说《美国的悲剧》是他后期的代表作品，标志着他现实主义创作新的成就高峰。和他之前的作品命运不同，这部小说一发表就广获好评，德莱塞对自己创作风格和思想的坚持终于获得了胜利。小说描写了出身穷教士家庭的克莱特·格里菲斯为追逐金钱、地位，满足个人欲望和虚荣而最终沦为杀人犯的经过。克莱特的堕落表明，一个物欲膨胀的社会必将滋养难以满足的虚荣和利己主义，把人异化成拜物、拜金钱的失去人性的非人。

德莱塞是德国移民后裔，也是第一位出身贫寒的非盎格鲁-撒克逊血统的美国重要作家。他的创作对后来的美国作家产生深刻影响。辛克莱·刘易斯(1885—1951)在诺贝尔获奖答词中说："德莱塞常常得不到人们的赏识，有时还遭人忌恨，但跟任何别的美国作家相比，他总是独辟蹊径，勇往直前，在美国小说领域里，为从维多利亚时期和豪威尔斯式的胆怯与斯文风格，转向忠实、大胆和生活的激情扫清了道路。没有他披荆斩棘地开拓的功绩，我怀疑我们中间有哪一位——除非他甘心情愿去坐牢——敢把生活、美和恐怖通通描绘出来。"[1]刘易斯的赞美绝非夸张，德莱塞确实以他无比的勇敢和坚定开创了一个新的时代。

对德莱塞这样重要的现实主义作家，我国译界非常重视。解放前，我国就翻译出版了《珍妮姑娘》(题名《珍妮小传》，朱葆光译，晨光出版公司，1949 年) 和《美国的悲剧》(钟宪民节译，国家文化服务社，1948 年)。解放后到"文革"开始这段时间，我国陆续翻译出版了德莱塞的九部作品，包括全部八部长篇小说和一部短篇小说集。而仅 1958 到 1962 年，我国就翻译出版了五部德莱塞长篇小说，分别是《巨人》(欲望三部曲之二)，韦丛芜译，新文艺出版社，1958 年 5 月;《斯多噶》(欲望三部曲之三)，余牧、诸葛霖译，上海文艺出版社，1958 年 11 月;《珍妮姑娘》，傅东华译，上海文艺出版社，1959 年 4 月;《金融家》(欲望三部曲之一)，裘柱常译，上海文艺出版社，1959 年 9 月;《嘉莉妹妹》，裘柱常、石灵译，上海文艺出版社，1962 年 3 月。

德莱塞的翻译者中，裘柱常是专职翻译家。除德莱塞的两部小说外，他还翻译了杰克·伦敦《毒日头》、《马丁·伊登》等作品。韦丛芜是我

---

① 潘庆龄《美国梦的牺牲品》，http://www.woyouxian.com/b07/b0716/american-tragedy-cn1ypesch.html。

国知名诗人、作家、翻译家。他早年是“未名社”成员,《莽原》半月刊撰稿人之一。建国后曾任上海新文艺出版社英文编辑。主要作品有诗集《君山》、《冰块》等,译有陀思妥耶夫斯基的长篇小说《穷人》、《罪与罚》、《卡拉玛佐夫兄弟》,杰克·伦敦的《生命》等。而傅东华在我国翻译界也是鼎鼎大名。傅东华系浙江金华人,1893 年 4 月 21 日出生。解放前曾做过编辑、教师。1934 年起,主编大型《文学》月刊,还为生活书店主编一套包括老舍、巴金、沈从文等名家作品在内的“创作文库”,收书计有二十多种。1943 年后隐居上海,主要从事文学翻译工作和文字学研究。新中国成立后,任中国文字改革委员会研究员、中华书局《辞海》编辑所编审、《辞海》语辞学科主编。傅东华译有《唐·吉诃德》、《失乐园》、《伊利亚特》、《红字》、《飘》、《夏伯阳》、《虎魄》等,著有《文学批评 ABC》、《国文法程》、《字源》、《李白与杜甫》、《李清照》、《山核桃集》(散文)等。他们从各自对德莱塞的理解出发,以各具特色的翻译,为我国读者了解德莱塞做出了积极贡献。

欧·亨利(O. Henry,1862—1910)是美国著名短篇小说家,原名威廉·西德尼·波特(William Sydney Porter)。他出生于美国北卡罗来纳州格林斯波罗镇一个医师家庭。欧·亨利的一生传奇而波折。他当过药房学徒、牧牛人、会计员、土地局办事员、新闻记者、银行出纳员,还曾涉嫌贪污被捕入狱。1901 年提前获释后,他迁居纽约,开始专门从事写作。欧·亨利创作的短篇小说共有三百多篇,收入《白菜与国王》、《四百万》、《西部之心》、《市声》、《滚石》等集子。

^ 王仲年译《欧·亨利短篇小说选》,人民文学社,1962 年版

欧·亨利一生困顿,平时所接触的,大都是社会底层的小人物,这些工人、女店员、公司小职员、穷艺术家、街头流浪汉、警察、骗子甚至盗贼,自然也就构成他小说的主体。他细致的笔触往往能够捕捉生活中令人啼笑皆非却富于哲理的戏剧性场景,以漫画般的笔触把在底层

挣扎的众生相活现于纸上。由于他对纽约曼哈顿生活的真切表现,人们授予他“曼哈顿的桂冠诗人”的称号。欧·亨利不以思想深刻见长,却善于构思,语言诙谐,小说结局常常出人意料,使读者惊愕之余,不能不承认故事合情合理,进而赞叹作者独到的匠心。

《四百万》是欧·亨利最出色的一个短篇小说集。它告诉我们,在纽约社会生活中,最富有情趣、令人感叹的不是所谓上流人物或大亨,而是纽约市四百万普通百姓,是小说里各色各样的普通人。欧·亨利自己曾说过:“我的目的在于指出:每一个人的内心都有过上体面生活的愿望,即使那些沦于社会最底层的人,只要力所能及,都愿意回到比较高尚的生活,人性的内在倾向是弃恶趋善的。”这里,也可以看到作家对劳动人民的同情和朴素的民主思想。欧·亨利的许多短篇在我国广泛流传,如《爱的牺牲》、《警察与赞美诗》、《带家具出租的房间》、《麦琪的礼物》、《最后一片藤叶》等。

《麦琪的礼物》讲述了发生在一对贫穷夫妻身上的辛酸而又幸福的故事。圣诞节就要到了,德拉和吉姆都为送给对方的圣诞礼物苦恼,因为他们实在太穷了。最后,德拉卖掉自己一头美丽的长发,为丈夫买了条朴素淡雅的白金表链。吉姆则用祖传的怀表为德拉换来一套嵌着宝石的玳瑁梳子。但是,这两样礼物他们谁都用不上了!然而,它们是麦琪的礼物,像《圣经》中向耶稣致至圣礼的东方圣人一样,因涂满爱的光辉而神圣。

《警察与赞美诗》通过一个流浪汉的遭遇与醒悟讽刺了法律的无情。冬天就要来了,苏比无家可归,计划进布莱尔监狱度过最严寒的三个月。监狱虽没有自由,毕竟提供吃喝呀。为了让警察逮捕他,苏比故意到餐馆吃白饭,可侍者只是愤然把他逐出门去;他又去勾引少妇,谁知那貌似少妇的女人却是妓女,苏比见状撒腿就跑;他在街上大叫大嚷,警察却误以为他是某校大学生在庆祝自己球队的胜利,不予理睬;他偷别人的伞,谁知那人的伞是捡的,误以为是物归原主,不敢过问。苏比希望被警察逮捕,愿望一个个破灭了,只得回露宿的公园。途中,教堂传来的管风琴声吸引他停下来,在美好的音乐声中,苏比顿悟,决定重新做人。警察却在这时逮捕了他,将他送进了布莱克威尔岛上的监狱。

商务印书馆于解放前就出版过伍光建译的《四百万》和《白菜与国王》的节译本。解放后，平明出版社于1954年4月出版了王仲年译的《欧·亨利短篇选集》。1955年，王仲年又将欧·亨利唯一的一部长篇小说《白菜与国王》译成中文，由新文艺出版社出版。从1958到1962年，我国又出版了四种欧·亨利中短篇小说集，分别是《欧·亨利小说选》(上册)，王仲年译，人民文学出版社，1958年7月；《麦琪的礼物》，王仲年译，人民文学出版社，1958年9月；《欧·亨利小说选》(下册)，王仲年译，人民文学出版社，1961年12月；《欧·亨利短篇小说选》，王仲年译，人民文学出版社，1962年12月。[①]解放后十七年间出版的六部欧·亨利作品都出自王仲年之手，王仲年当之无愧地成为传播欧·亨利作品的第一大使。

王仲年、雷怡、杨绮皆系一人，真名王永年，浙江定海人。1947年从上海圣约翰大学英国文学系毕业后，曾任中学俄语教师、外国文学编辑、新华通讯社西班牙语译审。王永年精通英文、俄文、西班牙文、意大利文等多种外语，工作之余即翻译世界文学名著。他的译著有《十日谈》(从意大利原文翻译)，博尔赫斯的诗文选集《巴比伦彩票》，《博尔赫斯全集》(合译，集中仅四篇由陈泉翻译)，斯坦贝克的小说《伊甸之东》，库切的《彼得堡的大师》等。

王仲年不仅是一位多产的翻译家，更是精益求精的翻译家。他所译的博尔赫斯诗文选集《巴比伦彩票》被公认为传神、精准的佳译，他也因此被邀担任《博尔赫斯全集》的翻译，主译了其中大部分作品。王仲年翻译讲究准确、简洁、生动，这在他对欧·亨利的翻译中也能体现出来。欧·亨利是王仲年翻译作品较多的一位作家，从1954到1962年的八年间，他先后译了六种欧·亨利小说。这些译作在我国都很受欢迎。《欧·亨利短篇选集》印刷两次，《白菜与国王》印刷三次，《麦琪的礼物》印刷三次，版本众多，并再版多次，这表明王仲年的翻译是很为读者认可的。

---

① 《欧·亨利短篇小说选》分上下两部，出版间隔较长，算做两种。

第四节 揭开欧美当代文坛的面纱

一、施、黄合作推出"黄皮书"

我国对欧美现当代文坛的介绍，也通过俗称"黄皮书"的内部发行形式进行。在此，黄雨石和施咸荣起到了重要作用。

施咸荣(1927—1993)系浙江省鄞县人。解放前曾在上海天主教会的圣方济学院、上海临时大学农艺系、南京国立政治大学外交系就读，解放后进入清华大学外文系读书，并同时选修中文系课程。此时，施咸荣就开始练习翻译，大学二年级就已在《光明日报》上发表了译文《最幸福的人》。1952年，施咸荣与他人合译的《斯巴达克思》公开出版。毕业后，他到人民文学出版社外国文学编辑室工作，负责英美文学的审稿、编辑工作。

施咸荣在人民文学出版社工作二十八年，曾主持编辑出版《莎士比亚全集》、《哈代选集》、《司各特选集》、《萨克雷选集》等汉译名著。他也是较早关注英美当代文坛的翻译家，六十年代初，就已开始注意研究英美现代主义文学流派，并与黄雨石等人一起组织翻译出版了一批"黄皮书"。八十年代初，施咸荣调至中国社会科学院美国研究所，担任文化研究室主任。他也在这时系统地开始了对西方现当代文学流派的研究和介绍。施咸荣也是我国较早关注美国黑人文学的翻译家和研究者。杜波依斯访华时，就是施咸荣负责接待，之后他还翻译了杜氏代表作《黑人的灵魂》。1963年，他论述美国黑人文学的文章《一股革命的火焰在燃烧》发表在第二十期《红旗》杂志上，表明当时其对美国黑人文学的学术研究已经达到一定的水平。八十年代出版的《美国文学简史》中的黑人文学部分和当代文学部分也由他负责撰写。作为翻译家和文学研究者，施咸荣具有十分敏锐的眼光。在访美期间，施咸荣注意到通俗文学研究的必要性，在加州撰写了《英美畅销小说一瞥》，向国内介绍英文通俗文学，并提出自己的看法。后来，他与漓江出版社联系，主编了"外国通俗文库"，出版了英、美、日等西方国家约二十余种小说，其中比较受读者欢迎的有《假若明天来临》、《情盗》、《百分之七溶液》、《偷宝石的猫》、《夏威夷》等。

施咸荣一生笔耕不辍，译作数百万字，包括《最幸福的人》、《马戏团到了镇上》、《斯巴达克思》、《美国黑人短篇小说集》、《希腊悲剧故事》、《王冠上的宝石》、《麦田里的守望者》、《等待戈多》、《战争风云》、《富人，穷人》及《土生子》等，另著有《莎士比亚和他的戏剧》、《美国文学简史》(合著)、《西风杂草》等，并主持编辑《莎士比亚全集》、《外国通俗文库》、《现代外国科幻小说选》等。

黄雨石(1919—)原名黄爱，祖籍湖北。1943 年考入西南联大，后转入清华大学。1947 年起在清华大学外国语文研究所学习。毕业后，即进入《毛泽东选集》英译委员会工作。1954 年成为人民文学出版社编辑，直至 1981 年退休。

从二十世纪五十年代开始，黄雨石就开始从事英汉翻译工作。主要译有美国作家高尔德的《高尔德诗文选》(作家出版社，1956 年)，托马斯·沃尔夫的传记《一部小说的故事》(三联书店，1991 年)，泰戈尔的《沉船》(外国文学出版社，1981 年)，乔伊斯的《青年艺术家画像》(外国文学出版社，1983 年)，狄更斯的《奥利弗·退斯特》(人民文学出版社，2001 年)，康拉德的《黑暗深处》(百花文艺出版社，1984 年)，巴特勒的《众生之路》(人民文学出版社，1985 年)等。

黄雨石不但勤于笔耕，且曾亲身参加过我国不少重要的翻译组织工作。五十年代，黄雨石参与翻译工作选题的制定。当时，根据周扬的指示，人民文学出版社在 1958 年前后，推出了一个出版选题规划，包括成千个选题，翻译占了五分之四，囊括了单行本、文集、选集、全集和丛书。虽然五年的规划，用了四五十年也没有完成，这个选题的设计还是相当周详的，至今仍是各地出版社外国文学类作品出版的主要框架。黄雨石还参与了旧译的整理工作。五十年代以前的译作，水平参差不齐，要掌握好修订出版的标准，在当时的政治风气下，具有很大困难。在莎剧翻译的修订中，他坚决支持保留朱生豪译文，可以说也为莎士比亚的结集工作做出了很大贡献。

黄雨石还是一位严于理论探索的翻译家。陕西人民出版社 1988 年出版的黄雨石翻译研究专著《英汉文学翻译探索》，是他多年翻译实践的理论总结。在此，黄雨石回顾了中国百年翻译史，阐明自己对文学翻译标准、原则、方法的态度。他认为提高译者中外文修养十分重要，因为精通外文可帮助译者透彻理解原文和原作者意图，这是翻译前的准备，而中文修养还要更高，不然就无法流畅地传达原文意蕴。所以，黄雨石提出：最好的译文要能够使“译成之文适如其所译”①。这也是对翻译提出的一个较高标准，同时囊括了信、达、雅三方面要求。

施咸荣和黄雨石对外国文学翻译有着共同的追求和主张，作为志同道合的同事有着密切的合作。二十世纪六十年代，为了帮助国人了解国外创作动态，介绍活跃在当代文坛的西方现代文学流派，他们在得到许可后，开始策划“内部书”的翻译出版。借着这一机遇，《麦田守望者》、《等待戈多》、《在路上》、《愤怒的回顾》、《往上爬》等一批反映西方文坛创作现状的作品，得以“内部发行”的形式出版。施、黄二先生不仅参与策划，更是作品翻译的主力。可惜的是此后不久，政治气氛即变得紧张，而“文革”当中，施咸荣和黄雨石也都受到牵连，尤其是黄雨石，在“文化大革命”期间被打成“现行反革命分子”，遭到批斗。出版“黄皮书”的工作被迫中止。

1962 到 1963 年间，英美文学方面出版的“内部发行”作品主要有奥斯本的《愤怒的回顾》，黄雨石译，中国戏剧出版社，1962 年 1 月；约翰·勃莱恩的《往上爬》，贝山译，作家出版社，1962 年 11 月；贝克特的《等待戈多》，施咸荣译，中国戏剧出版社，1965 年 7 月；克鲁亚克的《在路上》，黄雨石等译，作家出版社，1962 年 12 月；塞林格的《麦田里的守望者》，施咸荣译，作家出版社，1963 年 9 月。

值得一提的是，这些“黄皮书”大都以作家出版社或中国戏剧出版社的名义出版。但实际上，当时这两家出版社都只有其名，并不具有真正的实体，既没有组织机构，也没有工作人员，它们都是人民文学出版社的“影子”。只因作为国家级出版社，不便发行“内部图书”，只好虚借其他出版社的名义。

二、“愤怒的青年”

第二次世界大战对欧美文学产生了广泛影响。在英国，二战后崛起

---

① 黄雨石《英汉文学翻译探索》，陕西人民出版社，1988 年，第 189 页。

的是工党当政后在国家的福利政策中成长起来的一代。他们靠国家津贴上了大学,却不能在阶级依然分明的英国找到自己适合的位置。伴随着处处碰壁的挫折感和对社会的不满,"愤怒的青年"的文学出现了。

在文学发展史上,"愤怒的青年"之产生也有其时代原因。二战后,英国老一代作家詹姆斯·乔伊斯、W. B. 叶芝、弗吉尼亚·伍尔芙和 D. H. 劳伦斯等先后辞世。一些在二战前后进行创作的作家陷入困惑之中,不再有有价值的作品问世。这时,人们对"意识流"文学的审美态度也已发生变化,最初的新奇和喜爱,慢慢变成了厌倦。人们需要新的文学形式的刺激。

"愤怒的青年"不追求新奇的艺术形式,而是借助文学创作表达他们对社会的不满。1953 年,约翰·韦恩出版了第一部发泄"愤怒"的作品《每况愈下》(又译《误投尘世》或《大学后的漂泊》)。《每况愈下》和金斯莱·艾米斯 1954 年发表的《幸运的吉姆》,都是"愤怒的青年"的开山之作。1956 年,约翰·奥斯本的《愤怒的回顾》在伦敦皇家宫廷剧院上演。演出异常成功,观众把帽子抛向空中,表达对作者的欣赏。该剧也获得评论界的认可,批评家称赞该剧本是一个杰作,"力图改变近代许多行之有效的标准",是戏剧界"近十年中最令人激动的戏剧"。

此后,"愤怒的青年"文学在英国便形成了一股锐不可当的潮流,涌现出约翰·布莱恩的《向上爬》(1959),爱伦·西利托的《星期六晚上和星期天早上》(1957)、《长跑运动员的孤独》(1959),戴维·斯杞利的《运动员生活》(1960),基恩·沃特霍斯的《说谎者比利》(1959),安·杰里考的《我那疯了的妈妈的游戏》(1959),希拉·德拉尼的《初尝甜蜜》(1958),彼德·沙弗的《五指练习》(1958),伯纳德·科普斯的《斯特普尼·格林的山庄》(1956),阿诺德·威斯克的《鸡汤加大麦》(1958)等作品。

"愤怒的青年" 作家们大多出身于社会下层并受过良好的教育,所以对社会问题的认识有一定深度。他们蔑视传统文化,称其为"腐朽的"、"猥亵的"。但对于社会应当如何,他们也无从得知。他们的创作是他们精神状态的直接表达。当这些借"愤怒"成名的作家获得社会称许,他们的不满渐渐消失,创作也失去棱角。到二十世纪六十年代,这一文学运动在英国基本上销声匿迹了。

作为"愤怒的青年"的代表作,约翰·奥斯本的《愤怒的回顾》十分引人注目。

约翰·奥斯本（John James Osborne, 1929—　）系英国剧作家。1929年12月12日生于伦敦。奥斯本的父亲是美术设计师，母亲是酒吧女招待。父亲死后，他靠保险金进入德文郡贝尔蒙特学校念书。后做过演员、导演、编剧。与人合作有《私敌》、《乔治·迪仑的墓志铭》两个剧本，但直到凭借《愤怒的回顾》成名，他的剧作才有机会被搬上舞台。其余作品还有《卖艺人》(1957)、《路德》(1961)、《不能承认的证据》(1964)、《自画像》(1966)、《当今之时》(1968)、《阿姆斯特丹旅馆》(1968)、《苏伊士以西》(1971)、《吉尔与杰克》(1974)及《眼看它倒下》(1975)等。曾于1958年获纽约剧评界最佳编剧奖。

《愤怒的回顾》讲述出身工人家庭的青年吉米一段愤懑而无聊的生活。吉米因厌恶大学枯燥课程而辍学，找不到合适工作，只好摆糖果摊为生。他自命清高，愤世嫉俗，憎恨社会冷酷、世人伪善，对周围一切都感到不满。于是，他与其他有同样感受的年轻人厮混，发牢骚，讲怪话，到中产阶级家庭混吃混喝，讹诈钱财。他犹如困兽，心中充满怒火，却无力改变世界。吉米虽痛恨资产阶级，却娶贵族出身的艾丽逊为妻，而空虚和无聊逐渐侵占他们的生活。戏剧结束时，流产的艾丽逊精神恍惚地从父亲家回到吉米租住的小屋，与吉米同居的海伦娜愧疚离去。吉米和艾丽逊两人又回到从前那种前途茫茫、"地狱般"痛苦的愤世嫉俗的生活中。为了摆脱这种痛苦，他们再次躲避到幻想世界，一个装老熊，一个装小松鼠，拥抱在一起，求得暂时的欢乐与平静。

客观地说，《愤怒的回顾》在艺术上并无太多过人之处，它的成功在于恰逢其时地以一种姿态引起了人们强烈的共鸣。它反映了战后英国青年对现实社会的不满，把英国戏剧场景从上流社会的客厅搬到中下层社会令人窒息的杂乱与枯燥的生活当中。因此，在这个意义上，《愤怒的回顾》完成了一次对英国戏剧的革新。

《愤怒的回顾》在英国上演的第六年(1962)，黄雨石的译本以"内部发行"的形式由中国戏剧出版社出版。当时，"内部发行"的形式限制了广大读者的接受，不过，该剧译本的出版也表明在当时还比较封闭的情况下，我国翻译界对英美文学最新趋势的把握已达到了相当程度。黄雨石在“译后记”中还对“愤怒的青年”及其剧作进行了介绍。评论指出了萨特存在主义对“愤怒的青年”创作的影响及其创作的颓废主义倾向。虽然仍在唯物主义社会批评的范畴内对之进行批判，但上述观点今天看来仍是相当公允、具有深度的。

同年11月，作家出版社又出版了“愤怒的青年”的另一部代表作品约翰·勃莱恩的《往上爬》。小说讲述一位青年抛弃了旧情妇，勾搭上资本家小姐，“以女人为阶梯”，试图跻身上层社会。该书曾风行一时，翻译成多种文字在世界各地发行，还改编成电影，而该片在1959年“莫斯科电影节”开幕式上放映过，俄译名为《进入上层社会的道路》，在香港放映时则译为《金屋泪》。

三、《在路上》

二战后的西方世界，思想上经历了巨大的震荡。在英国，占据五十年代文坛的是“愤怒的青年”愤世嫉俗的嘲讽和抗议；在法国，人们用“荒诞”表达对生活和社会的失望；在美国，则出现了“垮掉的一代”，他们用一种更加颓废的方式开启了一场反文化运动。

五十年代初期的美国，无论政治、文化还是日常生活，都笼罩着一种压抑个性的气氛。高速发展的经济，把美国带进一个大消费的时代。繁荣和成功滋生了因循守旧。与此同时，人们的精神依旧十分紧张，战争的阴影还未消失，冷战的恐怖气氛又即来临。自保和因循导致一种麻木的生活状态。终于，到五十年代后期，一批难以承受这种精神压抑的青年在麻木中发起反抗。他们自称“垮掉的一代”(Beat Generation)，自认为是被压抑的社会击垮的人，他们也以“垮掉”反抗这个社会。他们鄙夷那些循规蹈矩以获得社会承认的人，对于政治不闻不问，否认传统的社会道德和价值观念，只追求无拘无束的自我实现和自我表达。

杰克·克鲁亚克的小说《在路上》(1957)就在这时问世。杰克·克鲁亚克(1922—1969)出生于美国马萨诸塞州洛威尔城一个天主教家庭。1940年，进入纽约哥伦比亚大学求学。在大学期间，他结识了艾伦·金斯堡、威廉·巴勒斯、尼尔·卡萨迪等人，这几人后来也都成为“垮掉的一代”的代表人物。当时，他们经常在一起共同体验性爱、吸毒和爵士乐所带来的迷醉状态。尽管这样，克鲁亚克仍无法适应大学沉闷的生活。二战期间，克鲁亚克进入美国海军部工作，但没多久就因“精神分裂症”被解职。

1950 年，克鲁亚克发表了第一部长篇小说《小镇与城市》，开启了其文学生涯。1952 年起，他开始周游美国。游历生活激发了他创作的灵感。他在电传打字纸上，用三个星期的时间，完成了《在路上》的创作。1957 年，《在路上》甫一出版就引起极大轰动。主人公的反叛行为在战后年轻一代中引发了巨大的精神共鸣。批评界也一改往日的冷漠，称此书为“一部里程碑式的作品”。这部作品同金斯堡的《嚎叫》(1956)一起被公认为是“垮掉的一代”的代表作品，是“垮掉的一代”的精神宣言书。克鲁亚克的其他作品还有《达尔马流浪汉》(1958)、《萨克斯医生》(1959)、《寂寞的旅客》(1960)、《孤独的天使》(1965)等。

《在路上》描写一群美国青年，漫无目的地漂泊在美国大地上，过着一种非常规的生活，每日酗酒、吸毒、流浪。他们对西方文化非常失望，转向古代东方哲人和游方僧寻求答案。主人公迪安·莫里亚蒂在迷醉中困惑地呼喊：“人类啊，你的道路是什么样的呢？无外乎是圣童的道路，疯子的道路，虚无缥缈的道路，闲扯淡的道路，随你怎么样的道路。”他们选择一条异乎寻常的道路，这是对传统的背离，也是对现实的逃避，混合着颓废与反叛的双重精神。在他们看来，所谓“正常”的生活必须以牺牲个性为代价；政治则是一场荒诞派戏剧；而与爵士乐相比，那些高雅文化简直索然无味。他们向往的是速度，是粗犷的西部，是爵士乐疯狂的节奏，是身与心在迷乱状态下所体验到的激情。他们用一种极端的方式实践自己这种所谓的实现自我与表

^ 施咸荣、黄雨石译《在路上》，作家社，1962 年版

达自我的信念。《在路上》一书带着深刻的时代烙印,在一定程度上,它也启发了美国六十年代反文化运动的出现。

1962 年 12 月,施咸荣与黄雨石合作翻译的《在路上》由作家出版社出版。尽管是作为反面教材引进国内,在当时,介绍这样一部充斥吸毒、迷乱和种种背离常轨行为的作品,仍是需要巨大勇气的。有趣的是,这个译本也明显带有中国的时代烙印,译文中不仅有"麦乳精"这样的词汇,还有"瘪三"、"阿飞"等称呼。

尽管是"内部发行","文革"期间,一些类似的"黄皮书"在混乱中流入民间,其中也包括《在路上》。它以手抄本的形式在民间流传,尽管范围很小。当时,芒克、北岛、多多等人都曾接触过这本书。北岛在一首题名为《路》的诗中有这样的诗句:"路啊路/飘满红罂粟"。从"路"和"红罂粟"的意象,我们不难看出克鲁亚克迷醉狂乱的身影。

虽然原文语言粗糙,结构散乱,有时甚至令人难以容忍,但是《在路上》仍以其巨大的精神爆发力吸引着我国一代又一代读者。继黄雨石和施咸荣的译本,九十年代后,我国又先后出版三个译本,分别是漓江出版社 1990 年出版的陶跃庆、何晓丽译本,漓江出版社 1998 年出版的文楚安译本,上海译文出版社 2007 年出版的王永年译本。

四、《麦田里的守望者》

塞林格发表于 1951 年的《麦田里的守望者》已经传达出二战后美国令人窒息的压抑,这也反映出塞林格对时代的敏感。杰罗姆·大卫·塞林格(Jerome David Salinger,1919—　)出生于纽约的一个犹太富商家庭。十五岁时,就被父亲送到宾夕法尼亚州的一所军事学校学习。军校毕业后,父亲又派他去波兰学做火腿。不久,塞林格回国继续读书,先后入三所学院,都未毕业。1942 到 1946 年间,塞林格作为美国军人被派往欧洲做反间谍工作。退伍回到纽约后,他开始专门从事写作。

早在军校读书时,塞林格就已开始写作。在《麦田里的守望者》发表之前,他已陆续有短篇小说二十多篇问世。《麦田里的守望者》让他获得巨大成功。此后,塞林格一直处于隐居创作的状态,迄今拿出来发表的只有编成两本中篇集的四部中篇小说和一个短篇，即中篇集《弗兰妮与卓埃》(1961)、《木匠们，把屋梁升高；西摩：一个介绍》(1963)及短篇《哈普华兹十六，1924》(1965)。此外，他还出版过一本二十多篇旧作的选本，短篇集《九故事》(1953)。从他的后期创作看，塞林格对东方哲学和佛教禅宗的兴趣日趋浓厚，但作品的社会意义和艺术魅力都不及《麦田里的守望者》。

《麦田里的守望者》真实地展现了一个少年心中最沉重的困惑。主人公霍尔顿出生于纽约一个富裕的中产阶级家庭，在一所私立中学读书。老师和家长强迫他好好读书，以便将来能够"出人头地"，买得起"混账凯迪拉克"。而学生们在学校一天到晚就是"谈女人、酒和性"。他看不惯这种生活，觉得周围的人都是伪君子。他第四次被学校开除，不敢回家，便只身到繁华大都市纽约游荡了一天两夜：住小客店，逛夜总会，滥交女友，酗酒……在两天的游历中，霍尔顿遇到形形色色的伪君子，在无聊中做着自己讨厌的事情：看假模假式的电影；糊里糊涂地召了妓女，却不愿与之发生关系；与虚荣庸俗的女朋友搂搂抱抱；旁观成人世界里种种无聊、变态的举动。他感到苦闷、彷徨，希望能够逃离这个虚伪的成人世界，在乡间过又聋又哑、与世隔绝的生活。虽然善良天真的小妹妹给了他一时的安慰和鼓励，精神上无法调和的极度矛盾和难以承受的精神压力最终令霍尔顿彻底崩溃，他躺倒在精神病院里。

霍尔顿有一个梦想，做麦田的守望者："不管怎样，我老是在想象，有那么一群小孩子在一大块麦田里做游戏。几千几万个小孩子。附近没有一个人——没有一个大人，我是说——除了我。我呢，就站在那混账的悬崖边。我的职务是在那儿守望，要是有哪个孩子往悬崖边奔来，我就把他捉住——我是说孩子们都在狂奔，也不知道自己是在往哪儿跑，我得从什么地方出来，把他们捉住。我整天就干这样的事。我只想当个麦田里的守望者。我知道这有点异想天开，可我真正喜欢干的就是这个。我知道这不像话。"在这里，麦田成为童真的象征。它远离世俗和功利，是孩子们自由烂漫的天堂。然而，这只是一个不可能实现的幻想。或许在麦田和成人世界之间并不存在一个实在的悬崖，霍尔顿对悬崖的恐惧，是对五十年代繁荣、压抑的美国社会的恐惧，更是对成长

^ 施咸荣译《麦田里的守望者》
作家社，1963 年版

的恐惧。在此，《麦田守望者》超越了其时代，具有了普遍意义。它揭示了成长的艰难，也表明在成长过程中，青少年所拥有的是狭隘的成长空间。

1962 年底，施咸荣开始翻译《麦田里的守望者》。根据其子施亮的回忆，施咸荣比较偏爱此书，认为"塞林格无论塑造人物性格、描写手法及语言文字，均具有精湛的文学修养"①。所以，在翻译作品时，施咸荣很下了一番功夫。仅书名就几经斟酌。起初，施咸荣欲将之译为《麦田里的看守人》，但觉得无法传达原文含义。最后，他借用了灯塔守望员一词，将"看守人"改为"守望者"。catcher 本意是"接球手"，是垒球运动里接球的棒球选手，但在小说里，却被赋予了更为复杂深刻的含义，隐含着霍尔顿对麦田那块纯真之地的向往、执著和热爱。而"守望"一词恰恰能够形象地传递这种痴情，可以说是经典译笔。直到今天，对塞林格这部传世名作，人们还没有找到第二个较之更为恰当的中文译名。

"文革"期间，这本书也以抄本的形式在民间流传，给当时遭受思想禁锢的年轻人带来慰藉。1983 年，施咸荣翻译的《麦田里的守望者》由漓江出版社正式出版，三年里，发行了 6.2 万册。1998 年，该书由译林出版社再次出版，至 2007 年，已经是第二十一次印刷，累计发行达三十五万册。这个庞大的数字还不包括难以统计的、令人头痛的盗版书。这也是迄今为止我国唯一的 *Catcher in the Rye* 的译本，其影响，其被认可的程度可见一斑。

五、《等待戈多》

萨缪尔·贝克特(Samuel Beckett, 1906—1989)是爱尔兰剧作家、诗

① 施亮《一本"黄皮书"的历史》，http://culture.yntv.cn/category/20807/2005/02/28/2005-02-28_205650_20807.shtml。

人、小说家、诺贝尔文学奖获得者(1969)。贝克特出生于爱尔兰都柏林郊区福克斯洛柯的斯底劳根的一个犹太家庭，父亲是测量员，母亲是虔诚的教徒。早年曾就读于三一学院，师从拉德莫斯·布朗攻读现代语言。1928至1930年，贝克特任巴黎高等师范学校的语言讲师，开始与詹姆斯·乔伊斯、托玛斯·麦格里韦等人交往，渐渐进入三十年代的巴黎文坛。回到都柏林后，他在三一学院教过一段法语，二战前夕定居巴黎。在此期间，他与后来成为妻子的苏姗·德克沃·迪梅斯尼尔一起参加了法国地下抵抗组织。战后，贝克特的文学才华开始受到关注，而作家本人却进入隐居状态。

贝克特在创作上深受乔伊斯、普鲁斯特和卡夫卡的影响，他的小说《初恋》、《被逐者》、《结局》、《镇静剂》(1946)、《莫菲》(1938)、《瓦特》(1942)、马洛伊三部曲(《马洛伊》、《马洛伊之死》、《无名的人》，1951—1953)等以令人惊异的诙谐和幽默表现了人生的荒诞、无意义和难以捉摸，其中，马洛伊三部曲最受评论界重视，被誉为二十世纪的杰作。贝克特在戏剧方面的成就尤为突出，主要著有《等待戈多》、《剧终》(1957)、《哑剧Ⅰ》(1957)、《最后一局》(1957)、《最后一盘磁带》(1958)、《尸骸》(1959)、《哑剧Ⅱ》(1959)、《呵，美好的日子》(1961)、《卡斯康多》(1963)、《喜剧》(1964)等。这些剧作在内容和形式上都超越传统规范，以其反传统而被称为“反戏剧”。

在精神上，贝克特与萨特息息相通。经过二战的洗礼，他们都强烈感到世界的荒谬，人生的虚幻，人存在的孤独、无助与价值意义的缺失。不同的是，萨特等人用传统的戏剧形式传递关于存在的哲学思想，而贝克特则希望打破旧的规则，用新的形式或没有形式的形式来容纳他深沉却无法确切言说的生命感悟。他追求简约，追求画面一样的视觉效果，与其说是为了让观众能够轻松理解，不如说是为了强烈冲击观众的感觉神经，让感觉进一步撼动或已麻木的心灵。

贝克特的成名作《等待戈多》就是这样一部杰作。在这部戏里，两个流浪汉无聊地等着，并将永远等着一个对他们而言至关重要，却不知存在与否、能否到来的名叫戈多的人。为了打发时间，他们只能说些无聊的话，做些无聊的动作。他们在漫长的等待中，只遇见了一对又瞎又傻的主仆——波卓和幸运儿。每到天色将晚，一个男孩会跑来通知他们：戈多今天不来了，明天准来。整出戏没有铺垫，没有高潮，也没有所谓的结局。贝克特认为“只有没有情节、没有动作的艺术才算得上是纯正的艺术”，《等待戈多》正是他这种主张的艺术实践。杂乱无序的对话，荒诞的插曲，空虚、怪异、无聊甚至愚蠢的人物，含含糊糊的地点，不合逻辑的时间（一夜之间枯树就长出了叶子）……所有这些在传统戏剧里不可能出现的要素汇集在一起，构成了《等待戈多》的基本内容。这完全出自作家的精心构思。情节和逻辑变得不再重要，弥漫于舞台上的那种丑陋、荒凉、绝望而令人窒息的气氛才是这出戏的主角。它令人联想到二战后现实世界的混乱和丑恶，人存在的虚无与无望。

始终未出场的戈多在剧中占重要地位，对他的等待是贯穿全剧的中心线索。但戈多是谁，他代表什么，谁也不知道。爱斯特拉岗和弗拉季米尔两个流浪汉似乎见过他，又好像不认识他。他们为什么要等待戈多，要向他“祈祷”，要向他提出“源源不断的乞求”，要把自己“拴在戈多身上”，要让自己“得救”？谁也说不清楚。但“等待戈多”成了他们唯一的生活内容，唯一的精神支柱。尽管等待是一种痛苦的煎熬，他们还是一天又一天地等待下去。

^ 施咸荣译《等待戈多》，
中国戏剧社，1965年版

有人曾问贝克特，戈多是谁，作家说他也不知道。有人认为，戈多就是上帝，戈多（Godot）是由上帝（God）一词演变而来；有人认为，波卓就是戈多，因为在剧本的法文手稿中，波卓曾自称是戈多；另外一些学者认为戈多无非是一种象征，是“虚无”、“死亡”，是超验的、现世以外的东西。戈多身份的悬疑和虚幻，给人们诸多猜想，也造成观众和读者最大程度的想象性投射。等待戈多的过程展示了人痛苦、空虚、绝望、无奈的生存状态。这岂不是人类生存的痛苦和无助的写照？英国剧评家马丁·艾斯林在《论荒诞派戏剧》中说："这部剧作的主题并非戈多而是等待，是作为人的存在的一种本质特征的等待。在我们整个一生的漫长过程中，我们始终在等待什么；戈多则体现了我们的等待之物——它也许是某个事件，一件东西，一个人或是死亡。此外更重要的是，我们在等待中纯粹而直接地体验着时光的流逝。当我们处于主动状态时，我们可能忘记时光的流逝，于是我们超越了时间；而当我们纯粹被动地等待时，我们将面对时间流逝本身。"艾斯林实际上用一种更为积极的方式解释了贝克特的等待戈多。或许正因为《等待戈多》所传递出的那种悲观、绝望，极为符合二战后人们对西方世界的感受，这出戏一经公演，即引起人们热烈的反响，在巴黎连演了三百多场。它以一种前所未有的简单创新，反映了特定历史时期的西方社会的精神危机。

^ 黄雨石译《椅子》，中国戏剧社，1962 年版

1965 年，中国戏剧出版社出版了由施咸荣翻译的《等待戈多》剧本。这也是继 1962 年译介尤奈斯库的《椅子》（黄雨石译，中国戏剧出版社，1962 年 11 月）之后，我国对流行于欧美剧坛的荒诞派戏剧进行的又一次重要介绍。施咸荣在《译后记》中批判地评价了荒诞派戏剧和《等待戈多》一剧，指出《等待戈多》是"资本主义社会没落时期的产物，把资产阶级文学传统中一些最腐朽的糟粕……继承下来加以'翻新'"，可以说是"一钱不值"[1]。可见，当时《等待戈多》得以内部出版发行，完全是由于其能够作为反面教材，向人们揭露资本主义社会的丑恶。即便如此，这样一出典型的现代主义戏剧能够进入当时少部分人的视野，仍是一件值得关注的事情。

---

① 施咸荣《等待戈多》附《译后记》，中国戏剧出版社，1965 年 7 月，第 135 页。

第五章 "文革"前的亚非拉文学翻译

第一节 概述

1955年4月18日至24日，二十九个亚非国家和地区的政府代表团在印度尼西亚城市万隆召开亚非会议 (Asian-African Conference)。这是亚非国家第一次在没有殖民国家参加的情况下，讨论亚非人民切身利益的大型国际会议，史称万隆会议。会议本着求同存异的精神，讨论了民族独立和主权、反帝反殖斗争、世界和平以及与会各国的经济和文化合作等问题。会议体现亚非各国人民反对殖民主义、种族主义，争取和巩固民族独立、维护世界和平的精神，要求亚非国家之间和平相处、友好合作。万隆会议的宗旨被总结为"万隆精神"，它集中反映了当代世界反对帝国主义和殖民主义的鲜明特点。万隆精神鼓舞了亚洲、非洲、拉丁美洲人民争取民族独立和自由的斗争，加速了帝国主义殖民体系的土崩瓦解；促进了亚非拉国家之间的团结合作和睦邻友好关系；加强了亚非拉新兴国家的民族自信和民族自觉性；推动了日益众多的亚非拉国家走上和平、中立和不结盟的道路。弱小的亚非拉国家在万隆精神的感召下团结起来，成为一支新兴的政治力量，在国际事务中地位日臻重要。从一定意义上说，万隆会议是二战以后两极世界向多极世界演变的重要转折点，它促使国际政治力量向着多元化方向发展。万隆会议的重要意义在于亚非拉各国摆脱弱势群体局面，打破它们政治边缘化的格局，使得亚非拉各国重新走上世界舞台。通过万隆会议，中国与这些曾经饱受苦难的民族建立了深厚的友谊和感情。

1958年亚非各国作家代表在苏联的塔什干召开了亚非作家会议，这是一次“文学的万隆会议”。来自“世界文化摇篮”的亚洲和非洲作家齐聚一堂，表达“没有政治上的独立和自由就谈不到文学”的呼声。大会宣言称“我们大家一致深信：文学事业同我们这些国家人民的命运有着不可分割的联系。只有在人民获得自由、独立和自主的条件下，文学才能真正地繁荣昌盛，消灭殖民主义和种族主义是文学创作充分发展的条件”。大会将文学的社会功能定义为：反帝反殖民、争取民族独立、保卫世界和平。参会的中国作家代表冰心发言说，“作为作家，我们是人民反帝国主义、反殖民主义大军里的一队尖兵。我们的武器是我们的一支笔，我们虽然来自不同的部队，但是我们一见便亲！因为我们的友谊不比寻常，这是血和汗凝成的牢不可破的战斗的友谊。”[①]。

亚非参会各国，无论是新兴的独立国家还是正在争取民族独立的国家，都把这次会议当做文学发展的一个里程碑，确立文学为政治服务的方向。塔什干会议的成功召开给中国翻译界注入了一股清风，译介亚非各国各民族文学现象成为这一时期的翻译工作要务。通过翻译各民族作品，一方面可以挖掘独具民族特色的文化瑰宝，另一方面则展示各个受压迫民族争取独立的艰辛历程，同时反映已独立民族所享受的自由喜悦和酣畅之情。

现代亚非文学在亚非民族觉醒的过程中产生，作品大都具有共同的标记和文学创作主题：第一，反帝、反殖民的民族意识强烈。这一阶段有不少作品揭露帝国主义的丑恶嘴脸，描绘人民遭受的苦难，表达渴望自由的强烈愿望。第二，反封建意识强烈。由于亚非大多数国家长期处于封建社会阶段，人民深受封建制度和封建礼教的迫害，多数作品反映人们摆脱封建制度、向往和争取自由的愿望。第三，无产阶级作品大量

① 冰心《亚非作家的战斗友谊》，《文汇报》1962年4月8日。

涌现。由于无产阶级在这一阶段迅速壮大与成熟，无产阶级文学更成为文学创作的主流。很多作品主要反映无产阶级在反帝反封建的斗争中做出的努力和所起的积极作用。第四，争取独立和自由的作品涌现。很多作品歌颂为民族独立、为自由而战的英雄，甚至有些作家自身就是独立斗争的战士。他们积极投入民族自由的斗争中，用生命谱写赞歌，再现斗争过程的艰辛和自由的可贵。第五，歌颂祖国、歌颂社会主义建设成果。本时期文学创作的另一主题是歌颂祖国的大好河山，歌唱祖国建设的热潮。获得自由的人民一面欢庆胜利，一面重整家园，他们以无比的热情投入到祖国的生产建设中，这些新社会的新人新事物也都及时地反映到文学作品中。

由于同属第三世界，我国对亚非拉文学的翻译倾注了特别的关注；同样因为都是受压迫受剥削的民族，我国对亚非拉各民族所遭受的苦难深表同情，对他们的独立斗争给予支持，对于他们建设国家的热情给予赞扬，这些情感都反映在文学翻译的选材和译介过程中。亚非作家会议至"文革"前近十年间，我国的亚非拉文学翻译处于蓬勃发展期，所译作品在数量上大大超过前期，文学作品的选择有明确的针对性，翻译质量也有提高。

我国翻译界将各民族的经典文学作品和反映社会现实的作品及时译介到中国，把握亚非兄弟国家的文学动态，以便中国读者通过翻译作品了解亚非拉国家的历史文化、民族特色和发展状况，从中获得鼓舞和激励。这段时期我国的亚非拉文学翻译活动硕果累累，成绩喜人，翻译作品多达三百多种。在翻译界的努力下，中国读者目睹了亚非拉民族文学逐渐走出文化边缘，走入世界文化视觉中心的过程，感受到了亚非拉文学的迅速崛起，并共同体验了世界文学从欧洲中心走向多元化的发展进程。

第二节　"文革"前亚非拉文学翻译特点

一、译介文学体裁特点

由于有着长期被奴役和被殖民的历史，现代亚非拉文学在形成和发展的过程中，或多或少地受到欧洲文学的影响。欧洲文学史上的主要文艺思潮，如浪漫主义、批判现实主义、自然主义等，在亚非拉的主要国家几乎同时交替出现。欧洲近代文学的一些主要文学形式，如新诗、小说、戏剧等，伴随着殖民者的入侵而进入亚非拉国家，使亚非拉文学在形式上发生了重大变化。同时，亚非拉各国文化有着非常鲜明的民族特点，它们在保存和继承自己民族文化传统的基础上接受来自西方的影响，从而形成更具有民族特色的新文学。这种新文学为人类文化和世界文学做出重要的贡献，也使亚非拉文学走出世界文坛的边缘地位，走向中心舞台。从亚非作家会议到“文化大革命”前期近十年间，亚非拉地区翻译文学呈现出以下特点：

1. 体裁种类多。仅就体裁而言，亚非拉国家的翻译文学表现出体裁的多样性，译介的文学形式以小说为主，其次为诗集、剧本和寓言故事，报告文学和游记也有一定数量。小说按照篇幅可分为长篇小说（四十九部）、中篇小说（二十七部）、短篇小说（二十部）；按照内容可以划分为现代小说、历史小说、儿童小说、寓言故事等。诗集数量仅次于小说，各类诗集共七十种，其中包括抒情诗以及各国史诗。除了各国经典文学作品——史诗外，大多数诗歌主要表现当代人们的社会生活、生产状况，讴歌国家建设和赞美自然景色。这一时期的剧本翻译也是品种繁多，有话剧、歌剧、历史剧、讽刺剧、喜剧等各种类型，总数约二十六部。展现当代社会风貌的报告文学作品有二十部。其他各类文学体裁包括回忆录三部，书信两部，日记一部，游记一部，人物传记一部。另外文艺理论、文学史和论文集也都各有一部译作出现。

2. 当代优秀作品多。本时期文学翻译的另一个特点就是跟踪译介当代优秀作品，及时反映各国现代社会思潮。以日本文学翻译作品为例，小说中就有很多反映现实生活的作品。如德富芦花的《黑潮》，它反映了新兴资产阶级与封建贵族相互勾结迫害人民，揭露权贵阶层的荒淫生活和妇女没有地位的悲惨境遇。城山三郎的《辛酸》反映了岛上居民团结一致抵制美国建立军事基地、抵制污染、保卫家园的故事。龟田胜一郎所著《北京的星星》则以诗歌的形式把作者游历北京的经历表现出来，真实反映日本人眼中新中国建国后蓬勃发展的繁荣景象。石川啄木的作品《我们的一伙儿和其他》反映新闻记者对社会不公现象的不满和对职业、未来的苦恼。再以朝鲜为例，江森所翻译朝鲜作家李根荣创作的长篇小说《第一次收获》反映朝鲜劳动人民在朝鲜共产党的领导下，艰苦奋斗夺取农业丰收的故事。这些反映现当代社会现状的文学作品被大量译介，成为中国人民了解兄弟国家社会发展进程的窗口。

3. 名人名家生平传记多。“文革”前期这一历史阶段中，我国译界对亚非拉各国进步作家以及民族英雄的生平传记给予了一定的关注。如日本作家手塚英孝著《小林多喜二传》，记载了小林多喜二不屈不挠地为无产阶级事业而斗争的一生和他所创作的作品。蒙古作家策维格米丁·盖达布著《苏赫·巴托尔之歌》描绘了蒙古人民革命领袖苏赫·巴托尔带领人民革命党与反动统治进行艰苦斗争的事迹。

4. 儿童文学作品多。在翻译承载政治倾向的作品占据主要位置的同时，各国的优秀儿童文学作品也受到关注。除了民间故事和民间传说外，各国文学作品中以儿童为主题的翻译作品占据一定的比例。例如，日本作家德永直创作的《童年的故事》、德麟创作的《越南小英雄金童》、蒙古作家纳·那德米德创作的《少年探险家》、朝鲜作家李镇华创作的儿童小说《鸟儿栖息在柳树沟》等作品，这些儿童作品从各个侧面通过孩子的视角看待战争、看待社会动荡，以及看待国家建设，反映出新一代主人公的世界观，预示他们的美好未来。

5. 转译作品多。由于我国建国不久，百废待兴，翻译人才的培养尚需时日，因此翻译人才匮乏，精通英文、俄文之外其他语种的翻译者数量寥寥。不少亚非拉国家的文学作品由俄文和英文本转译而来，其中以俄文本转译的作品居多，英文本转译居其次。例如伊朗、土耳其、巴西、阿根廷等国的文学作品大多数译自俄文本，印度、南非等国的作品较多译自英文本。转译自俄文的作品数量大大超过自英文转译的作品数量，这一方面说明苏联译介各国文学的工作细致到位，另一方面反映出建国后我国与苏联“老大哥”的关系紧密。建国后国内各大院校普遍设置俄文课程，精通俄文的人才较多。这一时期的转译作品中有一些作品由法文本、阿拉伯语本转译，其他小语种文学作品的翻译数量极少，如季羡林先生由梵文直接翻译的印度古代寓言《五卷书》，属于少之又少的译作。

二、译介文学题材特征

第二次世界大战硝烟散尽，各国人民开始进行和平建设，但是世界并不太平，西方的帝国主义和殖民主义势力仍在寻求扩张。反对侵略保卫和平，反抗压迫争取民主，揭露黑暗歌颂光明以及讴歌劳动与建设，也就成了新时代翻译文学的主旋律。

1. 反战反殖、争取和平。亚非作家会议的宗旨就是将反对帝国主义、反对殖民主义作为文学创作的首要目的。参加亚非作家会议的非洲代表曾经这样说，“殖民制度在人民武装的痛击下，正在倾塌之中，帝国主义的恶魔正在血泊里挣扎颤抖，哪一个亚非作家能够接受‘为艺术而艺术’或是‘文学应该和政治分家’的理论？尤其是在今天，任何一个接受‘为艺术而艺术’的作家，事实上就是出卖自己的才能，做了杀害我们的人民和文化的同谋罪犯！”显然，各国作家都意识到被奴役的民族只有将反帝反殖民的斗争进行下去，才能最终获得独立和自由。由于秉持这样的观念，这一时期的各国作品中表现反战、反帝、反殖民的主题占很大比重。以这一时期翻译的越南作品为例，译作总数约有五十三部，其中反映抗美、抗法、抗日以及为祖国独立而战斗的作品多达四十部，占翻译作品总数的百分之七十七。阿尔及利亚的五部翻译作品百分之百反映反法的斗争过程和民族斗争胜利的欢愉。

2. 歌唱祖国、建设祖国。亚非拉人民经过艰苦卓绝的斗争，终于迎来了革命胜利和民族独立。欢庆之余，重建家园、建设祖国成为下一阶段人民的工作核心，因此文学创作的主旋律也随之转移到讴歌祖国建设的主题上来，这类文学作品同样也是我国译介工作的重点。翻译工作者及时捕捉到兄弟友邦人民高涨的劳动干劲，将这些富有感染力和鼓舞作用的作品纳入中国读者的视野。以翻译朝鲜的作品为例，这一时期的翻译作品总数为三十五部，其中建设国家、巩固胜利成果、增产丰收主题的作品约为十三部，占总数的百分之三十七。

3. 经典名著、历史小说。尽管各民族由来已久、强烈的政治诉求反映在反帝反殖和重建家园等主题上，我国翻译界仍致力于将优秀的作品呈现给中国读者。这一时期有不少经典名著和流传久远的民间传说被翻译出版。经典名著如日本"国民大作家"夏目漱石的作品《我是猫》、《哥儿》等，在这一时期被译介。印度作家泰戈尔的小说、诗歌和剧本在本时期也有译介，特别在泰戈尔百岁诞辰之际，我国又集中翻译出版了他的重要代表性作品。历史小说和史诗也有一定量的翻译成果，例如，蒙古的历史小说《曙光》三部曲、反映鉴真东渡传经的历史小说《天平之甍》，以及印度史诗《腊玛延那·玛哈帕腊达》、伊朗史诗《鲁斯塔姆与苏赫拉布》等。这些历史小说和史诗从不同角度反映了各民族的发展历史，对研究各国文学具有相当高的价值。

各国民间故事和传说不仅有着独特的民族风味，更是世界文学宝库不可或缺的组成部分。这一时期译介的民间故事和传说有印度古代寓言故事《五卷书》、伊拉克寓言故事《卡里来和笛木乃》、《日本民间故事》、朝鲜的民间传说《沈清传》，等等。这些鲜活的民间故事和传说让中国读者更细致生动地了解亚非拉各民族的文化背景和风俗习惯。

此外，本时期有的翻译作品反映亚非拉作家对老朋友中国的感情，他们著书颂扬中国，歌唱与中国人民的真挚友谊，如日本作家龟田胜一郎所著诗集《北京的星星》；越南诗人合集《向中国致敬》歌颂了越南人民与中国人民的友好情谊。

"文革"前的翻译作品集中表现亚非拉各民族经历的苦难、斗争历程以及他们的政治诉求。亚非拉国家既是中国在世界政治中的同盟，他们的文学也是中国文学学习和借鉴的对象。

第三节　亚洲文学翻译简况

一、日本文学[①]

战后初期，日本文学发生了新的变化，它以无产阶级文学为核心，组成了广泛的民主主义文学统一战线，促进了文学新繁荣。日本与中国

---

① 小林多喜二、德永直、宫本百合子参见第三章第二节。

一衣带水，虽然日本政府侵华历史给中国人民带来了不可修复的灾难，但是反战的日本人民也深受日本军国主义的奴役之苦，他们在日本共产党的领导下积极开展反战活动。这一时期的翻译作品主要以无产阶级革命作家小林多喜二、德永直、宫本百合子等的作品为主，同时也有较多反映现实社会生活的作品。该时期的日本文学译作共五十九部。

小林多喜二（1903—1933）

小林多喜二是日本最杰出的无产阶级作家之一，同时也是一名无产阶级战士，他为日本无产阶级革命事业献出了自己的生命。他凭着坚韧的毅力，写下反映无产阶级斗争历程的作品，为日本无产阶级文学奠定了基础，给日本人民留下一份珍贵的革命遗产。

小林多喜二受日本无产阶级文学运动影响，以“三一五”大逮捕事件为题创作了中篇小说《一九二八年三月十五日》。他用耳闻目睹和调查来的材料，冲破新闻封锁，大胆揭露了事件的真相，控诉了法西斯军警的暴行，热情洋溢地歌颂人民面对敌人野蛮暴行而威武不屈的革命气概。《一九二八年三月十五日》是小林多喜二第一部成功之作，也是日本无产阶级文学中具有划时代意义的作品。这部作品由楼适夷翻译，1958年人民文学出版社出版。该译文同时收入1958年人民文学出版社出版，楼适夷、金中、舒畅、李克异等译《小林多喜二选集》第一卷，1965年又被收录在楼适夷等译《小林多喜二小说选》中，由人民文学出版社出版。

1928年4月，小林多喜二参加了全日本无产者艺术同盟(“纳普”)，第二年，又被选为作家同盟的中央委员，负责地方分会工作。他受到反动当局恫吓却毫无畏惧，更加积极地投身到革命运动中去。这时期他积累了不少现实斗争的素材。海员罢工时，他和工人们一起参加战斗，并深入现场进行实际的调查研究，于1929年3月创作了一部激动人心的中篇小说《蟹工船》。《蟹工船》为小林多喜二赢得了世界荣誉，对于唤醒日本工人阶级的觉悟，起到了不可磨灭的作用。原作出版的第二年我国就有中文译本，且此后不断重译再版。1955年作家出版社出版了楼适夷的重译本，这部译作后又选录在《小林多喜二选集》的第一卷及《小林多

∧∧ 震先译《不在地主》，作家社，1956年版

喜二小说选》中。

同年4月16日，日本反动政府在全国又进行一次镇压革命的大逮捕。小林多喜二的革命文学活动也受到军警特务的严密监视。这一时期他发表了《在外地主》。《在外地主》取材于矶野佃农抗租的斗争，深刻地揭露了那些地主兼工商资本家即"在外地主"对贫苦农民进行的欺骗性剥削，以及他们与政府、军队、银行勾结一起对农民进行层层盘剥，表现了农民奋起抗租的勇气。在农会有组织的领导下，农民斗争得到城镇工人的大力支援而取得胜利。作品突出描写斗争胜利的关键是工农联合的革命力量，明确指出斗争的出路，这说明小林多喜二在创作实践和思想认识上有了飞跃发展。该作品首先由震先译出，题名为《不在地主》，1956年由作家出版社出版，后收在1958年人民文学出版社出版的《小林多喜二选集》第一卷中。此后该作品又由李芒重译，并改题为《在外地主》，1973年由人民文学出版社出版。

小林多喜二进行革命活动的同时进行着文学创作，他写出了《工厂支部》、《组织者》、《安子》等中篇小说及另一部代表作品《党生活者》。这些作品依然以工农革命斗争为主题，塑造了具有高度觉悟的无产阶级先锋战士的形象。1933年2月20日，在一次秘密活动中，小林多喜二不幸被军警特务逮捕，被迫害致死。

1958至1959年人民文学出版社出版的《小林多喜二选集》三卷本囊括了小林多喜二的大部分主要作品。

德永直(1899—1958)

德永直是日本现代杰出的工人阶级作家，他早期的文学创作作品包括:《马》(1925); 描写日俄战争给人们留下心灵创伤的《战争杂记》(1925);通过一个社会底层善良青年的悲惨命运,控诉社会不平的《畸零人》(1925)。其后期作品《最初的回忆》、《眼》、《辛勤的一家》、《参加战斗的行列》等由储元熹、林玉波翻译,收录在1959年上海文艺出版社出版的短篇小说合集《怎样走上战斗的道路》中,书后附录《解说(藏原惟人)》。1960年少年儿童出版社出版的《童年故事》中也包括了德永直的《马》、《最初的记忆》和《在外人之间》三篇作品。

1929年,德永直发表了代表作《没有太阳的街》,正式步入职业作家行列,并参加了日共领导的"纳普"。《没有太阳的街》是日本无产阶级文学中第一部以产业工人有组织的大罢工为题材的作品, 它生动地反映了在日本共产党直接领导下, 共同印刷厂三千工人历时七十天大罢工的全过程。德永直自始至终参加和领导了这场斗争,并把它艺术地再现在《没有太阳的街》之中。这部作品由李芒翻译,收录在《德永直选集》第一卷中,1960年由人民文学出版社出版。

德永直还发表了长篇小说《失业都市东京》(1930),短篇小说《参加斗争的行列》(1930)、《在工会红旗下》(1929)、《效率委员会》(1929) 等作品。在艰苦的环境中,他写出许多作品(主要是短篇创作),如《八年制》(1937)、《辛勤的一家》(1937)、《最初的记忆》(1939)等。这些作品描写了战乱中劳动人民的贫困生活,倾吐了作者对人民诚挚的感情,反映了当时激烈的阶级斗争,热情讴歌工人阶级昂扬的革命斗志。这些作品的译本收在1959年人民文学出版社出版的《德永直选集》第四卷中,由刘仲平等人翻译。

1945年8月,日本帝国主义终于无条件投降。从这时起到1958年他逝世,是德永直另一个重要的文学创作时期,也是他一生中思想和创作最光辉的时期。战后德永直创作的第一部作品是长篇小说《妻呵,安息吧!》。这是一部自传体作品,叙述主人公,即作者的亡妻一生的悲惨遭遇。她自小生活在贫困中,婚后由于物资匮乏、居无定所,终年劳累,仅四十余岁就悲惨死去。这部作品由周丰一翻译,1961年由上海文艺出版社出版。

德永直在后期创作了反映日本人民进行民主斗争的长篇小说《静

^ 萧萧译《静静的群山》，作家社，1957 年版

静的群山》。《静静的群山》描写1945 年 8 月到 1947 年 4 月日本的战后现实。作者通过作品中众多的人物形象和错综复杂的情节，具体、真实地反映出战后两三年间日本社会的各种矛盾：工人阶级与资产阶级的矛盾；农民与地主的矛盾；日本独立自主的民族要求与美帝国主义把日本当做殖民地的意图的矛盾；广大人民群众要求民主和平与日本军国主义的矛盾，等等。作者认为解决社会诸矛盾的基本力量是日本共产党的坚强领导和工人、农民的联合斗争。《静静的群山》分两部，由萧萧翻译，1953 年由作家出版社和文化生活出版社出版，后分别被收录在 1959 年人民文学出版社出版的《德永直选集》第二卷和第三卷中。

宫本百合子(1899—1951)

宫本百合子是日本无产阶级的另一位重要代表作家。她出身于富裕家庭，自幼酷爱文学。她十七岁时发表了《贫穷的人们》(1916)，以人道主义感情写出日本广大农民的贫困生活和农村凋敝、落后的面貌。不久她又以个人生活经验为题材创作小说《伸子》(1924)，表现一个出身于资产阶级家庭的年轻女子冲破家庭牢笼，寻求新的生活道路的主题。1927 年她访问苏联，对她产生很大的影响，促使她决心走上革命道路。她回国后参加了“纳普”，不久又加入日共。这时期她发表了优秀报告文学《一九三二年春天》(1933)以及短篇小说《乳房》(1935)。她先后五次被捕，身心受到很大摧残，但仍然坚持革命文艺创作。

战争结束后，1946 年她发表了中篇小说《播州平野》和《知风草》。这两部作品描写了战争给日本人民带来的灾难以及战后初期动荡、残破的日本社会现实，也反映了日共在战后积极开展重建工作的革命动向。

不久，她又创作了《两个庭院》(1947)、《路标》(1950)，这两部小说与早期作品《伸子》构成三部曲。作品完整描写了一个青年女知识分子如何从小资产阶级的生活环境中突破出来，经过革命的洗礼，走上革命道路的故事。宫本百合子是革命道路上坚定的知识分子，她的作品是日本革命文学的宝贵遗产。1951 年她因长期劳累和日本法西斯的迫害摧残而英年早逝。

宫本百合子的主要作品收录在人民文学出版社出版的《宫本百合子选集》中。第一卷由萧萧翻译，1958 年出版，包括短篇小说《贫穷的人们》、《一九三二年春天》、《乳房》、《午市》、《时时刻刻》、《小祝的一家》、《面貌》等十篇。第二卷由冯淑兰、石坚白翻译，1959 年出版，选辑长篇小说《伸子》。第三卷由叔昌、张梦麟翻译，1959 年出版，选辑长篇小说《播州平原》和中篇小说《知风草》两部作品。第四卷由储元熹翻译，1959 年出版，选辑长篇小说《两个院子》。

江马修(1889—1975)

江马修出生于一个没落的实业家家庭，从小生活贫苦，从事过各种下层职业。二十世纪二十至三十年代，他投身于工农革命运动和革命文学运动，曾任无产阶级作家同盟中央委员和同盟机关杂志《战旗》的编委。日本战败后，他加入日本共产党，从事战后民主主义文学运动，主编过进步文学刊物《人民文学》。战后他发表的重要作品有中篇和长篇小说《本乡村善九郎》(1949)、《流放者》(1950)、《血的九月》(1953)、《冰河》(1955)、《山民》(1938—1958)以及自传小说《一个作家的足迹》(1957)等。其中《冰河》主要描写日本人民对军国主义发动侵略战争的抵制，反映了二战期间日本社会的悲惨面貌。长篇历史小说《山民》凝结了江马修二十余年的心血，是他的代表作，该作品通过描写明治维新在飞口山区所引起的动荡和变化，反映了当时各个阶级的动向、农民的悲惨生活和他们悲壮激烈的斗争，指出农民斗争是明治维新的根本推动力。

“文革”前期，江马修作品中只有力生翻译的《冰河》第一部和第二部，1961 年由新文艺出版社出版，1964 年上海文艺出版社、1965 年作家出版社再版。

^ 周启明、卞立强译《石川啄木诗歌集》，人民文学社，1962年版

石川啄木(1886—1912)

石川啄木是日本诗人、小说家和评论家。他受浪漫主义诗风影响，同时致力于自然主义小说的创作。啄木的歌集开创了日本短歌的新时代，他摆脱了短歌这一古老的文学形式的传统题材的束缚，使其与日本人民的现实生活相联系。啄木一生坎坷，仅二十六岁就在贫病交加中辞世。他的部分作品被翻译为中文，其中有小说《我们的一伙儿和其他》，反映新闻记者对社会的不满和苦恼，迟叔昌翻译，1962年由人民文学出版社出版。《石川啄木小说集》由丰子恺翻译，1958年由人民文学出版社出版。短歌、歌集与诗论兼有的《石川啄木诗歌集》由周启明、卞立强翻译，1962年由人民文学出版社出版。

^ 楼适夷译《天平之甍》，作家社，1963年版

井上靖(1907—1991)

井上靖是日本当代著名作家。他的作品颇丰，五十年代所写的《斗牛》、《冰壁》等对资产阶级商人投机取巧、为了牟利而不惜诬害伤人等行为做了淋漓尽致的揭露。他还创作了以中国古代历史为题材的小说《天平之甍》(1957)，描写我国唐朝鉴真和尚东渡日本，为发展中日文化交流贡献出毕生精力的悲壮故事。作者以饱满的热情讴歌了中日人民友好往来的历史。这部作品由楼适夷翻译，1963年由作家出版社出版。井上靖的历史小说以富有抒情性的优美文笔巽声文坛，尤其是《天平之甍》、《楼兰》(1959)、《苍狼》(1959)、《敦煌》(1959)等以中国古代历史为题材的小说，多为人们所称道。翻译家唐月梅在1977年翻译了《井上靖小说选》，其中包括《比良山的石楠花》、《一个冒名通

的生活》、《核桃林》和《弃老》四篇。

反美反战、反映社会苦难的作品

这一时期其他反映反美、反对军国主义,反映社会悲惨面貌以及描述日本共产党领导的工人农民运动的作品种类繁多,展现了日本社会生活的方方面面。

城山三郎著、王敦旭译的《辛酸》讲述矿山主勾结政府,污染河流,当地百姓起而抗争的故事,1965 年由作家出版社出版。德富芦花著、金福译的《黑潮》反映新兴资产阶级与封建贵族相勾结,玩弄权术,坑害百姓,1959 年由上海文艺出版社出版。广津和郎著、生生译的长篇小说《到泉水去的道路》讲述女主人公与母亲相依为命的苦难生活,反映了日本战后中下层知识分子的苦闷彷徨,1959 年由上海文艺出版社出版。间宫茂辅著、张梦麟译的《在喷烟之下》反映日本人民反对美军建立军事基地的斗争,1958 年由中国青年出版社出版。江口涣著、张梦麟译的《新娘子和一匹马》讲述战后日本共产党深入农村开展农民运动,年轻寡妇敢于冲破封建束缚投身革命斗争的故事,1964 年由作家出版社出版。山代巴著,钱稻孙、叔昌译的《板车之歌》包括长篇小说《板车之歌》和短篇小说《款冬花》,反映日本现代社会中封建家族制度给女性带来的不幸以及对女性的摧残,1961 年由作家出版社出版。秋山浩著、北京编译社翻译的报告文学《731 细菌部队》详细记录了日本 731 部队在中国以人为试验品,残杀无辜的骇人罪行,1961 年由群众出版社出版。山田清三郎著、李统汉译的长篇小说《天总会亮的》讲述日本侵华期间在长春制造鼠疫,以及东北人民在共产党的领导下与日本侵略者斗争的故事,1958 年由新文艺出版社出版。霜多正次著、金福译的长篇小说《冲绳岛》讲述战后美军强占冲绳岛并在岛上修建军事基地,遭到日本人民的反抗的故事,1963 年由上海文艺出版社出版,1964 年又由作家出版社再版。霜多正次的另一部长篇小说《守礼之民》也反映冲绳岛人民进行反美斗争、保卫家园的故事,该作品由迟叔昌翻译,1964 年由作家出版社上海编辑所出版。樋口一叶著、萧萧译的短篇小说集《樋口一叶选集》,所收作品主要描绘中日甲午战争前后日本社会下层人民的苦难生活,1962 年由

^ 上海外语学院四年级同学译《印度 巴基斯坦 缅甸和平战士诗选》，上海文艺社，1959年版

^ 李芒等译《日本人民的英雄气概》，作家社，1965年版

人民文学出版社出版。壶井荣著，舒畅、萧萧翻译的《壶井荣小说集》收录了《历》、《阁楼纪事》等短篇小说，1959年由人民文学出版社出版。黑岛传治著、李芒等人翻译的《黑岛传治短篇小说集》包括描写破产农民对抗入侵农村的资产阶级的作品和日本帝国主义出兵西伯利亚，企图干涉俄国十月革命的反战作品，收有《风雪西伯利亚》、《被砸断腿的人》和《电报》等短篇小说，1962年由上海文艺出版社出版。中本高子著、金福翻译的长篇小说《跑道》讲述日本人民反对美军建设基地的斗争，1962年由上海文艺出版社出版。报告文学集《日本人民的英雄气概》包括八位作家的报告文学，集中描绘日本人民反对美军、不畏强权的气概，1965年由作家出版社出版。

此外，表达强烈反战和反美情绪的作品并不局限于小说和报告文学等形式，北京大学东方语言系日本语专业同学集体翻译的作品《我们是日本人》选录二十一位诗人的二十三首诗，表达了日本人民反美、反战、反核武器的情绪，1958年由人民文学出版社出版。诗刊社翻译的《惊雷集》选录四十六位诗人的四十九首诗，1962年由作家出版社出版。李芒翻译的《怒吼吧，富士》收八位诗人的十九首诗，反映日本人民反美爱国斗争，1965年由作家出版社出版。

反战、反美情绪也表现在剧本中，崛田清美著，梦励、陈北鸥翻译的三幕话剧剧本《岛》讲述美军在日本岛上设军港、造武器，企图重新武装日本、发动战争的罪行，1959 年由中国戏剧出版社出版。

经典文学作品译介

日本文学史上主要的典籍在这一时期也有译介。日本最早的古典文学作品之一是安万侣(公元前 723 年卒)奉敕编纂、天武天皇最初审定的《古事记》。《古事记》主要由帝纪和本辞两部分构成。帝纪记载与历代天皇相关的历史；本辞则包括神话、传说和民间故事。《古事记》讲述天皇的祖先神创造日本，以及历代天皇的历史，神化天皇家族，圣化天皇的统治地位。译者认为，以描写天皇家族为中心的帝纪使得原本杂乱无章的传说和民间故事变得“有条理有系统”[①]。《古事记》从政治立场出发，为天皇的政权服务，但其中包括大量古代神话、英雄传说以及民间歌谣，保存了日本上古英雄时代的社会风貌，具有一定的文学价值。该书由周启明翻译，1963 年由人民文学出版社出版，1979 年又根据本居宣长的校订本重译出版。

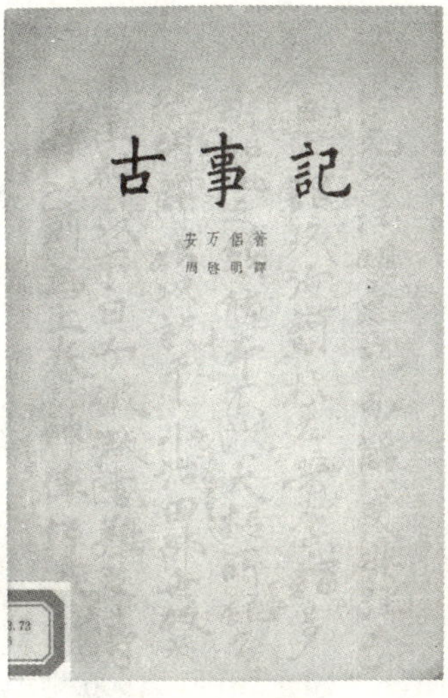

^ 周启明译《古事记》，人民文学社，1963 年版

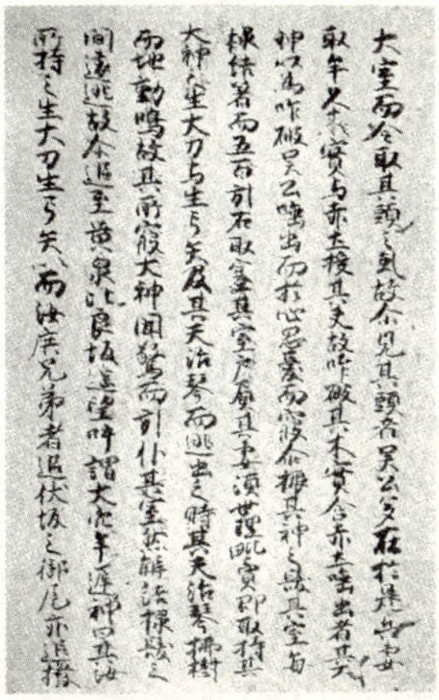

现存《古事记》最早的抄本，为一三七二年真福寺僧贤瑜据一二六六年神祇权大副之大中臣定世的抄本手抄，藏日本名古屋市门前町真福寺宝生院。

^ 《古事记》插图

① 周作人《古事记·引言》，第 4 页。《古事记》人民文学出版社，1963 年 2 月。

"木花之佐久夜比卖"(見《古事记》64段)　　　　堂本印象作

^^《古事记》插图

周启明是我国著名作家、翻译家周作人的笔名,他翻译过大量外国文学作品,其中尤以日本文学作品为多。他在《古事记·引言》中认为,日本的传说受印度和中国影响很深,同时也保留了日本民族的自有特色。

二叶亭四迷(1864—1909)

二叶亭四迷是日本近代文学先驱。他生活在明治维新时期,青少年时期在"开化革新"的氛围中度过,青年时期又接触到俄国革命民主主义思想,对他的人生观与文艺观的形成起了决定性作用。1886年他发表第一篇文学评论《小说总论》,在日本首先倡导现实主义的创作方法。1887年,他发表反映他文艺观点的第一部长篇小说《浮云》,描写一个正直的青年官吏本想克己奉公、过平凡的生活,但却处处受排挤,最后丢了官职,也失去了心上人。小说揭露明治时代官场的黑暗和世态的炎凉,批判明治社会不加扬弃地模仿西方所谓的"文明开化"。1906年他发表第二部长篇小说《面影》,描写一个中年知识分子入赘某家为婿,与妻子感情不和,却和守寡回家的妻妹产生了爱情,这种爱情为家庭和社会所不容,最后他抛下情人和家庭到中国流浪,变成穷愁潦倒的酒鬼。作者通过小说人物的经历揭发和控诉封建势力害人。1907年二叶亭四迷发表

第三部长篇小说《平凡》，他故意模仿风行一时的自然主义小说，用第一人称叙述一个平凡人的平凡一生。这三部小说以现实主义手法，塑造了对现实不满、遭到社会恶势力排挤和打击的知识分子形象。我国对二叶亭四迷作品的翻译工作都集中在这一时期。由石坚白、秦柯翻译，1962年由人民文学出版社出版的《二叶亭四迷小说集》收入《浮云》、《面影》和《平凡》三部作品。

夏目漱石(1867—1916)

夏目漱石是日本近代著名作家。他从学生时期就从事俳句写作，在青年时期接受汉文学中蕴含的道德观念、英国文学中的启蒙主义思想，并受俳谐文学中的文人趣味和美学观点的影响。1905年他写下长篇小说《我是猫》，以教师苦沙弥家一只“猫”的口吻，批判走上资本主义道路的明治时代的黑暗现实，塑造了一群自命清高、愤世嫉俗的知识分子的形象。1906年夏目漱石创作的中篇小说《哥儿》是一部带有幽默讽刺特色的作品，它以第一人称的手法写成，饱含着对社会邪恶势力的批判，描写憨直、简单青年的正义感和反抗精神。同年他发表另一部中篇小说《旅宿》。在他生命的最后十年里，夏目漱石先后写了十多部长篇小说。其中《三四郎》、《其后》、《门》是他中期创作的三部曲。《三四郎》(1908) 近似于“教养小说”，描写农村青年三四郎在东京大学求学的生活和他对女性的爱慕，表现一个农村青年的成长过程。《其后》(1909)描写一个大学毕业生井代助将所爱的女郎三千代让给朋友平冈，自以为这是“英雄式”的牺牲精神。其后他们再次见面，代助认识到自己以往的行为虚伪不堪。在了解到

^ 开西、丰子恺等译《夏目漱石选集》，人民文学社，1958年版

朋友变得庸俗不堪和三千代婚后并不幸福的事实后，代助向三千代表白爱情，与她重新结合。代助的行为与世俗道德观发生正面冲突。作品表面描写爱情，实则说明日本近代社会仍受封建势力的束缚。《门》(1910)是《其后》的续篇，描写主人公宗助和阿米这对小资产阶级出身的夫妇的暗淡生活，借着深刻的心理描写反映冲破封建束缚后小资产阶级知识分子精神上遭受的压抑和痛苦。这三部作品以现实主义创作手法揭示了日本近代社会存在的种种问题，是日本近代文学中具有深刻思想性的作品。夏目漱石晚期还创作有《过了春分时节》(1912)、《行人》(1912—1923)、《心》(1914)、《道草》(1915)等长篇小说。这些作品描写知识分子精神上的孤独和利己主义的丑恶。夏目漱石是日本批判现实主义文学的丰碑，在日本近代文学史上有着重要的地位。

尽管"文革"前期对夏目漱石的作品有所译介，但是数量远远不够，只有1958年由人民文学出版社出版的《夏目漱石选集》两卷本，收录了作者的第一部长篇小说《我是猫》、中篇小说《哥儿》和《旅宿》，由胡雪、由其、开西和丰子恺翻译。1959年人民文学出版社又出版了开西翻译的作品《哥儿》单行本。

反映日本特色民族文化的作品译介

民间传说和童话故事反映日本独特的民族文化。"文革"前的这一类翻译作品有：崛田善卫著，李芒、文洁若翻译的中篇小说《鬼无鬼岛》，描写鬼无鬼这个孤岛上村民的迷信活动和艰难生活，该作品1963年由作家出版社出版。木下顺二著、陈北鹏翻译的日本民间故事《夕鹤》，以民间故事"仙鹤报恩"为题材，讲述仙鹤为报恩嫁给善良农民，但因为得不到幸福而被迫分开，1961年由中国戏剧出版社出版。同一作者所著剧本《民间故事剧》包含五个剧本：《待月之夜》、《彦市的故事》、《夕鹤》、《瓜姑娘和山音鬼》、《画上的媳妇》，1963年由作家出版社出版。

梅韬编译的《日本民间故事》也集中了一些日本民间流传的故事，1959年由百花文艺出版社出版。庄泽义、韩珍重翻译的《日本童话》1960年由百花文艺出版社出版。

其他

其他主题的作品在这一时期也有译介。八住利雄著、李正伦翻译的电影剧本《浮草日记》讲述剧团老板为赚钱不惜出卖演员色相而遭演员反对，剧团离开城市后演出宣传罢工的戏而受到矿工的欢迎，1959年由中国电影出版社出版。有吉佐和子著，钱稻孙、文洁若翻译的短篇小说集《木偶净瑠璃》收录了《地歌》、《木偶净瑠璃》、《黑衣》和《墨》四篇短篇小说，主要讲述日本艺人的艰难生活，1965年由作家出版社出版。

龟田胜一郎著，李芒、祖秉和翻译的散文集《北京的星星》收录了不少描写北京游历见闻的散文，如《北京的星星》、《革命的摇篮》、《在历史博物馆》等作品，1964年由作家出版社出版。

这一时期人物传记《小林多喜二传》被译介进入中国，这部传记由手塚英孝著、卞立强翻译，讲述小林多喜二投身无产阶级革命斗争和进行文学创作的历程。

二、朝鲜文学

朝鲜半岛与中国北部相连，可谓唇齿相依，中朝两国及两国人民也有着很深的渊源。朝鲜长期受日本的奴役，独立后不久，二十世纪五十年代(1950年至1953年)中国政府应朝鲜民主主义人民共和国的请求，为粉碎以美国为首的“联合国军”对朝鲜的侵犯、保卫中国安全，派出志愿军赴朝作战。这就是历史上的抗美援朝战争。朝鲜作为社会主义国家，是中国真挚的盟友和兄弟国家，朝鲜人民的利益和发展方向与中国一致。因此，亚非作家会议至“文革”前这段时期内，共翻译出版朝鲜文学作品三十五部，超过亚洲其他很多国家，显示出中国对朝鲜文坛的关注程度，也显示中国人民对朝鲜人民所经历苦难的同情。

朝鲜文学有光荣的战斗传统。日本侵占朝鲜的时候曾经血腥镇压朝鲜文化，但是朝鲜作家和百姓一道加入抗日的斗争中。进步作家在作品中翔实反映朝鲜人民被践踏被奴役的悲惨生活。这一时期的进步作家有李箕永、韩雪野和林和等。韩雪野的作品翻译较多，其中有李烈、曲本进翻译的长篇小说《大同江》。作品描写美帝国主义和李承晚反动政

^ 李烈、曲本进译《大同江》，人民文学社，1959年版

府侵占平壤时犯下的罪行和党领导下的朝鲜人民进行的英勇斗争，1959年由人民文学出版社出版。《大同江》有多种译本，1954年金波首次翻译，上海文艺联合出版社出版；1955年作家出版社出版了李烈的重译本。韩雪野的另一部作品《黄昏》构思于日本人的文化监狱内，出狱后不久便成书出版。小说描写日本资本家们和他们的朝鲜走狗在合理化工业的借口之下使得几万名工人失业，也表现朝鲜工人同心合力为他们的权利而进行的斗争。该作品由武超等译，1959年由上海文艺出版社出版。韩雪野的其他作品《塔》由冰蔚翻译，1960年由上海文艺出版社出版；他的短篇小说《狼》揭露美国传教士披着宗教的外衣进行杀人勾当的嘴脸，1958年由人民文学出版社出版。韩雪野的部分作品还被收录在《朝鲜现代短篇小说集》中，该书于1960年由人民文学出版社出版。同一时期的作家还有赵基天，他的抗日运动诗集《赵基天诗集》由楼适夷、白锐翻译，1958年由人民文学出版社出版。

其他表现抗日运动和反美斗争的作品有朴赫著、江森翻译的三幕剧《朝鲜的母亲》，表现朝鲜人民在金日成的领导下与帝国主义的斗争，1964年由作家出版社上海编辑所出版。朴世永著，李佩纶、杨永骝翻译的长诗《密林的历史》以抗日战争为背景，1965年由作家出版社出版。朴雄杰著、江森翻译的长篇小说《祖国》描写游击队抗敌的故事，1963年由作家出版社出版。千世峰著、李英爱翻译的中篇小说《战斗的村民》以游击战争为主题，1959年由上海文艺出版社出版。权正龙著、何文翻译的短篇小说《父亲的控诉》讲述码头工人罢工遇害，揭露南朝鲜社会黑暗，1960年由上海文艺出版社出版。宋影著、金圣哲翻译的六幕话剧《不死鸟》描写战士负伤坚持斗争的故事，1960年由中国戏剧出版社出版。宋影的另一部作品《江华岛》反映抗美抗日的主题，由王文光翻译，1965年作家出版社出版。金承九著，一宏、忍坚翻译的电影剧本《在敦化的密林里》描写游击队员伤愈归队的故事，1964年由中国电影出版社出版。李仁怒翻译的《不死鸟》诗歌集选录朴世永等诗人的作品，1959年由人民文学出版社出版。

北朝鲜解放后，被奴役的人民翻身做了主人，他们将无比的热情投入到建设祖国、保卫家园的工作中去。这一时期的作品集中反映这类主题。李智勇著、甘章贞翻译的电影剧本《分界线上的村庄》讲述敌特分子混入劳动生产中企图搞破坏活动，被及时发现和制止的故事，1964年由中国电影出版社出版。李镇华著、洪浩翻译的儿童小说《鸟儿栖息在柳树沟》讲述中学生参加农村劳动并与坏人斗争的故事，1965年由少年儿童出版社出版。

1957年朝鲜为完成社会主义基础建设开始执行“五年计划”。朝鲜党总书记金日成曾提出“以跨上千里马的气势奔驰”的口号，并亲自点燃“千里马运动”的烽火，此后朝鲜全国开展了轰轰烈烈的以培养社会主义新人、建设社会主义为目标的“千里马运动”。这个时期的文学作品大多反映积极生产、建设国家的主题。池在龙著、齐岱翻译的剧本《青春的舞台》反映朝鲜青年工人解放思想，生产改革的事迹，1965年由作家出版社出版。崔荣化著、张琳翻译的诗集《火炬》1965年由作家出版社出版。韩尚云著、韩昌熙翻译的电影剧本《海鸥号船员》讲述海员响应号召为国家创造财富的故事，1964年由中国电影出版社出版。李东春著、周必忠翻译的四幕喜剧《回声》描写复员军人响应号召，改造自然，增加粮食生产，1964年由作家出版社出版。黄健著、冰蔚翻译的长篇小说《盖马高原》讲述在党的领导下年轻一代成为英勇的战士和优秀劳动者的故事，1960年由人民文学出版社出版。李根荣著、江森翻译的长篇小说《第一次收获》讲述农民在党的领导下艰苦奋斗，夺取丰收的故事，1961年由上海文艺出版社出版。李钟淳著、紫荆翻译的电影剧本《红色花朵》描写模范女教师的感人故事，1964年由中国电影出版社出版。朴八阳著、张琳翻译的诗集《朴八阳诗选》以诗歌形式歌唱劳动，1958年由人民文学出版社出版。朴灵宝著、鲁定翻译的剧本《朝霞》讲述了一个舍己救人的故事，1965年由作家出版社出版。千世峰著、冰蔚翻译的中篇小说《白云缭绕的大地》讲述生产建设中先进与保守的斗争，1963年由作家出版社出版。权正雄著，崔奉春、崔承一翻译的电影剧本《百日红》讲述铁路工人保证铁路畅通做出的贡献，1964 年由中国电影出版社出版。尹世重著、吉文涛翻译的长篇小说《在考验中》讲述生产斗争的故事，1964 年由作家出版社出版。赵白岭著、张琳翻译的电影剧本《红色宣传员》反映“千里马运动”使得贫穷地区变得富裕，1962 年由戏剧出版社出版。沈仪琳翻译的《千里马时代的史诗》是多位作家的报告文学合集，讴歌了“千里马运动” 时期人们大干快上的劳动热情，1965 年由作家出版社出版。冰蔚、田桂文翻译的剧本合集《朝鲜现代戏剧集》(上下二册)也集中反映了这个时代的社会风貌，1960 和 1962 年由上海文艺出版社出版。

除了反战和生产建设主题外，“文革” 前期其他主题的作品翻译很少，只有金亚夫著、梅峰翻译的民间传说《沈清传》。《沈清传》是一部与《春香传》齐名的古典小说，讲述孝女沈清卖身救父、感动上天的故事，表现主人公沈清纯洁善良的品格和劳动人民间的真挚情谊，1959 年由中国戏剧出版社出版。金河明著，朴趾源、陈文琴翻译的《燕岩》是这一时期少有的文艺理论作品，主要讨论世界观、美学见解以及文学创作过程，1963 年由商务印书馆出版。

三、越南文学

越南是我国南方重要的邻国之一，两国的文化交流历史源远流长。越南在历史上长期为法国的殖民地，六十年代中后期至七十年代中期的越南战争，使得人民流离失所、痛苦不堪。在越南人民长期的抗法反美斗争中，中国是越南争取民族独立的坚强后盾。中国人民给予的不仅仅是物质上的支持，更多是的道义和精神上的鼓舞。这段时期越南反战作品的翻译工作显得非常突出，作品翻译数量达五十二部，超过朝鲜，仅次于日本，居于亚洲第二位。

越南由于长期处于战乱，绝大部分作品表现战争或反帝反封建的主题。黎鸿岭著、松柳翻译的故事集《巧妙的游击战》反映反美斗争的故事，1965 年由作家出版社出版。潘氏如冰所著中篇小说《槟榔姑娘》表现解放军女英雄潘氏的战斗事迹，1965 年由作家出版社出版。阮功欢著、谭玉格翻译的长篇小说《黎明之前》揭露法、日帝国主义在越南推行的收谷政策造成越南大饥荒的罪行，并反映越南人民的抗争，1960 年由上海文艺出版社出版。阮辉想著、颜保翻译的长篇小说《阿陆哥》描写青年农民走上革命道路的艰苦历程，反映越南农村尖锐的阶级斗争，1963 年由作家出版社出版。阮庭诗著、岱学翻译的长篇小说《决堤》表现反对法国殖民者和日本帝国主义的斗争，1965 年由作家出版社出版。原玉著、黄敏中翻译的中篇小说《祖国站起来了》描写游击队抗击法国侵略者的斗争，1959 年由人民文学出版社出版。伍汉翻译的短篇小说集《战斗的开始》选编了多位作家的十七篇短篇小说和部分独立的故事，是越南抗战的回忆录，1959 年由上海文艺出版社出版。马祖毅翻译的短篇小说集《面包树》包括五篇短篇小说，反映越南人民勤俭建设家园的故事，1959 年由江苏文艺出版社出版。北京大学东方语言系越南语专业同学集体翻译的《越南现代短篇小说集》选录多位作家共十篇短篇小说，作品表现后方人民一心进行生产建设，1960 年由人民文学出版社出版。李翔翻译的短篇小说集《鱼篓》表现敌后生活生产的故事，1960 年由江苏文艺出版社出版。伍汉翻译的短篇小说集《越南短篇小说集》选编了多位作家的十四篇短篇小说，讲述与抗战相关的人或事，1964 年由作家出版社出版。由江南等著、岱学翻译的短篇小说集《南方风暴》讲述反击美国侵略的斗争和战后生产的故事，1965 年由作家出版社出版。作家出版社上海编辑所 1966 年出版的《巴拿马的游击队》选录了多位作家的作品，讲述了多个战斗和生活的故事。

即使在战争时期，越南文坛依然显示出顽强的生命力。诗人以诗言志，创作出不少鼓舞人心的诗作。越南独立解放斗争的领袖胡志明的诗集《“狱中日记”诗钞》辑选了胡志明 1942 至 1943 年狱中诗作。胡志明到中国与越南抗日革命力量联系时被地方政府抓捕，在辗转多座监狱的十八个月中，将他的爱国热情以诗歌形式表现出来。1960 年由人民文学出版社出版。青海著、韦平翻译的诗集《英雄的故乡》表现越南人民为祖国统一进行英勇斗争，1965 年作家出版社上海编辑所出版。阮庭诗著、松柳翻译的诗集《战士》表现越南人民的抗法斗争，1964 年由作家出版社出版。素友著、颜保翻译的诗集《素有诗集》收录素友 1937 至 1959

年间的诗作,1960年由人民文学出版社出版。制兰园著、黄永鉴翻译的诗集《阳光与土壤》于1963年由作家出版社出版。阮攸著、黄铁球翻译的长诗《金云翘传》反映人民不堪压迫起而斗争的历程,1959年由人民文学出版社出版。田漱、岱学翻译的诗集《越南工人诗选》表现了越南工人高涨的工作热情和爱国情操,1960年由上海文艺出版社出版。黎箭翻译的诗集《战斗的南越》反映南越人民为民族独立而斗争的历史,1964年由作家出版社出版。黄永鉴翻译的《英雄的天空和海洋》1965年由作家出版社上海编辑所出版。李亚舒翻译的诗文《越南女儿》叙述爱国女英雄陈氏荫的感人事迹,1959年由上海文艺出版社出版。

"文革"前的这段时期由于中越关系密切,出现了一些歌颂中越人民友谊的诗作,如:瞿辉瑾作、北京大学东方语言系越南语专业的同学们翻译的诗集《天越来越亮》反映越南知识分子访华观感,以及对中国人民的友好情谊,1960年由人民文学出版社出版。安志信翻译的诗集《向中国致敬》1959年由人民文学出版社出版。

这一时期的越南翻译作品有另一个特点:真实反映战争残酷和人民英勇无畏精神的回忆录、信件选编及报告文学类作品居多,其中报告文学集的翻译数量之多在本时期的亚非拉各国也是少有。润武著、苏铁翻译的日记体《一个越南士官的日记》揭露南越及美帝国主义的暴行,1961年由上海文艺出版社出版。1964年作家出版社出版的《南方来信》两集以信件形式反映美帝国主义在南越的罪行。1965年人民文学出版社出版了《南方来信选》,该选集是专为农村读者设计的作品。黄敏中、江望翻译的《奠边府战役回忆录》上下两集,第一集《地道战》、第二集《最后防线》,以回忆录的形式再现奠边府战役的惨烈,1965年由作家出版社出版。重义著,岱学、莫施邓翻译的报告文学集《从安老到巴嘉》讲述越南南方解放军在安老和巴嘉挫败敌人,获得胜利的史实,1965年由作家出版社上海编辑所出版。报告文学集《虎口拔牙》1965年由湖北人民出版社出版。中国青年出版社选译的报告文学集《越南青年英雄的故事》于1965年出版。林茵、叶灵、李翔翻译的《战斗的越南南方青年》共三卷,1965至1966年先后由作家出版社出版。岳胜翻译的报告文学集《祖国铜墙》1965年由作家出版社出版。1965年云南出版社出版了报告文学集《打虎英雄赞》。黄永鉴翻译的报告文学集《把仇恨集中在枪口上》1965 年由作家出版社出版。岱学、根基翻译的报告文学集《光辉的榜样——越南南方解放军战斗故事》1965 年由作家出版社上海编辑所出版。1965 年湖北人民出版社出版了报告文学集《烟雾》。1965 年广西壮族自治区出版社出版了报告文学集《越南英雄赞》。松柳翻译的《巧妙的游击战》1965 年由作家出版社出版。1966 年中国青年出版社出版了报告文学集《抗美救国的越南英雄》。

越南的少年儿童生活在战争之中，他们也无法逃避成人世界的斗争，过早地参与其中。有关少年儿童的翻译作品对此就有反映。德麟著、李堂轩翻译的儿童故事《越南小英雄金童》描写小英雄金童参加革命活动，为掩护干部而英勇牺牲的故事，1962 年由少年儿童出版社出版。李堂轩翻译的《越南短篇小说集》讲述的是儿童参与爱国斗争的故事，1965 年由少年儿童出版社出版。李翔翻译的报告文学集《战斗的越南少年》1965 年由少年儿童出版社出版。岱学翻译的报告文学集《运枪记》1966 年由少年儿童出版社出版。

除了反映战争的残酷和生产生活的主题外，这一时期也出现了民歌剧的文学形式，阮祥忍著，林荫、兰江翻译的《瑞卿与周俊》就是根据民间故事改编的剧本，主要讲述夫妻团圆的故事，1960 年由中国戏剧出版社出版。其他的艺术形式也有翻译，学菲著、王勇翻译的话剧剧本《和大姐》描写农民间的友爱之情和地主奸险的嘴脸，1960 年由中国戏剧出版社出版。越南部队集体创作、苏铁翻译的话剧剧本《一篓谷子》描写雇农受帝国主义及其走狗的剥削，后在党的领导下团结起来，获得翻身的故事，1960 年由上海文艺出版社出版。

谭玉培翻译的论文集《保卫文学的党性原则》是“文革”前期越南唯一有关文学创作原则的译作，1960 年由上海文艺出版社出版。

四、蒙古文学

蒙古是中国北方的重要邻国，是最早承认中华人民共和国的国家之一。二十世纪六十年代中后期，由于受中苏关系的影响，中蒙关系经历了一些曲折。这一时期的翻译作品共十二部，都集中在五十年代末至六十年代初出版，以反映生产生活为主，也有历史小说。

仁亲著，达基、文西、陈乃雄翻译的蒙古历史小说《曙光》共三卷，表现清朝统治时期蒙古社会的黑暗，蒙古人民为争取新生活而进行的英勇斗争，1959至1962年由人民文学出版社出版。达西登德布著、陈乃雄翻译的短篇小说《光明之路》表现草原人的生活风貌，1961年由作家出版社出版。策·罗代丹巴著、齐星宝翻译的儿童小说《戴帽子的狼》讲述蒙古人民与宗教迷信斗争的故事，1959年由内蒙古人民出版社出版。纳·那德米德著、陈乃雄翻译的儿童小说《少年探险家》讲述小学生的探险见闻，展现当代小学生的冒险精神和求知欲，1960年由内蒙古人民出版社出版。

诗歌方面，策登扎布著、曹都翻译的诗歌集《策登扎布诗选》选自诗人1947年间的诗作，1959年由上海文艺出版社出版。策登扎布是蒙古的诗人和剧作家，他当过教员、记者，1931年开始发表诗作。早期作品涉及政治题材，后期转向自然景物的描写。他曾因追求华美的辞藻而受批评，后期与他人合作的作品则获普遍肯定。

策·达木丁苏伦著、张玉元翻译的《达木丁苏伦诗文集》选录作者1929至1955年间的重要作品，包括作者的诗歌、小说和散文，1961年作家出版社出版。达木丁苏伦是蒙古著名学者、诗人和小说家，他出生

张玉元译《达木丁苏伦诗文集》，作家社，1961年版

邹绛译《苏赫·巴托尔之歌》，上海文艺社，1962年版

于牧民家庭,曾参加蒙古人民革命军,后当选为革命青年团中央委员,并在团中央机关工作。1928年他开始文学创作活动,1934年发表著名长诗《我的白发母亲》,描写作者远离祖国时对母亲的思念,把对母亲的爱升华到对祖国和人民的爱,并化作追求科学知识的动力以报效祖国。长诗继承了蒙古民间文学和古典文学的传统,语言凝练,比喻生动,其中有不少发人深思的警句,是蒙古最有影响的诗歌作品之一。二战期间,达木丁苏伦发表诗作《致伟大的斯大林》、《北极星》和小说《两个都是我的儿子》等作品歌颂了苏联卫国战争。四十和五十年代,他主要研究古典文学,同时创作了反映进步与落后斗争的小说《三个人说一个人做》、《苏莉变了》、《牤牛戈木布》等,及诗作《乔巴山元帅五十寿辰祝词》、《献给伟大的中国人民》等。六十和七十年代,他还创作了有关道德修养的短篇小说,如《鬼》、《皮箱里的东西》、《奇异的婚礼,欢聚的宴会》等。他的《格斯尔传的历史根源》对研究中国蒙古族、藏族的英雄史诗《格斯尔传》[1]有参考价值。

策维格米丁·盖达布著、邹绛翻译的《苏赫·巴托尔之歌》讲述蒙古人民革命领袖苏赫·盖达布的事迹,1962年由上海文艺出版社出版。达西策伯格·僧格著、陈乃雄翻译的诗集《深厚的情感》表达同志间的革命友谊和对革命者的崇拜之情,1963年由作家出版社出版。

戏剧方面有乔·敖伊道布著、鲁清翻译的话剧剧本《路》,讲述蒙古人民在党和政府的支持下参加家乡建设的故事,1960年由中国戏剧出版社出版。达·纳楚克道尔基著、安柯钦夫翻译的歌剧剧本《三座山》讲述牧民与封建贵族斗争,反映人民饱受欺压、渴望自由幸福的决心,1959年由中国戏剧出版社出版。

五、印度文学

印度有着悠久的文明历史,其文化遗产令世界瞩目。公元前2000

① 《格斯尔传》为蒙古族英雄史诗,脱胎于藏族史诗《格萨尔王传》,与英雄史诗《江格尔》、史传文学《蒙古秘史》并称蒙古古典文学三大高峰。

年前后印度人民就创造出灿烂的印度河文明。公元前三世纪阿育王统治时期,印度疆域广阔,政权强大,佛教兴盛并开始向外传播。1600年英国侵入,建立东印度公司,此后印度和英国之间爆发了普拉西大战,印度战败,逐步沦为英国殖民地。1849年,英国侵占印度全境,随后直接统治印度。经过多年的反抗斗争,1950年印度宣布独立,同年中印建交。印度是第一个同中国建交的非社会主义国家。1959年,印度支持和收容西藏叛乱分子并在中印边境制造流血事件,中印关系渐趋恶化。1962年,印度在中印边境向中国发动全面武装进攻,中国被迫进行自卫反击,两国关系冷淡。"文革"之后两国才恢复建交。

"文革"前中印关系冷淡,影响了译坛对印度文学作品的选择和翻译,但是1962年前仍出版译作十四部,并且仍有可圈可点之处。本时期最瞩目的是印度文学经典作品的翻译。公元前一世纪,迦梨陀娑将印度最古老的神话传说改编为五幕剧《优哩婆湿》,讲述人神相爱的故事,该剧由我国著名学者季羡林翻译,1962年人民文学出版社出版。古印度寓言集《五卷书》也是印度经典之作[①]。季羡林直接从古印度梵文翻译了《五卷书》,它以鸟兽鱼虫的故事寓意人生种种,1959年由人民文学出版社出版。相传为玛朱姆达所著的《罗摩衍那》是印度历史上两大史诗之一,以罗摩与悉多悲欢离合的爱情故事为主线,表现印度古代宫廷和列国之间的斗争,其中出现不少神话传说和战争场面。冯金辛、齐光秀翻译的《罗摩衍那的故事》分两册,以故事形式再现罗摩衍那的爱情和战争场面,1962年由人民文学出版社出版。印度史诗《腊玛延那·玛哈帕腊达》讲述王子腊玛的英雄事迹,由孙用从英文本转译,1962年人民文学出版社出版。

本时期反映和批判印度封建制度,反映社会现实的翻译作品数量较少,但读者仍能从中了解印度当代文学的端倪。阿巴斯著,冯金辛、黄雨石翻译的短篇小说集《小麦与玫瑰》反映了印度当代社会风貌,1959年由人民文学出版社出版。耶凌达罗·库玛尔著、李水翻译的中篇小说《辞职》讲述少女悲惨的一生,揭露封建社会残害女性,1959年由人民文

---

① 参见本书第三章第四节"寓言与民间故事的译介"中关于《五卷书》的内容。

学出版社出版。普列姆昌德著、索纳翻译的长篇小说《妮摩那》讲述女子的不幸遭遇，批判印度封建婚姻制度，1959年由人民文学出版社出版。普列姆昌德的另一部作品短篇小说集《一把小麦》由懿敏翻译，1958年人民文学出版社出版。克里山·钱达尔著、严绍端翻译的短篇小说《我不能死》1958年由人民文学出版社出版。

本时期译介作品数量最多、品种最全的莫过于泰戈尔的作品。泰戈尔(1861—1941)是印度诗人、作家、艺术家、社会活动家，他向西方介绍印度文化的同时也把西方文化介绍到印度。泰戈尔的一生是在印度处于英国殖民统治的年代中度过的，祖国沦陷、民族屈辱、殖民地人民的悲惨生活，都深深地烙印在泰戈尔的心灵深处，爱国主义思想在他的作品中表现强烈。但他并不是狭隘的爱国主义者，他对所有在帝国主义侵略和压迫下的人民都寄予深切的同情，给予有力的支持。他的大多数作品反映了印度人民在帝国主义和封建种姓制度压迫下要求改变自己命运的强烈愿望，描写了他们不屈不挠的反抗斗争，充满了鲜明的爱国主义和民主主义精神，同时作品又富于民族风格和民族特色，具有很高的艺术价值。他的诗歌题材丰富多彩、清新隽永；小说格调新颖、感染力强；戏剧种类繁多、富于哲理；歌曲或哀婉缠绵，或威武雄壮。诗集《吉檀迦利》为他赢得诺贝尔文学奖，这标志着亚洲文学首次获得世界文学的认同。泰戈尔的作品早在1915年就介绍到中国，几十年来出版的作品中译本和评介著作为数很多，充分显示泰戈尔文学作品的世界性。

1958至1959年中国戏剧出版社出版的《泰戈尔剧作集》四卷本包含了泰戈尔的八个戏剧作品，其中有瞿菊农翻译的《春之循环》卷一，冯金辛翻译的《邮局》、《红夹竹桃》卷二，林天斗翻译的《牺牲》、《修道者》、《国王与王后》卷三，谢冰心翻译的《齐德拉》、《暗室之王》卷四。剧作集除《红夹竹桃》和《暗室之王》为新译外，其他六个剧作都是根据英文本转译。

泰戈尔史诗性长篇小说《戈拉》描写孟加拉知识分子中不同教派间的斗争，揭露印度教的问题以及病态社会，是孟加拉社会生活的写照，该作品由黄星圻翻译，1959年人民文学出版社出版。石真翻译的诗集《两亩地》辑入泰戈尔的故事诗、叙事诗、抒情诗、政治抒情诗等二十二首，1959年由人民文学出版社出版。

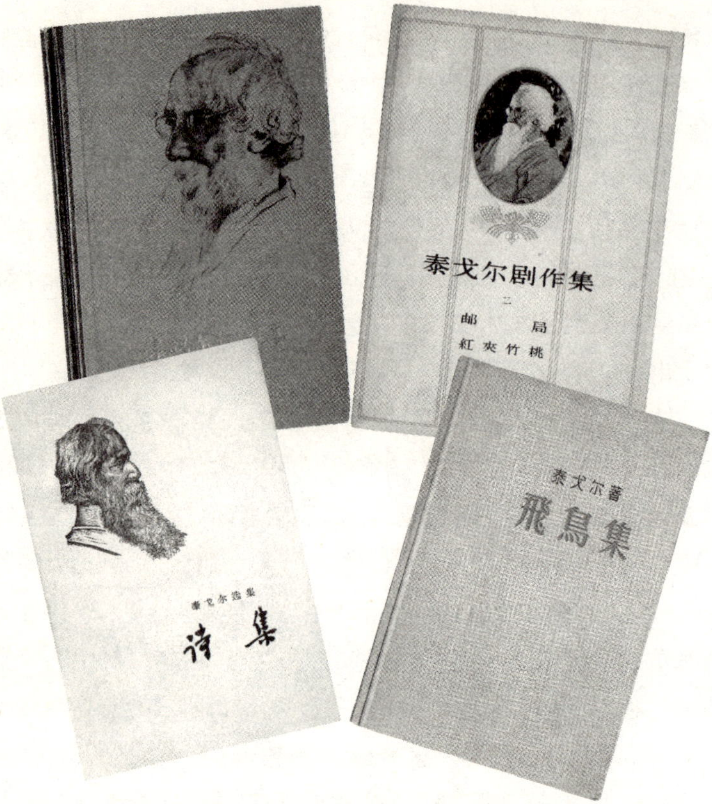

^ 十七年期间出版的各种泰戈尔作品集

1961 年，为纪念泰戈尔百岁诞辰，人民文学出版社出版了十卷本《泰戈尔作品集》，囊括了泰戈尔主要的诗歌、短篇小说、中篇小说、长篇小说和戏剧作品。各卷作品根据文体类别分配，卷一为诗歌集，辑入石真译《故事诗》、谢冰心译《吉檀伽利》、郑振铎译《新月集》；卷二亦为诗歌集，辑入谢冰心译《园丁集》、郑振铎译《飞鸟集》和谢冰心等所译 1921 至 1941 年间诗作二十五首；卷三系短篇小说集，辑入俞大缜所译创作于 1884 至 1894 年间的作品，包括《河边的台阶》、《委托保管的财产》、《还债》等十七部作品；卷四乃短篇小说集，辑入唐季雍等译、创作于 1894 至 1914 年间的作品《法官》、《太阳和乌云》、《赎罪》等十二篇；卷五为中短篇小说集，辑入石真译《四个人》、俞大缜译《偷来的宝石》和尹召译《姊妹》三篇作品；卷六收长篇小说，辑入陈珍广译《小沙子》；卷七亦收长篇小说，辑入黄雨石译《沉船》；卷八、九所收长篇小说辑入黄星圻译《戈拉》；

卷十为戏剧，辑入殷衣译《修道士》、俞大缜译《国王与王后》、谢冰心译《齐德拉》、冯金辛译《邮局》和英若诚译《红夹竹桃》五个剧本。十卷本作品分别译自孟加拉文、俄文版或泰戈尔自己编订的英文版集子，有些作品是第一次译成中文。

泰戈尔作品影响深远，我国作家郭沫若、郑振铎、冰心、徐志摩等人早期的创作，大多受过他的影响，他们又以自己的作品影响了一代又一代读者。泰戈尔深受中国读者的喜爱，他是莎士比亚之后在中国最受欢迎的外国作家之一。

六、伊朗文学

伊朗是有着五千年历史的文明古国，古称波斯。几千年来，勤劳的伊朗人民创造了辉煌灿烂的文化。诗人菲尔杜西的史诗《列王记》、萨迪的《蔷薇园》等作品不仅是波斯文学珍品，也是世界文坛瑰宝。尽管1971年中伊两国才开始建交，但伊朗的传统典籍和优秀当代作品早就通过翻译家之手进入中国读者的视野。这段时期译介伊朗文学作品共十一部。

最值得关注的是伊朗经典作品的翻译和流传。“波斯诗歌之父”鲁

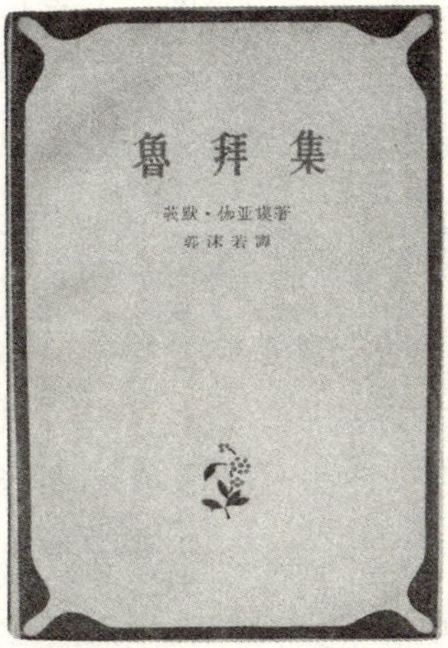

^ 郭沫若译《鲁拜集》，人民文学社，1958年版

^ 《鲁拜集》插图

达基(859—941)是波斯古典文学的始祖,他的诗作语言质朴、形象生动,叙事简明、寓意深刻。他是四行诗的创始人。他的部分作品收入潘庆龄翻译的《鲁达基诗集》,1958 年由人民文学出版社出版。伊朗古典文学史上另一位最著名的诗人菲尔杜西所著《列王记》分三部分——神话故事、勇士故事和历史故事,最早成书于 1010 年,是伊朗的传统典籍。潘庆龄根据俄文本转译的《鲁斯塔姆与苏赫拉布》选自《列王记》第二部分,描写勇士鲁斯塔姆对抗侵略者和暴君的故事以及英雄业绩,1964 年由上海文艺出版社出版。波斯伊壁鸠鲁式的诗人莪默·珈亚谟的《鲁拜集》流传百世,经久不衰。大文豪郭沫若根据菲茨杰拉德的英文本转译为充满激情而又抑扬顿挫的诗句,为原诗融入中国古典诗歌的风雅、楚辞的浪漫、近代新体诗的直白和东方哲人的智慧,令这本古典文学名著在现代社会大放异彩。该作品 1958 年由人民文学出版社出版。十三世纪苏菲教派精神导师鲁米被视为伊斯兰教最伟大的神秘主义诗人。为了表达对神的热爱,宣扬核心本质的宗教经验,他以诗歌的形式传达灵性世界的奥妙,凡困苦的、喜悦的人都能在其中解忧除惑。宋兆霖根据俄文本转译的《鲁米诗选》辑选鲁米的抒情诗十一首,1958 年由人民文学出版社出版。萨迪不仅是波斯文学史上的著名诗人,也是世界文学史上的骄傲。他的作品《蔷薇园》是集诗体和散文体为一体的宗教劝谕性诗歌集。它是一部融文学性、哲学性、思想性为一体的名著,有极高的精神境界、美学价值和宗教学价值。该作品由水建馥根据 E.B.伊斯特威克的英文本转译,1958 年由人民文学出版社出版。其后人民文学出版社于 1958 和 1959 年两次再版其节选本。

伊朗的当代作品也有翻译。穆罕默德·塔基·巴哈尔著、邢秉顺翻译的诗集《朝霞的信使》包含了诗人各类诗作十六首,1965 年由作家出版社上海编辑所出版。拉胡蒂著、北京大学东方语言系波斯语专业同学集体翻译的诗集《伊朗人民的呼声》表现伊朗人民反美反封建的斗争,1958 年由人民文学出版社出版。萨狄克·赫达雅特著、潘庆龄翻译的小说集《赫达雅特小说集》辑入作者八篇短篇小说,1962 年由人民文学出版社出版。潘庆龄翻译的《波斯短篇小说集》1958 年由人民文学出版社出版。沈立中翻译的五幕剧《异母兄弟》表现二战期间的伊朗社会生活,1959

年由中国戏剧出版社出版。

伊朗作品翻译有一个特点，就是大部分作品转译自英文本或俄文本,极少数作品直接由波斯文翻译为中文。这一方面说明英语国家及前苏联对世界文学遗产比较重视,他们译介的作品数量众多,在很大程度上保护并传承了世界文化遗产的精髓，另一方面说明我国翻译人才严重缺失,翻译人才的培养是一个长期的任务和问题。

七、印度尼西亚文学

印度尼西亚位于亚洲东南部,是著名的千岛之国。印尼是世界上海外华人聚居最多的国家,华人约占全国人口的百分之三。印尼的华人维系着中华民族一脉相承的文化,使中国与印尼有很多共同话题。印尼在历史上曾经被葡萄牙、西班牙、英国、荷兰和日本侵入,后被作为殖民地奴役。

"文革"前的十年期间共出版印尼文学作品十四部,其中以诗歌居多,大多反映人民的生活和反抗殖民者的斗争。阿南塔古纳著,黄元焕、马川翻译的诗集《阿南塔古纳诗集》包括《志愿人员》、《三项人民命令》等诗作三十二首,1964 年由作家出版社出版。哈·班达哈罗著,北波翻译的诗集《哈·班达哈罗诗集》包括《没有一个人愿意回头走》、《在板门店以后》、《他倒下去了》等十一首诗作,1963 年由作家出版社出版。韦斯比著、黄元焕翻译的诗集《勇敢的年代》包括《献给艾地率领的代表团》、《鞭子在抽打》等二十七首诗歌,1964 年由作家出版社出版。西托尔·西杜莫朗著、陈霞如翻译的诗集《西托尔·西杜莫朗诗集》包括《祖国的土地》、《从中国寄给列妮的信》、《中国的城墙音像》等二十首诗,1963 年由作家出版社出版。王家桢翻译的诗集《北加里曼丹万岁》包括多位印尼诗人的作品十首,1964 年由作家出版社出版。

印尼的长篇小说也同样反映时政,反映印尼人民反抗外来侵略,保卫家园的斗争。普·阿·杜尔著,倪志渔、朱秉义翻译的长篇小说《游击队之家》描写游击队员抗击荷兰殖民者的艰苦斗争,反映印尼人民为争取民族解放和独立所走过的道路,1958 年由人民文学出版社出版,先后两次印刷。阿布都尔·慕依斯著、倪志鱼、朱秉义翻译的长篇历史小说《苏拉巴蒂》描写印尼民族英雄苏拉巴蒂带领奴隶抗击荷兰侵略者的战斗事迹，1958年由少年儿童出版社出版，1962年由作家出版社重译出版。孙塔尼著、黄元焕翻译的长篇历史小说《丹贝拉》描写荷兰侵略者在印尼犯下的罪行，1959年由人民文学出版社出版。克·鲁吉娅著、雪飞翻译的短篇小说集《荒地》包括六篇短篇小说，反映印尼人民反对殖民主义、争取民族独立的斗争，1962年由上海文艺出版社出版。黄元焕翻译的短篇小说集《1926年的火炬》包括《破坏》、《D号牢房》等五篇短篇小说，1964年由作家出版社出版。

这一时期印尼的戏剧作品也有不少译作。贝·哈·莫伊特著、王晟明翻译的独幕剧《战士归来》包括《战士归来》和《在最后的日子里》两个剧本，描写了印尼农民反对"农村七魔"的斗争，1965年由作家出版社上海编辑所出版。孙塔尼著、张演翻译的独幕剧《天上有星星》、《饭店之花》抨击上层社会的荒淫无度，赞美下层劳动者的朴实善良，两部作品1958年由中国戏剧出版社出版。孙塔尼的另一部剧作《阿哇尔和美拉》是独幕剧集，包括两个独幕剧和《阿哇尔和美拉》，该作品仍由张演翻译，1959年由中国戏剧出版社出版。乌·伊斯马依尔著、章燕翻译的四幕剧《努沙劳勿的珍珠》描写努沙劳勿岛上人民参加起义与荷兰殖民者斗争的故事，1959年由上海文艺出版社出版。

八、亚洲其他国家文学

亚洲其他国家尽管翻译作品数量不多，但内容基本反映民族文学特色以及反抗殖民斗争的艰苦历程。

柬埔寨作者伊姆·乌莱著、梅工翻译的诗集《愤怒的火焰》包括《滚开，"自由世界" 和帝国主义》、《美帝国主义是世界人民的共同敌人》等诗作二十二首，揭露了美帝国主义的野蛮行径，表达柬埔寨人民不畏强权保卫祖国的决心，1965年由作家出版社出版。

缅甸作家八莫丁昂著、戚继言翻译的长篇小说《鄂奥》描写民族英雄鄂奥带领人民抗击英国殖民者的斗争，1965年由作家出版社出版。貌廷著、北京大学东方语言系缅甸语专业师生集体翻译的长篇小说《鄂巴》通过农民鄂巴一家的生活遭遇揭露日本法西斯的残暴统治，1958 年由人民文学出版社出版。谭得求辑选、翻译了缅甸诗人的诗集《人民需要明朗的朝霞》，表达出缅甸人民憎恨战争、渴望和平的心声，1958 年由人民文学出版社出版。

泰国作家克开·达云著、魏兵翻译的中篇小说《黑暗的生活》通过一对姐妹的遭遇揭露资本主义社会的黑暗腐朽，1958 年由人民文学出版社出版。西武拉帕著、秦森、袁有礼翻译的长篇小说《向前看》通过青年学生的遭遇反映泰国农民与城市平民对统治阶级的不满情绪，1959 年由上海文艺出版社出版，1965 年作家出版社上海编辑所再次重版。北京大学东方语言系泰语专业师生集体辑选、翻译的《泰国现代短篇小说选》选入十六位作家的作品，从不同侧面反映泰国社会生活，1958 年由人民文学出版社出版。

巴基斯坦作家艾赫麦德·纳迪姆·卡斯米著、秦水翻译的短篇小说集《金头花》描写巴基斯坦人民在英国统治下的悲惨生活，1958 年由人民文学出版社出版。秦水、陈敬容选编翻译的短篇小说集《卡斯米短篇小说集》1964 年由作家出版社出版。伊克巴尔著，邹荻帆、陈敬容翻译的《伊克巴尔诗选》表达了作者对民族独立和幸福生活的向往，1958 年由人民文学出版社出版。

尼泊尔作家马亨德拉著，谢冰心、孙用根据英文本转译的《马亨德拉诗抄》包括《永远前进，勇士们》、《你是宇宙的精英》、《天空披着软软的云彩》等二十七首诗，1965 年由作家出版社出版。1961 年上海文艺出版社编辑出版了根据俄文本转译的《尼泊尔诗选》，辑选尼泊尔著名诗人的作品。

斯里兰卡作家帕拉穆涅提拉克著、刘寿康、石永礼翻译的民间故事《安达瑞的故事》包括朝廷弄臣和“聪明的傻瓜”及其徒弟的两组故事，1963 年由作家出版社出版。马丁·魏克拉马沁格著、冀英翻译的中篇小说《蛇岛的秘密》通过孩子的经历折射出社会的形形色色，1963 年由作家出版社出版。何青辑选、翻译的《魏克拉马沁格短篇小说集》辑入作者十五篇小说，通过琐事反映斯里兰卡人民的生活和斗争，该作品集分别由英文、俄文本转译，1961 年由作家出版社出版。陈静辑选、翻译的短篇小说集《西里·西伐利短篇小说集》包括作者九篇作品，1964 年由作家出版社出版。

阿富汗作家沙阿·瓦里汗著、史力译自波斯语的回忆录《我的回忆》包括《为独立而斗争》和《拯救祖国》两部分，纪念阿富汗自由独立四十周年，1961 年世界知识出版社出版。周影、曾宪溥根据俄文本辑选、转译的《阿富汗民间故事》包括民间故事和童话，1959 年由百花文艺出版社出版。

土耳其作家奥尔汉·凯末尔著、郭恕可转译自俄文本的短篇小说集《为面包而斗争》反映土耳其人民生产生活的故事，1958 年由人民文学出版社出版。奥麦尔·赛裴丁著、柳朝坚翻译的短篇小说集《虹》描写土耳其国内的政治事件和社会生活，1958 年由人民文学出版社出版。1960 年奥麦尔·赛裴丁的作品由柳朝坚再次辑选、翻译，编入《赛裴丁小说集》，1960 年由人民文学出版社出版。范霞、陆卯君辑选、翻译的《小阿里》包括儿童小说九篇，描写土耳其儿童的悲惨生活，1963 年由少年儿童出版社出版。袁水拍等人选译的诗集《土耳其诗选》选入土耳其六位诗人的四十二首诗，1960 年由上海文艺出版社出版。

伊拉克文学作品《卡里来和笛木乃》原型是古印度梵文书籍中的故事，经伊本·穆加发翻译、编纂加工，又增添了一些新的故事，使得这部东方古典名著成为世界经典。1959 年由人民文学出版社出版的林兴华的译本，同年又以文学小丛书的形式，仍由人民文学出版社出版了选译本。伊拉克作家阿卜杜勒·阿里-瓦哈卜·阿里白雅帖著、魏和咏翻译的《流亡诗集》包括作者在监狱中和流亡期间的诗作，反映作者对祖国的眷念和对暴君的憎恨，1959 年由人民文学出版社出版。

^ 水鸥译《黎巴嫩短篇小说集》，人民文学社，1960 年版

季青辑选、由俄文本转译的《叙利

亚短篇小说集》包括叙利亚十位作家的作品，描写土耳其人民反对外国统治争取民族独立的斗争，1959年由人民文学出版社出版。

水鸥等根据俄文本辑选、转译的《黎巴嫩短篇小说集》收录了黎巴嫩九位作家的作品，1960年由人民文学出版社出版。

木萨、陆孝修辑选的诗集《约旦的风暴》包括约旦三位诗人的十二首诗，1961年由作家出版社出版。

巴勒斯坦作家艾布·赛勒马著、杨孝柏由阿拉伯文转译的诗集《祖国颂》包括《毛泽东的微笑》、《棕色的土地》等十二首诗，1964年由作家出版社出版。

以色列作家罗丝·吴尔著、席涤尘翻译的童话故事《美丽国》描写孩子们历经艰辛驱赶妖魔的故事，1959年由少年儿童出版社出版。罗丝·吴尔的另一个童话故事《安静的森林》描写小兔子经过磨炼，变得勤劳勇敢的故事。该童话由求恩翻译，1963年由作家出版社出版。罗丝·吴尔的作品都是根据作者提供的英文版译出。

第四节　非洲文学翻译简况

一、非洲文学现状

非洲是世界上经济文化相对落后的地区，二十世纪五十年代非洲各国处于如火如荼的民族解放斗争中。六十年代前后，非洲国家大多数赢得独立，摆脱了欧洲的束缚，以崭新的姿态开创自主发展的新时期。在后殖民时代非洲各国独立和政治纷乱的年代中，非洲各种语言的民族文学相继崛起。大批优秀作家、诗人涌现出来，反映非洲各族人民生活和斗争的佳作也相继问世。这期间，反对殖民主义、发扬民族精神、歌颂非洲文化成为整个非洲文学的主旋律。非洲的一些作家立足本民族的传统文化，结合现代创作方法，发展出独具非洲魅力的文学作品。长期殖民统治下的非洲开始有了自己的文学创作语言，其中以英语、法语和阿拉伯语创作水平较高。

中国人民始终是非洲人民的朋友，在非洲民族独立斗争中，中国人民是他们的支持者和坚强的后盾。"文革"前我国对非洲文学的翻译数量不多，大部分译作反映非洲各民族争取独立所进行的斗争以及社会生活风貌。

二、非洲各国文学翻译

埃及是有着悠久历史的古老国度,1953年废除君主制后逐渐对外开放,经济和生活环境得到改善。哈米西著,水景宪、秦水翻译的短篇小说集《这摊鲜血是不会干的》包括《染满血迹的衬衫》、《南方的战士》、《死亡炉》等五篇作品，反映埃及人民反帝反封建的斗争,1959年由人民文学出版社出版。塔哈·胡赛因著、秦星译自阿拉伯文的传记文学《日子》讲述作者自小离家读书的生活经历，反映了新思想与传统思想的斗争,1961年由作家出版社出版。迈哈穆德·台木尔著、水景宪选译的短篇小说集《二路电车》反映埃及人民的生活,1963年由作家出版社出版。秦水辑选由俄文转译的《埃及现代短篇小说集》包括十位作家的十九篇作品,1958年由人民文学出版社出版。南开大学俄语教研室集体辑选、根据俄文本翻译的诗集《尼罗河的土地》包括十八位诗人的十八首诗，反映了人民对自由的渴望和对祖国的热爱，1958年由百花文艺出版社出版。

^ 谭玉培译《在咖啡店里》，上海文艺社,1959年版

^ 王崇廉译《塞内加尔的儿子》，中国青年社,1959年版

尼日利亚小说家钦努阿·阿契贝的第一部小说《瓦解》被誉为黑非洲英

语小说的杰作，这部作品奠定了当代尼日利亚文学的基础。高宗禹翻译的这部长篇小说描写英国殖民者对西非国家的侵略和西非人民英勇反抗的故事，1964 年由作家出版社出版。

阿尔及利亚与中国关系紧密，“文革”前有较多作品翻译为中文。狄普著、谭玉培翻译的长篇小说《大房子》描写城市贫民在法国殖民者压榨下过着艰难的生活，1959 年由上海文艺出版社出版。狄普的短篇小说由谭玉培翻译，辑选入《在咖啡店里》，反映阿尔及利亚人民反抗法国殖民者的斗争，1959 年由上海文艺出版社出版。马莱克·哈达德著、世中翻译的中篇小说《最后的印象》描写富于正义感的工程师走上反法斗争的道路，1962 年由上海文艺出版社出版。卡杜尔·穆罕撒吉著、梅绍武翻译的中篇小说《灰烬的沉默》也反映反法斗争，1965 年由作家出版社出版。艾布·卡西姆·萨阿达拉著，杨有漪、陆孝修翻译的诗集《胜利属于阿尔及利亚》表现了阿尔及利亚人民高昂的斗志和对祖国的热爱之情，1959 年由作家出版社出版。

塞内加尔作家桑贝内·乌斯曼著、王崇廉翻译的长篇小说《塞内加尔的儿子》描写塞内加尔人民反法斗争，1959 年由中国青年出版社出版。乌斯曼的另一部长篇小说《祖国，我可爱的人》由黎星翻译，1961 年由作家出版社出版。任起莘、任婉筠翻译的乌斯曼的代表作《神的女儿》描写铁路工人反对殖民统治的斗争，反映第二次世界大战后非洲工人阶级的成长过程，小说人物众多，场面壮阔，在非洲小说中占有重要的地位，1964 年由作家出版社出版。大卫·狄奥普著、张铁弦翻译的诗集《锤击集》表达诗人反抗压迫，争取自由的愿望，1964 年由作家出版社出版。

几内亚文学家吉·塔·尼亚奈整理出非洲流传已久的口头文学《松迪亚塔》，这是一部具有神话色彩和文献价值的长篇英雄史诗，全诗共十八章，歌颂了十三世纪西非马里帝国的“国父”松迪亚塔光辉的一生，这部史诗由李震环、丁世中翻译，1965 年作家出版社上海编辑所出版。凯塔·福代巴著、贾艺翻译的剧本集《深夜》包括《深夜》、《法拉巴的收获节》、《非洲的黎明》等五个剧本，1963 年由作家出版社出版。班库拉·坎福里著、罗震翻译的三幕剧《爱国者》描写主人公为自由和尊严进行的斗争，1965年由作家出版社出版。

非洲其他国家的作品有：突尼斯诗人艾卜勒·卡西木·沙比著、冬林翻译的诗集《沙比诗集》，辑入诗人二十八首诗，1961年由作家出版社出版。摩洛哥诗人穆罕默德·阿齐兹·拉巴比著、金志平翻译的诗集《苦难与光明》收录了《农民》、《饥饿》、《空肚子》、《你好呀，独立》、《自由万岁》等诗作，1961年作家出版社出版。马里作家马马杜·戈洛戈著、苏杭翻译的诗集《非洲的风暴》1965年由作家出版社上海编辑所出版。加纳作家乔治· 阿翁纳尔· 威廉斯著，陈敬容、张奇翻译的诗集《黑色的鹰觉醒了》歌颂非洲人民争取民族独立的精神，1964年由作家出版社出版。喀麦隆作家裴迪南·奥约诺著、王崇廉翻译的中篇小说《老黑人和奖章》反映了殖民者与被殖民者不可调和的矛盾，1959年由中国青年出版社出版。埃塞俄比亚作家格尔马狄·特克勒–哈瓦里亚特著、江有梁翻译的长篇小说《阿拉亚》表现了人民反抗意大利法西斯的斗争，1962年由作家出版社出版。莫桑比克作家马尔赛林诺·多斯·桑托斯著、戈宝权翻译的诗集《桑托斯诗集》表现了歌颂祖国，热爱生活的主题，1962年由作家出版社出版。戈宝权翻译的诗集《安哥拉诗集》包括安哥拉多位作家的诗歌十五篇，1963年由作家出版社出版。

由于南非当局长期以来推行种族歧视和种族隔离政策，南非文学的另一主题就是反对种族隔离。南非作家哈利·勃洛姆著、何青翻译的长篇小说《插曲》表现了南非人民生活的苦难和争取自由的斗争，1962年由作家出版社出版。阿伯拉罕姆斯著、复旦大学外文系英文组1958年毕业班集体翻译的长篇小说《矿工》表现南非人民要求消灭种族歧视、争取解放自由的斗争，1959年由上海文艺出版社出版。

第五节　拉美文学翻译简况

一、拉美文学现状

二十世纪初拉丁美洲出现了现代主义文学浪潮，这是具有民族解放性质的文学运动。这一运动的核心是民族意识的觉醒，摆脱殖民主义的束缚,突破欧洲文学的框架,创造具有民族特色的拉美文学。二十世纪四十年代，拉美民族文学出现了大量反映印第安民族和黑人生活的作品,前者被称为土著主义文学,后者被冠以黑人派诗歌。二十世纪中叶,拉美文学登上新的艺术高峰。一大批优秀作家登上文坛,创作出具有深邃思想、艺术精湛的作品,多角度、多层次、多方位地表现了拉丁美洲的历史命运和现实生活。这些小说反映拉美的历史和现实,所涉及的领域广阔,所表现的矛盾多样化,所塑造的人物形象丰富多彩,以民族题材为依托去探讨人类共同命运和人性的本质、生命的价值等人类的共同话题。拉美文学的快速发展被誉为“拉美文学爆炸”,它在世界文学发展中取得了重大成就。

拉美作家在创作中实现题材民族化与多样化的结合，在接受西方现代文学思想和表现方法的同时，注重继承拉美的民族文化和印第安文化传统，将古老的民族文化与最新的文学表现方法和谐地交融在一起，使得以魔幻现实主义为代表的拉美文学屹立于世界文学之林。

五六十年代我国对拉美各国争取民族解放的斗争给予很大的支持,对拉美文学发展现状也特别关注,翻译作品着重选择反映人民生活困苦及受殖民统治压迫剥削等社会现实的现当代文学作品。拉美文学翻译集中在巴西、智利、阿根廷、古巴、海地等国,其他国家的文学作品介绍较少。

二、拉美各国文学翻译

1. 巴西

巴西作家卡斯特罗· 阿尔维斯(1847—1871)积极参加要求废除帝制、实行共和,废除奴隶制、解放黑人的斗争,在作品中他揭露帝制和奴隶制的罪恶,歌颂自由和解放,被称为“奴隶歌手”。中国译者亦潜翻译的《卡斯特罗·阿尔维斯诗选》辑选了作者《浮沫集》和《奴隶集》中的部分诗歌,1959 年由人民文学出版社出版。

欧克里德斯·达·库尼亚(1866—1909)的长篇报告文学《腹地》描写

卡努杜斯人民的起义经过和战斗始末，揭露了政府军队的腐败和对人民运动的镇压。作品受实证主义哲学影响，对腹地现状的描写呼唤人民正视现实、认识自身的力量和发展潜力。这部作品是巴西文学的经典著作，也是拉丁美洲的名著。我国译者贝金翻译了这部报告文学，1959年由人民文学出版社出版。阿琳娜·巴依姆著、秦水翻译的长篇小说《时候就要到了》描写巴西铁路工人罢工斗争，宣告无产阶级革命的时候就要到了，1958年由人民文学出版社出版。阿米索·斯密特著，吴玉莲、陈绵翻译的中篇小说《远征·圣保罗的秘密》包括两篇中篇小说《远征》和《圣保罗的秘密》，前者反映巴西人民争取自由的历史故事，后者描写工业城市的底层生活，1960年由人民文学出版社出版。乔治·亚马多著、郑永慧翻译的长篇小说《饥饿的道路》描写巴西由封建社会转入资本主义社会的阶段，人民由农村转入城市的悲惨生活，表现巴西人民觉醒后投入武装起义，1954年由平明出版社出版，1956年新文艺出版社，1957年作家出版社两次再版。

此时期也有巴西戏剧作品和儿童故事翻译过来。吉·菲格莱德著、陈颙翻译的三幕剧《伊索》（狐狸与葡萄）描写古希腊奴隶要求解放、争取自由的斗争，1959年由中国戏剧出版社出版。洛瑟·蒙特伊鲁·洛巴图著，杨永、杨涛翻译的《娜丝塔霞姑姑讲的故事》包括巴西民间故事集，1959年由少年儿童出版社出版。

2. 阿根廷

阿根廷是拉丁美洲仅次于巴西的第二大国家。阿根廷的土著是印第安人，十六世纪初西班牙开始在阿根廷建立殖民据点，十九世纪阿根廷人民在民族英雄圣马丁的领导下开展反对西班牙殖民者的武装斗争，最终获胜，取得了民族解放和独立。阿根廷在拉丁美洲是文学发达地区，它受古代印第安文化和西班牙文化影响较小，受欧洲文学影响较大。

“文革”前我国翻译的阿根廷作品虽非经典作品，但是都真实地反映了阿根廷人民的社会生活和争取民族解放的斗争历程。小说方面，阿尔弗雷陀·伐莱戈著、柯青翻译的长篇小说《阴暗的河流》表现阿根廷契约劳工制度的残酷，译作根据德文本转译，1959年由人民文学出版社出版。劳尔·拉腊著、王科一翻译的中篇小说《大厦谷》描写阿根廷棉农不堪欺压进行武装暴动的故事，1961年由上海文艺出版社出版。拉乌利·劳拉著、费贤翻译的中篇小说《一个阿根廷报贩》描写一个报贩由平凡商贩转而加入民族解放斗争行列的故事，该作品自俄文本转译，1959年由江苏文艺出版社出版。

阿根廷戏剧方面的翻译作品在这一时期出现较多。奥斯瓦尔多·德腊贡的三幕剧《美洛斯来的瘟疫》借古代希腊伯罗奔尼撒战争反映当代阿根廷人民反抗殖民统治和侵略的斗争，该剧由林光、徐培吉翻译，1964年中国戏剧出版社出版。奥古斯丁·库塞尼的三幕讽刺剧《中锋在黎明前死去》描写一位足球运动员被盘剥致死，说明资产阶级贪得无厌的本质，该剧由陈军翻译，1961年由中国戏剧出版社出版。库塞尼的另一部独幕讽刺剧《一磅肉》模仿莎士比亚《威尼斯商人》一磅肉的典故，描写现代小职员被资本家吸光了血，只剩下不带血的一磅肉偿还高利贷者的故事，该剧本由陈国坚、姜学贵翻译，1964年作家出版社上海编辑所出版。安德莱·利萨拉伽的三幕历史剧《美洲的圣胡安娜》描写独立革命时期女英雄为革命流血立功却得不到革命成功的果实，政权依然掌握在地主阶级手中，反映了独立革命的历史教训，该剧本由章仁鉴翻译，1962年中国戏剧出版社出版。

儿童文学方面也有翻译作品。阿·容凯著、沈小娴翻译的《马丁什么也没偷》辑入作者五篇小说，描写阿根廷儿童的不幸遭遇，反映了阿根廷社会生活，1958年由少年儿童出版社出版。

3. 古巴

古巴文学在拉丁美洲文学中占有重要地位，这一时期的译介包括诗歌、小说、戏剧等文学形式。尼古拉斯·纪廉是古巴著名诗人，他的诗集《汗和鞭子》辑入诗人十三首诗，由亦潜翻译，1959年人民文学出版社出版。诗人的其他作品辑入《纪廉诗选》中，仍由亦潜翻译，1959年由人民文学出版社出版。法雅德·哈米斯的诗作《为了这样的自由》由赵金平翻译，1964年由作家出版社出版。费·比·罗德里格斯的诗作《中国人民的手》是诗人访问中国时留下的作品，诗歌颂扬了中古人民友谊和战斗情谊，由赵金平翻译，1964年由作家出版社出版。何塞·马蒂的诗作《马蒂诗选》反映拉丁美洲人民的斗争生活，由卢永根据俄文本转译，1958年由人民文学出版社出版。

小说翻译方面也取得了一些成就。何塞·索莱尔·普依格所著中篇小说《具尔蒂雄166》描写巴蒂斯塔政权对人民的迫害以及残酷的刑讯，反映古巴人民推翻巴蒂斯塔独裁统治的斗争，该作品由于之汾根据俄文本转译，1962年由作家出版社出版。达乌拉·奥莱玛·伽尔西亚著，静言、志良翻译的中篇小说《志愿女教师》描写女教师思想转变、投身革命的故事，1964年由作家出版社出版。奥内略·豪尔赫·卡尔多索著、赵清慎翻译的短篇小说集《幸运之轮》辑入十五篇小说，集中反映古巴革命前普通人的生活，1964年由作家出版社出版。拉·贡·卡斯柯洛著、郑小榕翻译的短篇小说集《吉隆滩的人们》描写古巴人民为保卫祖国进行的斗争，揭露雇佣军的嘴脸，1963年由中国青年出版社出版。维益翻译的短篇小说集《旗帜集》辑入多位古巴作家的作品，作品按内容分三部分：帝国主义入侵和对人民的压迫、人民的英勇斗争、歌颂美好生活，1961年由上海文艺出版社出版。

古巴戏剧也有译介。巴格·阿尔丰索著、英若诚翻译的三幕剧《甘蔗田》描写甘蔗种植园的工人与美帝国主义及其走狗的斗争。该剧本由英文本转译，1962年中国戏剧出版社出版。

何塞·安东尼奥·波尔图翁多著、王央乐翻译的《古巴文学史》评述古巴文学发展的历程，展现古巴文学的历史职责和未来趋势，1962年由作家出版社出版。

4. 智利

智利诗人巴勃鲁·聂鲁达（1904—1973）的诗歌既受欧洲诗歌的影响，更兼具智利民族诗歌的特点。袁水拍翻译聂鲁达的诗集《伐木者，醒来吧！》，1958年由人民文学出版社出版。邹绛翻译的诗集《葡萄园和风》反映了各国人民为保卫和平进行的斗争，1959年由上海文艺出版社出版。王央乐翻译的诗集《英雄事业的赞歌》包括聂鲁达的多首诗

^《聂鲁达诗文集》插图

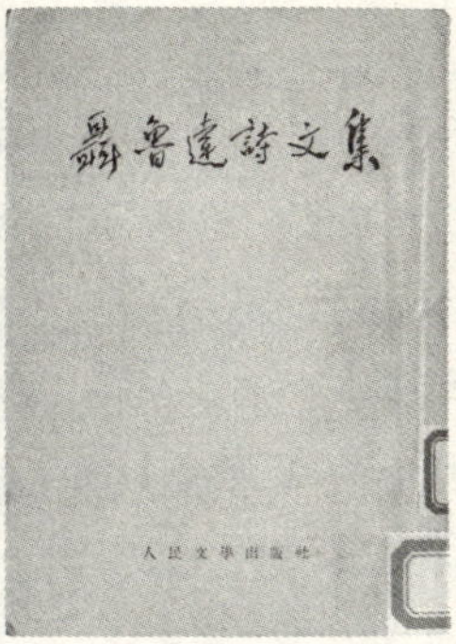

^ 袁水拍译《聂鲁达诗文集》，人民文学社，1953 年版

^ 聂鲁达像

作，1961 年由作家出版社出版。智利作家巴尔多迈罗·利约著、梅仁翻译的《利约的短篇小说集》包括十五篇短篇小说，1961 年由作家出版社出版。巴勃罗·德·罗卡著、赵金平翻译的诗集《献给北京的歌》是作者访问北京时所作，诗歌集中表现了对中国人民的友好情谊和对中国社会建设的赞叹，1965 年由作家出版社出版。何塞·万徒勒里由于工作的关系常驻北京，他返回故乡时周游拉丁美洲各国，回到北京后作《拉丁美洲旅行记》，记录拉丁美洲各地如火如荼的民族运动，热情地介绍了拉美各地风土人情，吴名祺翻译了这本书，1960 年由世界出版社出版。

5. 墨西哥

墨西哥作家马里亚诺·阿苏埃拉（1873—1952）在二十世纪三十年代成为墨西哥现实主义文学的奠基人。阿苏埃拉创作的中篇小说《财阀》以 1910 至 1917 年墨西哥资产阶级革命为背景，描写小商贩被财阀吞并后破产自杀的故事，反映资本主义制度黑暗腐朽，该作品由杨万根据英文译本转译，1960 年由上海文艺出版社出版。曼西西多尔（1894—1956）著，林荫成、姜震瀛翻译的长篇小说《深渊上的黎明》描写墨西哥人民为保护石油资源与英、美、荷等帝国主义斗争的故事，反映墨西哥人民团结一致。反抗外敌的民族精神，1958 年由人民文学出版社出版。

6. 海地

海地先后被西班牙和法国侵占，沦为殖民地，经过海地人民的殊死斗争，终于在十九世纪初赢得了民族自由，成为拉丁美洲第一个赢得独立的黑人国家。海地革命拉开了拉美独立的序幕。海地文学也表现出海地人民渴望自由的心声。阿列克西斯著，刘煜、张昭民翻译的长篇小说《太阳老爷》以第二次世界大战为背景，反映海地社会面貌，以及海地共产主义者的初期活动，1959 年由人民文学出版社出版。雅各·路曼对海地土著黑人有着深厚的感情，他的长篇小说《露水的主人》、《通知泉水的人》描写海地黑人的困苦生活，以及他们逆来顺受的生活习性，说明只有团结起来才能创造美好生活。前者由王崇廉翻译，1959 年由中国青年出版社出版；后者由孟安翻译，1959 年由上海文艺出版社出版。

^ 南开大学外文系俄文教研组译《危地马拉的周末》，人民文学社，1959 年版

7. 其他国家

拉丁美洲的独立运动影响了整个大陆，各地民族运动风起云涌，整个拉丁美洲成为了独立自由的战场。在这个战场上，文学家也积极参与，他们以手中的笔为枪杆，反映社会弊端，激发人民的斗志，畅想自由未来。

危地马拉作家米盖尔·安海尔·阿斯杜里亚斯创作的中篇小说集《危地马拉的周末》反映危地马拉人民保卫祖国，争取自由的斗争，该作品由南开大学外文系俄文教研组根据俄文本转译，1959 年由人民文学出版社出版。曼努埃尔·加利奇创作的三幕剧《难消化的鱼》描写古罗马统治者把人民当做鱼肉为所欲为，却最终遭到百姓的处置。作者借历史题材剧表现了现代危地马拉人民的思想。剧本由章仁鉴翻译，1964 年由作家出版社上海编辑所出版。

洪都拉斯作家拉蒙·阿马亚·阿马多尔著，王克澄、韩世钟翻译的长篇小说《绿色的监狱》描写垄断公司侵吞小业主的产业，剥削种植工人的经过，反映了种植园工人的觉悟和与美帝奴仆斗争的决心，1961年由上海文艺出版社出版。

厄瓜多尔作家恩·希·希尔贝尔特著、侯浚吉翻译的长篇小说《我们的粮食》反映庄园主对农民的盘剥，以及农民悲苦的生活，1962年由上海文艺出版社出版。

秘鲁作家里卡陀·巴尔玛著、白婴翻译的传说故事《秘鲁传说》描写秘鲁各个历史时期的传说故事，反映各个时期的社会矛盾，1959年由人民文学出版社出版。塞萨·瓦叶霍著、梅仁翻译的中篇小说《钨矿》描写第一次世界大战时期美国攫取秘鲁的钨矿资源并压迫当地印第安人而遭工人反抗的故事，1963年由作家出版社出版。

巴拉圭作家埃尔维奥·罗梅罗著诗集《黎明的战士》表达受压迫人民坚持武装斗争的决心。诗集由赵金平翻译，1964年由作家出版社出版。

乌拉圭作家阿尔弗雷陀·丹特·格拉维那著、河北大学俄语教研室集体根据俄文本转译的长篇小说《风暴中的庄园》反映了第二次世界大战后乌拉圭乡村阶级斗争的新问题，1962年由作家出版社出版。

特立尼达和多巴哥的作家波西埃创作了长篇小说《甜酒与可口可乐》，反映二战期间受美国势力影响，工人生活艰难，在福利会的领导下，工人们与帝国主义进行斗争。该作品由施咸荣翻译，1964年由作家出版社上海编辑所出版。作家的三幕剧《卡列泼索岛的斗争》反映了西印度群岛人民团结起来反对美帝国主义的斗争，由邹绿芷、张王玉根据英文本转译，1960年上海文艺出版社出版。

第六节　亚非拉文学翻译家

一、学者型译者

季羡林（1911—2009）系山东清平（今临清市）人，是我国佛典语言、佛教史、中印文化关系史、印度文学和比较文学等领域的学术权威和大师。他曾任北京大学副校长、北京大学南亚研究所所长和第五届全国政协委员。季羡林高中开始学习德文，师从翻译家董秋芳，自此对外国文学发生兴趣。1930年考入清华大学西洋文学系，师从吴宓、叶公超，学习东西诗比较、英文和梵文。1935年季羡林赴德国留学，获得博士学位后留德工作，二战结束后回国。季羡林的学术研究，用他自己的话说是："梵学、佛学、吐火罗文研究并举，中国文学、比较文学、文艺理论研究齐飞。"

从亚非作家会议到"文革"前的这段时期是季羡林先生学术研究丰收的时期，他翻译了印度古代寓言故事集《五卷书》(印度古代寓言集，人民文学出版社，1959年)和印度伽梨陀娑《优哩婆湿》(五幕剧，人民文学出版社，1962年)。

戈宝权(1913—2000)系江苏省东台县台城人，曾用笔名葆荃、北辰、苏牧，是著名外国文学研究家、翻译家。大学时学习英、法、日语，自学世界语，后又学习俄语。戈宝权从三十年代初期即开始翻译和研究外国文学。他翻译过俄国、前苏联、东欧和亚非拉各国的文学作品五十余种，撰写过中外文学关系史、翻译史方面的论文若干篇，在学术界产生了很大影响。

戈宝权对亚非拉弱势文学也倾注了一定的心力，这一时期的亚非拉文学中他翻译了莫桑比克诗人作品《桑托斯诗集》(作家出版社，1962年)和安哥拉诗人作品《安哥拉诗集》(作家出版社，1963年)。戈宝权的翻译作品主要根据俄文本转译。

马祖毅(1925—)字士弘，号惠庵，江苏苏州人。1958年毕业于上海复旦大学外文系。先后在安徽师范学院、合肥师范学院、安徽大学外语系任教，现为研究员，中国翻译家协会理事、中国大洋洲经济研究会理事、安徽省外国文学研究会会长、《大洋洲文学丛刊》主编。马祖毅主要研究领域为翻译理论、中国翻译史、大洋洲文学和中国古典诗词，他的主要著作是《中国翻译史》五卷。"文革"前这一时期他的翻译作品是越南小说集《面包树》(自英文转译，江苏文艺出版社，1959年)。

二、作家型译者

郭沫若(1892—1978)系四川乐山沙湾人,原名郭开贞,是我国著名的科学家、文学家、考古学家、思想家和诗人。郭沫若幼年入家塾读书,1906年入嘉定高等学堂学习,开始接受民主思想。1914年赴日本留学,于这一时期接触了泰戈尔、歌德等外国作家作品。他从日本帝国大学毕业后回国并从事文学创作活动。郭沫若在“文革”前,在亚非拉文学方面翻译了伊朗诗集《鲁拜集》(英文本转译,人民文学出版社,1958年)。

谢冰心(1900—1999)系福建长乐人,原名谢婉莹。她1923年毕业于燕京大学,1926年获美国威尔斯利女子大学研究院硕士学位,1926至1938年先后任北京燕京大学、北平女子文理学院、清华大学讲师,并任国民参政会参政员。1946年在日本东京大学任讲师。1951年回国后长期从事文艺创作,任中国文联副主席,中国作家协会理事、顾问,中国妇女联合会执委。“文革”前期她译有尼泊尔作家马亨德拉的诗集《马亨德拉诗抄》(英文本转译,作家出版社,1965年),《泰戈尔剧作集》卷四有谢冰心翻译的剧本《齐德拉》和《暗室之王》(英文本转译,中国戏剧出版社,1959年)。1961年为纪念泰戈尔诞辰一百周年特别出版的《泰戈尔作品集》中,人民文学出版社又重版了冰心翻译的泰戈尔作品,其中有泰戈尔获得诺贝尔文学奖的诗歌《吉檀伽利》,以及冰心早期翻译的《园丁集》和剧本《齐德拉》(英文本转译,人民文学出版社,1961年)。

丰子恺(1898—1975)系浙江桐乡石门镇人。原名丰润,又名丰仁,是中国现代著名的画家、文学家、教育家。丰子恺自幼爱好美术,1914年入省立第一师范学校,师从李叔同学习绘画和音乐。1921年东渡日本考察、学习,回国后从事美术、音乐教学工作,曾任上海开明书店编辑、大学美术教授,同时进行绘画、文学创作。丰子恺在“文革”前期翻译日本作家石川啄木的《石川啄木小说集》(包括《云是天才》、《葬列》、《天鹅绒》等短篇小说,人民文学出版社,1958年),与开西合作翻译《夏目漱石选集》第二卷(中篇小说,人民文学出版社,1958年)。

^ 袁水拍像

袁水拍(1915—1982)系江苏苏州人，原名袁光楣，是我国著名出版人和翻译家。他毕业于苏州高中，考入上海沪江大学，后转入银行界工作。抗日战争爆发后，他积极从事抗日救亡宣传，历任重庆美术出版社编辑、中华全国文艺界抗敌协会候补理事兼会刊主编，同时从事诗歌创作。解放后调《人民日报》工作，担任文艺部主任，兼任《人民文学》、《诗刊》杂志编委，后任职于作家协会和中共中央宣传部。“文革”前出版的袁水拍译作有《土耳其诗选》(俄文本转译，上海文艺出版社，1960年)、智利诗人聂鲁达的《伐木者，醒来吧！》(人民文学出版社，1958年)。

英若诚(1929—2003)系北京人，表演艺术家、翻译家。他于1946年考入清华大学外国文学系，毕业后考入北京人民艺术剧院，曾任中国戏剧家协会第四届常务理事，中华人民共和国文化部副部长。他致力于中国戏剧事业的发展，不仅参加演出，还大量翻译世界优秀剧本，“文革”前出版了他翻译的古巴三幕剧《甘蔗田》(英文本转译，中国戏剧出版社，1962年)。英若诚不仅翻译外国优秀剧本，同时还将中国经典剧作《茶馆》、《王昭君》、《家》等译为英文，他是中国戏剧走向国外的译介者之一。

迟叔昌(1922—1997)系哈尔滨人，我国著名科幻作家。1935年他赴日本留学，毕业于日本庆应大学经济系，回国后在贸易公司工作。1955年，迟书昌在某编辑部任抄稿员，被科幻故事所吸引，开始尝试自己创作并翻译作品，成为专业作家。除了科幻故事外，迟叔昌还创作不少科学童话、科学相声等科学文艺作品。“文革”前近十年时间他翻译了日本作家石川啄木的小说《我们的一伙儿和其他》(人民文学出版社，1962年)，与人合作翻译了日本著名作家宫本百合子的长篇小说《播州平野》

和《知风草》,译本收录于《宫本百合子选集》(人民文学出版社,1959年)第三卷。他还翻译了《板车之歌》、《守礼之民》、《小林多喜二小说集》等其他作品。

楼适夷（1905—2001)系浙江余姚人,原名锡春,曾用笔名楼建南,是我国著名作家、出版家和翻译家。楼适夷曾入钱庄学徒,1928年考入上海艺术大学,1929年留学日本,修俄罗斯文学。回国后他参与编辑“左联”机关刊物《前哨》、《文学导报》和《文艺新闻》。“孤岛”时期,与王元化、许广平等共同主办《奔流新集》月刊。1946年回上海,任《时代日报》副刊编辑,并同靳以合编中华全国文艺协会的机关刊物《中国作家》。1947年赴香港,与周而复创办《小说》月刊。1949年至北京参加第一次文代会,并当选为作协理事。他参加过抗美援朝,任东北军区后勤政治部宣传部长,1952年任人民文学出版社副社长兼副总编,《译文》、《世界文学》编委,1978年后任人民文学出版社顾问。楼适夷翻译了大量俄罗斯文学和日本文学作品。楼适夷“文革”前翻译出版的作品有井上靖的小说《天平之甍》(作家出版社,1963年),小林多喜二的部分作品,如《一九二八年三月十五日》(中篇小说,人民文学出版社,1958年)、《安子》(中篇小说,上海文艺,1962年)、《小林多喜二小说选》(人民文学出版社,1965年)、《小林多喜二选集》(人民文学出版社,1958年)第一卷。与李芒合作翻译《壶井繁治诗钞》(作家出版社,1963年),与白锐合作翻译朝鲜作家赵基天的作品《赵基天诗集》(人民文学出版社,1958年)。

三、著名译者

周作人(1885—1967)系浙江绍兴人。原名櫆寿,字星杓,后改名奎绶,自号起孟、启明(又作岂明)、知堂等,笔名仲密、药堂、周遐寿等,是现代散文家、诗人、文学翻译家。他是著名进步作家、翻译家鲁迅的胞弟。他早年入南京江南水师学堂,又东渡日本留学,回国后任中学英文教员,后任北京大学文科教授。“五四”时期他发起成立文学研究会,从事散文、新诗创作和译介外国文学作品,是新文化运动的重要代表人物之一。二十世纪二十年代年代在文学界有重大影响，后期脱离时代主流，提倡闲适小品文，影响渐小。抗日战争爆发后，居留沦陷后的北平，1945年以叛国罪被判刑入狱，出狱后在人民文学出版社从事日本、希腊文学作品的翻译和有关鲁迅的著述。“文革”前期周作人以笔名“周启明”翻译安万侣整理的日本典籍《古事记》（神话传说、帝王家谱，人民文学出版社，1963年），与卞立强合译石川啄木的作品《石川啄木诗歌集》（诗歌、诗论，人民文学出版社，1962年）。

钱稻孙（1887—1966）祖籍浙江吴兴，是我国现代文学史上与周作人齐名的日本文学研究者和翻译大家。钱稻孙自幼随父游历日本、意大利、比利时诸国，精通日、意、法、德诸文。归国后曾任教于北大、清华，教授日文及东洋史，热衷于日本古典文学的翻译和研究。钱稻孙有着深厚的日本语言和文学功底，他翻译日本文学是从纯文学的视角来研究日本及其文化，不掺杂政治成分。晚年钱稻孙受到“文革”冲击，被迫害致死。

钱稻孙是我国翻译但丁《神曲》的第一人。他一生也翻译了大量的日本文学作品，如《源氏物语》，可惜手稿在“文革”中散佚。“文革”前期出版了不少钱稻孙的译作，其中有木下顺二的《民间故事剧》（包括五个剧本，作家出版社，1963年），与迟叔昌合译山代巴的《板车之歌》（长篇小说和短篇小说，作家出版社，1961年），与文洁若合译有吉佐和子的《木偶净瑠璃》（短篇小说集，作家出版社，1965年）等。

金福（1913—1989）系江苏吴县人，原名吴元坎。他曾就读于上海复旦大学，后东赴日本留学。归国后先后在上海文艺出版社、上海译文出版社工作。金福主要从事日本文学翻译，他的译作很多，“文革”前出版的译作有德富芦花的《黑潮》（长篇小说，上海文艺出版社，1959年）、中本高子的《跑道》（长篇小说，上海文艺出版社，1962年）、霜多正次的《冲绳岛》（长篇小说，上海文艺出版社，1963年）。

萧萧，主要从事日本文学翻译工作。他在“文革”前期出版的译作有德永直的长篇小说《静静的群山》，分两部辑入《德永直选集》第二卷和第三卷（人民文学出版社，1959年）、《宫本百合子选集》（小说集，人民文学出版社,1958年)第一卷、《樋口一叶选集》(短篇小说和日记,人民文学出版社,1962年)。

水建馥系江苏阜宁人。1950年毕业于清华大学英语系。历任三联书店、人民文学出版社外文编辑、中国社科院外国文学研究所副研究员。1948年开始发表作品。译作有《古希腊抒情诗选》、《古希腊散文选》、《伊利亚特的故事》等作品,著《古希腊语汉语词典》。水建馥的译文简明晓畅,优美的词句深受读者喜爱,为读者传颂。水建馥"文革"前期出版的译作有伊朗文学典籍萨迪的《蔷薇园》(训世格言,据英文本转译,人民文学出版社,1958年)。

石真原名石素真,是新中国成立以来第一位孟加拉语文学翻译家,且为东方学家,曾在印度的泰戈尔研究所学习孟加拉语。石真主要从事中世纪到当代孟加拉文学的研究和泰戈尔作品的翻译、研究。曾与谢冰心、郑振铎合译《泰戈尔诗选》。"文革"前出版的译作有泰戈尔的《两亩地》(诗集,人民文学出版社,1959年)。

王崇廉于"文革"前翻译了非洲和拉丁美洲的一些作品,其中有塞内加尔作家桑贝内·乌斯曼的作品《塞内加尔的儿子》(长篇小说,中国青年出版社,1959年)、喀麦隆作家裴迪南·奥约诺的作品《老黑人和奖章》(中篇小说,中国青年出版社,1959年)、海地作家雅各·路曼的作品《露水的主人》(长篇小说,中国青年出版社,1959年)。他的译作大多数根据俄文本转译。

赵金平于"文革"前主要翻译出版拉美文学作品,有巴拉圭作家埃尔维奥·罗梅罗的作品《黎明的战士》(诗集,作家出版社,1964年)、智利作家巴勃罗·德·罗卡的《献给北京的颂歌》(诗集,作家出版社,1965年)、古巴作家法雅德·哈米斯的《为了这样的自由》(诗集,作家出版社,1964年)、费·比·罗德里格斯的《中国人民的手》(诗集,作家出版社,1964年)。

亦潜，主要从事拉丁美洲文学翻译工作。他在“文革”前出版的译作有巴西作家卡斯特罗·阿尔维斯的《卡斯特罗·阿尔维斯诗选》（诗集，人民文学出版社，1959年）、古巴作家尼古拉斯·纪廉的作品《汗和鞭子》（诗集，人民文学出版社，1959年）、《纪廉诗选》（诗集，人民文学出版社，1959年）。

冰蔚，主要从事朝鲜语的翻译工作，他曾经翻译过朝鲜著名古典小说《春香传》。冰蔚“文革”前出版的译作有韩雪野的《塔》（长篇小说，上海文艺出版社，1960年）、黄健的《盖马高原》（长篇小说，人民文学出版社，1960年）、千世峰的《白云缭绕的大地》（中篇小说，作家出版社，1963年）、《朝鲜现代戏剧集·上集》（剧本，上海文艺出版社，1960年）。

亚非拉文学翻译书目表（1958—1966）

国别	作品名称	作者	译者	出版社	出版时间
蒙古	路	乔·敖伊道布	鲁清	中国戏剧	1960.1
	策登扎布诗选	策登扎布	曹都	上海文艺	1959.1
	达木丁苏伦诗文集	策·达姆丁苏隆	张玉元	作家	1961.7
	光明之路	达西登德布	陈乃雄	作家	1961.7
	苏赫·巴托尔之歌	策维格米丁·盖达布	邹绛	上海文艺	1962.2
	戴帽子的狼	策·罗代丹巴	齐星宝	内蒙古人民	1959.7
	少年探险家	纳·那德米德	陈乃雄	内蒙古人民	1960.1
	三座山	达·纳楚克道尔基	安柯钦夫	中国戏剧	1959.9
	曙光第一部：在清朝的奴役下	仁亲	达基	人民文学	1958.9
	曙光第二部：水深火热之中	仁亲	文西	人民文学	1958.9

	曙光第三部：在战斗中成长的祖国	仁亲	陈乃雄	人民文学	1962.8
日本	深厚的情感	达西策伯格·僧格	陈乃雄	作家	1963.4
	古事记	安万侣	周启明	人民文学	1963.2
	浮草日记	八住利雄	李正伦	中国电影	1959.5
	辛酸	城山三郎	王敦旭	作家	1965.1
	黑潮	德富芦花	金福	上海文艺	1959.8
	妻呵，安息吧	德永直	周丰一	上海文艺	1961.11
	怎样走上战斗道路的	德永直	储元熹 林玉波	上海文艺	1959.4-1964.2
	童年的故事	德永直	刘仲平	少年儿童	1960.4-1964.1
	德永直选集（第一卷）	德永直	李芒	人民文学	1960.4-1960.5
	德永直选集（第二卷）	德永直	萧萧	人民文学	1959.12
	德永直选集（第三卷）	德永直	萧萧	人民文学	1959.11
	德永直选集（第四卷	德永直	刘仲平	人民文学	1959.10-1959.11
	二叶亭四迷小说集	二叶亭四迷	石坚白、秦柯	人民文学	1962.1
	宫本百合子选集（第一卷）	宫本百合子	萧萧	人民文学	1958.12
	宫本百合子选集（第二卷）	宫本百合子	冯淑兰、石坚白	人民文学	1959.1
	宫本百合子选集（第三卷）	宫本百合子	叔昌、张梦麟	人民文学	1959.11
	宫本百合子选集（第四卷）	宫本百合子	储元熹	人民文学	1959.4

	到泉水去的道路	广津和郎	生生	上海文艺	1959.6–1963.2
	北京的星星	龟田胜一郎	李芒、祖秉和	作家	1964.9
	黑岛传治短篇小说集	黑岛传治	李芒等	上海文艺	1962.6
	壶井繁治诗钞	壶井繁治	楼适夷、李芒	作家	1962.3
	壶井荣小说集	壶井荣	舒畅、萧萧	人民文学	1959.8
	在喷烟之下	间宫茂辅	张梦麟	中国青年	1958.8
	新娘子和一匹马	江口涣	张梦麟	作家	1964.6
	冰河(第一部)	江马修	力生	新文艺 上海文艺 作家	1958.8 1964.2 1965.6
	冰河(第二部)	江马修	力生	上海文艺 作家出版社 上海编辑所 新1版	1961.12 –1964.2 1965.6
	天平之甍	井上靖	楼适夷	作家	1963.4
	岛	崛田清美	梦迴、陈北鸥	中国戏剧	1959.7
	鬼无鬼岛	崛田善卫	李芒、文洁若	作家	1963.4
	夕鹤	木下顺二	陈北鹏	中国戏剧	1961.11
	民间故事剧	木下顺二	钱稻孙	作家	1963.4
	731细菌部队	秋山浩	北京编译社	群众	1961.12–1963.1
	板车之歌	山代巴	钱稻孙、叔昌	作家	1961.9–1962.1
	天总会亮的	山田清三郎	李统汉	新文艺 上海文艺 作家	1958.8 1964.2 1965.6

	我们的一伙儿和其他	石川啄木	叔昌	人民文学	1962.1
	石川啄木小说集	石川啄木	丰子恺	人民文学	1958.11
	石川啄木诗歌集	石川啄木	周启明、卞立强	人民文学	1962.1
	小林多喜二传	手塚英孝	卞立强	作家	1963.9
	冲绳岛	霜多正次	金福	上海文艺 作家	1963.4 1964.8–1965.9
	守礼之民	霜多正次	迟叔昌	作家出版社上海编辑所	1964.9–1965.1
	樋口一叶选集	樋口一叶	萧萧	人民文学	1962.1
	哥儿	夏目漱石	开西	人民文学	1959.12
	夏目漱石选集（第一卷）	夏目漱石	胡雪、由其	人民文学	1958.12
	夏目漱石选集（第二卷）	夏目漱石	开西、丰子恺	人民文学	1958.2
	一九二八年三月十五日	小林多喜二	楼适夷	人民文学	1958.9–1959.5
	安子	小林多喜二	楼适夷	上海文艺 作家	1962.4 1964.8–1964.11
	小林多喜二小说选	小林多喜二	楼适夷	人民文学	1965.2
	小林多喜二选集（第一卷）	小林多喜二	楼适夷	人民文学	1958.12
	小林多喜二选集（第二卷）	小林多喜二	金中	人民文学	1958.6
	小林多喜二选集（第三卷）	小林多喜二	舒畅、李克异	人民文学	1959.4–1959.9
	木偶净瑠璃	有吉佐和子	钱稻孙、文洁若	作家	1965.4

	跑道	中本高子	金福	上海文艺	1962.11
	我们是日本人		北京大学东方语言系	人民文学	1958.1
	惊雷集		诗刊社	作家	1962.3
	怒吼吧，富士		李芒	作家	1965.9
	日本人民的英雄气概		李芒	作家	1965.12
	日本民间故事	著者不详	梅韬	百花文艺	1959.3
	日本童话	著者不详	庄泽义、韩珍重	百花文艺	1960.5
朝鲜	青春的舞台	池在龙	齐岱	作家	1965.9
	火炬	崔荣化	张琳	作家	1965.1
	海鸥号船员	韩尚云	韩昌熙	中国电影	1964.9
	大同江	韩雪野	李烈、曲本进	人民文学	1959.4
	黄昏	韩雪野	武超	上海文艺	1959.12–1962.3
	塔	韩雪野	冰蔚	上海文艺	1960.2
	狼	韩雪野		人民文学	1958.11–1959.6
	盖马高原	黄健	冰蔚	人民文学	1960.8
	在敦化的密林里	金承九	一宏、忍坚	中国电影	1964.8
	燕岩	金河明	朴趾源、陈文琴	商务印书馆	1963.7
	沈清传	金亚夫	梅峰	中国戏剧	1959.5
	回声	李东春	周必忠	作家	1964.6
	第一次收获	李根荣	江森	上海文艺	1961.8–1963.2
	鸟儿栖息在柳树沟	李镇华	洪浩	少年儿童	1965.8–1965.11
	分界线上的村庄	李智勇	甘章贞	中国电影	1964.8
	红色花朵	李钟淳	紫荆	中国电影	1964.8
	朴八阳诗选	朴八阳	张琳	人民文学	1958.9–1959.9

	朝鲜的母亲	朴赫	江森	作家上海编辑所	1964.12–1965.8
	朝霞	朴灵宝	鲁定	作家	1965.9
	密林的历史	朴世永	李佩纶、杨永骝	作家	1965.3
	祖国	朴雄杰	江森	作家	1963.8–1964.9
	战斗的村民	千世峰	李英爱	上海文艺	1959.6–1960.3
	白云缭绕的大地	千世峰	冰蔚	作家	1963.5–1965.6
	父亲的控诉	权正龙	何文	上海文艺	1960.5
	百日红	权正雄	崔奉春、崔承一	中国电影	1964.8
	不死鸟	宋影	金圣哲	中国戏剧	1960.7
	江华岛	宋影	王文光	作家	1965.8
	在考验中	尹世重	吉文涛	作家	1964.8
	红色宣传员	赵白岭	张琳	戏剧	1962.12
	赵基天诗集	赵基天	楼适夷、白锐	人民文学	1958.9–1959.11
	朝鲜现代短篇小说集	韩雪野等		人民文学	1960.8
	朝鲜现代戏剧集(上集)	合集	冰蔚	上海文艺	1960.8
	朝鲜现代戏剧集(下集)	合集	田桂文	上海文艺	1962.12
	不死鸟	合集	李仁怒	人民文学	1959.4
	千里马时代的史诗	合集	沈仪琳	作家	1965.9
越南	越南小英雄金童	德麟	李堂轩	少年儿童	1962.5–1966.1
	"狱中日记"诗钞	胡志明		人民文学	1960.5

	巧妙的游击战	黎鸿岭	松柳	作家	1965.9
	像他那样生活	潘氏娟	英之、灵望	人民文学	1965
	槟榔姑娘	潘氏如冰		作家	1965.12
	英雄的故乡	青海	韦平	作家上海剪辑所	1965.9
	天越来越亮	瞿辉瑾	北京大学东方语言系越南语专业	人民文学	1960.8
	黎明之前	阮功欢	谭玉格	上海文艺	1960.4
	阿陆哥	阮辉想	颜保	作家	1963.9
	决堤	阮庭诗	岱学	作家	1965.8
	战士	阮庭诗	松柳	作家	1964.12
	瑞卿与周俊	阮祥忍	林荫、兰江	中国戏剧	1960.8
	金云翘传	阮攸	黄轶球	人民文学	1959.3
	一个越南士官的日记	润武	苏铁	上海文艺	1961.12
	素友诗集	素友	颜保	人民文学	1960.8
	和大姐	学菲	王勇	中国戏剧	1960.2
	祖国站起来了	原玉	黄敏中	人民文学	1959.9–1965.12
	阳光与土壤	制兰园	黄永鉴	作家	1963.5–1965.2
	从安老到巴嘉	重义	岱学、莫施邓	作家上海编辑所	1965.12
	面包树		马祖毅	江苏文艺	1959.4
	战斗的开始		伍汉	上海文艺	1959.11
	越南现代短篇小说集		北京大学东方语言系	人民文学	1960.8
	鱼篓		李翔	江苏文艺	1960.8–1962.8

	越南短篇小说集		伍汉	作家	1964.8
	南方风暴		岱学	作家	1965.3–1965.12
	巴拿马的游击队			作家上海编辑所	1966.4
	一篓谷子		苏铁	上海文艺	1960.1
	向中国致敬		安志信	人民文学	1959.9–1959.12
	越南工人诗选		田漱、岱学	上海文艺	1960.8
	战斗的南越		黎箭	作家	1964.7–1964.9
	英雄的天空和海洋		黄永鉴	作家上海编辑所	1965.4
	越南女儿		李亚舒	上海文艺	1959.10–1962.4
	越南儿童小说选		李堂轩	少年儿童	1965.4
	南方来信第一集			作家	1964.5
	南方来信第二集			作家	1964.7
	南方来信选			人民文学	1965.11
	奠边府战役回忆录第一集:地道战		黄敏中	作家	1965.4
	奠边府战役回忆录第二集:最后防线		江望	作家	1965.9
	虎口拔牙			湖北人民	1965.6
	越南青年英雄的故事		中国青年出版社	中国青年	1965.7
	战斗的越南南方青年第一集		林茵	作家	1965.2
	战斗的越南南方青年第二集		叶灵	作家	1965.5
	战斗的越南南方青年第三集		叶灵、李翔	作家	1966.2

	祖国铜墙		岳胜	作家	1965.6
	打虎英雄赞			云南人民	1965.6
	把仇恨集中在枪口上		黄永鉴	作家	1965.7
	烟雾			湖北人民	1965.7
	光辉的榜样——越南南方解放军		岱学、根基	作家上海编辑所	1965.9
	战斗故事				
	越南英雄赞			广西壮族自治区	1965.9
	巧妙的游击战		松柳	作家	1965.1
	运枪记		岱学	少年儿童	1966.2
	抗美救国的越南英雄			中国青年	1966.4
	保卫文学的党性原则		谭玉培	上海文艺	1960.1
柬埔寨	愤怒的火焰	伊姆·乌莱	梅工	作家	1965.8
缅甸	鄂奥	八莫丁昂	戚继言	作家	1965.8
	鄂巴	貌廷	北京大学东方语言系	人民文学	1958.11–1959.9
	人民需要		谭得求	人民文学	1958.9
	明朗的朝霞				
泰国	黑暗的生活	克开·达云	魏兵	人民文学	1958.9
	向前看	西武拉帕	秦森、袁有礼	上海文艺	1959.6
				作家上海编辑所	1965.5
	泰国现代短篇小说选		北京大学东方语言系	人民文学	1958.11
印尼	阿南塔古纳诗集	阿南塔古纳	黄元焕、马川	作家	1964.11
	哈·班达哈罗诗集	哈·班达哈罗	北波	作家	1963.4

	游击队之家	普·阿·杜尔	倪志渔、朱秉义	人民文学	1958.11
	荒地	克·鲁吉娅	雪飞	上海文艺	1962.1
	战士归来	贝·哈·莫伊特	王晟明	作家上海编辑所	1965.9
	丹贝拉	孙塔尼	黄元焕	人民文学	1959.4–1959.9
	天上有星星	孙塔尼	张演	中国戏剧	1958.9
	饭店之花	孙塔尼	张演	中国戏剧	1958.9
	阿哇尔和美拉	孙塔尼	张演	中国戏剧	1959.9
	勇敢的年代	韦斯比	黄元焕	作家	1964.11
	西托尔·西杜莫朗诗集	西托尔·西杜莫朗	陈霞如	作家	1963.4
	努沙劳勿的珍珠	乌·伊斯马依尔	章燕	上海文艺	1959.12
	1926年的火炬		黄元焕	作家	1964.8
	北加里曼丹万岁		王家桢	作家	1964.6
巴基斯坦	金头花	艾赫麦德·纳迪姆·卡斯米	秦水	人民文学	1958.1
	卡斯米短篇小说集	秦水、陈敬容		作家	1964.11
	伊克巴尔诗选	伊克巴尔	邹荻帆、陈敬容	人民文学	1958.1
印度	小麦与玫瑰	阿巴斯	冯金辛、黄雨石	人民文学	1959.6
	优哩婆湿	迦梨陀娑(公元前一世纪)	季羡林	人民文学	1962.12
	辞职	耶凌达罗·库玛尔	李水	人民文学	1959.1

	罗摩衍那的故事(全二册)	玛朱姆达	冯金辛、齐光秀	中国青年	1962.8
	我不能死	克里山·钱达尔	严绍端	人民文学	1958.12
	妮摩那	普列姆昌德	索纳	人民文学	1959.6
	一把小麦	普列姆昌德	懿敏	人民文学	1958.9
	戈拉	泰戈尔	黄星土斤	人民文学	1959.9
	泰戈尔剧作集三	泰戈尔	林天斗	中国戏剧	1958.1
	泰戈尔剧作集四	泰戈尔	谢冰心	中国戏剧	1959.8
	两亩地	泰戈尔	石真	人民文学	1959.3
	泰戈尔作品集	泰戈尔		人民文学	1961.4
	五卷书		季羡林	人民文学	1959.1
	腊玛延那·玛哈帕腊达		孙用	人民文学	1962.3
尼泊尔	马亨德拉诗钞	马亨德拉	谢冰心、孙用	作家	1965.5
	尼泊尔诗选			上海文艺	1961.9
斯里兰卡	安达瑞的故事	帕拉穆涅提拉克	刘寿康、石永礼	作家	1963.11
	蛇岛的秘密	马丁·魏克拉马沁格		作家	1963.5
	魏克拉马沁格短篇小说集	马丁·魏克拉马沁格	何青	作家	1961.12
	西里·西伐利短篇小说集	西里·西伐利	陈静	作家	1964.1
阿富汗	我的回忆沙	阿·瓦里汗	史力	世界知识	1961.8
	阿富汗民间故事		周影、曾宪溥	百花文艺	1959.5
伊朗	鲁斯塔姆与苏赫拉布	菲尔杜西	潘庆龄	上海文艺	1964.2

	鲁拜集	莪默·珈亚谟	郭沫若	人民文学	1958.12
	鲁达基诗选	鲁达基	潘庆龄	人民文学	1958.12
	鲁米诗选	鲁米	宋兆霖	人民文学	1958.12
	蔷薇园	萨迪	水建馥	人民文学	1958.9
	蔷薇园	萨迪	水建馥	人民文学	1958.12
	朝霞的信使	穆罕默德·塔基·巴哈尔	邢秉顺	作家上海编辑所	1965.11
	赫达雅特小说集	萨狄克·赫达雅特	潘庆龄	人民文学	1962.1
	伊朗人民的呼声	拉胡蒂	北京大学东方语言系	人民文学	1958.1
	波斯短篇小说集		潘庆龄	人民文学	1958.8
	异母兄弟		沈立中	中国戏剧	1959.7
土耳其	为面包而斗争	奥尔汉·凯末尔	郭恕可	人民文学	1958.9
	虹	奥麦尔·赛裴丁	柳朝坚	人民文学	1958.12
	裴尔丁短篇小说集	奥麦尔·赛裴丁	柳朝坚	人民文学	1960.4
	小阿里		范霞、陆卯君	少年儿童	1963.3
	土耳其诗选		袁水拍	上海文艺	1960.6
叙利亚	叙利亚短篇小说集		季青	人民文学	1959.9
伊拉克	流亡诗集	阿卜杜勒·阿里-瓦哈卜·阿里白雅帖	魏和咏	人民文学	1959.9
	卡里来和笛木乃	伊本·穆加发	林兴华	人民文学	1959.3
	卡里来和笛木乃	伊本·穆加发	林兴华	人民文学	1958.12
黎巴嫩	黎巴嫩短篇小说集		水鸥	人民文学	1960.4

约旦	约旦的风暴		木萨、陆孝修	作家	1961.4
巴勒斯坦	祖国颂	艾布·赛勒马	杨孝柏	作家	1964.8
以色列	美丽国	罗丝·吴尔	席涤尘	少年儿童	1959.12
	安静的森林	罗丝·吴尔	求恩	作家	1963.1
埃及	这摊鲜血是不会干的	哈米西	水景宪、秦水	人民文学	1959.4
	日子	塔哈·胡赛因	秦星	作家	1961.11
	二路电车	迈哈穆德·台木尔	水景宪	作家	1963.4
	埃及现代短篇小说集		秦水		1958.11
	尼罗河的土地		南开大学俄语教研室	百花文艺	1958.12
突尼斯	沙比诗集	艾卜勒·卡西木·沙比	冬林	作家	1961.12
阿尔及利亚	大房子	狄普	郝运	上海文艺	1959.7
	在咖啡店里	狄普	谭玉培	上海文艺	1959.7
	最后的印象	马莱克·哈达德	世中	上海文艺	1962.8
	灰烬的沉默	卡杜尔·穆罕撒吉	梅绍武	作家	1965.11
	胜利属于阿尔及利亚	艾布·卡西姆·萨阿达拉	杨有漪、陆孝修	人民文学	1959.11
摩洛哥	苦难与光明	穆罕默德·阿齐兹·拉巴比	金志平	作家	1964.6
塞内加尔	塞内加尔的儿子	桑贝内·乌斯曼	王崇廉	中国青年	1959.4

	祖国，我可爱的人民	桑贝内·乌斯曼	黎星	作家	1961.2
	神的女儿	桑贝内·乌斯曼	任起莘、任婉筠	作家	1964.9
	锤击集	大卫·狄奥普	张铁弦	作家	1964.6
几内亚	深夜	凯塔·福代巴	贾艺	作家	1963.4
	爱国者	班库拉·坎福里	罗震	作家	1965.8
	松迪亚塔	吉·塔·尼亚奈	李震环、丁世中	作家上海编辑所	1965.3
马里	非洲的风暴	马马杜·戈洛戈	苏杭	作家上海编辑所	1965.8
加纳	黑色的鹰觉醒了	乔治·阿翁纳尔·威廉斯	陈敬容、张奇	作家	1964.6
尼日利亚	瓦解	钦努阿·阿契贝	高宗禹	作家	1964.8
喀麦隆	老黑人和奖章	裴迪南·奥约诺	王崇廉	中国青年	1959.1
埃塞俄比亚	阿拉亚	格尔马狄·特克勒–哈瓦里亚特	江有梁	作家	1962.1
莫桑比克	桑托斯诗集	马尔赛林诺·多斯·桑托斯	戈宝权	作家	1962.5
安哥拉	安哥拉诗集		戈宝权	作家	1963.5
南非	插曲	哈利·勃洛姆	何青	作家	1962.9
	矿工	阿伯拉罕姆斯	复旦大学外文系	上海文艺	1959.4
墨西哥	财阀	阿苏埃拉	杨万	上海文艺	1960.8

	深渊上的黎明	曼西西多尔	林蔚成、姜震瀛	人民文学	1958.12
危地马拉	危地马拉的周末	米盖尔·安海尔·阿斯杜里亚斯	南开大学外文系俄文教研组	人民文学	1959.4
	难消化的鱼	Manuel Galich	章仁鉴	作家上海编辑所	1964.4
洪都拉斯	绿色的监狱	拉蒙·阿马亚·阿马多尔	王克澄、韩世钟	上海文艺	1961.9
厄瓜多尔	我们的粮食	Enrigue Gil Gilbert	侯浚吉	上海文艺	1962.11
秘鲁	秘鲁传说	Ricardo Palma 1833—1910	白婴	人民文学	1959.9
	钨矿	Cesar Vallejo 1892—1938	梅仁	作家	1963.12
巴西	卡斯特罗·阿尔维斯诗选	卡斯特罗·阿尔维斯	亦潜	人民文学	1959.4
	时候就要到了	阿琳娜·巴依姆	秦水	人民文学	1958.11
	伊索(狐狸与葡萄)	吉·菲格莱德	陈颙	中国戏剧	1959.8
	腹地	Euclides da Cunha 1866—1909	贝金	人民文学	1959.1
	娜丝塔霞	洛瑟·蒙特伊鲁·	杨永、杨涛	少年儿童	1959.11
	姑姑讲的故事	洛巴图 1882—1948			
	远征·圣保罗的秘密	阿米索·斯密特	吴玉莲、陈绵	人民文学	1960.4
	饥饿的道路	乔治·亚马多 Jorge Amado	郑永慧	平明	1954.9
巴拉圭	黎明的战士	埃尔维奥·罗梅罗 Elvio Romero	赵金平	作家	1964.12

智利	利约的短篇小说集	Baldomero Lillo 1867—1923	梅仁	作家	1961.3
	献给北京的颂歌	巴勃罗·德·罗卡 Pablo de Rokha	赵金平	作家	1965.9
	伐木者，醒来吧！	Pablo Neruda	袁水拍	人民文学	1958.12
	葡萄园和风	Pablo Neruda	邹绛	上海文艺	1959.3
	英雄事业的赞歌	Pablo Neruda	王央乐	作家	1961.9
	拉丁美洲旅行记	何塞·万徒勒里	吴名祺	世界	1960.7
阿根廷	美洛斯来的瘟疫	Osvaldo Dragun	林光、徐培吉	中国戏剧	1964.7
	阴暗的河流	Alfredo Varela	柯青	人民文学	1959.6
	中锋在黎明前死去	Agustin Cuzzani	陈军	中国戏剧	1961.3
	一磅肉	Agustin Cuzzani	陈国坚、姜学贵	作家上海编辑所	1964.1
	大厦谷	Raul Larra	王科一	上海文艺	1961.11
	一个阿根廷报贩	拉乌利·劳拉	费贤	江苏文艺	1959.2
	美洲的圣胡安娜	Andres Lizarraga	章仁鉴	中国戏剧	1962.6
	马丁什么也没偷	阿·容凯	沈小娴	少年儿童	1958.11
乌拉圭	风暴中的庄园	A.D. Gravina	河北大学俄语教研室	作家	1962.7
古巴	甘蔗田	Paco Alsonso	英若诚	中国戏剧	1962.3
	古巴文学简史	J. A. Portuondo	王央乐	作家	1962.1
	为了这样的自由	法雅德·哈米斯 Fayud Jamis	赵金平	作家	1964.7
	汗和鞭子	尼古拉斯·纪廉 Nicolas Guillen	亦潜	人民文学	1959.2

	纪廉诗选	尼古拉斯·纪廉 Nicolas Guillen	亦潜	人民文学	1959.4
	志愿女教师	D. O. Garcia	静言、志良	作家	1964.7
	幸运之轮	O. J. Cardoso	赵清慎	作家	1964.7
	吉隆滩的人们	R. D. de Cascoro	郑小榕	中国青年	1963.4
	中国人民的手	费·比·罗德里格斯 F. P. Rodriguez	赵金平	作家	1964.7
	马蒂诗选	Jose Marti	卢永	人民文学	1958.12
	具尔蒂雄	Jose Soler Puig	于之汾	作家	1962.6
	旗帜集		维益	上海文艺	1961.9
海地	太阳老爷	Jacgues SAlexis	刘煜、张昭民	人民文学	1959.9
	露水的主人	雅各·路曼 Jacques Roumain	王崇廉	中国青年	1959.2
	统治泉水的人	Jacques Roumain	孟安	上海文艺	1959.7
特立尼达和多巴哥	甜酒与可口可乐	Ralph de Boissier	施咸荣	作家上海编辑所	1964.12
	卡列波索岛的斗争	Ralph de Boissier	邹绿芷、张王玉	上海文艺	1960.6

第六章 “文革”时期的外国文学翻译

第一节 涓涓细流——“文革”期间外国文学翻译简况

通常所说的“文革”时期是指1966年5月到1976年底这十年时间。在这段萧索的年代里，极“左”思潮甚嚣尘上，文学翻译和其他文化事业一样遭到了严重摧残。[1]具体表现为译作数量的急剧减少和作品类型的日趋单一。作为相对独立的历史阶段，“文革”十年的文学翻译在翻译主体（多以集体翻译为主）、译作选材（与意识形态密切相关）、译作发行范围（部分为内部发行）等方面都与其他时期存在明显差异。而实际上，“文革”时期的文学翻译情况与其前后几年的翻译状况存在着一定的连续性，显示出相类似的特征。在1966年文学翻译工作基本停顿之前，随着国际上“反修”运动的开始和国内意识形态领域阶级斗争的扩大，自二十世纪六十年代初起，文学翻译即开始走下坡路；而在1976年

① 本章论及的外国文学译作主要为“文革”时期翻译出版的新译，红色经典等重译作品不予讨论。另外，如果以中国文学的整体来看，二十世纪六十至七十年代，台湾对于西方文学思潮的译介达到高峰，对于台湾当代文学的发展产生重大影响，因为论题和资料的限制，本章亦没有展开论述。

“文革”时期文学翻译的标志期刊——《摘译》(外国文学)停刊之后的几年中,文学翻译工作中意识形态的影响依然存在。所以,在探讨“文革”时期文学翻译的时候,既要看到它的特殊阶段性,又要认识到它的历史连贯性,从而重视对这一时期文学翻译的研究。

比较而言,对“文革”时期文学翻译的专门研究极少,该时期的翻译活动常常被概括为“空白”而一语带过,只有谢天振、马士奎等人近年来进行了比较深入、系统的探讨。谢天振、查明建著《中国20世纪外国文学翻译史》(上下两册)①,于第十三章讨论了“文革”时期的外国文学翻译,分为三节:第一节“‘文革’时期外国文学翻译的政治背景”;第二节“‘文革’时期外国文学翻译的情况”;第三节“特殊年代的文学翻译特征——文学翻译的政治意识形态化”。马士奎所著博士论文《中国当代文学翻译研究(1966—1976)》②,专门以“文革”时期的双向翻译为研究对象,按照当时主流意识形态的接受程度,将这期间的外国文学译作划分为三种存在形式——公开译作、内部译作和潜在译作,同时探讨了该时期的对外文学翻译状况,指出中国译者所从事的双向文学翻译达到了暂时的相对“平衡”的状态。该著作对意识形态与文学翻译之间的关系以及文学翻译的政治性问题进行了深入的阐述,并论及这一规律在“文革”语境中的具体表现,如这一时期的翻译主体发生的深刻变化,翻译行为的目的简单化等。书末附有作者整理出的“文革”期间出版(发表)的外国文学译作和对外文学译作书(篇)目以及参考文献等内容,是目前研究“文革”文学翻译最系统、最有价值的资料。其他一些学术著作,或对当时出版外国文学作品的情况做简要介绍③,或从国别文学的角度论及这一时期各国文学作品在中国的接受情况④,或在中国当代文学史的研究中涉及当时外国文学译介及阅读

① 查明建、谢天振《中国20世纪外国文学翻译史》(上下两册),湖北教育出版社,2007年2月。

② 马士奎《中国当代文学翻译研究(1966—1976)》,中央民族大学出版社,2007年7月。

③ 邹振环《二十世纪上海翻译出版与文化变迁》,广西教育出版社,2001年。

④ 王向远《二十世纪中国的日本翻译文学史》,北京师范大学出版社,2001年。《东方各国文学在中国》,江西教育出版社,2001年。

情况[1]。对“文革”时期文学翻译的多数叙述是零散的，见于翻译家的散文、随笔及纪念文集、传记之中，如巴金的《随想录》[2]、杨绛的《干校六记》[3]、季羡林的《季羡林自传》[4]、许渊冲的《追忆逝水年华》[5]、萧乾的《萧乾文集》[6]、陈丹燕的《上海的风花雪月》和《白皮书时代的往事》[7]、杨宪益的《漏船载酒忆当年》[8]等。

“文革”十年是文学翻译百年来的一个低谷，文学翻译刊物被迫停刊，翻译家们遭受迫害和冲击，译作数量锐减且部分译作质量下降。但从总体上说，它既不是完全空白，也非微不足道。正如马士奎所说，“这期间的翻译活动在中国文学翻译史上自有其特色，通过这一极端的例子，可以对翻译行为的复杂性及意识形态对翻译活动的影响有更好的认识。”事实上，“文革”期间的外国文学翻译可分为两大阶段：一是完全空白期，从 1966 年 5 月到 1971 年底，也就是从日本作家西野辰吉的短篇小说《晨霜路上》[9]的出版，直到另一位日本作家三岛由纪夫的两部作品[10]出版，外国文学翻译出现长达五年半的空白；另一个阶段是缓慢恢复期，从 1971 年底到 1976 年底，其间供少数读者参考的内部发行译作约为五十种，面向大众公开发行的译作为二十余种，刊物不足十种。该时期的译作多见于新创办的《学习与批判》、《朝霞》、《摘译》(外国文艺)等刊物，批判苏联文学中“当代英雄”的文章曾经出现在《人民日报》和《红旗》等报刊。具体而言，《世界文学》虽被迫停刊，仍有内部发行的《摘译》(外国文艺)在数年间(1973—1976)共出版三十一期(包括增刊九期)，每期发刊量大约为一万五千册，发表了一定数量的外国文学中译。作为“文革”时期文学翻译的标志期刊，《摘译》分为外国哲学历史经济、

① 洪子诚《中国当代文学史》，北京大学出版社，2002 年。
② 巴金《随想录》，人民文学出版社，1980 年。
③ 杨绛《干校六记》，三联书店，1981 年。
④ 季羡林《季羡林自传》，江苏文艺出版社，1996 年。
⑤ 许渊冲《追忆逝水年华》，三联书店，1996 年。
⑥ 萧乾《萧乾文集》，浙江文艺出版社，1998 年。
⑦ 陈丹燕《上海的风花雪月》、《白皮书时代的往事》，作家出版社，1998 年。
⑧ 杨宪益《漏船载酒忆当年》，薛鸿时译，北京十月出版社，2001 年。
⑨ 西野辰吉《晨霜路上》，庞春兰译，作家出版社，1966 年 5 月。
⑩ 指三岛由纪夫的短篇小说集《忧国》和长篇小说系列《天人五衰》(《丰饶之海》第四部)，均为人民出版社出版，出版时间分别为 1971 年 11 月和 12 月。

外国自然科学哲学和外国文艺三个系列,《摘译》(外国文艺) 经常刊登苏修的文艺作品供批判用，其编辑方针代表了当时文学翻译的指导思想,“《摘译》是一本只供有关部门和专业单位参考的内部刊物。(顺便提一下:不是为了批判和研究,只是单纯的阅读,甚至是‘欣赏’,而在人们中间流传,那是不对的。)它的主要任务是通过文艺揭示苏、美、日等国的社会思想政治和经济状况，为反帝反修和批判资产阶级提供资料……”[①]单行译本的情况大体类此,许多书出版是为批判而内部发行。其中苏联的反华作品比重较大,如电影剧本《德尔苏·乌扎拉》、长篇小说《阿穆尔河的里程》、《苏修短篇小说集》(《摘译》增刊)等。真正作为正面读物的则数量不多,它们大多反映亚非拉美人民的斗争生活,如《越南南方短篇小说集》、《巴勒斯坦战斗诗集》、《柬埔寨通讯集》、《莫桑比克战斗诗集》。有些则反映阶级矛盾或阶级斗争,如小林多喜二的《沼尾村》、《蟹工船》,伦沙万的《生活的道路》,阿尔西德斯·阿格达斯的《青铜的种族》等。[②]许多译著和译文在其原文化中也有一定的代表性,在文学作品极端匮乏的时期更显其特殊意义。此外,国内优秀的作家、翻译家也没有放下手中译笔,默默地翻译着外国文学名著,这些书在“文革”后不久便问世,而且大都成为中国翻译史上的经典之作。这些都汇成了十年动乱期间的涓涓细流,在读者大众的文艺生活中增添着某种色彩,在揭示事实真相、沟通中外信息方面起着一定的积极作用。

第二节 “毒草”暗喻的本体——“文革”期间“内部发行”的外国文学译作

鸦片战争以后中国屡遭西方列强的侵略，但有识之士虽然痛恨西方的入侵,却并不排斥或抵制西方的文学和文化。他们企望在学习西方精神思想的前提下,在民族精神的改造与重建中,推动中国知识体系和

① 《摘译》(外国文艺)编译组《答读者——关于〈摘译〉的编译方针》,《摘译》1976年第1期,第172页。

② 详见以下章节。

学术体系的转型,促进中国政治的渐进和社会的文明。二十世纪初,梁启超在维新变法失败后,提出经学革命、史学革命、文界革命、诗界革命、小说界革命、曲界革命等一系列的主张。在构筑新民救国的理想时,梁启超意识到文学的价值和意义。1899年12月,梁启超在《夏威夷游记》[①]中明确提出"文界革命"的口号。文界革命大致包含以下层面的内容:其一,文界革命的范围是以报章文体为主的著译之业,著译之业在国家民族"非死中求生不足以达彼岸"的危急局势下,当以"播文明思想于国民",促进国家民族的精神维新为最高责任;其二,著译之业当选择从众向俗,化雅为俗,启发蒙昧,导愚觉世的路向;其三,著译之业谋篇行文当讲求条理细备,洗练锐达,雄放隽快,慷慨淋漓的文风。直到"五四"运动时期,学习、借鉴外国文化之长一直是翻译行为的主要目的。易卜生、托尔斯泰、契诃夫、雪莱、狄更斯、哈代等人的作品都被译入中国,人们将这些译作当成济世良药,渴望从中找寻挽救民族危亡的良策。1949年建国后,中国长期遭受以美国为首的西方国家的封锁和压制,人们尤其是部分当权者对西方文化的排斥和鄙视也逐渐增强。"文革"时期一些当权者在过高估计和评价自己在文化改造方面成就的同时,极力否定西方文化,认为"腐朽下流,毒害人民"[②]。这一阶段的外国文学翻译活动首先是由当权者为异己的文化定位,然后试图通过翻译行为来强化这一形象,目的是使人们从译作中得到的对外国文化的认识与其他官方媒体的宣传相一致,同时消解对立文化和社会制度的合法地位。从晚清到20世纪中叶,西方文化和文学作品在中国经历了由济世"良药"到反面"毒草"的转变。

"毒草"的暗喻最早由中宣部部长陆定一提出:

> 美国的文学艺术堕落到让黄色小说、阿飞舞、黑猩猩的"绘画"在那里称王称霸。资产阶级的哲学、社会科学、文学、艺术,已经完

① 梁启超《夏威夷游记》(1899),《饮冰室合集·专集》之二十二,中华书局1989年影印版。

② 江青《在首都文艺界大会上的讲话》(1966年12月28日),《江青同志论文艺》,第56页。

全破产。它对我们只有一个用处，就是当作毒草来加以研究，以便使我们有个反面的教员，使我们学会认识毒草，并把毒草锄掉变为肥料。①

这说明贬低和否定西方文化价值的趋势早在1958年，即“文革”前已经开始。“文革“期间，外国文化被认为是“毒害人民精神的危险渠道”，对外文化交流是“封资修文化大交融”。②这种对异己文化的蔑视和戒备制约着翻译活动的开展。外国文学翻译不可避免地陷入低潮，而且译者在对异文化作品的译介过程中多采取批判的和居高临下的态度。这种态度从标题到序跋都有突出的反映：复旦大学外语系外国文学评论组翻译的《一株鼓吹侵略扩张的大毒草——评苏修电影文学剧本〈俄罗斯的田野〉》③；《阿穆尔河的里程》前言中，译者鲜明地指出“《阿穆尔河的里程》④是一个很好的反面教材。我们怀着极大的愤怒把它翻译出来，供读者批判”；《他们为祖国而战》⑤被视做“大肆宣扬战争恐怖和活命哲学的毒草小说”；“摆在我们面前的这部长篇小说(《蓝色的闪电》⑥)，获得了苏修国防部文学奖金。这部拙劣得简直看不下去的毒草，为什么会走鸿运?”；“总之，邦达列夫的这本《热的雪》⑦，无论从哪一个角度看，无论通过哪一个主要人物来解剖，它都是一株浸透毒汁的大毒草”。

“文革”时期的翻译理论和思想几乎是空白，但通过译作的序跋和评论却可以清晰地看到社会主流意识形态和当权者的政治意图，而且

---

① 陆定一《要做促进派——为“江海学刊”创刊号作》，《人民日报》1958年3月14日。
② 中华人民共和国对外文化联络局《中国对外文化交流概览(1949—1991)》，光明日报出版社，1993年，第62页。
③ 复旦大学外语系外国文学评论组《一株鼓吹侵略扩张的大毒草——评苏修电影文学剧本〈俄罗斯的田野〉》，《摘译》(外国文艺)，1975年第4期，第6页。
④ 尼·纳沃洛奇金《阿穆尔河的里程》，江峨译据《远东》1973年第5—7月号译出，人民文学出版社，1975年12月。
⑤ 米·肖洛霍夫《他们为祖国而战——长篇小说的若干情节》，史刃译，上海人民出版社，1973年7月。
⑥ 阿·库列绍夫《蓝色的闪电》，伍桐译，人民文学出版社，1976年3月。
⑦ 尤里·邦达列夫《热的雪》，上海外国语学院《热的雪》翻译组译，上海人民出版社，1976年6月。

由于译作多是集体话语的产物，翻译批评也就成为一场群众性的运动。译作甚至降格为“批判”运动的旁证材料，序跋和评论将其重新组合，以使所塑造的原语文化形象符合政治批判的要求。此时，译作的序跋和评论成为这一时期外国文学翻译发挥政治功能、塑造异己文化形象的关键环节：解读和阐释作品，评判原语社会现象，为原语文化定位，影响并规范人们对原作的理解，消除或减少作品可能产生的“毒害”，在目的语社会形成统一的原语文化形象。

难以置信却又势所必然的是，这些原应去批判、去铲除的“封资修”的“毒草”却成了孕育思想启蒙、感受异域文化的重要的养料。[①]这些难能可贵甚至唯一有限的精神食粮被赋予两个名字，一是正式名号“内部书籍”，一是民间称谓“白皮书”。×皮书，是内部发行书籍的代名词，二十世纪五十至八十年代，中国翻译出版了一大批外国著作，涉及政治、文学、历史、哲学等，一律以灰色、黄色、蓝色、白色、绿色等单一色调为书衣颜色。[②]根据《全国内部发行图书总目 1949—1979》（中华书局，1998年）的统计，全国这三十年出版“内部书籍”共 18301 种，其中属社会科学的有 9766 种之多，而 1966 年“文革”以前出版的差不多有四千种，除去大量的马列、毛泽东著作，其中属于西方理论和文学的著作，“文革”前大约有 1041 种，而“文革”中则出版了近一千种。“内部书籍”在“文革”前期暂停出版，于 1971 年重新继续出版。据人民文学出版社第一批从干校回来工作的俄苏文学编辑王之梁先生讲，1971 年遵照周总理指示，出版社重新组建，恢复工作。当时发生了日本作家三岛由纪夫剖腹事件，上面有文件，明确指示尽快出版三岛的作品。很快，人民文学出版社就以“内部发行”的名义出版了三岛的作品。这些封面或封底上标有“供内部参考”或“内部发行”字样，专供少数人参考的作品在“文革”期间外国文学译作的单译本中所占比重最大，约为五十种。封面装帧极为简单，多数只是在稍厚的白色胶版纸上打印书名和作者名字，故俗称“白皮书”。从内容来看，每本的编排都大同小异，序言总是一篇杀气腾

① 参见刘小枫《我们这一代人的怕与爱》，三联书店，1996 年。
② 参见沈展云《灰皮书，黄皮书》，花城出版社，2007 年 10 月。

腾的批判文章，振振有词地历数修正主义和帝国主义的种种罪恶，而且密密麻麻引用的领袖语录都以黑体特别标出。翻译的目的也同装帧一样单一而明确，就是作为反修、反帝的靶子，即反面教材，其中主要包括苏联、日本和美国三国的当代文学作品，下文将分别讨论。

还要特别说明的是，“白皮书”的译文大都质量一流。这些署名“上海新闻出版系统五七干校翻译组”、“上海人民出版社编译室”的译者，其实是当年落魄五七干校的一批专业译者，他们奉命组织了翻译连，承包了这些作品的翻译任务。很难想象，在那么紧迫的时间里，那样逼人的政治气氛中，翻译家们是如何完成这样艰巨的任务的。孙绳武、苏杭、曹苏玲、秦顺新、冯南江、钱诚、孙广英、荣茹德，还有许多用“斯人”、“伍桐”这样的笔名代替真名的译者，都值得我们永远地记住。[①]二十世纪九十年代这批书再版，冠上的译者名分别是“温戈忠”、“武启”、“甘孝人”、“佟灿年”，等等，按音索骥，大概是“文革中”、“五七”、“干校人”、“共同参加的连队”之意，这穿越时代的幽默在引人思索的同时，也使后人感铭于心，是他们为我们留下了这样一笔丰厚的精神财富。这段“白皮书”的历史在中国的出版史、中外(尤其是中苏)文学交流史、文化史上都非常重要。虽然名义上为内部参考，限制了大部分人的阅读权利，但是，一旦深入地分析这种片面性的译介和有限性的接受，便会发现：一方面，译介的具体展开并非如当权者期望的那样实现对外国文学在思想和价值上的全部否定，而是会在一定程度上隐含某些审美价值评判；另一方面，这些内部作品以多种其他方式传播，大众“误读”的结果有时候会得到一些与翻译初衷迥异的感受和结论。总之，棵棵“毒草”点缀着这片看似荒芜却引人深思的译苑。

一、苏联作品

从建国到“文革”之后的几年，“中苏关系经历了结盟(1949—

① 参见张福生《中苏文学交流史上一段特殊岁月——我了解的“黄皮书”出版始末》，载《中华读书报》2006年8月23日。

1953)、蜜月(1954—1957)、分歧(1958—1960)、争论(1961—1964)、破裂(1965—1967)、冲突(1968—1979)等不同阶段[①]”,苏联文学在中国也经历了由“榜样”到“反面教材”的蜕变。更重要的是,由于这一时期作为外在因素的“左”倾政治对于文学的极端控制,使中国文学处于空前的畸形状态。另一方面,政治同样也控制着外来文化的进入,极端的封闭与畸形的文化状态就像一个具备了特殊条件的实验室,在这个实验室里,考察苏联文学如何通过具体曲折的途径,以被拒绝的方式在中国传播和被接受,作为国际文学交流的特例,这种考察自然具有别样的深刻。

1966年3月中共中央拒绝参加苏共二十三大,两党组织关系中断。不久,“文革”渲染出浓重的反苏氛围。中苏边界冲突逐步升级,1969年爆发的“珍宝岛事件”,使两国关系一度走到战争的边缘。由于意识形态(进而是国家政治)的全面对立,苏联文学便被处处作为中国的反面教材而歪曲批判。《摘译》杂志就是在这样的宗旨下创刊的一份译介刊物,内容包括苏联、美国和日本三个国家的文学作品及其评价,还包括一些对这三国文坛现状的消息报道,而其中苏联文学占一半以上的篇幅。这并不仅仅由于中国译者对苏联文学现状更加熟悉一些,而是因为对于当时的中国来说,“苏修”这个“敌人”的危险性甚至已经超过了“美日帝国主义”。1972年,压抑数年的社会气氛有了松动的迹象,一批苏联小说(当然还是“毒草”)以内部发行的名义出版了,久违的苏联小说改头换面的出现让曾经迷醉于苏联文学的中国读者备觉亲切。

这样,自六十年代中后期至七十年代后期的中苏文学,便形成了某种逆向对应关系:当苏联文学以开放的姿态面对俄罗斯文学传统和当代西方文学成就时,中国却大批所谓“厚古薄今”和“崇洋媚外”,并以此作为与“修正主义者”的“尖锐分歧”;当苏联文坛讨论人道主义问题,肯定个人的自身价值时,中国则大批“人性论”、“人情论”;当苏联文坛大力塑造具有丰厚性格内涵的人物形象时,中国则批判“中间人物论”,并以“高大全”的人物形象代之;当苏联文坛号召描写“科技革命时代的当

① 沈志华《中苏同盟破裂:原因和结果》。2006年12月20至21日,沈志华参加上海“冷战转型:七十至八十年代的中国与世界”国际学术研讨会,提交论文并作学术报告“中苏同盟破裂:原因和结果”。

代英雄"时，中国则开始了对党内"走资本主义道路的当权派"的批判，并认为苏联的新型企业家与中国"走资派"一样，都是社会主义制度下的"新兴资产阶级分子"；当苏联文坛对转型期社会弊病与道德危机做出深刻反思时，中国文坛却在大唱"文化大革命"的赞歌。[①]在这种逆向对应的关系中，苏联当代文学被片面地、有限地译介进来，并做出全面歪曲的批判。这种倾向性首先体现在译介者对苏联当代文学思潮及作品的选择上。自二十世纪六十年代中期以来，苏联文学中的许多重要理论与创作成果都被排除在译介对象之外，或者至多做一些相当片面而简单的介绍。[②]其次，在对于同时期苏联文学作品的具体译介中，几乎全部以敌对的政治滤色镜加以批判或者歪曲，这种有意的误读现象在中外文学交流史上大概是独一无二的。

在内地正值"文化大革命"和中苏文化交流冰封期的十年中，台湾岛的俄国古典文学翻译却呈现出截然不同的景象。据不完全统计，仅1967至1970年三年中台湾各出版社就出了三十五种俄国名作，其中托尔斯泰十二种，屠格涅夫十一种，陀思妥耶夫斯基八种，普希金、果戈理、契诃夫、库普林各一种。这些作品中属于重版书或旧译本改写的有五种，其中包括重印1949年以前的旧译，如耿济之翻译的陀思妥耶夫斯基的《卡拉马助夫兄弟们》(即《卡拉马佐夫兄弟》)、《死屋手记》等。即便如此，这些俄国文学名作中至少仍有二十种以上是台湾出的新译本。[③]

（一） 批判"走资本主义道路的当权派"——"当代英雄"的译介

进入二十世纪七十年代后，苏联社会经济生活中出现了一些新变化。自从推行新经济体制以来，一些企业为提高劳动生产率而采取的新的管理手段迅速在文学作品中得到反映，表现"企业科学管理"和"科技

---

① 参见《二十世纪50至70年代苏联文学在中国的译介及其接受》(作者不详)，http://www.shisu.edu.cn/research/libresearch/new_page_68.htm。

② 此时，苏联文学开始有意识提倡塑造正面英雄人物。一方面，重新出版了一大批战争题材的"功勋"丛书；另一方面，新一代战争题材文学的热潮还在继续。"前线一代"作家们的代表作品问世，邦达列夫、拉斯普金、瓦西里耶夫、贝科夫等正是在这时期以"战场心理小说"开始享誉文坛。但在这时期的中文译介中，却都无法见到他们的作品。

③ 参见马祖毅《中国翻译通史·现当代部分》(第二卷)，湖北教育出版社，2006年12月，第58页。

革命”的文学作品数量不断增加。而这时期几乎所有在苏联文坛引起关注的“当代英雄”[①]题材的作品，从小说到剧本，都在中国得到及时的译介。因为这些译作既是苏联“变修”和“资本主义复辟”的佐证，也最适于直接服务于目的语社会意识形态领域的斗争。[②]

这类作品主要有三部小说，即维·李巴托夫的《普隆恰托夫经理的故事》[③]、瓦·柯热夫尼柯夫的《特别分队》[④]和C.沃罗宁等的《木戈比》[⑤]；六部剧本，即鲍卡辽夫的《炼钢工人》[⑥]、德沃列茨基的《外来人》[⑦]、沙特罗夫的《明天的天气》[⑧]、格列勃涅夫的《一个能干的女人》[⑨]、什托夫的《金色的篝火》[⑩]和罗佐夫的喜剧《四滴水》[⑪]等。

中篇小说《普隆恰托夫经理的故事》的作者维·李巴托夫是苏联“第四代作家”的代表人物，他较早塑造了“当代英雄”的形象。小说的主人公普隆恰托夫是一个富于专业知识与进取精神的领导者，他对塔加尔本木材管理处的前景有着宏伟的发展计划；另一方面，他又有新型的生活态度：衣着考究，追求生活的舒适。作者力图在他身上将努力的工作与充分的享受获得一种统一。同时作为一个企业经营管理者，普隆恰托

① 维·李巴托夫《普隆恰托夫经理的故事》、瓦·柯热夫尼柯夫《特别分队》和《彼德·里亚宾金》等小说出版后受到苏联官方的大力肯定，认为其中出现了文学中的“当代英雄”。参见《勃列日涅夫在苏修二十五大上吹捧“当代英雄”和军事题材作品》，《摘译》(外国文艺)1976年第5期，第84页。

② “四人帮”特意利用“当代英雄”来攻击一些高级领导干部，据上海师范大学中文系外国文学教研室《批“洋为帮用”——揭批“四人帮”利用苏联文学搞篡党夺权的罪恶阴谋》，“四人帮”的“余党”曾带《外来人》剧的大字本在中央工作会议上散发，向周恩来等领导人施加压力。其文刊于《外国文学研究》，1978年第1期。

③ 维·李巴托夫《普隆恰托夫经理的故事》，上海外国语学院俄语系译，上海人民出版社，1973年。

④ 瓦·柯热夫尼柯夫《特别分队》，上海外国语学院俄语系译，上海人民出版社，1974年。

⑤ C. 沃罗宁等《木戈比》，粟周熊等译，人民文学出版社，1976年。

⑥ 鲍卡辽夫《炼钢工人》，迅行译，《摘译》(外国文艺)1973年第3期。

⑦ 德沃列茨基《外来人》，《学习与批判》1973年第4期。

⑧ 沙特罗夫《明天的天气》，北京大学俄语系苏修文学批判组译，人民文学出版社，1975年。

⑨ 格列勃涅夫《一个能干的女人》，万山红译，《摘译》(外国文艺)1976年第7期。

⑩ 什托夫《金色的篝火》，万山红译，《摘译》(外国文艺)1976年第8期。

⑪ 罗佐夫《四滴水》，北京师范大学外国文学研究所苏联文学研究室译，人民文学出版社，1976年。

夫主张实行严格科学管理，并奖罚分明，要把“善良与拳头”结合起来。按照作家的意图，这位“当代英雄”并非完美无缺，在他的“铁腕”性格中，表现了强烈的“权力意识”。在中国译介者的眼里，这位“当代英雄”正是“苏联新生资产阶级分子”的典型，他对企业的关注是资本家财产占有欲的表现，他的严格的管理方式是资本家与工人之阶级对立的反映，他的喜欢享受和为达目的不择手段的性格，更是资产阶级的传统特征。

另外一部中篇小说《木戈比》描写了“新经济体制”给苏联农村带来的变化。主人公米哈伊尔·谢苗诺维奇在农庄办起一个木制品加工作坊，与其他改革者一样，谢苗诺维奇也将物质刺激等手段用于生产，以高出大田劳动二三倍的收入吸引农庄的劳力来加工纱管和插销座，生意日渐红火的同时也为农庄获得了可观的收益。得到实惠的人们开始对这个其貌不扬的人充满感激，以致在整个村庄“再也找不到一个人老远见了他不脱帽、不鞠躬的了”①。整篇小说充满一定的理想主义色彩，农庄成为作者心目中的乌托邦。

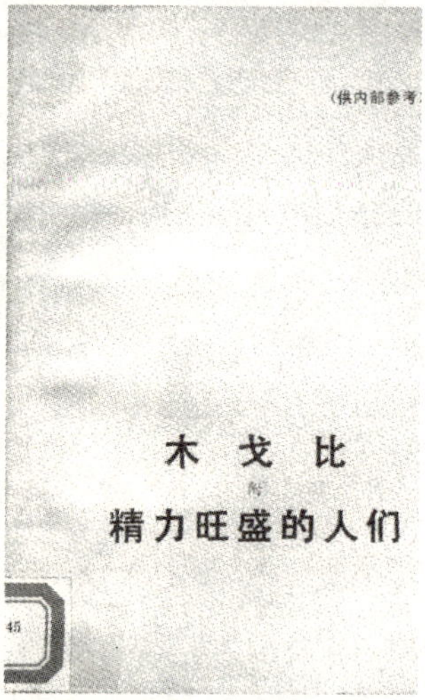

^ 粟周熊等译《木戈比 精力旺盛的人们》，人民文学社，1976年版

剧本《外来人》后来被改编为电影剧本《这里是我们的家》(1978)，更加扩大了该剧的影响力，侧重表现了人们对改革逐渐理解并且接受的认识过程。列宁格勒冶金厂是一个具有光荣历史的企业，但人们也因此骄傲自大，纪律松弛。不满足于现状、“跳槽”到冶金厂的切什科夫对于这个老厂来说，是个年轻的“外来人”。切什科夫身为铸造工程师，在担任车间主任期间，为了扭转所在车间的落后面貌，推行一套科学管理方式，引入物质刺激制度，采取严格的奖惩措施，强化生产纪律。最初，“外来人”的种种改革措施遭到多名技术人员和工人的抵制，但在

① C. 沃罗宁等《木戈比》，粟周熊等译，人民文学出版社，1976年，第21页。

市委书记等领导的支持下，改革得以继续。最后，车间面貌焕然一新，皆大欢喜。

这类作品或塑造掌握经济规律、精通业务、扭转企业落后面貌的管理人员和工程师形象，或颂扬工人的诚实劳动态度，反映了在现代的生产条件下如何加强企业的科学管理以适应经济发展的需要。它们不像过去的作品那样，单纯表现人们如何进行忘我的劳动，或表现某一生产过程的成功，或描写工人如何同破坏生产建设的阶级敌人进行斗争，而是着重描写善于进行科学管理的“当代英雄”如何掌握经济规律，精通业务，敢于和善于领导一个工厂或企事业单位，改变那里的落后面貌。但是在当时它们所揭示的经济问题被归咎于“复辟资本主义”的具体表现，对商品经济的描写尤其让人联想到令人“触目惊心”的“一幅资本主义复辟的图景”。[①]如普隆恰托夫对工人实行的奖金制度被看成是“对苏联工人阶级的最大污蔑”[②]；《木戈比》主人公所谓的“生产必然性法则”体现了“农村资本主义势力的猖獗”；反映“科学技术革命新时代”的“现场报道剧”《明天的天气》被称为“官僚垄断资产阶级的一份自供状；”[③]《外来人》中切什科夫对工人的管理被指为“法西斯式的纪律压制。”[④]

（二） 温和的批判——“暴露小说”、“社会问题”作品的译介

道德问题在这一阶段的文学翻译作品中也占有重要地位。苏共领导提倡这种题材，要求作家努力去反映人的优秀品质——人的原则性、诚实和深厚的感情。但大多数这类题材的作品都带有揭露的性质，反映出苏联近二十多年来社会风气的衰微和道德的沦丧，并且对其“阴暗面”有所揭露，这些作品大都曾在苏联国内引起争议，而且不为其官方看好，正因为如此，这些作品在目的语文化中受到的“批判”相对比较温

---

① 参见上海市第一百货商店“七·二一”工人大学理论班学员《商品化的苏联社会》，《摘译》(外国文艺)1976年第5期，第86页。

② 常峰《如此“当代英雄”——代出版前言》，《普隆恰托夫经理的故事》，第3页。

③ 北京汽车厂工人文艺评论组、北京大学俄语系苏修文学批判组《官僚垄断资产阶级的一份自供状——评苏修剧本〈明天的天气〉》，《明天的天气》，第1页。

④ 任犊、奚文溪《“外来人”带来的是什么？》，《学习与批判》1973年第4期，第41页。

和。如柯切托夫的《你到底要什么》[①]和《落角》[②]、谢苗·巴巴耶夫斯基的《人世间》[③]和《现代人》[④]、伊凡·沙米亚金的《多雪的冬天》[⑤]，等都属于"暴露小说"。

这一时期对苏联"反潮流"作家柯切托夫的译介态度仍然延续了六十年代初的评价。他的小说《你到底要什么》与《落角》先后于1972和1973年出版中译本。这两部小说本身虽然依然带有鲜明的政论色彩，但其争论的人物和情节依托已经从苏联政治经济现实的社会关注转向历史和虚构。为纪念十月革命五十周年，柯切托夫写下了长篇小说《落角》(1967)，小说描写1919年春，为保卫列宁格勒，工人红军在列宁的领导下，如何与托洛茨基、季诺维耶夫的投降主义和白军的反扑作斗争，在这部半是历史、半是侦探性的小说中，托洛茨基与加米涅夫等反对派，从政治观点到个人道德都是极端恶劣的。而两年后出版的小说《你到底要什么》(1969)，则已经类似于惊险侦探小说：金发碧眼的女间谍、乔装成苏联人朋友的前纳粹党徒、企图腐蚀天真烂漫的苏联青年的特务，他们以西方的"颓废的先锋派艺术"毒害青年；还有一个黑人音乐家，向作家和画家们灌输超现实主义的爵士乐，诱使他们堕落。总之，西方社会从生活方式到文学艺术，全部都是罪恶的渊薮，是正在危及苏联社会的堕落的根源。而对于苏联社会和西方世界从政治到文化的评判，正好与中国译介者的观点一拍即合，译介也就变得顺理成章了。

同样，巴巴耶夫斯基的长篇小说《人世间》(1969)和《现代人》(1971)，也正切合了当时中国译介者的心理：苏联农村已经被某些干部一手遮天，坏人得势、好人受难的情节正是苏联现实的真实写照。《人世

① 柯切托夫《你到底要什么》，上海新闻出版系统五七干校翻译组译，上海人民出版社，1972年。
② 柯切托夫《落角》，上海人民出版社编译室译，上海人民出版社，1973年。
③ 谢苗·巴巴耶夫斯基《人世间》，上海新闻出版系统五七干校翻译组译，上海人民出版社，1972年。
④ 谢苗·巴巴耶夫斯基《现代人》，上海人民出版社编译室译，上海人民出版社，1975年。
⑤ 伊凡·沙米亚金《多雪的冬天》，上海新闻出版系统五七干校翻译组译，上海人民出版社，1972年。

间》的主人公州委书记霍尔莫夫，曾是卫国战争的英雄，刚满五十七岁时就被“内退”，因为他不同意中央做出的不切实际的经济计划。他深入到故乡人民中间，重新思考工作、生活中的种种问题，思考人民的生活和自己的生活，反映了一批失势老干部的苦闷心情，刻画了主人公离职后所产生的心理落差。谢苗·巴巴耶夫斯基一生都感激斯大林并且坚持共产主义信仰，他的书房里始终挂着两个人的画像：父亲和斯大林。小说的“光明”结尾显然与作者的认识密切相关，所以这种暴露的批判有一定局限性。

小说《多雪的冬天》和伊凡·沙米亚金的其他作品一样，反映了当时苏联人们共同关心的现实问题，很是发人深省。曾任游击队支队长、纵队长，后来任农业部门高级干部的伊凡·瓦西里耶维奇·安东纽克是一个有能力、有思想、懂业务、为人正派的优秀干部，由于他在工作中坚持原则(反对犁掉牧草种玉米的做法)而被加上“机会主义”的罪名强迫退休。正当他痛苦不堪、迷茫彷徨之际，战友非但没有安慰他，反而暗中指使一些小人对他进行造谣诽谤。作者生活基础扎实，人物心理描写细腻深刻，对苏联社会最高领导层内的矛盾和斗争有所反映，更对当时社会制度下人们的失落感做了描述，成为“文革”期间上海翻译出版的第一本当代苏联小说。

^ 上海新闻出版系统五七干校翻译组译《多雪的冬天》，上海人民社，1972 年版

在七十年代初为数不多的苏联文学译作中，一批反映苏联现实各种社会问题的作品被翻译成中文。其中最为出色的是钦吉斯·艾特玛托夫的中篇小说《白轮船》[1]。它描写了发生在西伯利亚叶尼塞河边的一个护林所的悲剧故事，把富有寓意的神话、五色斑斓的幻想与严酷的现实紧密交织在一起，深刻揭示了人与自然、善与恶的重大社会问题。然而

① 钦吉斯·艾特玛托夫《白轮船》，雷延中译，上海人民出版社，1973 年。

“文革”时期的译介者关注的却是“极其尖锐的阶级矛盾和阶级斗争”①。小说的主人公是一个正要进入小学读书的孩子，伴随着爷爷讲的“长角鹿妈妈”的传说长大，喜欢爬上山眺望远方湖泊中的白轮船（父亲是水手）。他没有伙伴，生活在朴实、寂寞的自然中。“有没有比你更宽阔的河流，爱耐塞／有没有比你更亲切的土地，爱耐塞／有没有比你更深重的苦难，爱耐塞／有没有比你更自由的意志，爱耐塞”，这首吉尔吉斯人的古歌震撼了所有读者的心灵。该小说被改编为同名电影，获 1976 年第九届苏联电影节大奖。

^ 粟周熊等译《泡沫》，人民文学社，1976 年版

剧本《泡沫》②以讽刺喜剧的方式讲述了一则令人啼笑皆非的笑话，实际上揭露了苏联社会的教育制度存在的问题。某科研部门负责人马霍宁，是一个“很有办法的人”。他在二十五岁时当上了副博士，又过了二十五年，他已是“有地位、有特别薪俸、有学位”的特权阶层人物。他住着一所高级住宅，“全副进口陈设”，摆满了“各式各样来自东方国度的纪念品”，完全过着一种资产阶级新贵的生活。马霍宁似乎应当对自己的生活地位感到满足了，但是不然，他还想往上爬，还想当博士，乃至院士。然而他既没有时间，也没有能力准备博士论文，于是他便遣人捉刀代笔写了一篇，顺利通过答辩，捞得了博士学位。正当他举行家宴欢庆时，不料丑行被揭露，刚刚窃得的学位，就像宴席上酒杯中的泡沫一样消失了。而揭发这一丑行的不是别人，正是他那当记者的、不明真相的女婿。

拉伊蒙德·卡乌格维尔的中篇小说《外科第六病房》③在叙述上采用多角度交替进行的方式，通过六个病员的经历反映了苏联社会人与人之间的关系，这对于当时的中国读者来说，是相当新鲜的。特别是其中

① 任犊《在善与恶的背后——代出版前言》，《白轮船》，第 1 页。
② 谢尔盖·米哈尔科夫《泡沫》，粟周熊译，人民文学出版社，1976 年 8 月。
③ 拉伊蒙德·卡乌格维尔《外科第六病房》，仲刚译，《摘译》（外国文艺）1976 年第 5 期。

两人与各自儿子之间的矛盾反映了道德堕落问题：老庄员佩恩被儿子抛弃，孤独地死在医院；工长拉伊普曼强劝儿子读书，亲生儿子却对他拔刀相向。在译介者看来，这种道德问题的根源在于各种社会关系，包括上下级关系和夫妻、父子之间的家庭关系等，都已经被金钱万能的信条所支配。而文学史上该作品更深刻的影响却是它采用的叙述方式，一代中国读者（包括作家）在以后的文学阅读与创作中对此做出了积极的回应。

《摘译》杂志也曾一度集中介绍了这样一批作品，并按照题材编辑成专辑，有“教育改革”（1975 年增刊）、“商品经济社会”（1976 年第 5期）、“农业问题”（1976 年第 9 期）、“宗教问题”（1976 年第 10 期），等等。其中以田德里耶科夫、拉斯普金、舒克申、特里丰诺夫的作品在苏联影响较大，这是俄国批判现实主义传统在当代文学中的继续。同时，《学习与批判》杂志也连续发表文章，借《宴会》、《第一次领工资》、《父亲》等苏联短篇小说，指责苏联现实的堕落。虽然这些“暴露小说”、“社会问题”译作也照样打着“供批判”的旗号，但批判的言词显然已经不能掩盖作品本身所包含的思想内容和美学意蕴，即使考虑到时代氛围可能给译者和读者带来的局限，也无法否定这些作品在当时读者中产生的深远影响。

（三） 批判“霸权主义”——“军事题材”的译介

二十世纪六十年代末至七十年代初的苏联文学中，军事题材的小说成为苏联文学创作中数量最大、质量最高的文学作品。主要包括两大类，其一是卫国战争题材，其二是爱国军事题材（部分具有反华倾向）。苏联《文学报》在 1975 年曾经以“为什么我们今天还要写战争”为题，召开了一次座谈会，邦达列夫在会上这样说：“如果我们把战争仅仅作为世界上过去的事件来写，我们就不是艺术家而成了历史家了……我们的思想要像指南针那样永远指着一个目标，这个目标的唯一名称是：当

① 任敏文《在“新的解释”背后》，《热的雪》，第 2—3 页。

代。”[①]也就是说，写的虽然是三十年前的卫国战争或其他军事题材，但是它所指的目标却是“当代”，思考的是当下苏联大众的心理问题和苏联国际地位问题，战争和文学融合在一起，升华成一种民族的情绪。

第三代作家为主的卫国战争题材作品更多地探求战争环境下的个人心理，基本摆脱了同类作品的“功勋歌颂模式”。肖洛霍夫的《他们为祖国而战》[①]、邦达列夫的《热的雪》[②]和西蒙诺夫的《最后一个夏天》[③]等都是以苏联卫国战争为背景的小说。

《他们为祖国而战》是苏联著名作家、诺贝尔文学奖获得者肖洛霍夫计划写作的三部曲长篇小说。遗憾的是，肖洛霍夫在世时没有完成这部长篇巨著。目前流传于世的《他们为祖国而战》是肖洛霍夫在世时发表的各卷有关章节。部分章节写于战争年代，部分章节则是战后创作的。小说描写的不是苏联红军大举进攻的宏伟场面，而是红军退却过程中，准确地说，是苏军1942年夏季顿河草原保卫战溃败过程中的场景。该小说曾经被搬上银幕，反响很大。“文革”开始后，肖洛霍夫被定位为“修正主义文艺”的代表人物。《纪要》特别指出要开展对肖洛霍夫的批判[④]，他的《静静的顿河》、《被开垦的处女地》和《一个人的遭遇》等优秀作品都被彻底否定，而《他们为祖国而战》无疑最具“反面教材”的特征，被称做“大肆宣扬战争恐怖和活命哲学的毒草小说”，

^ 史刃译《他们为祖国而战》，上海人民社，1973年版

① 米·肖洛霍夫《他们为祖国而战：长篇小说的若干章节》，史刃译，上海人民出版社，1973年。

② 邦达列夫《热的雪》，上海外国语学院《热的雪》翻译组译，上海人民出版社，1976年。

③ 西蒙诺夫《最后一个夏天》，上海外国语学院俄语系译，上海人民出版社，1975年。

④ 《纪要》称在“反修”中“不能只捉丘赫拉伊之类小人物。要捉大的，捉肖洛霍夫，要敢于碰他”，并且指示军队组织人员进行研究，撰写专门的批判文章。见《林彪同志委托江青同志召开的部队文艺工作座谈会纪要》，《人民日报》1967年5月29日。

尤其在塑造人物形象方面，当权者认为小说丑化了红军形象，“把斯大林领导下的苏联红军描写成一帮脑子里只有老婆孩子，而把祖国命运置于脑后的乌合之众”[①]。

尤里·邦达列夫的长篇小说《热的雪》被苏联评论界赋予极高的评价，认为它是“文坛上引人瞩目的作品”，“战争文学三部优秀作品之一”，“爱国主义和英雄主义的颂歌”，等等，还说他“对战争中的许多问题作了新的解释”。[②]小说取材于斯大林格勒保卫战，开始把战斗的局部细节和战役的全景描写结合起来。描写的是1942年冬季在斯大林格勒西南草原上的一场阻击战。当时苏德战场的形势已发生根本变化，红军转入反攻，作者着重描写集团军所属一个炮兵连的作战活动。战斗打响后，德军四百辆坦克强攻渡口阵地，炮兵连首当其冲，伤亡惨重，最后只剩下一门炮和几个人。但激烈的战斗使敌人耗尽了全部预备队，这时，集团军司令便动用两支生力军发起反击，于是战场形势大变，红军转败为胜。

另外一种爱国军事题材的作品描写的是战后和平时代苏联的军队生活，这类作品受苏联所处的国际地位及其对外政策的控制很深，许多作品都是对苏联当局对外政策的形象图解。七十年代中期开始的这类作品的译介占中译苏联文学军事题材作品的大量比例。部分作品具有反华倾向，如电影剧本《德尔苏·乌扎拉》[③]和小说《阿穆尔河的里程》[④]等旨在为历史上沙俄的侵略行为正名。其他被称为爱国军事题材的作品，包括《核潜艇闻警而动》[⑤]、《海浪上的花圈》[⑥]、《礼节性的访问》[⑦]、《勃兰登堡门旁》[⑧]，等等。

---

① 见原中国文联批黑线小组《送瘟神》，第357页。

② 参见任敏文《在“新的解释”背后》，《热的雪》，第1页。

③ 反华电影剧本《德尔苏·乌扎拉》，文洁若等译，人民文学出版社，1975年。

④ 尼·纳沃洛奇金《阿穆尔河的里程》，江峨译，人民文学出版社，1975年。

⑤ 阿·约尔金《核潜艇闻警出动》，上海师范大学外语系俄语组译，上海人民出版社，1975年。

⑥ 维克多·斯捷潘诺夫《海浪上的花圈》，史峨山译，与《核潜艇闻警出动》合订。

⑦ 《礼节性的访问：苏修的五幕话剧、电影剧本》，齐戈译，上海人民出版社，1974年。

⑧ 斯栖诺夫《勃兰登堡门旁》，齐戈译，《摘译》(外国文艺)1974年第2期。

选择这一类军事题材作品译介的意图是十分明确的，自1969年“珍宝岛事件”中苏边境武装冲突发生后，中苏两国关系已经从意识形态的对立演化成国家政治上的敌对，在中国看来，苏联内政的“变修”与外交的“霸权主义”、“大国沙文主义”是同时发展的。这类苏联文学作品大多正是为了配合当局的对外政策而制作的。电影剧本《礼节性的访问》采用戏中戏的结构方式，将古代的庞贝城和当代的苏联通过一个同名角色联系起来，使想象与现实、过去与现在巧妙地统一。在这个故事里，俄国人被设计为庞贝古城的救星；而在现在时态的故事里，格列鲍夫这个俄国人是一支苏联海军舰队的大尉军官，他所服役的部队正去地中海国家进行武装部队的礼节性访问，访问受到了该国的热烈欢迎。这里，隐喻的手法是明显的，是为了说明对西方社会现实的一种评价，同时也为苏联在国际现实中的地位、作用和行为提供一种解释。

由叶维（叶渭渠）、文洁若从日文转译的电影剧本《德尔苏·乌扎拉》是影响比较大的一个。该剧底本是沙俄军官阿尔谢尼耶夫所写的两部探险记，苏方邀请日本著名导演黑泽明参与改编并将其搬上银幕，作为日苏文艺界“友好合作”的一个项目。该剧以阿尔谢尼耶夫的探险队在乌苏里地区的经历为线索。剧中主人公德尔苏·乌扎拉是担任探险队向导的土著人。剧本试图证明这一地区自古就是俄国领土，将沙俄的侵略美化成给乌苏里地区带来“文明”，将历史上沙俄的屠杀描绘成对土著居民的“关怀”。

还有一些译作直接涉及“珍宝岛事件”，电影剧本《俄罗斯的田野》[①]即是一例。影片中，主人公农村妇女菲尼亚在卫国战争中失去了丈夫，而后与之相依为命的儿子也在“越境者”的“突然袭击”中丧生。1975年第1期的《外国文学动态》还通过《莫斯科河外区的土地》、《工人世家》、《中转站》和曾获1973年度俄罗斯国家奖的《遗产》等同以“珍宝岛事件”为背景的作品，对“苏修戏剧中反华的卑劣手法”做了介绍。这类作品的译介充分显示了文学翻译的政治实用性和针对性。

---

① 阿列谢耶夫《俄罗斯的田野》，复旦大学外语系俄语专业75届工农兵学员集体翻译，《摘译》（外国文艺）1975年第4期。

《阿穆尔河的里程》发表于苏联《远东》杂志 1973 年第五、六、七期。这本所谓的"历史"小说以 1857 年、1858 年沙皇俄国派遣侵略军和武装哥萨克强行侵占我国黑龙江以北、乌苏里江以东广大地区，用武力胁迫清朝签订不平等的《中俄瑷珲条约》为题材，伪造历史，颠倒黑白，无耻地为老沙皇的侵略罪行辩护，替新沙皇进一步推行侵略扩张政策制造"历史"根据。

《核潜艇闻警出动》和《海浪上的花圈》两部中篇小说同属"军事爱国主义"题材作品中的代表作，二者除在《摘译》(外国文艺)杂志刊登外，还合在一起，标题为《核潜艇闻警出动·海浪上的花圈》，且以大字本出版。作品大字排版是出于供高级领导人阅读的需要，这本身也是文学翻译政治性的一个具体表现。小说《核潜艇闻警出动》发表于 1971 年的苏联杂志《青年近卫军》上，作者是阿·约尔金。按照书中描述，当时苏联潜艇阵容强盛，在号称"苏联马汉"、"红色提尔匹茨"的戈尔什科夫海军元帅麾下，已有九十五艘核潜艇和三百一十三艘常规潜艇。如此翔实地记录苏联核潜艇舰队的诞生及其征服海洋的历史，以至于任一平在正文前特别提醒人们注意小说所反映出的"活生生的社会帝国主义者的狰狞面目"，并且对"口头上的社会主义者，实际上的帝国主义者"保持警惕①。《海浪上的花圈》描写一艘苏联潜艇，为了保护民船，从海底升了起来，挡住德国的鱼雷后被炸沉，全体水兵殉难。以后每有船只经过这里，都把花圈扔向这片海域。原作重在描写主人公心理上的变化，而译作正文前署名"任文欣"的评论却把关注的重点放在逃避兵役这一现象上，将鲍里斯等人的行为升级为提醒人们注意"(苏联青年)不愿为苏修叛徒集团的帝国主义侵略政策和战争政策当'炮灰'，逃避服兵役已成了一种普遍的社会行动"②。还要说明的一点是，这篇小说直接影响了中国新时期军事文学的代表作《高山下的花环》的创作。作家李存葆曾说起他非常喜欢《海浪上的花圈》。

① 任一平《拜倒在老沙皇脚下的社会帝国主义者》,《核潜艇闻警出动》,上海人民出版社,1975 年,第 9—10 页。

② 任文欣《是花圈,还是圈套——评〈海浪上的花圈〉》,《核潜艇闻警出动·海浪上的花圈》,第 12 页。

二、日本作品

1967年至1970年间,日本文学在中国的译介完全停顿下来。直到1971年后,基于政治的需要,即“批判之用”,我国才开始陆续出版了《日本帝国主义侵略野心大暴露——评日本反动电影〈山本五十六〉》、《击碎美日反对派的迷梦——评日本反动电影〈山本五十六〉、〈日本海大海战〉、〈啊,海军〉》等七种内容大体相同的书。1971至1973年,人民文学出版社出版了三岛由纪夫(1925—1970)的《忧国》[①]和《丰饶之海》四部曲——《春雪》、《奔马》、《晓寺》和《天人五衰》[②]。特别需要提到的是1972年,这一年尼克松和田中角荣分别访华。尼克松访华只是中美接触的开始,田中角荣访华却带来了实质性的中日建交。中日建交这一重要历史事件促进了中日文学的交流,这就给七十年代以来中国的外国文学翻译格局带来了变化。而且人民文学出版社在《丰饶之海》的“出版说明”中明确写道:“日本反动作家三岛由纪夫是个臭名昭著的右翼法西斯分子……现内部出版三岛有代表性的反动作品的译本,作为反面材料,供批判用。”由此可见,“文革”期间译介日本作品的目的不是作为文学上的研究,而是将其定位在军国主义的政治位置上仅供批判。这些书的出版虽然是供批判之用的,但还是成为了中国读者了解三岛由纪夫的起点。中日邦交恢复后的一年即1973年,人民文学出版社再版了小林多喜二的《沼尾村》、《在外地主》、《蟹工船》。但是日本文学翻译的真正恢复是1977年“四人帮”被粉碎之后。[③]“文革”期间,在所有的内部出版译作中,日本作品的数量仅次于苏联作品。

---

① 三岛由纪夫《忧国》,人民文学出版社,1971年。

② 三岛由纪夫《春雪》,人民文学出版社,1973年。《奔马》,人民文学出版社,1973年。《晓寺》,刘光宇、徐秉洁译,作家出版社,1972年。《天人五衰》虽为《丰饶之海》第四部,但最早由人民文学出版社翻译出版,1971年。

③ 1977年和1978年两年间,人民文学出版社出版了唐月梅译的《井上靖小说集》,文洁若、叶渭渠译的《有吉佐和子小说集》;上海译文出版社出版了金福译的德富芦花的《黑潮》。

（一）军国主义题材的译介

在国际共产主义运动出现分裂和各国党在从革命道路到文艺路线等方面产生纷争的背景下，以“反面教材”身份出现的“日修”作品有“妄图以资产阶级人性论歪曲革命作家的形象”的电影剧本《小林多喜二》（山俊介所著），以及“从不同角度宣扬宫本集团修正主义，美化日修的头目们”的短篇小说《少年和鸽子》、《和子死后》等[①]。

被誉为“日本传统文学骄子”的著名右翼作家三岛由纪夫深受日本古典文学影响，追求艺术至上的古典美，作品带有浓厚的唯美主义和民族主义色彩。在美学的追求上，他着力于对深层心理的挖掘，从隐微的颓唐中探求人性的真实。1970 年 11 月 25 日三岛由纪夫将他创作的四部曲《丰饶之海》手稿的最后一部分送到出版社，然后带着森田必胜等四人冲入市谷自卫队驻地散发传单，号召士兵起来政变。鼓动失败后，他同森田必胜一起剖腹自杀，并由其追随者亲手砍下他的头颅。在极短的时间内，其作品小说集《忧国》和《丰饶之海》四部曲即在中国翻译出版。因为带着历史记忆的中国对日本的军国主义思想极其警惕，译介者认为三岛由纪夫的自戕昭示了日本国内军国主义复活的势头。现在看来，当时对三岛由纪夫作品的评价明显缺乏深入的分析，存在绝对化和简单化的倾向。《忧国》讲述一位青年中尉在 1936 年“二二六”事变中抗争未遂然后剖腹自杀的故事。小说完成之后，三岛由纪夫把它搬上银幕，除了担任原作、监制、改编以及导演以外，男主角也是他，是他唯一一部自编自导自演的三十分钟短片。而五年后，三岛由纪夫以同样的方式杀死自己，所以这部小说被看作是三岛由纪夫的自传。

长篇巨作《丰饶之海》（1965—1970）四部曲作为三岛由纪夫的绝笔之作，将他的浪漫、唯美与古典主义发挥到了极致。小说背景跨越了五十年，每一部所描述的都是同一个人的不同化身：1912 年的年轻贵族、三十年代政治上的狂热分子、第二次世界大战前后的泰国公主和六十年代一个邪恶的年轻孤儿。这几部小说通过对轮回转生的描写，表达了

① 上述作品均刊于《摘译》（外国文艺）1975 年第 5 期。

作者对流血、死亡和自杀的迷恋，对自毁人物的兴趣和对枯燥乏味的现代生活的否定。第一部《春雪》描写了松枝清显的恋爱悲剧和死亡，川端康成把《春雪》誉为现代的《源氏物语》，是作者“绚丽才华的升华”；第二部《奔马》描写了由松枝清显转世的饭沼勋的政治活动和他的自杀；第三部《晓寺》写的是曾目击松枝清显和饭沼勋自杀的本多繁邦爱上了饭沼勋转世的泰国公主，二十岁的公主归国后被眼镜蛇咬死；第四部《天人五衰》中本多已经七十八岁，他的养子安永透知道了自己只是他人转世，并不能自由选择命运后服毒自杀，却未死而失明。

二幕七场话剧《〈日本改造法案〉——北一辉之死》被译者概括为“一支军国主义招魂曲”[①]。该剧作者为推理小说大师松本清张，剧本不仅以给北一辉正名为目的，而且剧中人物也有侵略中国有理的言论。主人公北一辉是日本军国主义的思想代表和法西斯主义理论家，他崇尚暴力，鼓吹战争万能，宣扬国土狭小的国家对外扩张是合理的，极力为日本的侵略政策制造理论根据。从1906年自费出版《国体论及纯正社会主义》，到1919年被奉为日本军国主义圣典的《日本改造法案大纲》[②]的出版，展示了社会主义、革命思想等近代思想如何日本化、军国主义化的历程。1936年2月26日，受北一辉影响的年轻军官与一千多名士兵在东京起事，高喊“昭和维新”等口号，袭击政府首脑的官邸，占领陆军省、参谋本部及附近地区，要求陆军首脑实行国家改造，史称“二二六”事件。2月29日，陆军首脑正式下达镇压命令。次年8月19日，北一辉被日本政府处决。兵变虽然失败，但他的思想却成为日本法西斯主义的源流。

《虚构的大义——一个关东军士兵的日记》[③]是五味川纯平的作品，他曾经亲历侵华战争，1943年应征入伍，日本战败后，被关进苏军俘虏

① 吉林师大日本研究室文学组《一支军国主义招魂曲——评〈日本改造法案〉——北一辉之死》，松本清张《〈日本改造法案〉——北一辉之死》，人民文学出版社，1975年，第9页。

② 北一辉在中国开始写作此书，原名为《日本改造案原理大纲》。

③ 五味川纯平《虚构的大义——一个关东军士兵的日记》，人民文学出版社，1976年。

收容所，1948 年被遣送回国。小说基本上是根据历史事实创作的，在一定程度上揭露了日本帝国主义者侵略中国的罪行，承认日本对东北的占领是侵略行为。但在“文革”期间，该作品依然被理解为“一部反动的政治小说，而且具有某些欺骗性，比一般赤裸裸的反动作品更恶毒”[①]。该书以士兵杉田在日本战败前的经历为线索，从反思战争的角度描述了战争带给日本士兵的苦难。虽然有为侵华士兵开脱的嫌疑，但从总体上对日本的侵略战争持批评态度，所以，译介者的过度审慎和有意误读，造成了将军国主义思想强加于原作的现象。

1975 年译成中文的预言小说《日本沉没》[②]在 1973 年本国出版的时候，创下了上、下集近四百万册的销售纪录，不到一年的时间内重版一百多次，成为当年日本第一畅销书，同年由东宝公司拍成同名电影[③]。翌年，该小说荣获第二十七届日本推理作家协会奖和第五届日本科幻文学星云奖。该书作者小松左京与星新一、筒井康隆一起被誉为日本科幻小说界的“御三家”（意为三大名家）。他于 1964 年开始动笔，历时九年完成这部作品。小说主要反映了特殊地理环境下日本民族的危机意识。田所雄介博士是一位地球物理学家，根据地震的观测数据，他发现日本列岛将会有灾害发生，于是展开调查。得出的结论是“日本列岛历来最坏的情况——一年内的地壳变动导致大部分的陆地下沉到海中”。政府通过外交途径把上亿国民移往包括中国崇明岛在内的世界各地，各国也对此纷纷做出反应。这种虚拟中的举措同样触动了中国意识形态的敏感神经，一篇标题中使用了感叹号的评论《伟大的日本人民永远沉没不了！》就是在大声疾呼，“决不能忽视日本军国主义势力的存在，决不能忽视当前日本的反动文学如何为复活军国主义效劳”；[④]而书后所附日本左翼人士的文章也对作品中的“世界末日思想和军国主义”做

---

① 《虚构的大义——一个关东军士兵的日记》“出版说明”，五味川纯平《虚构的大义——一个关东军士兵的日记》，人民文学出版社，1976 年，第 2 页。

② 小松左京《日本沉没》，李德纯译，人民文学出版社，1975 年。

③ 2006 年，东宝公司再度将《日本沉没》搬上银幕，成为近二十年来日本影坛最大拍摄成本、最大宣传手笔的灾难冒险巨制。

④ 《伟大的日本人民永远沉没不了！》，《日本沉没》，第 8 页。

了批判[①]。该书自然成了“为一小撮军国主义势力向外侵略制造反动舆论”[②]的作品。

（二）危机小说和电影剧本的译介

同《日本沉没》的地理环境危机意识关联，这时期的日本出现了一系列预测岛国危机的作品。1973年一场严重的经济危机席卷了整个资本主义世界，也冲击着日本列岛。在危机前夕，又爆发了中东十月战争，阿拉伯人民拿起“石油武器”进行反帝反霸斗争。这就使主要依赖进口中东石油的日本垄断资本遭到了沉重的打击。石油问题使日本更陷于内外交困，各种矛盾进一步激化。

在这种背景下，1975年日本出版了一部取材于“石油危机”的长篇小说《油断》[③]，反映了日本经济的脆弱性。日语“油断”意为疏忽大意。印度史诗《罗摩衍那》中有这样的故事：一个主祭的婆罗门举行火祭时，由于疏忽大意，手头缺少酥油，没能继续将酥油投入火中，神仙生了气，把他的头砍掉了。作者以油断命题，有双关意义，即日本可能因疏忽大意，断绝了石油来源。作者堺屋太一同时也是日本著名政论家和经济学家，他设想了新的中东战争爆发后，霍尔木兹海峡关闭和石油进口中断导致的灾难以及日本社会由此产生的混乱。小说出版后十天，在首相官邸召开的第五次综合能源对策内阁会议上，科学技术厅长官佐佐木曾说：“正如《油断》一书所描写的那样，能源危机是很重要的问题。这次会议应该加以充分讨论。”[④]石油危机也波及到日本的农业生产，木村寿美的中篇小说《金色稻浪今安在》[⑤]就描绘了农民能重诚一及其母亲的命运，展现了1973年石油危机以后日本农业的困境及农民的遭遇。

五岛勉的《诺斯德拉达缪斯的大预言》（后来多译为《诺查丹玛斯大

---

① 村上幸一《世纪末日思想和军国主义——评小松左京的反动小说〈日本沉没〉》，《日本沉没》，第344页（原载1973年8月8日出版的日共刊物《长周新闻》）。

② 参见《日本沉没》“出版说明”。

③ 堺屋太一《油断》，渭文、慧梅译，人民文学出版社，1976年。

④ 大港油田井下作业指挥部工人理论组《油断·前言》，《油断》，第5页。

⑤ 木村寿美《金色稻浪今安在》，《摘译》（外国文艺）1976年第2期。

预言》)[①]是七十年代风靡日本的另一部预言性作品。新千年的即将开始,加速了世人对未来的焦虑。在描绘人类未来的各种各样的预言中,16世纪法国预言家诺查丹玛斯的《诸世纪》一书无疑最引人关注。其死后世界上发生的几乎每一件大事,都能被人附会到他的预言诗上。其中最耸人听闻的就是1999年8月18日,太阳系的行星将排列成“大十字”,人类将面临灭顶之灾。《摘译》(外国文学)刊登了根据此书改编的电影剧本,对作品的末日思想进行了批判,认为这类作品是资本主义社会悲观绝望心理的反映,说明资本主义社会必然走向灭亡。可是,该剧本似乎没有引起读者的兴趣,直到十几年后,重译的《诺查丹玛斯大预言》才得以广泛流传。

小说《恍惚的人》[②]1972年由新潮社出版,发行百万册以上,1973年由东宝电影股份公司拍成电影,引起巨大的社会反响,“恍惚的人”也成为日本社会风行一时的流行语。小说揭示了日本老年人问题的严重性和普遍性,反映了当代日本社会繁荣的表面背后所掩藏的严重危机。小说的作者为日本女作家有吉佐和子,她的文笔圆熟,生活实感较强,作品耐人回味,明显继承了明治维新以来日本近代文学传统,属于浪漫主义色彩较浓的现实主义作家。有吉佐和子对中国人民怀着深厚的友情,1961年以来曾先后五次来中国访问,与冰心、老舍等都有交往。

在探究“文革”时期翻译的外国文学作品的同时,有一个现象特别引人注目,即很多反响强烈的文学作品都曾被拍成电影,进而更加扩大了它影响的广度和深度。一些观众就是在欣赏影片之后,才去有意寻找原作来阅读的。“文革”后期就集中翻译出版了一些日本电影剧本,翻译出版的目的是为了从多方面了解日本的社会现状,认清垄断资本主义腐朽没落的本质。如《故乡——日本的五个电影剧本》[③](收录了《故乡》、《啊,无声的朋友们》、《男人的烦恼——柴又恋情》、《约会》和《忍川》)、

① 五岛勉《诺斯德拉达缪斯的大预言》,渭文、慧梅译,《摘译》(外国文艺)1975年第2期。
② 有吉佐和子《恍惚的人》,《摘译》(外国文艺)1975年第2期。
③ 山田洋次《故乡——日本的五个电影剧本》,石宇译,上海人民出版社,1974年6月。

《沙器》、《望乡》[①]以及《日全食》[②]。

这些电影剧本从不同角度反映了日本社会面临的问题，尤其是经济危机给社会中下层带来的冲击。如《故乡》中，石崎夫妇一直以驾驶自家的木船运石填海为职业，但是十二年后，机械化的驳船代替了他们的木船，为了生计他们不得不离开祖辈居住的小岛，去城里的工厂工作。该剧本的作者也是电影的导演山田洋次，他的很多电影被介绍到中国，除了《寅次郎的故事》(1969)、《幸福的黄手绢》(1971)，还有《沙器》(1974)。

^ 电影《望乡》海报

^ 电影《金环蚀》海报

《沙器》主人公和贺英良是一名才华横溢的作曲家，但他出身低微，从小受尽歧视，为了在等级壁垒森严的社会里出人头地，和贺杀死了有恩于己的养父，抛弃了已经怀孕的恋人。故事分为两条线索，主线是警官的破案过程，暗线是和贺的人生以及钢琴协奏曲《宿命》的完成。在奋斗中走向成功，又在被迫犯罪之后毁灭，这就是和贺的宿命，如同苦心营造的海滩上的沙器，经不住一个浪头的侵袭。

《望乡》反映的时代从1907年到1974年，通过描写贫苦妇女阿崎的一生，透视了明治时期的日本女性史，严厉控诉了日本军国主义与资本主义的罪恶。历史上，从幕府末年直到昭和初年，日本政府为了积累资金发展经济，曾把本国妇女卖到海外作为谋取外汇的一个手段。一些贫苦人家的女儿，被

① 二者结集出版，即《〈沙器〉、〈望乡〉：日本电影剧本》桥本忍《沙器》，叶渭渠译；广泽荣《望乡》，高慧勤译，人民出版社，1976年。
② 石川达三《日全食》，安可译，《摘译》(外国文艺)1976年第7期。

迫去做南洋姐。她们为国为家赚取了金钱，自己得到的却是精神和肉体上无法愈合的创伤，甚至是一座座永远留在南洋遥望着祖国和家乡的坟茔。

根据石川达三同名政治题材小说改编的电影剧本《日全食》(后多译为《金环蚀》，深刻地反映了日本在二十世纪六十年代经济高速增长时期，银行业中官商相互勾结、尔虞我诈的“黑金政治”，揭露了垄断资本集团在竞选中进行的笔笔“肮脏的交易”，是对二战后日本社会诸多问题的深刻反思。因此，它被称作“一部日本现代社会的百科全书”。

（三）政治文学的译介

这个时期日本政治文学的代表作家是户川猪佐武。他曾任《读卖新闻》社政治记者，经常出入首相官邸、自民党总部和外务省采访新闻，并当过该社驻东南亚、莫斯科特派员。户川的主要著作有《田中角荣传》、《昭和现代史》等。对于政治评论家户川猪佐武，与其说他创作了系列小说，毋宁说他借用了一个形象的手段表现政治。他曾明确表示，“为了使政治和政治家有益于国民，从属于国民，那就无论如何都必须把有关政治的事物写得饶有趣味，通俗易读——这就是我的信条。”[①]户川猪佐武以战后三十年日本政治演变为主题，连续发表《吉田学校》、《党人山脉》、《角福火山》和《金脉政变》四本书。其中，只有第二部作品《党人山脉》是“文革”时期翻译出版的，其他三部都晚于这个时段。日本资产阶级学者惯于把日本统治阶级中的政治头面人物划分为“官僚”和

^ （译者不详）《党人山脉》上海人民社，1976年版

① 《后记》，《党人山脉》，第321页。

"党人"。被他们称作"官僚"的,专指沿着正统的仕途升迁而爬上尊爵显位的当权者。被他们称作"党人"的,在未掌握或分享实权的时候,不甘心遭受"官僚"的排挤打击,便假借资产阶级的"议会民主",倾心于争夺官职和权势。所以,译者认为"官僚"和"党人"实际上不过是日本垄断资产阶级中不同集团的政治代表,分别代表了这些不同集团的利益、要求。他们之间围绕着在朝与在野、"专权"与争权而展开的不可调和、旷日持久的搏斗,是日本垄断资产阶级内部这一派反对那一派的斗争。日本垄断资产阶级利用这类争斗转移人民的视线,并在本阶级内部进行财产和权力的再分配。[①]第一部《吉田学校》,描写了长期担任官厅要职的吉田茂、岸信介、佐藤荣作等战后官僚阵营的形成。第二部《党人山脉》[②],于1972年初完稿,以从事政党活动的鸠山一郎、石桥湛山、三木武吉、河野一郎等所谓"党人"为主线,讲述了1955年至1964年十年中日本政局的变化。这两部作品表现的是完全一致的主题,"把《吉田学校(小说)》作为凸面的话,《党人山脉(小说)》就是凹面,或者可以把它们反过来说。通读两书,则对战后日本政治史的全貌和内幕,可以获得相当全面的理解"[③]。

三、美国作品

在"文革"时期,由于美国的特殊地位,其部分文学作品也成为西方文学的代表。来自美国的作品中,主要有内德·卡尔默的政治寓言性小说《阿维马事件》[④],女作家尤多拉·韦尔蒂的代表作《乐观者的女儿》[⑤],詹姆斯·A.米切纳的长篇小说《百年》[⑥]和畅销小说《美国小说两篇》(包括

① 《党人山脉·译者的话》,《党人山脉》,第2页。
② 户川猪佐武《党人山脉》,据日本流动社1972年4月5日三版本译出,上海人民出版社,1976年6月。
③ 《党人山脉·后记》,《党人山脉》,第321—322页。
④ 内德·卡尔默《阿维马事件》,钟卫译,上海人民出版社,1975年。
⑤ 尤多拉·韦尔蒂《乐观者的女儿》,叶亮译,上海人民出版社,1974年。
⑥ 詹姆斯·A. 米切纳《百年》,庞渤译,《摘译》(外国文艺)增刊,上海人民出版社,1976年。

巴赫的《海鸥乔纳森·利文斯顿》和西格尔的《爱情故事》)①。

《阿维马事件》的译介主要是对美国"霸权主义"的批判,同时它被看作美苏争夺世界霸权的一个缩影。作者虚构出一个名为"阿维马"的岛国,围绕它的命运展开了种种矛盾和斗争,实际上很容易使人联想到美苏争相渗透的加勒比海地区。在阿维马这个前英国殖民地发生政变后,均在觊觎该岛国的美苏旋即在这一地区形成严重对抗,双方软硬兼施,但控制该国的意图最终都没有实现。因此,小说被视为直接暴露美国与苏联争霸世界野心的一幅"无可奈何的自供状"②。1976 年第 3 期的《摘译》(外国文艺)集中发表了《柏林结局》、《呼救》和《第五号目标》等美国长篇小说的故事梗概,进一步说明美国在"争霸"中"不甘心当老二"这一现象。

女作家尤多拉·韦尔蒂的《乐观者的女儿》曾获得 1973 年度美国普利策奖。在美国文学界,尤多拉·韦尔蒂被誉为短篇小说大师,人们常把她和俄罗斯作家契诃夫相提并论。她以描写美国南方生活见长,《乐观者的女儿》与作者的《三角洲婚礼》和《败局》等其他作品都展现了现代生活对古老的南方传统产生的冲击。正是透过地方色彩浓厚的描写,她的作品才体现出更为普遍的意义和价值。该小说主要描写了法官麦凯尔瓦的命运。他曾当过市长,在法律界也颇有声望。在妻子病危和自己需要做手术时,他都试图保持一个"乐观者"的形象,最终还是在无奈中走到生命尽头。而身为"乐观者的女儿",劳雷尔既无力挽救父母的生命,也无力支撑陷入困境的家庭。在"文革"期间,美国经济的衰退一直是意识形态领域比较热衷的话题,鉴于此,本书被用作说明美国社会"风雨飘摇,大厦将倾"③处境的例证。其实,书中这些记叙渗透了作者的经历:在母亲和弟弟病重以后,韦尔蒂辞去了《纽约时报》的工作,回到老家密西西比。此后十几年里,除了几篇短篇小说和书评外,没有发表其他有影响的作品。她把几乎所有的精力都投入了照顾病重的亲人上。

---

① 《美国小说两篇》(巴赫《海鸥乔纳森·利文斯顿》、西格尔《爱情故事》),晓路、蔡国荣译,上海人民出版社,1974 年 3 月。

② 范毅平《无可奈何的自供状》,《阿维马事件》,第 1 页。

③ 司马平《风雨飘摇,大厦将倾》,《乐观者的女儿》,第 1 页。

^ 庞渤译《百年》，
上海人民社，1976年版

^ 晓路、蔡园荣译《美国小说两篇》，上海人民社，1974年版

到她的母亲和两个弟弟先后去世后，韦尔蒂重返文坛，很快就写出了《乐观者的女儿》，形成她文学生涯的第二个高潮。

詹姆斯·A. 米切纳的长篇小说《百年》也曾获普利策文学奖，于1974年出版。小说从地壳变动形成科罗拉多大峡谷一直写到“水门事件”，全书约一百余万字。作为美国独立二百周年的“寿礼”，该书在短时间内多次重印，名列美国十大畅销书的前茅。小说以科罗拉多州的百年镇(西部一个虚构的市镇的名称)为舞台，演了一出“情节互不关联、有许多套人物”的开发西部的恶喜剧。美国评论界说，这是美国历史的“浓缩”。译介者否定作者着意表现的“美国的精神”，指出一部美国西部开发史是“用血和火的文字载入人类编年史的”、充满了“花言巧语的欺骗与残暴的屠杀”[①]。

“文革”期间翻译活动恢复后最早翻译出版的西方文学作品就是《美国小说两篇》。该书收入的巴赫的《海鸥乔纳森·利文斯顿》和西格尔的《爱情故事》都曾在美国乃至世界引起轰动。《海鸥乔纳森·利文斯顿》出版前，美国经济遭到石油危机的冲击，在一片萧条中，人们的信心受到重创，觉得前途渺茫。在这样的形势下，该书的问世带来了一股清新的空气，使人们的精神为之一振。小说主人公乔纳森·利文斯顿生活在一群庸碌的海鸥中，他渴望做一只“追求生活真谛，找到生活崇高意义”的有思想的海鸥，

① 韩天宇、王国义《“寿礼”与“挽歌”》，《百年》，第2页。

因此被同伴当作另类而抛弃。后来经过长者的启示,乔纳森·利文斯顿终于达到尽善尽美、无限自由的"鸥神"的境界。小说重在描写精神追求,强调对自我的重新认识和发现。因此,《海鸥乔纳森·利文斯顿》成了结束一个危机时代的标志。《海鸥乔纳森·利文斯顿》不仅打破了美国畅销书记录,在美国之外也颇受欢迎。据称,当小说在台湾翻译出版后,当局亲自出面题词,号召学习海鸥乔纳森的精神。[①] "文革"期间,译介者以阶级斗争的观点解读该作品,将海鸥乔纳森·利文斯顿立志追求尽善尽美的境界视为资产阶级不敢也不能面对现实的表现，更离谱的是,竟然将海鸥乔纳森·利文斯顿比作《红楼梦》中的贾探春,是"头脑清醒的顽固派",试图给处于危机中的"美国垄断资产阶级"一注"强针剂"。

《爱情故事》于1970年一问世,即刻雄踞《纽约时报》畅销书排行榜榜首长达四十一周,精装本在一年内重印二十一次,曾被译为三十多种文字。作为整个"文革"期间外国文学译作中仅有的一部爱情小说,它得以迅速传入中国并很快翻译出版恐怕要归功于中美的外交。1972年,时任美国总统的尼克松访华,倾情推荐了这部小说。《爱情故事》主要描写一对青年人之间的感情，叛逆而富有的大学生奥利佛爱上了出身低微却善良聪慧的詹妮,为此不惜与大银行家父亲断绝来往。终成眷属的两个人相依为命,就在他们的艰难生活刚刚出现转机时,詹妮却因白血病去世。可以说,作品没有复杂的政治背景。但在"文革"期间,作品却被称为"一份向垄断资产阶级投降的号召书"。译作"序言"指责奥利佛的"叛逆"行为与小说"出笼"时(1970)"席卷美国的革命学生运动、反战运动"格格不入；主人公与詹妮相爱后为谋得好职位发愤读书及在詹妮死后与银行家父亲的和解也被看成是"向整个垄断资产阶级投降"的行为；而作品中詹妮所看重的奥利佛与父亲之间的感情则是"虚伪的资产阶级人性论"的表现[②]。相信认同这种论调的读者寥寥无几,因为平凡的文

① 参见任文钦《海鸥为什么走了红运?》,《美国短篇小说两篇》,第1页。
② 司马平《一份向垄断资产阶级投降的号召书》,《美国短篇小说两篇》,第45—50页。

字生出令人荡气回肠的悲愁，看似俗套的爱情故事感动了整个世界。根据《爱情故事》改编的同名电影，荣获美国金球奖和奥斯卡大奖，亦成为家喻户晓的经典。

四、正面教材类型的内部发行作品

除了当作毒草的反面教材之外，内部发行的作品中还包括一些正面教材，其思想性与当时中国的主流意识一致，但因为内容的敏感和外交关系等原因，也被列入“内部发行”之列。如波兰著名爱国诗人亚当·密茨凯维支(1798—1855)的政治诗剧《先人祭》(第三部)①；埃及法耶斯·哈拉瓦的政治讽刺剧《代表团万岁》②；坦桑尼亚作家约·克·基因比拉用民族语言斯瓦希里语创作的小说《帝国主义必败》③；玻利维亚小说《点燃朝霞的人们》④；还有日本“齿轮座剧团”创作的剧本。

波兰著名的诗人亚当·密茨凯维支的《先人祭》(第三部)是整个诗剧的核心部分。整个剧场的墙壁都用黑布蒙着，观众走进剧场就如同进入监狱一般。演出过程中，沙皇的宪兵背着长枪踏着大步不时地在观众身后巡逻，并守卫着剧场的各个门口。在这样的气氛中，观众看到爱国青年被沙皇宪兵架着从自己身旁走过，被押进监狱，听着这些青年在监狱中对沙皇的暴政进行血和泪的控诉。因此，上演时引起强烈反响，形成了一个反抗新老沙皇的动人场面，致使苏联驻波兰大使不得不狼狈退场抗议。人们将此剧的上演称作“为被埋葬的祖国举行民族祭祀”⑤。

埃及的政治讽刺剧《代表团万岁》生动地表现了某“社会主义联盟”凯法尔村村民对外来的“法斯库尼亚友好代表团”的讽刺和反抗，借此

---

① 亚当·密茨凯维支《先人祭》(第三部)，韩逸译，人民文学出版社，1976年。
② 法耶斯·哈拉瓦《代表团万岁》，北京外国语学院亚非语系阿拉伯语专业译，人民文学出版社，1975年。
③ 约·克·基因比拉《帝国主义必败》，思闻译，人民文学出版社，1976年。
④ 雷纳托·普拉达·奥鲁佩萨《点燃朝霞的人们》，苏龄译，人民文学出版社，1974年。
⑤ 《先人祭·译者前记》，《先人祭》(第三部)，第3页。

讽刺苏联的国际政策及其在中东地区的任意妄为。该剧译作后还附有新华社记者的述评《正义的胜利——记埃及讽刺剧〈代表团万岁〉重新上演》。“重新上演”是因为该剧包含反苏的情节而一度被政府禁演。然而触犯苏联的霸权主义，正是维护自身民族利益的正义抗争。

另一部非洲作品是坦桑尼亚的小说《帝国主义必败》。坦桑尼亚当时作为“社会主义实验室”，领袖人物规划了社会主义道路。小说描写了莫桑比克反抗葡萄牙殖民统治的武装斗争。作者旗帜鲜明地宣称“以毛泽东思想作为理论基础指导自己的创作，并通过自己作品中主要人物的口直接宣传毛泽东思想”。①

^ 苏龄译《点燃朝霞的人们》，人民文学社，1974年版

玻利维亚的小说《点燃朝霞的人们》是由俄语转译成中文的，是拉丁美洲的一部宣扬格瓦拉路线的小说。这部小说出现在1968年6月《切·格瓦拉在玻利维亚的日记》发表之后。小说中虽然没有提到格瓦拉的名字，但是其背景、人物、情节，都与格瓦拉在玻利维亚的武装活动大致吻合，作者显然是从这个历史事件中找到了小说的题材。小说作者采用了把几个人物的活动、思想和对话错乱交织的叙述手法，在叙事艺术上的这一新颖之处曾在苏联文艺界受到称赞。小说的主题思想很明确，就是反映格瓦拉在玻利维亚的日记中所提出的所谓“游击中心”（或称“热点论”）的思想。译介者认为“这种思想所主张的是一条机会主义的错误路线，它不要马克思列宁主义政党的领导，不发动不依靠广大群众，不建立根据地，只依靠少数人的武装力量进行流寇式的冒险活动，因此，最后必然遭到失败”②。

成立于二十世纪五十年代的日本“齿轮座剧团”，是日共左翼领导

① 《帝国主义必败·出版说明》，《帝国主义必败》，第1页。
② 《点燃朝霞的人们·出版说明》，《点燃朝霞的人们》，第1页。

下的"革命文艺团体","文革"期间曾克服重重阻力,于1967和1971年两次访华,多次演出精彩剧目,传递着那个时代"日本人民"的声音。此剧团被《人民日报》誉为"高举毛泽东思想伟大红旗,沿着毛主席的革命文艺战线胜利前进的革命文艺战士"①。剧团创作的剧本《春雷》、《河流下游的小镇》、《冲绳的早晨》等都在《摘译》(外国文艺)杂志发表,话剧《走向明天的誓言》也在另一内部刊物《外国文学资料》(1975)被译介,而且该杂志还特辟专辑,系统介绍了"齿轮座剧团"。这些剧本主要反映了两种内容,即日本冲绳等地民众的反美斗争和日本社会"阶级斗争"的画面。二十世纪七十年代的反美运动使当时的中国看到"日本人民正处在新的觉醒之中";而且作品也塑造出"日本工人阶级的英雄形象"。在创作方法上,齿轮座剧团深入实际,坚持走与工农相结合的道路,使文艺成为反帝反修的有力武器。

第三节 "世界大好形势"的元素
——"文革"期间公开发行的外国文学译作

与仅供内部批判的译作有着根本的不同,公开发行的单译本基本上都来自于社会主义和民族主义国家,它们或者带来"反帝"、"反殖"和"反霸"斗争的"前线消息",或者反映"社会主义建设"取得的成就。其中包括朝鲜、越南、老挝、柬埔寨、巴勒斯坦、莫桑比克、玻利维亚、阿尔巴尼亚等国家的二十余种译作。1971年出版的《世界大好形势》②一书是新华社和《人民日报》关于国际形势报道的汇总,内容包括"印度支那三国人民抗美救国政治获得伟大胜利"、"美国三大危机日益加深"、"亚洲大洋洲人民反对复活日本军国主义斗争向纵深推进"、"胜利一定属于战斗的巴勒斯坦人民"、"非洲人民团结反帝斗争浪潮滚滚向前"、"拉丁美洲出现联合起来共同抗霸的新局面"等。实际上,这一时期的外国文学翻译活动也是构成这幅"世界大好形势"图的重要元素。

---

① 《人民日报》1967年10月9日。
② 《世界大好形势》,香港三联书店,1971年。

一、“前线消息”的译介

对一般中国读者来说，“文革” 时期公开发行的这些外国文学新译作传递的也是亚非拉国家在各个“战场”上取得“节节胜利”的“前线消息”。这方面的进展也是同一时期国内各媒体报道的重点。

“文革”时期公开出版的新译作有六种来自印度支那三国，即越南的《巴拿的游击队》[①]、《越南南方短篇小说集》[②]、《越南短篇小说选》[③]、老挝的《生活的道路》[④]、《老挝短篇小说集》[⑤]以及《柬埔寨通讯集》[⑥]等。老挝作家伦沙万的中篇小说《生活的道路》记述了主人公铱的种种不幸，母亲和两个弟弟相继死去，父亲被法国军人抓走，自己沦为奴隶。几经磨难以后，铱加入了革命队伍，后被送到学校学习，开始了为祖国、为人民服务的工作历程，最终与已成为部队干部的父亲重逢。这样由艰辛走上幸福革命道路的经历有一定的代表性，在当时的许多小说中都有雷同的情节。

1967 年 6 月 5 日，以色列出动了全部空军，对埃及、叙利亚和约旦等阿拉伯国家发动了大规模的突然袭击，第三次中东战争爆发。中国自然站在阿拉伯国家一方，支持巴勒斯坦的反抗运动。诗歌是民族觉醒的号角，作为精神援助，《巴勒斯坦战斗诗集》[⑦](1975)被及时译介编辑。该诗集共选取了二十九首诗歌，反映了与以色列侵略军战斗到底的决心，抒发了对祖国的热爱。可以说，巴勒斯坦现代文学是在民族解放斗争中诞生的。不少诗人和作家为了解放事业献出了生命，他们在文学史上写下了光辉的一页。

---

① 原玉等《巴拿的游击队》，黄敏中等译，作家出版社上海编辑所，1966 年。
② 《越南南方短篇小说集》，人民文学出版社，1972 年。
③ 《越南短篇小说集》，王友侠、方红等译，人民文学出版社，1973 年。
④ 伦沙万《生活的道路》，梁继同、戴德忠译，人民文学出版社，1975 年。
⑤ 人民文学出版社编辑部编《老挝短篇小说集》，人民文学出版社，1972 年。
⑥ 人民文学出版社编《柬埔寨通讯集》，人民文学出版社，1972 年。
⑦ 卡迈勒·纳赛尔等《巴勒斯坦战斗诗集》，潘定宇等译，人民文学出版社，1975 年。

非洲大陆的民族独立运动此时也是如火如荼，《莫桑比克战斗诗集》[①]是在该国解放阵线主席萨莫拉·马谢尔访华和两国建交后不久出版的。与“毒草”作品中声色俱厉的序言大相径庭，在这些公开发行的译作中，序言充满了友好的鼓励和共同战斗的情谊。在《莫桑比克战斗诗集》的序言中，“首都钢铁公司工人评论组”作为集体译者，由衷地称赞这些“斗争和胜利的诗篇”不是“发自旧时代的诗人之口的浅吟低唱，而是发自为民族解放英勇战斗的自由战士心田的战斗号召”[②]。譬如，该诗集的第一首诗歌《乔安娜，你没有死》，就是诗人萨莫拉对“人民武装力量妇女支队”的领导人、在独立运动中牺牲的乔安娜·马谢尔的深切悼念。而且战斗中的坦桑尼亚，从普通“战士”到最高领导人都拿起了笔，写下大量的战斗诗篇。这样一种“群众性的诗歌创作的热潮”[③]构成了非洲“战斗的诗歌”的重要组成部分。《〈黑人文学〉谈毛泽东思想在非洲诗歌中的影响》一文指出，非洲的这种“战斗的诗歌”流派在一定程度上体现了毛泽东思想的影响。[④]

^ 吴健恒译《青铜的种族》，人民文学社，1976年版

玻利维亚作家阿尔西德斯·阿格达斯（1879—1946）的长篇小说《青铜的种族》[⑤]被认为是二十世纪初最重要的土著小说之一，而且它是“文革”时期以“反殖”为主题的译作中唯一不属于当代题材的作品。即便如此，在二十世纪以来美国的势力日益渗透到拉美的背景下，“文革”时期翻译该书也有特别的针对性，试图使人们通过作品联想到印第安人及其

① 《莫桑比克战斗诗集》，人民文学出版社，1975年。
② 《莫桑比克战斗诗集·序言》，《莫桑比克战斗诗集》，第1页。
③ 同上，第3页。
④ 参见《〈黑人文学〉谈毛泽东思想在非洲诗歌中的影响》，《外国文学动态》1975年第2期，第20—21页。
⑤ 阿尔西德斯·阿格达斯《青铜的种族》，吴健恒译，人民文学出版社，1976年。

他拉丁美洲人民“在反帝、反殖、反霸的大好形势下日益觉醒，日益壮大”的现实。该小说不仅描述了地主对印第安民族的掠夺，更重要的是还反映了苦难深重的农民反抗压迫的斗争，这就使作品更深入了一步。“科阿乌约公社”的印地安人遭受地主和神甫“野蛮残酷的压迫，敲骨吸髓的剥削”[①]，其处境与旧中国的农民极为相似，而且他们也和中国农民一样，最终选择了武装反抗的道路。这部作品自1919年出版以来，在不断地重印再版，可见这部反映印第安民族生活的作品所产生的影响。

二、“社会主义建设的新成就”的译介

二战后的民族独立浪潮中，部分国家走上了社会主义的道路。二十世纪七十年代，朝鲜和阿尔巴尼亚与中国一样正在进行着社会主义建设，在这场“改天换地的斗争”中取得了史无前例的成就。由于社会制度和国际国内环境等方面都与中国相似，反映这两个国家在社会主义建设中取得的新成就的文学作品也被译介过来，且与中国文学作品有着类似的内容，同样的情感。作品所塑造的新一代具有“崇高的共产主义精神和忘我的劳动热情”[②]的青年人的形象与中国国内文学作品中的“社会主义新人”形象如出一辙；作品所描写的响应领袖号召报名到最艰苦的地方工作的情节与中国的知识青年上山下乡运动惊人地相似；书中人物对待领袖的敬爱之情与当时中国的情形也是相似相通的。

“文革”期间译自朝鲜的作品主要有三种，即戏剧《袭击》[③]、《朝鲜短篇小说选》[④]和《朝鲜诗集》[⑤]。以《朝鲜短篇小说选》为例，选集中除了《第五次任务》等三篇是战争题材外，其余八篇都描写了朝鲜人民在国家建

① 《青铜的种族·出版说明》，《青铜的种族》，第3页。
② 同上。
③ 金载浩《袭击》，北大朝鲜语科教研室译，作家出版社，1966年。
④ 《朝鲜短篇小说集》，人民文学出版社，1975年。
⑤ 崔荣化等《朝鲜诗集》，延边大学朝鲜语系七二届工农兵学员译，人民文学出版社，1976年。

设中取得的各种成就,涉及范围广泛,包括农村、工厂、学校和建筑工地等各方面的变化。小说《波涛声》的主人公昌洙放弃了上大学的机会,留在车间工作,以实际行动履行其国家领导人提出的“政治上自主、经济上自立、国防上自卫”[1]的方针。该小说还写到了人们对“人民的红太阳、敬爱的领袖”的崇敬之情以及“慈父般的领袖”对青年人“无微不至的关怀和爱护”[2]。

^^ 梅绍武等译《阿尔巴尼亚短篇小说集》,人民文学社,1973年版

1946年1月11日,阿尔巴尼亚人民共和国宣布成立。1976年12月28日,改称阿尔巴尼亚社会主义人民共和国。历史上,阿尔巴尼亚与中国是密切的“兄弟关系”,毛泽东称颂阿为“欧洲的一盏伟大的社会主义的明灯”。在社会主义建设上,阿获得了中国大量的无偿援助。“文革”时期译自阿尔巴尼亚的作品有三种——《阿尔巴尼亚短篇小说集》[3]、《阿里果诗选》[4]和长篇小说《火焰》[5]。其中著名作家斯泰利奥·斯巴塞的长篇小说《火焰》最值得瞩目。小说主人公青年干部库伊蒂姆·莫拉瓦响应阿最高领导人恩维尔·霍查和劳动党发出关于干部下放、支援山区的“伟大号召”,经过激烈的思想斗争,甘愿放弃优越的生活条件,包括名(科学学位)、权(重要职务)和个人的幸福,主动来到条件最为艰苦的马里卡乡山区。在那里,他与同伴一起同“反动势力”,同“旧风俗、旧习惯”进行了斗争,战胜了“右倾保守思想”。因此,这部作品被称为“社会主义革命文化运动的颂歌”[6]。

---

① 北京市大兴县红星中朝友好人民公社文学评论组《朝鲜短篇小说集·前言》,《朝鲜短篇小说集》,第1页。
② 黄永浩《波涛声》,《朝鲜短篇小说集》,第239页。
③ 《阿尔巴尼亚短篇小说集》,梅绍武等译,人民文学出版社,1973年2月。
④ 《阿果里诗选》,郑恩波译,人民文学出版社,1974年11月。
⑤ 斯巴塞《火焰》,李化、瞿世雄、高晔译,人民文学出版社,1975年12月。
⑥ 中阿友好公社文艺评论组《社会主义革命化的颂歌》(译序),《火焰》,第1页。

第四节 暗潮涌动
——"文革"期间尚未发表的外国文学译作

史无前例的"文革"使得翻译界万马齐喑，百花凋零。很多享有盛誉的老翻译家受到迫害，老舍、丽尼、丰子恺、穆木天等含冤而逝，傅雷夫妇的愤而弃世尤其令人痛惜。致力于法国文学翻译与介绍工作，以译笔生动传神而著称的翻译家傅雷，一生中译作丰富，态度严谨。他提出的"神似"理论，继往开来，极大地丰富了我国有中国特色的文学翻译理论宝库。然而，这样一位译坛巨擘在"文革"之初即与夫人朱梅馥双双自缢身亡。他译的《猫儿打球记》也被查抄。大部分从事外语工作的知识分子被扣上"崇洋媚外"、"反动权威"的帽子，住进"牛棚"，进行"思想改造"，如巴金、夏衍、穆旦、萧乾、季羡林、草婴等多人，受到精神与肉体的双重迫害。译介外国文学作品被斥为"兜售资本主义、修正主义货色"，如张孟恢翻译的俄罗斯讽刺作家谢德林的童话作品，屠岸翻译的莎士比亚的《十四行诗集》等均被迫中止。有的译稿被毁，如梁宗岱翻译的《莎士比亚十四行诗》、《浮士德》和二十多万字的《蒙田试笔》，杨岂深翻译的英国小说家勃特勒的《如此人生》，飞白翻译的《谁在俄罗斯能过好日子》等，均被付之一炬。翻译机构如翻译工作者学会被强行解散，翻译出版物《翻译通报》和《译文》均被停刊。①

庆幸的是，漫长黑暗的十年里，仍有暗潮涌动。翻译家们大多没有抛弃手中的译笔，有的为了在困境中寻求心灵的慰藉，有的迫于政治任务而充当翻译机器，却都完成了相当数目的译作，并在"文革"结束后不久问世，部分著作进而成为文学译作经典。马士奎借鉴了陈思和"潜在写作"这一术语，采用了"潜在译作"来概括这类译作。其中代表性作品主要有《往事与随想》②、《罗摩衍那》③、《堂吉诃德》④、和《芥川龙之介小

---

① 参见靳彪、赵秀明《"文革"十年间的中国翻译界》，载《天津外国语学院学报》2000年第1期。

② 赫尔岑《往事与随想》，巴金译，上海译文出版社，1979年。

③ 《罗摩衍那》，季羡林译，人民文学出版社，1980年。

④ 塞万提斯《堂吉诃德》（上下两册），杨绛译，人民文学出版社，1978年。《干校六记》中记叙了这部重要译稿失而复得的情形。

说十一篇》[①]等。

欧洲文学的译介中，以巴金翻译俄国著名作家赫尔岑的《往事与随想》和杨绛翻译西班牙小说家塞万提斯的名著《堂吉诃德》最为典型。巴金通晓英文、法文、德文、俄文、日文和世界语，常常使用同一作品的不同语言的版本辅助中译稿的完成。他的翻译风格流畅自然，富于感情，近于他的创作风格。"文革"中巴金与夫人萧珊都经历了非人的折磨。从1972年6月起，巴金从干校休假回家，萧珊已经得病。两个月后，巴金永远失去了萧珊这位爱妻兼译友。在被许可做一些翻译工作之后，巴金首先完成了屠格涅夫作品《处女地》的重译，从1974年起又开始翻译赫尔岑长达百万字的巨著《往事与随想》。对于年已七旬的巴金来讲，这种翻译不啻为壮举，而且其重大意义不仅在于译作本身，更是直接催生了巴金的最后一部大著《随想录》。他把感情倾注在这些作品上，通过译文来讲自己的心里话，打动更多的人。巴金曾说，赫尔岑是他的老师，其回忆录前半部分揭露了尼古拉一世的反动统治，内容丰富，文笔生动，值得他一边学习一边翻译。尽管他谦虚地说自己"对原著理解很差"，但还是"硬着头皮翻译"，哪怕一天只译几百字也好，并反复琢磨，不断修改("还得修改四五次才能说比较可以")，尽力达到比较完善的地步。并且巴金的选择在一定程度上源于对原作的钟爱，他觉得自己像赫尔岑一样，心中也有"血和泪"。[②]这样的译作便会成为愿望的寄托：

> 我找出四十多年前我就准备翻译的亚·赫尔岑的回忆录《往事与随想》，每天翻译几百字，我仿佛同赫尔岑一起在十九世纪俄罗斯的暗夜里行路，我像赫尔岑诅咒沙皇尼古拉一世专制黑暗的统治那样咒骂"四人帮"的法西斯专政，我坚决相信他们横行霸道的日子不会太久了……[③]

---

① 《芥川龙之介小说十一篇》，楼适夷译，湖南人民出版社，1980年。

② 《往事与随想·后记(一)》，《往事与随想》，第395页。

③ 同上，第397页。

杨绛为著名学者、评论家、翻译家和剧作家，在推动西班牙塞万提斯的名著《堂吉诃德》在我国的传播，以及促进中西两国文化交流方面，无疑起到了积极的作用。《堂吉诃德》被译成多国语言，就中译本而言，最早的当数林纾和陈家麟合译的《魔侠传》[①]。此后，还出版过傅东华、伍实、刘云、常枫等人多种不同形式和不同书名的译本；不过这些译本都是从英文转译的，直到1978年，才由杨绛第一次从西班牙文翻译出版了《堂吉诃德》(上、下两卷)。1956年，时任中央宣传部副部长的林默涵，把翻译《堂吉诃德》的任务交给杨绛。她先找了英、法、德文五六种译本，发现有些地方差别很大，不知选哪种为好。为保证忠实，她决计直接从西班牙原文翻译。由此，她下决心自学西班牙文。她有很好的英、法文基础，几年下来，她自认为西班牙语的发音未必很准确，但翻译成中文还能胜任。就这样，学了译，译中又学，历经二十二年终于出版。而杨绛为了翻译一本书而坚持去自学一种外语，并且取得了难能可贵的成功，更成为我国文坛的一桩佳话。杨绛的译本以生动流畅的文字和简繁适度的注释十分有助于读者的欣赏和理解，不仅受到我国读者的广泛欢迎，而且还得到西班牙方面的赞誉，杨绛也因为翻译该书的贡献而荣获西班牙国王颁发的骑士勋章。

亚洲文学的译介主要包括季羡林翻译的印度史诗《罗摩衍那》和楼适夷翻译的日本芥川龙之介的作品。季羡林不仅精通英文、德文、法文等现代外文，而且掌握梵文、巴利文、佛教混合梵文、吐火罗文等古代语文，在语言学、文化学、历史学、佛教学、印度学和比较文学等方面都有很深的造诣。他既有丰富的译作，为东西方文化交流，为传播先进思想文化，为古代中外历史和文化关系研究，做出了巨大贡献；又在长期翻译工作实践中，积累了丰富的经验，提出了许多独到而精辟的翻译理论和观点。季羡林在“文革”中同样受到冲击，在当门房的时候，百无聊赖，他想到了古训“不为无益之事，何以遣有涯之生？”，所以再拾译笔，因为译作的出版杳渺无期，恰是“无益之事”。经

---

① 塞万提斯《魔侠传》(两卷本)，林纾、陈家麟译，上海商务印书馆，1922年。

过反复的考虑，季羡林决定翻译蜚声世界文坛的印度两大史诗之一的《罗摩衍那》。之所以选译这部近三百万字的巨著，一是因为在那段日子里他希望“选一种比较难的、相当长的、能旷日持久地干下去的书”，精校本还有约两万颂，每颂译为四行，至少有八万行，够忙上几年了。但更重要的是因为它是一部“非常值得而且必须翻译的书”[①]。《罗摩衍那》与《摩诃婆罗多》并列为印度两大史诗，在印度文学史上被称作最初的诗。全书共七篇，按照顺序是：《童年篇》、《阿逾陀篇》、《森林篇》、《猴国篇》、《美妙篇》、《战斗篇》和《后篇》。从1973年起着手翻译到“文革”结束时，已基本完成这部鸿篇巨制的七卷中的三卷。史诗以罗摩和妻子悉多的悲欢离合为故事主线，表现了印度古代宫廷和印度列国之间的斗争。其间插入神话传说及描绘自然景色、战斗场面，篇幅宏大。

楼适夷为著名翻译家、作家和出版家，精通俄语和日语。1933年被捕，在狱中翻译了高尔基的《在人间》等作品。“文革”期间翻译了日本“新理智派”代表人物芥川龙之介的作品。事实上，芥川龙之介的作品一直深受老一辈翻译家的喜爱。早在二十世纪二十年代，鲁迅便将《罗生门》、《鼻子》译介到中国。夏丏尊、夏衍等人都曾翻译过芥川龙之介的作品。根据芥川龙之介的短篇小说《竹林中》改编，由日本电影大师黑泽明执导的电影《罗生门》轰动全球，被誉为“有史以来最有价值的十部影片之一”，芥川龙之介的小说也因此更深入人心。在1976年4月到6月间楼适夷翻译了《芥川龙之介小说十一篇》，其中包括《罗生门》和《地狱变》等。翻译该书的缘由是译者对这个“短命鬼才”“一向有点喜欢”，而且感到“特别亲切”[②]；当然在那段特别的岁月中，翻译也是译者借以逃避现实的最有效和最有意义的手段：

……我在闭门深居之中，作为自己日常的课程，也可以说作为逃避现实，逃避痛苦的一种手段，便选出了自己所偏爱的篇目，重

① 《罗摩衍那·译后记》，《罗摩衍那》（七），人民文学出版社，1984年，第596—597页。

② 《芥川龙之介小说十一篇·书后》，《芥川龙之介小说十一篇》，第166页。

作冯妇，又理旧业，翻译起来。[1]

整体而言，这些译作是远离当时政治尘嚣的个体译创的产物，是一种情感寄托甚于功利目的的翻译活动。如巴金在翻译《往事与随想》这一被称为"史诗"的巨著时，"并没有想到出版的事，只是把它当作一生最后的一件工作"[2]；季羡林也是"为翻译而翻译"[3]；对处境艰难的穆旦来说，翻译英国现代诗也是纯粹出于"真正爱好"[4]。很多作品的翻译时间持续到十年以上，经过优秀的译者的苦心经营，这些译作在出版后大都成为中国文学翻译史上的经典，惠及文坛。

"文革"时期文学翻译部分书目(1966–1976)

说明：1、以国别、出版时间为序； 2、* 为内部发行

国别	作品名称	作者	译者	出版社	出版时间
巴基斯坦	巴基斯坦战斗诗集		潘定宇等	人民文学	1975
朝鲜	朝鲜短篇小说集			人民文学	1975
	朝鲜诗集	崔荣化等	延边大学朝鲜语系七二届工农兵学员译	人民文学	1976
老挝	老挝短篇小说集		人民文学出版社编辑部编辑	人民文学	1972
蒙古	生活的道路	伦沙万	梁继同，戴德忠	人民文学	1975
	蒙古短篇小说集		丰子恺等	新文艺	1957 初版；1975
日本	天人五衰	三岛由纪夫		人民文学	1971
	忧国	三岛由纪夫		人民文学	1971

① 《芥川龙之介小说十一篇》，第 167 页。
② 《往事与随想·后记(一)》，《往事与随想》，第 396—397 页。
③ 《罗摩衍那·译后记》，《罗摩衍那》(七)，第 596 页。
④ 周珏良《英国现代诗选·序言》，第 2 页。

	晓寺	三岛由纪夫	刘光宇,徐秉洁	作家	1972
	春雪	三岛由纪夫		人民文学	1973
	奔马	三岛由纪夫		人民文学	1973
	在外地主	小林多喜二	李芒	人民文学	1973
	沼尾村	小林多喜二	李德纯	上海人民	1973
	蟹工船	小林多喜二	叶渭渠	人民文学	1973
	故乡——日本的五个电影剧本		石宇	上海人民	1974
	文镜秘府论撰	遍照金刚		人民文学	1975
	* 日本沉没	小松左京	李德纯	人民文学	1975
	* 党人山脉	户川猪佐武		上海人民	1976
	* 现代日本文学史	吉田精一	齐干	上海人民	1976
	* 油断	堺屋太一	渭文,慧梅	人民文学	1976
	* 虚构的大义：一个关东军士兵的日记	五味川纯平	人民文学出版社翻译组	人民文学	1976
	*《沙器》《望乡》：日本电影剧本	桥本忍,山田洋次广泽荣,熊井启	叶渭渠高慧勤	上海人民	1976
越南	越南南方短篇小说集			人民文学	1972
	越南短篇小说集			人民文学	1973
埃及	代表团万岁	法耶斯·哈拉瓦	北京外国语学院亚非语系阿拉伯语专业	人民文学	1975
阿尔巴尼亚	阿尔巴尼亚短篇小说集		人民文学出版社编辑部编辑	人民文学	1973
	阿果里诗选	阿果里	郑恩波	人民文学	1974
	火焰	斯巴塞	李化,翟世雄,高晔	人民文学	1975
波兰	* 先人祭	亚当·密茨凯维支	韩逸	人民文学	1976

德国	马克思恩格斯论艺术	马克思，恩格斯	曹葆华	人民文学	1966
	*弗兰茨·冯·济金根	斐迪南·拉萨尔	叶逢植	人民文学	1976
法国	鲍狄埃诗选	鲍狄埃	徐德炎等	人民文学	1973
俄国	论艺术:没有地址的信	普列汉诺夫	曹葆华	三联书店	1973
苏联	*人世间	谢苗·巴巴耶夫斯基	上海新闻出版系统"五·七"干校翻译组	上海人民	1972
	*你到底要什么?	弗·阿·柯切托夫	上海新闻出版系统"五·七"干校翻译组	上海人民	1972
	*多雪的冬天	伊凡·沙米亚金	上海新闻出版系统"五·七"干校翻译组	上海人民	1972
	*白轮船:仿童话	钦吉斯·艾特玛托夫	雷延中	上海人民	1973
	*落角	弗·阿·柯切托夫	上海人民出版社编译室译	上海人民	1973
	*普隆恰托夫经理的故事	维·李巴托夫	上海外国语学院俄语系译	上海人民	1973
	一月九日	高尔基	曹靖华	陕西人民	1973
	铁流	绥拉菲摩维支	曹靖华	人民文学	1973
	他们为祖国而战	肖洛霍夫	史刃	上海人民	1973
	特别分队	瓦吉姆·柯热夫尼柯夫	上海师范大学外语系俄语组	上海人民	1974
	礼节性的访问:苏修的五幕话剧、电影剧本		齐戈	上海人民	1974
	不受审判的哥尔查科夫	丹古洛夫	北京外国语学院俄语系三年级八、九班工农兵学员	上海人民	1975

	*现代人	谢苗·巴巴耶夫斯基	上海人民出版社编译室	上海人民	1975
	*阿穆尔河的里程	尼·纳沃洛奇金	江峨	人民文学	1975
	绝对辨音力	谢苗·拉什金	上海外国语学院俄语系三年级师生	上海人民	1975
	青年近卫军	法捷耶夫	水夫	人民文学	1975
	人间	高尔基	汝龙	人民文学	1975
	*核潜艇闻警出动	阿·约尔金	上海师范大学外语系俄语组	上海人民	1975
	*明天的天气:以对话、书信、电报与其它文件等形式表达的现场报导剧	米·沙特罗夫	北京大学俄语系苏修文学批判组译	人民文学	1975
	*反华电影剧本《德尔苏·乌扎拉》			人民文学	1975
	钢铁是怎样炼成的	奥斯特洛夫斯基	黑龙江大学俄语系翻译组,黑龙江大学俄语系72级工农兵学员	人民文学	1976
	热的雪	邦达列夫	上海外国语学院《热的雪》翻译组	上海人民	1976
	蓝色的闪电	阿·库列绍夫	伍桐	人民文学	1976
	*四滴水	维·罗佐夫	北京师范大学外国问题研究所苏联文学研究室	人民文学	1976
	*泡沫:风尚喜剧	谢尔盖·米哈尔科夫	粟周熊	人民文学	1976

玻利维亚	*木戈比附:精力旺盛的人们	谢尔盖·沃罗宁等	粟周熊,高昶	人民文学	1976
	警报:两幕话剧	佩特拉什凯维奇	北京外国语学院俄语系研究组	人民文学	1976
	青铜的种族	阿尔西德斯·阿格达斯	吴健恒	人民文学	1976
	点燃朝霞的人们	奥鲁佩萨	苏龄	人民文学	1974
美国	乐观者的女儿	尤多拉·韦尔蒂	叶亮	上海人民	1974
	美国小说两篇	巴赫,西格尔	晓路,蔡国荣	上海人民	1974
	*漫长的革命	埃德加·斯诺	伍协力	上海人民	1975
	*战争风云	赫尔曼·沃克	石韧	人民文学	1975
	*百年:《摘译(外国文艺)》增刊	詹姆斯·A.米切纳	庞渤	上海人民	1976

后记

这本书该是丛书中唯一一册多人合力完成的书，可能也是纪念意味最浓的书。

原定本书的执笔者为中国社会科学院文学研究所的周发祥先生，他在比较文学领域的造诣正堪此任。然而天不假年，一向身体健硕、未过古稀的先生竟突患恶疾，从病发到辞世不曾到得一年。2007年5月先生安息于潮白公墓，留给我们十名弟子的除了不尽的悲痛和悔愧，还有一篇写讫的绪论和完整的篇章构架，即为本书的雏形。

承蒙百花文艺出版社刘雁老师的信任，我们几个学生得以继续这项我们力难胜任的写作。除了其他写作必备的知识储备和研究能力外，翻译史的撰写需要翻译实践的经验体会，需要钩深索隐的考察精神，更需要辨物居方的慧眼卓识。当师母将复印好的厚厚几本《1949—1979翻译出版外国文学著作目录和提要》交到我们手上的时候，我们的心也是沉甸甸的。于是，对照着先生贴在书房门上的全书框架图，我们开始分工：孙红负责第三章"二十世纪外国文学翻译的新高峰(上)"；李艳霞负责第四章"二十世纪外国文学翻译的新高峰(下)"；张卫晴负责第五章"'文革'前的亚非拉文学翻译"；我负责第二章"翻译事业的组织与建设"和第六章"'文革'时期的外国文学翻译"两部分以及最后的统稿。

查找资料的辛苦与埋头阅读的沉闷自然难免，偏偏我们四人都是俗务缠身，无法做到心无旁骛。最初的忧心忡忡又日益演变为心焦如焚，我们撰写几万字的过程竟延续了16个月。期间，我们常常得到文学研究所撰写该丛书的其他学者的鼓励和鞭策。在此，特别感谢所长杨义先生、现代文学研究室的张中良和赵稀方两位先生。

每每从电脑屏幕上移开视线，恍惚中只见一册册印刷于“文革”时期的书籍和期刊。它们曾经摆放在先生同仁医院的病榻之上，是我按照他开列的书目从中国社会科学院图书馆和文学所图书馆借出的，再由师母乘坐单程一个多小时的公交车在送衣送饭的同时为他从家中带来再带走……现在这些参考资料堆在我的书桌上，有的书页间还夹着恩师放进去的小纸条。于是，这两页我读得格外仔细，因为我知道先生一定从中读出了什么，想到了什么，而这些是我不该错过的，是先生特别要教诲我的。

我相信身为恩师的学生，我们都将铭记他胜似父亲的慈祥。每次家中授课之后，他都要亲送出门，看着我们一步步下楼，他的叮嘱总是多于我们的道别。如今，我们踽踽前行，背后是否依然凝聚恩师的目光？

2008年11月24日

程玉梅记于文学研究所729室